Anthony Gilbert

Fette Beute

Aus dem Englischen von
Melanie Langenberger

Zweite, überarbeitete Auflage

Ariadne Krimi 1004
Argument

Titel der englischen Originalausgabe: A Nice Little Killing

The Thriller Book Club, 125 Charing Cross Road, London WCH OEB

Lektorat: Else Laudan

CIP-Titelaufnahme der Deutschen Bibliothek
Gilbert, Anthony:
Fette Beute / Anthony Gilbert. — 2. Aufl., 6. - 9. Tsd. —
Hamburg ; Berlin : Argument, 1989
(Ariadne-Krimi ; 1004)
ISBN 3-88619-504-X
NE: GT
Vw: Malleson, Lucy Beatrice [Wirkl. Name] → Gilbert, Anthony

Argument-Verlagsbüro: Rentzelstraße 1, 2000 Hamburg 13, Tel. (040) 45 60 18
Argument-Redaktion: Onkel-Tom-Straße 64a, 1000 Berlin 37, Tel. (030) 813 50 24
Titelgraphik: Johannes Nawrath - Signet: Helga Damm
Texterfassung durch die Übersetzerin. Konvertierung: Fotosatz Barbara Steinhardt, West-Berlin
Druck: alfa-druck, Göttingen
Zweite Auflage 1989

1

Die Uhr in der Bar von Bee and Honeysuckle ging immer fünf Minuten vor, damit träge Trinker den Lizenzinhaber Jim Severn nicht gegenüber den Behörden in Verlegenheit bringen konnten.

Fünf Minuten vor drei rief er: »Es ist Zeit, meine Herren. Trinken Sie aus! Die Gläser bitte!« Als die Uhr der Bar dann auf Drei stand, waren alle hinausgegangen bis auf einen beleibten standhaften Kunden in leuchtendbrauner Kleidung, bei deren Anblick ein Mann mit Geschmack Zahnschmerzen bekommen mußte. Er öffnete das, was wahrscheinlich die schäbigste Brieftasche in ganz London war, und steuerte auf die Tür zu, als Jim aus seinem Privatzimmer herauskam.

»Mr. Crook«, sagte er, »da gibt es etwas ...« Er sah etwas trübsinnig drein, ein ungewöhnlicher Ausdruck bei einem Lizenzinhaber, es sei denn, er hätte sich mit der Polizei angelegt.

»Spielen Sie nicht den Schüchternen«, dröhnte Crook und strahlte ihn an. »Vielleicht gehen wir besser ins Hinterzimmer und reden dort. Ich möchte nicht, daß die nächste Streife über Sie herfällt, weil Sie die Sperrstunde nicht eingehalten haben. Das würde meinem guten Ruf auch schaden.«

»Das ist es nicht, Mr. Crook, es ist die junge Dame, die im Salon sitzt.«

»Was macht eine junge Dame denn hier?« fragte Crook, der erfreut eine unerwartete Entwicklung erhoffte.

»Sie sitzt seit einer Stunde hier und das bei einem einzigen kleinen Glas Sherry.«

»Ganz einsam und verlassen?«

»So sieht es aus.«

»Versetzt, was meinen Sie?«

»Scheint nicht so, Mr. Crook, sie sah nicht einmal zur Tür. Schnappte sich das Anzeigenblatt und seither sitzt sie da.«

»Vielleicht macht sie Jagd auf Entdeckungen? Sieht sie wie eine Hiesige aus?«

»Ich kann Ihnen nur Eines sagen, Mr. Crook, sie gehört nicht in meine Bar. Ob sie von hier ist, weiß ich nicht. Sie scheint jedenfalls unser gutes Englisch nicht zu verstehen, nicht, wenn man sie loswerden will.«

»Und was soll ich nun machen, ich spreche auch nur Englisch?«

»Sie wird Sie verstehen, Sie haben die richtige Art, Mr. Crook.«

»Schmeicheleien nützen nichts«, verwies ihn Crook. Aber er kannte Jim schon eine ganze Weile und wußte, die Polizei würde sich wie die Assyrer auf dem Felde auf seinen leicht anrüchigen Ausschank stürzen, denn der lag in der Nachbarschaft des Hohen Gerichts und man fand dort praktisch Menschen jeder Nationalität. Andererseits konnte er dies der Polizei auch nicht verdenken, sie hatte ihre Gründe, jede Menge Diebesgut wurde im Schutz dieser Straße verschoben.

»Wenn sie eine Fremde ist, versteht sie vielleicht nichts von Sperrstunden«, erklärte er Jim. »Ich habe gehört, auf dem Kontinent sollen die Lokale Tag und Nacht geöffnet bleiben.« Crook seufzte nachdenklich. »Das einzig Gute, wenn wir in den gemeinsamen Markt gehen, dann müßten sie die Lizenzgesetze ändern.« Er folgte Jim in den anderen Raum.

Das Mädchen saß an einem Wandtisch, vor ihr stand ein leeres Sherryglas. Sie sah aus, als ob sie schon sehr lange da wäre und sich anschickte, ewig zu bleiben. Sie trug einen sonderbaren Pelzhut, eigentlich mehr eine Jägermütze, wie Crook dachte, aber vielleicht war das ja der letzte Schrei. Für den dunklen Hosenanzug mit den Flickentaschen, den sie trug, hatte sie die richtige Figur, und ihr Haar war zu einem Pferdeschwanz zusammengebunden. Irgendjemandes kleine Zufallsbekanntschaft, dachte Crook in seiner vulgären Art, jedenfalls nicht mein Fall. Für Zufälle hatte er sowieso nicht viel übrig. Für seinen Geschmack war sie zu blaß, aber ihre großen blauen Augen unter den starken Brauen würden bei den meisten nicht unbemerkt bleiben.

In seiner charakteristischen Art überlegte Crook, ob er

vielleicht an eine Handgranate mit wackligem Stiel geraten war. »Sie wird Unruhe stiften, wohin sie auch immer geht«, beschrieb er sie für sich. Mit dem versuchsweise leichten Schritt eines Mannes, der wie ein Bulle gebaut ist, ging er auf sie zu.

»Komm in die Füße, Schätzchen«, wandte er sich an sie, »Du machst Jim Unannehmlichkeiten, um diese Zeit muß er schließen.«

Das Mädchen sah auf die Uhr an ihrem Handgelenk, einer kleinen goldenen an einer haarfeinen Kette. Nicht von Woolworth, taxierte Crook scharfsinnig. »Drei Uhr«, sagte er so sorgfältig akzentuiert, als stünde er einem Hottentotten gegenüber, von dem man nicht erwarten konnte, daß er die Sprache verstand. »Jetzt ist geschlossen.«

»Um drei Uhr?« Sie hatte offenbar nicht vor, ihm auch nur ein Wort zu glauben, und zeigte das auch.

»Öffnungszeiten für Alkoholausschank«, erklärte ihr Crook geduldig.

»Ich habe ausgetrunken.«

»Schön für Dich! Komm, Kleine, Du willst doch Jim keinen Kummer machen, ganz abgesehen davon, auch Du müßtest vor den Kadi.«

»Kadi?« Sie runzelte die Stirn, was sie offensichtlich ziemlich häufig tat. Sie war schlank wie eine Tanne mit langen schmalen Händen und Füßen und wahrscheinlich noch keine zwanzig Jahre alt. Aber er war überzeugt, daß sie starr wie der Felsen von Gibraltar war und wahrscheinlich gefährlicher. Ihm fiel die Geschichte eines Mädchens ein, die in der Zeitung erschienen war. Die hatte mit einer Handgranate im Strumpf versteckt ein Flugzeug bestiegen. Unwillkürlich blickte er auf ihre Beine, aber da waren keine gefährlichen Ausbuchtungen zu sehen. Sie trug auch nur eine kleine Handtasche, in der kaum eine Granate untergebracht sein konnte.

»Der Polizeirichter. Komm nach draußen, dann kann ich es Dir erklären.«

Sie sah ihn eigensinnig an. »Warum kann ich nicht hier warten, ich trinke doch nicht?«

»Weil Jim seinen Job verliert, wenn die Streife noch einen Kunden bei ihm findet, der sich nach der vorgeschriebenen Zeit bei ihm aufhält. Frag mich nicht warum, ich mache die Gesetze nicht, sonst wären sie anders.«

Er berührte sie mit keinem Finger, dennoch fand sie sich irgendwie auf der Straße wieder, und die Tür von Bee and Honeysuckle schloß sich sofort hinter ihnen.

»Wußtest Du wirklich nicht, daß hier um drei Uhr geschlossen wird?« fragte er sie.

Sie hob angriffslustig ihren Kopf: »Um drei Uhr sitze ich nicht in Bars, ich habe meine Arbeit.«

»Die britischen Gesetze gelten auch für Dich. Warum gehst Du nicht in eine Kaffeestube und setzt Dich dorthin?«

»Ich mag die Kaffeestuben hier nicht«, erklärte ihm das Mädchen hochmütig, »da gibt es keinen richtigen Kaffee.«

»Und warum nicht einfach nach Hause gehen?« Man konnte es ihr nur schwer rechtmachen, fand er.

Sie sah mehr erstaunt als entrüstet aus. »Wie kann ich nach Hause gehen? Ich habe nur eine Tante und die findet mich unmöglich. Darum bin ich hier.«

»Das heißt, Du bist davongelaufen?« Plötzlich schlug er sich beinahe auf den Schenkel. »Jetzt hab ich es, wo steckt heute mein Verstand? Du bist ein Au-pair-Mädchen.«

»So nennen sie uns.« Ihre Stimme war voller Geringschätzung. Wenn sie finden, daß wir hier alle so mies sind, warum verlassen sie dann so oft ihr eigenes Land, fragte sich Crook.

Er forschte weiter. »Ich hab's noch nicht ganz verstanden. Du mußt doch letzte Nacht irgendwo geschlafen haben, also warum gehst Du nicht dahin zurück? Oder bist Du eingesperrt gewesen? Das kann man nämlich nicht mit Dir machen, mußt Du wissen, jedenfalls nicht, wenn Du kein Verbrechen begangen hast.« Aber vielleicht hatte sie gerade das getan. — »Hast doch keinen Ärger mit der Polizei, oder?«, fragte er gönnerhaft.

»Ich will nichts mit der Polizei zu tun haben.«

»Das zeugt von gesundem Menschenverstand. Nun erzähl mal, wen gibt es noch in dem Haushalt, in dem Du arbeitest, außer Lady Etepetete und ihrem Eheliebsten?«

»Noch zwei kleine Mädchen. Ich habe sie heute nach London gebracht, sie sollen das Wochenende bei ihrer Tante verbringen. Immer diese Tanten.«

»Was gibt es an Tanten auszusetzen?«

Sie reckte ihren Hals, so daß er an einen Straußenvogel denken mußte. Etwas zu spät erinnerte er sich daran, daß sie selbst eine Tante hatte und wenig Zuneigung zwischen ihnen bestand. »Ich werde nie eine Tante sein.«

»Das ist vielleicht ein Verlust für irgendwen«, versuchte er sich als diplomatischer Anwalt. »Brachtest sie also nach London. Von wo?«

»Ein Ort, der Buzzard Minor heißt. Buzzard ist ein englischer Vogel.«

»Ich schätze, den gibt es nicht nur hier, die kommen ziemlich herum«, versicherte ihr Crook. »Nun gut, Du hast sie abgeliefert, warum gehst Du nicht zurück? Oder hast Du vor, überhaupt nicht zurückzugehen? Jim meinte, Du hättest die Anzeigen durchstöbert — vielleicht auf der Suche nach einem Schlafplatz?«

»Hier sucht mich wenigstens niemand.«

»Du läufst davon, ja? Ich will keinen Sand in Dein Getriebe streuen, aber wenn Dein kleines Täschchen alles ist, was Du an Gepäck mit Dir führst, wirst Du keine achtbare Vermieterin finden, die Dir ein Zimmer überläßt. Gepäck ist eine Art Versicherung für die Pensionsinhaberinnen. Wenn Du morgens entdeckst, daß Du gar nicht genug Geld in Deiner Börse hast, kann sie sich an Deinen Sachen schadlos halten.«

Das Mädchen sah noch etwas hochmütiger als bisher drein. »Natürlich habe ich Gepäck.«

»Entschuldige, daß ich lebe«, entfuhr es Crook. Dies Mädchen verwirrte ihn, und wenn ihn etwas verwirrte, steigerte das sein Interesse. Nebenbei zweifelte er, daß sie unter der

Oberfläche ihrer harten Schale wirklich in der Lage war, allein fertig zu werden. Ihr Englisch war zwar gut genug für den Alltagsgebrauch — sie mußte sich über Jim lustig gemacht haben, als sie ihm vortäuschte, die Sprache nicht zu verstehen — aber selbst ein Dreijähriger hätte sofort gemerkt, daß sie nicht auf dieser Seite des Kanals geboren war.

»Bist Du sicher, daß Du nicht zurückgehen willst?«, drängte er. »Ich meine, wenn ich eine Tochter in Deinem Alter hätte, wüßte ich bessere Ecken in London, um sie dort unterzubringen. Du mußt Deine Karten schon ein bißchen cleverer ausspielen, oder Du wirst wieder in den Armen Deiner Tante landen. Du hast das Visum nicht erhalten, um in einem fremden Land damit Schindluder zu treiben.«

»Sie würde mich nicht wollen«, versicherte ihm das Mädchen unter Mißachtung seiner letzten Bemerkung. Sie gingen den Bürgersteig entlang und schon konnte Crook seine 'Diva' sehen, seinen bemerkenswert alten gelben Rolls-Royce, für den er in einer Sackgasse einen Parkplatz gefunden hatte. »Sie hat geheiratet«, fuhr das Mädchen fort. »Sie ist vierzig« — ihre Stimme deutete ihm an, daß Methusalem im Vergleich dazu ein Baby war — »und wenn man solange auf einen Mann wartet ...«

Sie würde nicht riskieren, ihn an ein Mädchen wie dieses zu verlieren, dachte Crook. Er behielt diesen Kommentar lieber für sich. Vermutlich hatte der Kerl nicht nur aus Liebe geheiratet. Er fragte sich wieder, warum sie solchen Eindruck auf ihn machte, denn sie entsprach durchaus nicht seinem Schönheitsideal, und außerdem bewahrte sie den Charme, den sie zweifelsohne besaß, für eine würdigere Zuhörerschaft auf. Aber er legte sowieso keinen besonderen Wert auf Schönheit. Schön ist, wer schön handelt, und Gott sei Dank gab es eine Menge Leute, die er auszeichnen würde. »Was gibt es denn, meine Kleine?« denn das Mädchen starrte ungläubig auf den erstaunlich alten Wagen und deutete mit dem Finger auf ihn. »Was ist das?«

»Ist sie nicht eine Schönheit?«, sagte er mit dem Stolz des Eigentümers.

»Sie machen einen Witz?«

»Du kannst ja mal versuchen, sie zu verfolgen, dann wirst Du schon merken, ob sie ein Witz ist. Wo ist Dein Gepäck?«

Das Mädchen, Jan van Damm war ihr Name, zögerte.

»Also, nun hör aber auf«, schimpfte Crook. »Du sagst, Du hast Gepäck, hast es heute morgen mitgebracht. Okay. Aber Gepäck ist kein Vogel, der davonfliegt, denn es hat keine Flügel. Oder kannst Du Dich nicht erinnern, wo Du es zur Aufbewahrung hingegeben hast?«

Sie sagte trotzig: »Es ist in der Victoria Station.«

»Und was machst Du dann in Earls Court?«

»Diese Tante traf uns in Victoria Station. Die Kinder hatten je eine Tasche und einen Beutel sowie ein Geschenk, das sie der Tante überreichen sollten. 'Wir wollen jeder etwas nehmen', hat die Tante angeordnet. 'Die Kinder sollen ihre Säckchen' — sie meinte damit die Beutel — 'selbst tragen und wenn Sie, Jan, die Taschen tragen und Ihr Gepäck in der Victoria Station stehenlassen, können wir die Untergrundbahn nehmen anstelle eines Taxis. Die Kinder sollen rechtzeitig sparen lernen.'« Ihre Stimme hatte sich komisch verändert und war jetzt die einer älteren Städterin, geziert und bevormundend.

»Wie alt sind diese Kinder?« fragte Crook, der neugierig geworden war.

»Sie sind sechs und acht. Dawn ist acht und Coral ...«

»Verschone mich«, bat Crook, »niemand haßt die eigenen Kinder genug, um sie mit solchen Affennamen zu belasten.«

»Die Banks sind Heiden«, entgegnete Jan spöttisch. »Sie kennen keine christlichen Namen.« Sie rollte die Rs wie ein Komiker in einem Musical. »Sie heißen eben Dawn und Coral, und es paßt zu ihnen.«

»Da wundere ich mich, daß der Standesbeamte das zuließ. So, Du hast also Dein Gepäck aufgegeben. Konntest Du der Tante nicht erklären, daß Du auch vom Flughafen abreisen wolltest?«

»Sie sagte, 'meine Schwester meint, Sie besuchen diese

Bekannte in Eastbourne, die einen Engländer geheiratet hat, also bleibt das Gepäck ja an der richtigen Station.'«

»Und, stimmt's nicht?«

Sie bedachte ihn mit einem verächtlichen veilchenblauen Blick. »Ich bin nicht verpflichtet, Mrs. Banks zu erzählen, wohin ich gehen will. Ich ließ meine Tasche an der Gepäckaufbewahrungsstelle. Es ist eine Reißverschlußtasche, ganz neu, ich will nicht wie eine Schnecke mit dem Gepäck auf dem Rücken reisen.«

»Und warum bist Du nicht zurück zur Victoria Station?« fragte Crook ganz vernünftig.

»Ich habe Ferien bis Mittwoch.« Crook stellte voller Überraschung fest, daß es sich um das jährliche lange Wochenende handelte. Ferien bedeuteten ihm nichts.

»Mr. und Mrs. Banks sind zu Freunden in Holland eingeladen, die Kinder zu ihrer Tante. Eigentlich wollten sie das nicht, sie wollten lieber bei mir bleiben. Aber Mrs. Banks schlug vor, ich sollte meine Familie besuchen.«

»Und sie wollte Dir ein Flugbillet bezahlen?« murmelte Crook höflich. »Nein? Das zeigt, daß die Wundergläubigen noch nicht ausgestorben sind. Ich vermute, Du kannst von Deinem Taschengeld nicht soviel abzweigen, um Dir Wochenendferien mit dem Flugzeug zu leisten.«

Sie schien sich unter seinen Augen in eine Tigerin zu verwandeln. »Für Sie ist das zum Lachen«, sagte sie. »Ich sollte mit meinem Freund Nikki nach Griechenland. Nikki meinte, ich müsse seinen Vater und seine Mutter kennenlernen. Sie würden keine ausländischen Mädchen mögen, aber mich würden sie sicher gernhaben. Er wollte die Flugkarten kaufen und den Flug buchen.«

Crook schnaubte. »Ich glaube eine Menge Dinge, aber für ein langes Wochenende — denn mehr ist es doch nicht — nach Griechenland zu fliegen hört sich wie ein Märchen an. Er muß gut betucht sein, dieser Bursche.«

Sie sagte etwas spröde: »Ich dachte, ich bleibe vielleicht dort, wenn die Eltern mich mögen.«

»Und was ist mit den beiden Kindern, Dawn und Coral, wolltest Du sie der Tante überlassen?«

Ihr Gesicht wurde weich. »Die armen Kinder. Aber sie würden es vergessen. Für Kinder ist jeder Morgen wie ein neues Leben. Und sollte ich Kinder haben, gebe ich ihnen keine unchristlichen Namen.«

»Richtig«, stimmte Crook zu. Er fühlte sich, als ob er mühsam eine ausgefahrene Spur befahren hätte und plötzlich auf festem Boden gelandet wäre. »Du kamst also hierher, und wo solltest Du Nikki treffen?«

»Am Flughafen.« Ihre Stimme klang ungeduldig. »Wo sonst sollte ich ihn treffen?«

»Und warum ist Dein Gepäck immer noch in Victoria Station und Du selbst warst in Jims Bar in Earls Court? Laß mich raten. Nikki war nicht da?«

»Ich wartete dort, wo wir uns treffen wollten. Wir hätten genug Zeit gehabt, um mein Gepäck zu holen, wir konnten ein Taxi nehmen. Aber er war nicht da. Ich dachte, vielleicht eine andere Bar, ein anderes Stockwerk.«

»Kurz, Du durchsuchtest die Flughafengegend von einem Ende zum anderen, aber der Vogel war davongeflogen.«

»Ich fragte an den Schaltern nach dem Flug nach Athen. Aber es gab gar keinen Flug nach Athen, nicht heute — außer frühmorgens und morgen wieder. Er hatte weder für den frühen Flug gebucht noch für morgen. Der Bedienstete rief Heathrow an. Kein Zeichen von Nikki.«

»Könnte er einen anderen Namen benutzt haben, hast Du im voraus bezahlt?«

»Nikki sagte, er werde die Flugkarten lösen, er bekomme sie zu einem Sonderpreis. Er arbeitet in einer Reiseagentur. Und er würde mir auch Geld umtauschen. Es sei leichter hier als dort, wegen des Pfundwertes.«

Und all das hat sie freudig geschluckt, wie eine Kätzchen einen Milchnapf leerleckt, überlegte Crook. »Wo hast Du diesen Ausbund kennengelernt?« fragte er.

Sie waren sich bei einem Pop-Fest in Buzzard Major begegnet, hatten getanzt und sich in Kaffeestuben getroffen. »Wie lange geht das schon?« fragte Crook.

»Ungefähr zwei Monate.«

Lang genug, daß sie ihren Kopf verlieren konnte, vermutete er. Er wußte nicht viel über Griechen außer denen, die man in Soho antrifft. Im allgemeinen untersetzte kleine Burschen, obwohl sie in der Mythologie groß, breit und schön dargestellt sind, um jedes Mädchenherz brechen zu können. Vielleicht hatte sich Nikki in diesen Typ zurückverwandelt.

»Ihm nix sprechen Englisch?« fragte er, und sie starrte ihn unangenehm berührt an und erwiderte »Selbstverständlich wohl!« Ich würde mich nicht wundern, wenn er nicht mehr Griechisch können würde als ich, überlegte Crook. »Hat er nie versucht, mit Dir in seiner eigenen Sprache zu sprechen?«

»Nein.«

»Dachte ich mir.« Und wahrscheinlich hatte er nicht mal Arbeit. Öffnete nur seinen großen Mund, und die kleine Dame Jan spazierte schnurstracks hinein. Es sollte eine Gewerkschaft für verlassene Frauen geben, ein offenkundiger Betrug sicherte das Recht auf die Mitgliedschaft. Es könnte die größte Gewerkschaft im Lande sein, das würde ihn nicht überraschen. Ohne daß ihr die Augen geöffnet worden waren, hätte die kleine Miss Tigerin niemals geglaubt, daß ihr Kerl ein Tunichtgut war, nicht einmal, wenn sie selbst gesehen hätte, wie er einem Blinden das Geld aus der Dose genommen hätte. Auch das war ein Weg, um Erfahrungen zu sammeln, und wie bei allen Dingen stiegen auch hierfür die Preise.

»Also«, fragte Crook, »warum bist Du gerade hier?«

»Ich dachte, ich finde vielleicht ein Zimmer.«

»Kennst Du die Großstadt?« Sie schüttelte den Kopf. »Du solltest etwas vorsichtiger sein, besonders mit solchen Anzeigen«, warnte Crook sie taktvoll. »Kennst Du niemanden in London?«

Natürlich war das nicht der Fall.

»Wenn es so steht und nachdem der Grieche verschwunden

ist, wäre es nicht am besten, zum Wohnsitz der Familie zurückzukehren? Oder ist er bis Mittwoch geschlossen?«

Jan zuckte die Achseln. »Mrs. Brown ist da.«

»Mrs. Brown ist die Verwalterin?«

»Sie ist die Haushälterin, sie sagt, die Hausherrin.« Sie spitzte die Lippen und trennte die Silben sorgfältig. »Sie ist eine alte Jungfer ...«

»Mit solchem Namen?«

»Nun, vielleicht hatte sie früher einen Mann«, gestand Jan widerwillig ein, »aber sie ist alt ...«

»Alt wie Methusalem?« Wahrscheinlich hatte für ein Mädchen ihres Alters jeder nach dem fünfunddreißigsten Geburtstag den Lebenshorizont überschritten.

»Fünfundvierzig oder sechsundvierzig. Wie soll ich das wissen, jedenfalls sehr alt. Sie hat die ehrenvolle Aufgabe, das Silber zu hüten, Mr. Banks hat alles beim Ballspiel gewonnen. Und es ist ein abgelegenes Haus.«

»Ist sie allein?«

»Ich kann nicht dahin zurück. Angenommen, sie hat einen Freund, will mich nicht dabeihaben. Und Mrs. Banks ...«

»Mrs. Banks sollte sich viel wohler fühlen, wenn sie Dich Seite an Seite mit einer Menschenfresserin wähnt, anstatt in diesen Teilen von London, um Dir hier ein Zimmer zu suchen. Nikki hat Dich ganz ausgenommen?« fügte er leutselig hinzu. Sein Fehler, wie er sofort einsah.

»Ich bettle nicht!«

»Sehr richtig. Nur weil es mich gerade interessiert — was hast Du Mrs. Banks über die Freundin in Eastbourne erzählt?«

»Ich erzählte ihr, ich hätte sie in der Sprachenschule kennengelernt und sie hätte mich für ein paar Tage eingeladen. Sie hätte zwei kleine Mädchen.«

»Und Mrs. Banks schluckte das?«

»Sie sagte, das sind halt die Geschäfts-Ferien, was heißt das?«

»Man macht daselbe wie in seinem Beruf, man kommt vom Regen in die Traufe. Nein, ich glaube kaum, daß Mrs. B.

sonderlich begeistert wäre.« Man hatte ihm erzählt, wie schwer es sei, ein zuverlässiges Mädchen zu bekommen. Entweder waren sie eitel wie Kätzchen oder sie führten sich auf wie Töchter von Baronen, so jedenfalls war ihm berichtet worden. Sie dachten, niedrige Arbeiten seien für niedrige Wesen. Oder sie entwickelten ein Talent dafür, Druckpöstchen einzunehmen. Oder sie blieben die halbe Nacht aus und dann im Lande, um die Folgen ihrer Abenteuer der Gesundheitsbehörde aufzuhalsen. Es leuchtete ihm ein, daß die Familien, die jemand Ordentliches erwischt hatten, so unerbittlich an ihr hingen wie der grausame Tod.

»Du kannst nicht das ganze freie Wochenende allein in London herumhängen«, protestierte er und dachte dabei, wenn er so weitermachte, würde er eines Tages aufwachen und sich in Gouvernantenschürze und Spitzenhäubchen wiederfinden. »Mrs. Brown ist auf jeden Fall besser als das. Außerdem platzt London aus allen Nähten. Es sei denn, Du kennst eine Herberge, die speziell für Mädchen wie Dich eingerichtet ist.« Er wünschte, sie wäre nicht so jung, mit mütterlichen erwachsenen Frauen, die seine Sprache verstanden, fühlte er sich wohler. Diese überspannten jungen Dinger bereiteten ihm Bauchweh.

»Ich fahr Dich zur Victoria Station, damit Du an Deine Tasche kommst«, bot er ihr an. »Aber ich würde nicht damit rechnen, daß dort ein Quartier zu kriegen ist. Buzzard Minor dürfte die bessere Lösung sein.«

»Damit Mrs. Brown mich auslacht?«

»Also komm, Schätzchen, stell Dich nicht unbedarfter hin, als Du bist. Du hast eben Deine Freundin in Eastbourne angerufen, um ihr zu sagen, mit welchem Zug Du kommst, das konntest Du ja nicht vorher wissen, denn Du wußtest nicht, wie lange die Tante Dich brauchen würde. Du fandest heraus, daß der Vogel ausgeflogen war, oder die Kinder haben Masern bekommen, und damit Deine Kinder sich nicht anstecken würden, konntest Du nicht hin. Ich bin sicher, daß Du die Story sehr nett bringen wirst.«

»Es ist aber nicht wahr«, protestierte sie. Er traute seinen Ohren nicht.

»Nun hör sich das einer an! Wenn man bedenkt, daß die Dame eigentlich gar nicht existiert ... Aber bitte, warum nicht zur Abwechslung mal die Wahrheit. Obwohl ich in diesem Fall davon abraten würde. An die Mrs. Browns dieser Welt ist die Wahrheit völlig verschwendet, weil sie Dir sowieso nie mehr als die Hälfte glauben. Wenn sie auch viel über Vorurteilslosigkeit reden ...« Crook fiel ein, daß Jan vermutlich unter ihrer Schutzhülle aus Überheblichkeit innerlich glühte vor Wut und Scham darüber, in die älteste Falle der Welt gelaufen zu sein. Dazu hatte sie das Schlitzohr gerngehabt, vielleicht sogar noch immer gern, Frauen waren unberechenbar.

»Ich könnte nach Eastbourne fahren«, schlug sie nachdenklich vor.

»Um bei der Phantasiefigur zu wohnen? Oder unter den Hafenanlagen zu schlafen? Alle Ankerplätze wirst Du ausgebucht vorfinden und bei einer Landstreicherbande wirst Du ja wohl nicht nächtigen wollen. Deinen Paß hast Du nicht abgegeben? Gut, das ist wenigstens etwas. Nun hör Onkel Arthur gut zu. Steck Deinen Stolz weg und geh nach Buzzard Minor. Und ich begleite Dich zur Victoria Station. Ach komm, pluster Dich nicht wieder auf, Du hättest sicher für mich das gleiche getan.« Es war offensichtlich, daß sie das als Effekthascherei empfand. »Na ja, Du hast schon einen Schlag hinter Dir, und wir wollen doch nicht, daß Du all Dein Vertrauen in die menschliche Natur verlierst.«

Er blieb nur solange auf der Victoria Station, bis er sah, daß sie ihren Platz in der Schlange an der Gepäckaufbewahrungsstelle eingenommen hatte. Der Bahnhof war wie immer voller Menschen, die eigentlich keinen rechten Grund hatten, da zu sein. Sie bevölkerten alle Sitzgelegenheiten, zeigten aber kein Interesse für ankommende Züge. Viele hatten auch gar kein Gepäck und etwa die Hälfte war ganz allein. Er hätte gern gewartet, um sicher zu gehen, daß dieses Reisevögelchen kein weiteres Unglück traf, aber seine 'Diva' war zu auffällig, um sie im Parkverbot stehenzulassen. Flüchtig hatte er den Wunsch, alle ringsum abgestellten leeren Autos mit den ziel- und zwecklosen Leuten, die sich auf dem Bahnhof drängten, zu besetzen, so daß etwas freier Raum für die entstand, deren Leben wenigstens irgendeinen Sinn enthielt. Aber da er ein angeborenes Mißtrauen gegen Utopien aller Art besaß, ging er zu seinem Wagen zurück und fuhr weg. Später erzählte er, er habe von der Natur zwei Augen bekommen und die wolle er auch unversehrt behalten, deshalb hätte er nichts weiter gesagt, sondern nur heimlich eine seiner berühmten (oder berüchtigten) Karten in Jans Jackentasche gleiten lassen, bevor sie schieden. Sozusagen ein 'auf Wiedersehen' statt eines Lebewohls. Dann schoß er davon.

Die Wartereihe an der Gepäckaufbewahrung wand sich so langsam dahin wie die sagenhafte verwundete Alexandrinische Schlange. Sowie Jan erschien, deren veilchenblaue Augen vor Ungeduld blitzten, machte ein halbes Dutzend Stimmen sie darauf aufmerksam, wo sich das Ende befand, und überflüssigerweise fügten auch noch einige hinzu, diese Ausländer wüßten nie, wie man sich zu benehmen hätte. Nein, sie fühlten sich als Nummer 1 und der Rest der Welt könne sehen wo er bliebe. Jan schüttelte den Kopf, so daß der Pferdeschwanz auf ihren Schultern wippte, tat aber, als verstünde sie die Angriffe nicht. Der Mann am Schalter schien Geschmack daran zu finden, so langsam wie möglich zu arbeiten. Mehrmals mißverstand er, ob ein Gepäckstück abgeholt oder aufgegeben werden sollte, einige Reisende schienen sich darüber selbst nicht ganz klar zu sein. Jan hörte sich sagen, sie müsse einen Zug erreichen, und rundum versicherte man ihr, sie wäre nicht die einzige. Der Mann an der Ausgabe erklärte, so sei die britische Eisenbahn, immer zu Diensten. »Wenn Sie den Zug verpassen, finden wir eine andere Möglichkeit, Sie zu Ihrem Bestimmungsort zu bringen. Vielleicht einen späteren Zug.« Eine Stimme am Ende fragte säuerlich: »Heute oder morgen?« und alles lachte.

Zum Schluß stand nur noch eine Reisende zwischen Jan und ihrer eleganten Reisetasche, die sie sich für ihr griechisches Abenteuer gekauft hatte. Sie hatte einen unbeschriebenen Anhänger. Ich bringe die Luftfahrtanhänger mit, wenn wir uns treffen, hatte Nikki ihr versichert. Jan konnte die Tasche sehen, sie stand auffällig in einem Seitenfach. Die ältliche, ziemlich schäbig angezogene Frau, die vor ihr dran war, sah sie ebenfalls. Die hatte Mühe, ihren Empfangsschein zu finden, sprach mit sich selbst und dem Beamten abwechselnd, während sie versuchte, auf den Grund ihrer unordentlichen Tasche zu kommen, und in ihren Manteltaschen wühlte. »Ich weiß, ich hatte ihn, ich muß ihn doch haben, wenn Sie ihn mir gegeben haben.« Sie ließ dabei eine Menge Papiertaschentücher fallen. »Vielleicht haben Sie es vergessen«, fügte sie scharfsinnig hinzu.

»Sie wären nie ohne den Schein weggegangen, meine Dame«, sagte der Mann. Er war der einzig Unbeteiligte bei diesem Zwischenspiel. »Vielleicht haben Sie ihn in die Tasche gesteckt und sie hat ein Loch.« Eine gut hörbare Stimme hinter Jan ließ sich vernehmen: »Sie hat ihn wohl in ihr Loch im Kopf gelegt.« Eine weibliche Stimme: »So werden wir keinen Tee mehr bekommen, bevor der Zug einläuft.« Ein Mann witzelte: »*Die* sollte man immer am Wochenende herauslassen, jeder braucht ein bißchen Spaß.«

Die verzweifelte Reisende ließ eine Puderdose fallen und rief aus: »Hoffentlich habe ich nicht den Spiegel zerbrochen, das bedeutet sieben Jahre Unglück.«

»Das bekommen wir«, sagte irgendwer.

»Sind Sie sicher, daß es hier war und nicht in Paddington?« fragte der Angestellte.

Die Frau bückte sich und hob die Puderdose auf. »Paddington ist der Name eines Bären, aber es ist egal, weil ich sie sehe, die gestreifte Tasche dort.«

Jan sprang in die Höhe. »Sie dürfen sie ihr nicht geben. Es ist meine, ich habe den Schein und alle meine Wertsachen sind drin.«

»Unverschämte Äffin«, brummte die ältere Frau. »Als ob sie die einzige gestreifte Tasche in ganz London besitzt. Magnire, so heiße ich, Isabell Magnire«, meinte sie zu dem Beamten. »Wenn mein Name dran ist, bedeutet es, daß es meine ist, selbst wenn ich den Schein nicht finde.«

»Ohne den kann ich Ihnen nichts geben«, erklärte der Mann, »nicht einmal wenn die Adresse Buckingham Palast heißen würde.«

»Sie können ihr nichts geben, was mir gehört«, beharrte Jan. »Ich sagte schon, sie ist wertvoll.«

»Ich wundere mich, daß Sie sie uns überhaupt anvertrauen mit diesem Inhalt«, meinte der Beamte ungerührt. »Also meine Dame, wenn Sie den Schein nicht finden, sollten Sie ein Wort mit dem Constabler sprechen, er wird Ihnen bestätigen, was ich sage.«

»Kann er Ihnen vorschreiben, daß Sie mir mein Gepäck geben?«

»Wenn es Ihres ist, wird es nicht weggegeben. Vielleicht hat er eine Idee. Ich jedenfalls muß mich an die Vorschriften halten.«

»Ich will nichts mit der Polizei zu tun haben«, erklärte die verrückte Reisende. Die meisten Leute hatten entschieden, daß die nicht mehr taugte als neun Pence für einen Schilling. »Wie alt sind Sie? Welcher Kirche gehören Sie an? Waren Ihr Vater und Ihre Mutter verheiratet? Fragen, Fragen, Fragen!« Die Erbitterung der Menge schmolz dahin bei diesem Dolchstoß auf die Polizei, ein faires Spiel und gleichzeitig etwas zum Lachen. Immer noch klagend zog sich die Frau zurück, Jan zeigte ihren Schein und erhielt ihre Tasche.

Wohin nun? Eastbourne? Natürlich nicht, da kannte sie niemanden. Also zurück nach Buzzard Minor, um Mrs. Browns Idylle zu stören, vielleicht gar in ein ruhiges Beisammensein ausgewählter Vertreter der ‘mittleren Jahre’ zu platzen? Innerhalb von sechs Jahren mußte die Brown doch Freundschaften geschlossen haben. Da waren die Bingospieler und die Gesangsgruppe, an der sie teilnahm. Eine Frau mit

Geheimnissen, überlegte Jan und erinnerte sich an einen Nachmittag, an dem sie mit den Kindern aus war. Sie hatten Mrs. Brown beobachtet, wie sie aus einem kleinen Laden, der Süßwaren und Papier führte, herauskam und einen Brief in der Hand hielt. Im Fenster des Ladens gab es einen Anschlag, der besagte, daß man dort Briefe deponieren konnte. Wahrscheinlich hatte Mrs. Brown ihr Privatleben, das sie für sich behalten wollte.

»Ist das ein Postbüro?« hatte Dawn gefragt. »Warum bringt ihr der Postbote nicht ihre Briefe?«

»Nicht alle Briefe kommen mit der Post«, hatte Jan ihr erklärt. »Manchmal ist es angenehmer, sie sich selbst abzuholen.«

Aber Dawn beharrte darauf, sie fände es weniger mühsam, wenn der Postbote sie bringen würde.

»Aber so kriegt es Mutter nicht mit«, meinte Coral. Der Scharfblick der Kinder überwältigte Jan zuweilen, aber sie waren nicht wirklich interessiert. Sie stürmten in den Laden, verlangten Lutscher. Eine jüngere Frau kam herein und fragte nach Briefen für Black, aber es waren keine da. Ein Liebhaber? fragte sich Jan. Die junge Frau trug einen Ehering. Aber soweit es Mrs. Brown betraf, gab es ohne Frage nichts in der Richtung. Kosmetiksendungen vielleicht, ein Horoskop, ein Sexbuch? Oder ... — Jans Vorstellungen schlugen Wellen, wie wenn man einen Stein ins Wasser wirft — sie war in Wirklichkeit gar keine Witwe, ihr Mann im Gefängnis oder im Untergrund, wo er sich versteckt hielt. Die Möglichkeiten schienen uferlos.

Immerhin hatte sie darauf bestanden, das Wochenende dort zu bleiben, sie hatte nicht oft das Haus für sich. Auf dem Lande verbreitet sich die Nachricht schnell, wenn ein Haus leer steht. Sicher hatte Mrs. Brown nicht an die Silberbecher und Teller gedacht, die Roy bei Tennis- und Golfturnieren gewonnen hatte, auch nicht an die Battersea-Emaillen, die Kays ganze Freude und Stolz waren, ein Einbrecher würde ihren Wert erkennen.

Sie würde nicht einsam sein, hatte Mrs. Brown Kay erklärt, Donnerstag war Bingo dran, ein Whistturnier am Freitag und am Sonnabend eine Wiederholung des Kirchenchors, nein, die Banks' sollten ruhig nach Amsterdam fahren, die Kinder zu Tante Lolly und das Au-pair-Mädchen nach Eastbourne oder sonstwohin gehen, sie, Felicia Brown, würde die Festung halten. Jan konnte kaum mit einem herzlichen Willkommen rechnen. Aber wenn sie nicht nach Buzzard Minor zurückfuhr, wohin dann? Finde ein Zimmer, erkunde die Stadt. Irgendwas mußte in London am Wochenende doch möglich sein.

In der Zwischenzeit hatte ihr Körper sie daran erinnert, daß sie außer einem kleinen Sherry nichts zu sich genommen hatte. So beschloß sie, in einem Imbiß ein Sandwich und ein Glas Milch zu kaufen. Danach würde sie auf Zimmerjagd gehen. Dieser Teil Londons war dichtgedrängt mit Appartmenthäusern bestückt, sie würde schon irgendwas finden. Der Imbiß war ebenso überfüllt wie die Bahnsteige. Ob wohl Leute ohne Wohnung sich da zur Nacht niederließen? Auch am Schalter der Getränkeausgabe war eine Schlange. Man nahm ein Tablett, lief an einer Reihe von verglasten Behältern vorbei, prüfte, was man mochte, ein Käsesandwich, einen Hamburger, einen Krapfen, und was man eingesammelt hatte, kam auf das Tablett. Am Kopfende der Schlange gab es die unvermeidliche Verzögerung dadurch, daß Männer Getränke wählten, genau beobachteten, ob sie richtig ausgeschenkt wurden und dann an der Kasse umständlich nach ihrem Kleingeld herumfummelten. Die hinten Stehenden schimpften, daß sie Platz bräuchten, um ihr Tablett abzustellen, damit sie ihre Speisen einsammeln konnten. Jans wacher Blick flog über den überfüllten Raum. Ganz nahe bei ihr sammelte ein Pärchen seine Siebensachen zusammen und stand auf. Wie ein Blitz verließ sie die Schlange und lud die gestreifte Reisetasche auf dem Tisch ab. Ein ehrlich aussehendes Paar, wie aus einer Arnold-Bennet-Novelle herausgeschnitten, tauschte flüsternd Geheimnisse aus. »Ich komme wieder«, kündigte

Jan an. Eine ältere Frau mit weißem Haarknoten und hellblauem Mantel sah vom benachbarten Tisch auf und sagte: »Ist gut, meine Liebe.« Jan reihte sich wieder in die Schlange ein, die inzwischen noch länger geworden war. Sie stand hinter einer Mutter mit vier Kindern. Die spielten ein Spiel, das darin bestand, die Eßwaren aus den Glasabteilen zu nehmen und in das falsche Fach zurückzustellen. »Ihr werdet gleich von der Polizei geholt werden«, sagte die Mutter, die sichtlich ermüdet war. Jedes Kind hatte darauf bestanden, ein extra Tablett zu nehmen, alle wollten Fisch und Chips, die es an diesem Stand nicht gab und quengelten, daß sie eine Coca wollten, als die Mutter Milch vorschlug. Jan wurde von einer Hand in den Bauch getroffen, die ein halb ausgepacktes, triefendes Hot dog umklammerte, und eine Unmenge fettiger Krümel fielen auf ihre Jacke. Sie griff nach dem fuchtelnden Handgelenk. »Du legst das auf das Tablett«, befahl sie. Die Mutter, die wie so viele hier ungeduldig und auf Ausländerinnen nicht gut zu sprechen war, schlug sich wie eine Tigerin auf die Seite ihrer Brut. »Es ist neu für mich, daß das Ihr Kind ist. Was machst Du mit dem Hot dog, Morry. Ich sagte Dir ...« Sie bekam die fettige kleine Hand zu fassen und die Wurst fiel zu Boden, wo sie sofort zertreten wurde. »Dafür zahle ich nicht«, verkündete die Mutter. Sie zog ihre Brut hinter sich her, bestellte erst Tee, dann doch lieber Kaffee, verlangte zweimal Milch, tauschte sie gegen Cola und hielt alle auf, indem sie mit der Dame an der Kasse über die Rechnung zu diskutieren anfing. »Sechs Pence für ein Glas Milch und dann sagt die Bahngesellschaft noch, sie kann die Strecken nicht bezahlen, na, ich weiß, daß ich gar keine Milch habe, aber das tut doch nichts zur Sache.« Schließlich ging sie. Jan zahlte rasch ihr Sandwich und ein Glas Milch und wandte sich dem Tisch mit der Tasche zu. Der Tisch war da, aber keine Reißverschlußtasche.

2

Die Frau, der man ihr Gepäck verweigert hatte, weil sie keinen Aufbewahrungsschein vorweisen konnte, hieß Rita Gould, war einige Jahre auf der Bühne gewesen, hatte Nebenrollen gehabt, grade nur ein Dutzend Worte, hatte in Gruppenszenen getanzt und im Aufruhr mitgeschrien. Aber die modernen Stücke verlangten einige wenige erstklassige Spieler, so daß es ein hartes Leben für sie geworden war. Daher hatte sie in den letzten zwei Jahren ihren Unterhalt durch einen weniger alltäglichen Weg bestritten. Sie beobachtete Jan, wie sie sich dem Ausschank näherte, sah, wie sie ihre Reisetasche an einem günstigen Tisch abstellte. Sie eilte in den Raum und wanderte zwischen den Tischen hin und her, als ob sie eine nicht sichtbare Gestalt suchte. Dann, offensichtlich enttäuscht, sie nicht zu finden, ließ sie sich auf dem leeren Platz an Jans Tisch nieder. Das Arnold-Bennet-Paar war dabei, umständlich seine Siebensachen einzusammeln, und sie stritten sich dabei wie zwei spitzschnäbelige Vögel, der Mann protestierend, die Frau beharrend. »Der Zug wird erst in zwanzig Minuten reinkommen«, behauptete er. »Du kannst die Menge nicht davon zurückhalten, sich bereits jetzt anzustellen, und Du weißt, ich kann nicht mit dem Rücken in Fahrtrichtung sitzen. Das sollte Dir ein bißchen mehr Mühe wert sein.« Immer noch nörgelnd, begannen sie, sich auf den Weg zu machen. Eine Gruppe von vier Leuten kam lärmend in den Raum und sah sich suchend um. »Hier gibt es zwei Plätze«, sagte einer davon und deutete auf die, die das Paar soeben verlassen hatte. Rita stand rasch auf. »Da ist sie ja«, rief sie aus, »und ich warte hier die ganze Zeit auf sie.« Sie ergriff die Tasche und floh davon. Niemand versuchte, sie aufzuhalten. Die anderen zwei Mitglieder der Gruppe nahmen die zwei leeren Stühle ein, und gerade da kam Jan auf sie zu. »Wo ist sie«, fragte sie zornig, und obwohl sie sich an niemanden direkt wandte, gelang es ihr, daß sich praktisch jeder im Raum angesprochen fühlte. »Meine Tasche. Hier habe ich sie gelassen.«

Einer murmelte etwas, wie närrisch sie sei und ein anderer meinte, diese Hexen wüßten nicht mal, wann sie geboren seien.

»Sie haben es gesehen«, meinte Jan zu der Frau mit dem Dutt und dem blauen Mantel gewandt. Die schrieb jetzt geschäftig einen Luftpostbrief und trank ein Glas Milch dabei. Die hatte sie sich deshalb ausgesucht, weil sie nie richtig heiß gewesen war, und daher auch nicht kalt werden konnte. Die Frau sah erstaunt auf. »Sie sind solange fort gewesen«, sagte sie anklagend. »Natürlich, die Schlange. Ich behaupte immer, nur so kann man lernen, geduldig zu sein. Aber wo ist Ihre Tasche, so eine besonders hübsche. Das habe ich gleich bemerkt.«

»Ich frage Sie ja, denn ich war doch hier mit zwei Leuten, die jetzt fortgegangen sind.«

»Natürlich, sie sind gegangen, vielleicht haben sie Ihr Gepäck versehentlich mitgenommen. Das geschieht leicht.«

»Da gibt es kein Versehen. Sie wußten, daß es mir gehörte. Sie waren hier, als ich eintraf, ich sagte, ich komme zurück ...«

»Das hörte ich«, gab die Frau zu.

»Haben Sie sie gehen sehen?«

»Nein, nicht direkt, sehen Sie, ich schreibe einen Brief an eine Freundin in Kenia. Aber nein, sie hatten jeder nur ein Gepäckstück, das habe ich bemerkt. Ich bin ganz sicher, sie haben Ihres nicht mitgenommen. Was Sie tun müssen, Sie müssen mit einem Constabler reden. Hier gibt es immer irgendwo einen. Der wird Ihnen sagen, was man unternehmen kann.«

»Sie denken, er hat jemanden beobachtet, der zu Unrecht eine Tasche trägt?«

»Na ja, meine Liebe, es war ein besonders auffallendes Stück.«

Jan trank die Milch, ließ das Sandwich stehen und ging davon. Niemand war auch nur im entferntesten nützlich für sie, das sah sie ein. Die Polizei würde auch nicht helfen. Sie erinnerte sich daran, den Aufhänger entfernt zu haben, als sie die Tasche zurückerhalten hatte. Möglicherweise, aber wiederum auch unwahrscheinlich, hätte ein Gepäckstück mit der Aufschrift 'Reisende nach Griechenland' Aufmerksamkeit erregt, aber eins ohne ... Sie rannte aus dem Erfrischungsraum hinaus und stieß dabei beinahe einen hereinkommenden Reisenden um. Der Dieb konnte doch gerade, das wäre denkbar, sich für einen Zug angestellt haben oder am Fahrkartenschalter, und ob mit Aufhänger oder ohne, wenn sie ihre Tasche sah, würde sie ihr Eigentum zurückverlangen. Aber natürlich gab es nirgends eine Spur von ihr. Wer immer sie genommen hatte, so dumm war er nicht gewesen. Jedenfalls war der Polizist bereits von einer tränenreichen älteren Dame in Anspruch genommen. Die erzählte ihm, daß sie ihr Gepäckstück nur eine Minute oder weniger alleingelassen hätte und als sie bemerkte, daß sie es nicht mehr hatte, ging sie zurück zur Telefonzelle, aber da war es auch nicht.

»Was haben Sie erwartet, meine Dame?« fragte der Polizist ziemlich überdrüssig.

»Ich dachte, eine ehrliche Person hätte es vielleicht gefunden und bei Ihnen abgegeben.«

»Das wäre ziemlich ungewöhnlich, meine Dame.«

»Ich würde es tun an deren Stelle.« Er bezweifelte das nicht. »Stützen der Ehrlichkeit sind ausgestorben wie Dinosaurier, die gibt es nur noch bei Frauen Ihrer Generation. Warum gehen Sie nicht zum Revier und geben dort eine Beschreibung ab?«

»In der Polizeistation?«

»Ja, das meinte ich, meine Dame.«

»Und die sollen es für mich finden?«

Jan ging weg. Der gleiche Rat würde ohne Zweifel ihr gegeben werden. Dazu konnte sie noch erwarten, daß sie die ganze erniedrigende Geschichte mit Nikki aufdecken mußte und das Täuschungsmanöver gegenüber ihren Arbeitgebern. Sie erkannte, daß sie keine Wahl hatte. Sie mußte zurück nach Buzzard Minor, und Mrs. Brown hatte sich damit abzufinden.

Als sie die Zugabfahrtstafel studierte, stellte sie fest, daß sie gerade den letzten Eilzug verpaßt hatte und nur einen Bummelzug nehmen konnte, was zusätzlich noch ein Umsteigen in Bantok Green mit sich brachte, wo sie zwanzig Minuten auf den Anschluß warten mußte. Wenn sie so spät nach Manor Haus zurückkam, würde Mrs. Brown zweifelsohne mit ihrem unbekannten Freund zurück sein. In der Zwischenzeit mußte sie eine glaubwürdige Geschichte ersinnen, die ihre plötzliche Rückkehr erklärbar machte. Sie dachte an Mr. Crooks einfallsreiche Geschichte mit den Masern der Kinder, aber vielleicht war die halbe Wahrheit besser als eine Lüge. Erdachte Freunde, obgleich anfangs noch so nützlich, können sich im Nachhinein als schwer wieder wegzuerklären erweisen. Sie brauchte nur zu sagen, daß ihr Gepäck gestohlen worden war, ja, natürlich hatte sie den Bahnpolizisten aufgesucht. Wenn Mrs. Brown daraus schloß, sie hätte auch mit ihm gesprochen, war das ihre Sache. Sie prüfte das Geld in ihrer Börse. Wenn sie die Fahrkarte gekauft hatte, würde sie noch genau soviel Geld haben, um ein Taxi vom Bahnhof nach Buzzard Minor bezahlen zu können. Es kam nicht in Frage, im Zug ein Essen einzunehmen, aber es gab sowieso todsicher keinen Speisewagen. Sie mußte sich eben zuhause selbst ein Abendessen zusammenkratzen.

In der Zwischenzeit war Rita Gould rasch über den Bahnhofsvorplatz gelaufen bis zu einer engen Einkaufsstraße außerhalb des Bahnhofsgeländes. Dort trödelte ein Mann vor einem Juwelierladen herum. Sie stellte sich neben ihn, und unauffällig nahm er ihr die Tasche aus der Hand. »Das Mädchen sagte, sie enthalte all ihren Schmuck, was auch immer er wert sein mag.«

»Ein brandneues Stück! Wirklich schade, aber Du kennst unsere Regel: Keine Behälter zurückbehalten. Es zahlt sich nicht aus, zu gierig zu sein, man kann daran ersticken. Am besten, Du gehst nicht zur Station zurück, das Mädchen könnte da noch rumwüten. Geh' morgen nach Paddington, Silvie kann an der Victoria Station die Arbeit übernehmen.«

Er begann zu lachen. »Erinnerst Du Dich an den Koffer von heute morgen? Da war ein traumhaftes Brillenetui drin, vollgepfropft mit den Schätzen der lieben Alten, Diamantring, Brosche, Ohrringe, Perlenketten. Sie dachte vielleicht, da würde niemand hineinsehen.«

»Es war ein schöner Koffer«, sagte Rita wehmütig. »Er wird nicht mehr so schön aussehen, wenn man ihn in der Müllhalde findet. Wir sehen uns heute abend am üblichen Treffpunkt.«

So hielt er seine Bande zusammen, in engem Kontakt zueinander, zahlte anständig und regelmäßig. Ein kleines Unternehmen, natürlich, aber ein einträgliches. Man mußte immer auf der Hut sein, denn man wußte nie, ob man sich nicht jemanden angeworben hatte, der einen den Bach runtergehen ließ.

Rita hatte er vor ein paar Jahren in Euston aufgelesen, als sie sich gerade in der Handtasche einer anderen bediente, natürlich mit der Geldbörse. »Sie lag auf dem Boden, ich wollte sie gerade im Fundbüro abgeben«, gab sie vor.

»Kommen Sie lieber mit mir, ich habe eine bessere Idee«, sagte Teddy zu ihr.

»Sowas habe ich noch nie gemacht.«

»Du mußt eine Begabung dafür haben«, erklärte er ihr. Sie stellte sich als gute Errungenschaft heraus. Ihr Äußeres und ihr Sinn für das Lächerliche, den sie auf der Bühne mitbekommen hatte, waren vorteilhaft für diesen neuen Job. Jemand hatte mal in ihrer Hörweite eine Bemerkung gemacht, daß besonders ältere Damen sich ähnlich sind. Das war Ritas Stärke. Vergleiche sie mit zwanzig anderen und selbst die Polizei muß sich geschlagen geben. Er beobachtete sie, als sie sich davonmachte, und ging dann zu seinem Wagen, der unaufdringlich und unansehnlich wie Rita war. Er öffnete den Kofferraum und legte das Gepäckstück hinein. Da drin waren bereits eine Handtasche, Pelzhandschuhe und ein Feldstecher, den ein unwissender Idiot auf dem Tisch liegengelassen hatte, um sich ein Bier zu holen. Unnötig, den erlesenen

Geschmack der Taschendiebe zu erwähnen. Die Gelegenheiten dafür gaben ihnen die blöden armen Briten, die ihnen auf halbem Wege entgegenkamen. Die besten Dinge im Leben kosten nichts, jubilierte er, als er den Wagen aufschloß und sich am Fahrersitz niederließ. Millie hatte gut in Charing Cross gearbeitet und Dolores mit den langen Fingern war durch Waterloo wie ein Messer durch Butter gegangen. Viele Leute kamen spät und richteten ihre Blicke nur auf die Bahnhofsuhr. Das waren die, die schwer arbeiteten und vielleicht 25, 30, 40 Pfund verdienten. Während der schönsten Tage kein Spaß, kein Abenteuer, kein Ausspielen ihres Mutterwitzes gegen die dumpfe törichte Mehrheit, höchstens ein Wortwechsel. Sie bekamen, was sie verdienten. Er legte die Kupplung ein und fuhr ab.

Jans Zug fuhr mit zehn Minuten Verspätung ab, aber das machte wirklich gar nichts, denn eine nasale Stimme auf dem Umsteigebahnhof verkündete eine weitere Verspätung von 25 Minuten, ausgelöst durch den Ausfall einer Lokomotive. Der Zug war respektlos als des Benutzers Alptraum bekannt, aber die Eisenbahnverwaltung erklärte aufs liebenswürdigste, daß sie kein Geld hätte, um den Service zu verbessern. Jedenfalls fuhren sowieso nur Dummköpfe mit diesem Zug. Nachts bewegte er sich noch langsamer als gewöhnlich. Während die Landschaft in der Finsternis kaum zu erahnen war, schleppte er sich stotternd und zögernd von einer Station zur nächsten. Undeutliche Gestalten stiegen hier und da aus und wurden sofort von undurchdringlicher Dunkelheit verschlungen. Zwei Stationen vor Buzzard Minor kam ein apathischer Schaffner, der die Fahrscheine überprüfte und einbehielt. Der Zug war fast leer, als Jan ausstieg und einen Augenblick stehenblieb, um zu beobachten, wie der Zug langsam eine Kurve nahm und dann verschwand. 'Läßt die Welt in Dunkelheit und mich allein' ging ihr Grays 'Elegie in einem ländlichen Kirchengarten' durch den Kopf. Es war eins der Gedichte, die Dawn las, ein Evangelium von niederdrückender

Atmosphäre, wie sich Roy Banks ausdrückte. Sie war nicht ganz sicher, was er damit meinte, aber sein Tonfall war recht herabsetzend gewesen. Buzzard Minor konnte man zu keiner Zeit einen lebendigen Bahnhof nennen. Einige aus dem Ort benutzten ihn, doch die Mehrheit fuhr in die Stadt Buzzard Major, die auch einen Markt hatte. Sie nahmen ihren eigenen Wagen oder ließen sich von ihrem Fahrer oder ihrer Frau dahin bringen. Selbst der junge Mann, der normalerweise die Fahrscheine abnahm, war schon nach Hause gegangen. Der Warteraum, nicht besser als ein Schuppen, war verschlossen und zweifelsohne auch die Damentoilette. Am Ende einer Treppe führte eine ausgebleichte blaue Tür in die gleichgültige Außenwelt. Kein Zeichen von einem Taxi, kein Fahrer, der sie eventuell mitgenommen hätte. An einem kleinen Büro stand: *Autovermietung Tag und Nacht*, aber das Fenster war dunkel und kein Türklopfen oder Läuten an der Glocke hatte Erfolg. Nichts damit, dachte sie völlig niedergeschlagen, also auf Schusters Rappen reiten. Bis zum Manor-Haus waren es zwei Meilen, zwei Meilen nach Zählweise der Bauern, wie Roy sagte, und die Straße war uneben und schlecht beleuchtet. Glücklicherweise hatte sie sich angewöhnt, niemals ohne eine kleine Taschenlampe auszugehen. Die holte sie jetzt aus ihrer Handtasche und machte sich auf den langwierigen Heimweg. Sie hatte keinen Führerschein, da, wo sie herstammte, fuhren Mädchen von 18 Jahren mit dem Rad oder gingen zu Fuß. Seit sie nach England gekommen war, hatte sie sich eine Menge neuer Bräuche angeeignet und erschütterte Kay manchmal dadurch, daß sie auf dem Soziussitz eines Motorradfahrers mitfuhr oder sich mit sechsen in ein Auto mithineinquetschte, worin nur für drei Platz war. Sie hatte sich heute morgen sorgfältig angezogen. Sie trug hochhackige Schuhe, weil Nikki Mädchen, die wie Landstreicher herumliefen, nicht leiden konnte. Außerdem vergrößerte die zusätzliche Höhe von einem oder zwei Inch ihr Selbstbewußtsein. Aber eins war gewiß, sie waren bestimmt nicht die richtigen Schuhe, um damit nachts auf einem steinigen und unebenen Weg zu laufen. Als sie an einer Straßenkreuzung an einer Telefonzelle vorbeikam, kam ihr der Gedanke, Mrs. Brown anzurufen, um sie auf die unerwartete Ankunft vorzubereiten, falls sie wirklich eine Orgie vorbereitete — aber man konnte ebensogut erwarten, daß Königin Viktoria einen Skandal verursachte, während Albert abwesend war. Es hätte sie warnen sollen, daß auf das Läuten des Telefons niemand antwortete. Vermutlich ein verlängertes Wochenend-Bingospiel. Oder sie hatten sich in den 'Lord Charles' begeben. Da verbrachten sie gewöhnlich die restlichen Abendstunden, um sich zu bilden. Sie sah auf ihre goldene Uhr, die Crook so bewundert hatte. Die Zeit schien wie ein ungeduldiges Pferd davongerast zu sein. Es war schon nach halb neun Uhr. Die Warterei auf dem Umsteigebahnhof hatte den Abend verschluckt und der Zug war so langsam dahingeschlichen, als hätte er die Lust verloren, an seinem Bestimmungsort anzukommen. Falls Mrs. Brown das an Kay gegebene Versprechen hielt, das Haus nicht zu vernachlässigen, müßte sie jetzt sicher da sein. Oder sie war überhaupt nicht zum Bingo gegangen. Sie konnte es sich in dem Raum gemütlich machen, den Roy sich gern für seine fotografischen Experimente eingerichtet hätte. Aber Kay hatte ihm strikt erklärt, man könne keine erstklassigen Dienstboten halten, ohne Opfer zu bringen. Oder würde *er* es vorziehen, *seine* Schürze an sechs von sieben Abenden anzuziehen, um am Spültisch zu stehen? (Den siebten Abend fasteten sie vermutlich oder gingen auswärts essen.) Aber Mrs. Brown mußte zum Bingo gegangen sein, wiederholte sich Jan, als sie an den unbeantworteten Telefonanruf dachte. Nicht mal für eine Orgie auf dem Sofa würde Mrs. Brown das Telefon in der Stille läuten lassen.

Die Straße schien doppelt so lang und doppelt so schwer zu gehen, als sie jemals am Tag gewesen war. Aber dann war sie auch nicht allein gewesen, meist mit den Kindern oder mit dem, wie Kay sich ausdrückte, liederlichen Freund. Am Ende einer Meile voller Mühsal kam Jan an einen Wegweiser, der eine Abkürzung nach Buzzard Minor anzeigte. Der Weg sah überwachsen und dornig aus, aber er schien doch eine bessere Lösung als die endlose steinige Straße. Es war nach allem ein langer Tag gewesen. Sie zögerte einen Augenblick und überlegte, ob sie die Möglichkeit einer Mitfahrgelegenheit von einem späten Reisenden haben könnte, aber bisher war ihr kein Auto begegnet. Ähnlich wie Laster und Traktoren benutzen jetzt fast alle die Nebenstraße.

Das Waldstück, durch das sie sich jetzt fortbewegte, schien unergründlich finster zu sein, und sie war froh über ihre kleine Taschenlampe. Hin und wieder zeigte ein nahes Rascheln die Bewegungen eines Nachttieres an, ein Vogel vielleicht oder ein Igel, der sich schwerfällig durch das Laub bewegte. Einmal heulte eine Eule und höhnisch heulte Jan zurück, danach stolperte sie fast über einen dicken Körper auf ihrem Pfad, und sie glaubte einen Augenblick lang, es wäre ein Mann, tot oder betrunken, aber es war nur eines der Waldponies, das sich den Pfad als Stelle zum Ausruhen ausgesucht hatte. Es hob den Kopf und sah sie mit seinen wilden Augen unbewegt an. »Das ist kein Liegeplatz«, sagte sie ernsthaft zu ihm, dabei schlug ihr Herz voller Erleichterung. Und genau in dem Moment wurde sie gewahr, daß sie irgendwo von dem Pfad abgekommen war, denn sie befand sich in einem morastigen Farngebiet. Der Farn ging ihr bis zur Taille. Die Kinder liebten dieses Gebiet, in dem man sich verstecken und unsichtbar bleiben konnte. Aber es gab hier auch Sümpfe, und da wollte sie nicht hineingeraten. Sie hob die Taschenlampe und bewegte sie, um in der Ferne vielleicht ein erleuchtetes Fenster oder ein Dach zu entdecken. Aber damit war es nichts, wie Housman schrieb: »Auf all den geheimen Wegen findest Du nichts als die Nacht.«

Dann hörte sie in einiger Entfernung Räder rollen, sie mußte also in der Nähe der Hauptstraße sein. Aber bevor sie die erreichte, kam sie an einem Biergarten vorbei, 'Huntsman' genannt. Viel Lärm kam durch die Tür nach draußen. Hier war ein Treffpunkt für, wie Kay sich ausdrückte, 'Hippie-

Elemente'. Eine Music-Box dröhnte, einige sangen. Jan fand es nicht geräuschvoll, nur freundlich und lebendig. Aber plötzlich wurde ihre Aufmerksamkeit auf einen Motorroller gelenkt. Der stand an einen Baum gelehnt und sah so unmodern aus wie ein Saurier in dieser Zeit von krachenden Motorkarren und Wagen, die aussahen, als seien sie aus Biskuitschachteln zusammengesetzt. In seiner Art war der Roller genauso charakteristisch wie Crooks Rolls-Royce.

Ihre Augen strahlten. Die Traurigkeit verschwand, sie erkannte den Roller, davon gab es keine zwei gleichen im Lande, und sie kannte den Besitzer, einen wilden Burschen nach Ansicht der örtlichen Philister, nach seinen eigenen Worten ein überzeugter Revolutionär. Sein Name war Hugh Wheeler, jeweils bewundernd oder verächtlich als 'Hugh, das Rad' bekannt. Sie war ihm vor mehreren Wochen begegnet, als er versuchte, Freiwillige für eine Demonstration, die er feurig unterstützte, zusammenzutrommeln. »Wenn Du nicht um der anderen wegen kommen willst, komme Deinetwegen«, argumentierte er. »Kein Mensch ist eine Insel, alles, was vor sich geht, berührt alle.« Das bezog sich auf Alte, auf Schiffsarbeiter, Studenten, Armeeangehörige, die in Übersee kämpften, und all die unterbezahlten Sklaven des Kapitals. »Der Kerl ist in einer Seifenkiste geboren«, hatte mal jemand bemerkt. Schon zweimal hatte er Schwierigkeiten mit der Polizei gehabt. »Es gibt ein Gesetz für die Sieger und ein anderes für die Besiegten«, erklärte er. »Sie können mich herumstoßen, aber ich darf nichts machen.« Außer bei seinen Altersgenossen genoß er nicht viel Sympathie bei den Bürgern des Distrikt. Man zahlte für den Wohlfahrtsstaat, für Pensionen, ob die Anwärter dazu beigesteuert hatten oder nicht, man zahlte Erziehungsgelder, kostenlosen Orangensaft und Milch, trotzdem kamen diese widerlichen jungen Leute an die Tür, schüttelten ihre Büchsen und riefen nach mehr wie die Nachkommen der Blutsauger.

Damals kam Hugh mit einer Kaution davon. Er verdankte das wohl der Tatsache, daß niemand ihn dafür verklagen konnte, daß er von der Arbeitslosenunterstützung lebte, die hart arbeitende Bürger zahlten. Es erschien seltsam, daß ein so hitzköpfiger junger Mann einen so friedlichen Beruf ausübte. Er arbeitete jetzt bei Mr. Pringle in einer großen Gärtnerei jenseits der Straßenkreuzung. Mr. Pringle war der Ansicht, daß er die richtigen Hände für alles, was 'grün' ist, habe. Für 'rot', behaupteten seine Gegner. »Ich wundere mich, daß Du für einen Kapitalisten arbeitest«, hatte Jan gestichelt. Und er erwiderte: »Wenn alle Kapitalisten den Mann auf der Straße mit der gleichen Zuneigung behandelten, die der alte Pringle seinen Pflanzen zuwendete, könnte man schon morgen mit den Demonstrationen aufhören, weil man ihre Ursachen beseitigt hätte. Ich möchte die Burschen in den Sozial- und Gesundheitsbehörden nur ein Mal ihre Aufgaben so ausführen sehen, wie er es tut, düngen, bewässern, teilen, so daß sie sich nicht gegenseitig erdrücken, des Nachts bei ihnen sitzen, wenn es nötig ist. Nein, er ist in Ordnung.«

Er war Jan und den Kindern eines Tages begegnet, als er vom Manor-Haus kam, wo er in seiner Lunchzeit einige Pflanzen abgeliefert hatte, die Kay besonders eilig geliefert wünschte. Pflanzen austragen war eigentlich nicht seine Aufgabe, dafür gab es einen Laufburschen und für die größeren Gewächse einen Lastwagen, aber der war im 'Trockendock', und der Junge konnte nicht alles machen, so daß er mit zwei Töpfen auf seinem Roller gekommen war. »Kann ich auf Deinem Soziussitz mitfahren?« fragte Dawn.

»Das ist gegen die Bestimmungen der Gewerkschaft.«

»Was ist eine Gewerkschaft?«

»Eine Menge von Burschen, die aufpassen, daß Du nicht gegen die Regeln verstößt.«

Jan und die Kinder fingen an zu lachen.

»Es ist wahr«, versicherte Hugh.

»Läßt die Gewerkschaft zu, daß Du Blumen austrägst?«

»Die Gewerkschaft ist beim Lunch«, meinte Hugh.

»Hast Du auch versucht, etwas für Deine Sammelbüchse einzutreiben?« fragte Jan unschuldig.

»Ich war nicht sehr erfolgreich.«

»Ja, Mrs. Banks ist auswärts und Mrs. Brown gibt nichts an der Tür.«

»Ich sah ein weibliches Gegenstück von einem Säbelzahntiger. Ist das Mrs. Brown?«

»Das paßt genau auf sie.«

»Wann kommt Mr. Banks zurück? Bei ihm sollte ich mehr Glück haben. Er wäre sich bewußt, daß auch er eines Tages einer der Alten sein würde ...«

Dawn sagte laut und deutlich: »Meine Mutter sagt, wir können nicht mehr als zwei Enden zusammenbinden.« Er lächelte ermutigend. »Dann müßt Ihr eben den Gürtel enger schnallen oder eine Decke aus dem Bett nehmen.«

»Dann würde Mutter frieren.«

»Du hast schon die richtige Einstellung«, sagte Hugh. »Wenn Dir kalt ist, denkst Du an andere, die frieren könnten. Wißt Ihr, wovon ich spreche?«

»O, ja«, nickte Dawn. »Du bettelst.«

»Ja, so bin ich. Würdest Du mir etwas geben, wenn Du etwas hättest? Für eine arme alte Dame?«

»So alt wie Mammi?«

»Älter als sie.«

Dawn sah empört aus. »Eine so alte Dame könnte meinen Mantel doch gar nicht tragen, und Mammi würde an die Decke gehen.«

»Okay«, stimmte Hugh zu und wandte sich an Jan. »Wie steht es mit Dir? Hast Du am Sonntag frei?«

»Um zur Kirche zu gehen.«

»Und was ist mit dem Rest des Tages? Komm doch zur Demo. Du kannst auf dem Soziussitz mitfahren. Mein Roller ist sicherer als er aussieht.«

»Ich bin schon in Holland mitgefahren. Aber an diesem Sonntag kann ich nicht. Mrs. Brown hat frei, da muß ich bei den Kindern bleiben.«

»Du solltest in eine Gewerkschaft eintreten und Dich über Deine Rechte informieren lassen. Oder bring die Kinder mit.

Ich organisiere ein Transportmittel für sie. Man kann nicht früh genug damit beginnen.«

Coral brüllte auf und stampfte mit dem Fuß. »Jan gehört uns!«

»Sie gehört der Gemeinschaft.«

Coral sah hilflos zu ihrer Schwester. Dawn war nicht so schnell zum Schweigen zu bringen. »Wir sind die Gemeinschaft«, sagte sie.

»Du hast gewonnen«, sagte Hugh. »Vergiß nicht, wir sind immer froh, wenn ein zusätzliches Paar Füße dabei ist.«

Als sie ins Haus traten, war Mrs. Brown in der Eingangshalle. »Ich habe Dich mit diesem Tränendrüsenhai reden sehen«, sagte sie streng. »Du solltest ihn nicht ermutigen.«

»Ach, Dawn hat ihn erledigt«, sagte Jan leichthin. Aber sie traf ihn wieder: in der Bar von Red Chestnut in Buzzard Major und später in einer Cafeteria und gelegentlich an seiner Arbeitsstelle, wohin sie von Mrs. Banks wegen einiger Setzlinge geschickt worden war. In einer kleinen Gemeinde kommt die Jugend sich schnell näher. Und gerade jetzt, wo sie eine helfende Hand so dringend brauchte, stand da der Roller, nicht einmal angekettet, und lud sie ein, sich selbst zu bedienen. Sie zögerte an der Tür des Gasthofes, aber die Geräusche von drinnen entmutigten sie. Sie war nicht darauf aus, ihre Heimkehr direkt nach dem Start in die Ferien zu erklären. Geheimhaltung war angebracht. Und hatte nicht Sir Philip Sidney den Ausspruch getan: »Freund, Deine Not wiegt schwerer!« Geräuschlos schob sie den Roller auf den Weg und einige Schritte weiter auf die Straße. Und eine Minute später steuerte sie freudig in Richtung Manor Haus. Ihre Lebensgeister erwachten, als sie abwechselnd im Mondlicht und im Schatten fuhr, denn der Mond schien so unbekümmert wie sie, mal hell wie ein Feuerturm, mal versteckt hinter einer Wolkenbank, als ob er sich für die Nacht zurückziehen wollte. Ihre Heiterkeit machte sie sorglos. Sie wußte, sie hatte ihr Ziel fast erreicht, und nahm die letzte Kurve in halsbrecherischem Tempo. Und sah sich plötzlich einem Wagen gegenüber, dessen Fahrer genau so erschrocken war wie sie, als er diese Erscheinung vor sich fand, wo er eine leere Straße vermutet hatte. Er brüllte heftig, aber der Wind trug die Worte fort. Dann schoß er um die Kurve und war außer Sicht. Nicht mal ein Kratzer an seinem Lack, überlegte sie verachtungsvoll. Sie selbst war weniger gut davongekommen. Bei dem Versuch, dem Wagen auszuweichen, hatte sie das Steuerrad herumgerissen und war an einen Baum gefahren, der an der Straßenseite wuchs, zu welchem Nutzen konnte keine Menschenseele ahnen. Der Roller hatte beim Zusammenprall mit diesem Baum die Fahrerin abgeworfen. Es gab ein Geräusch von brechendem Glas, und der Scheinwerfer ging aus. Jan machte sich los. Sie war mehr verärgert als verletzt und rief dem Fahrer des Wagens in ihrer Muttersprache verspätet eine beleidigende Antwort nach. Sie blutete nicht, mit Ausnahme eines Schnitts an ihrer Hand, die mit einem Glassplitter in Berührung gekommen war. Ungeduldig leckte sie das Blut ab, wartete einen Augenblick, aber außer dem Wind, der das Laub in den Bäumen bewegte, war kein anderes Geräusch zu hören. Daher richtete sie das Fahrzeug auf und beabsichtigte, es ein paar Meter weiterzuschieben und an den Zaun gelehnt stehenzulassen. Aber obwohl es gut aussah, hatte es mehr Beschädigungen erlitten als sie selbst. Das Vorderrad war verbogen, sie hoffte, Hugh war versichert. Sie schob es halb, halb trug sie es zur Straßenseite, wo eine Menge Sträucher das, was einmal ein Feldweg gewesen war, überwachsen hatten. Da jetzt niemand mehr diesen Weg benutzte und der Bauer, zu dessen Weiden er führte, ein Schild angebracht hatte, das ihn als 'Privat' bezeichnete, war er vollständig zugewachsen. Sicherlich konnte man rein rechtlich den Farmer dazu zu zwingen, das Schild wieder zu entfernen, aber es ging das Gerücht um, daß er einen freilaufenden Stier auf dem Feld grasen ließ, für den er keine Verantwortung übernahm. Jan glaubte das nicht. Kein Farmer, der das Salz in der Suppe wert war, setzte auf solche Weise einen wertvollen Bullen aufs Spiel. Denn eine Menge Wanderer waren so unverständig, daß sie sich nichts dabei dachten, die Tore offenzulassen. Sie bahnten sich einen Weg durch das angebaute Getreide und warfen ihre Abfälle auf die Felder. – Jedenfalls bot die Sackgasse, die tatsächlich dadurch entstanden war, ein angemessenes Versteck für den Roller. Morgen konnte sie eine günstige Gelegenheit abwarten und Hugh wissen lassen, wo er sich befand. Sie hatte keine Angst vor Vergeltung. Sich einen Wagen für eine Schwarzfahrt auszuleihen, war hierzulande kein Verbrechen, daher konnte es mit einem Roller noch weniger Unrecht sein. Sie bedauerte auch nicht, daß Hugh nach Hause laufen mußte. Er wird mitgenommen, sagte sie sich bequemerweise, oder er freut sich über den Spaziergang, denn er ist stark wie ein Füllen.

Ihre eigenen Pläne waren verschwommener. Sie wollte nur so kurz wie möglich im Manor Haus bleiben. Falls Mrs. Brown noch nicht zurück war, konnte es ihr sogar gelingen, unbemerkt in ihr Zimmer zu schleichen. Die Haushälterin kam niemals in diesen Flur, und am frühen Morgen, bevor Mrs. Brown munter war, konnte sie sich schon wieder davonstehlen. Sie brauchte nur die alte Reisetasche zu nehmen, mit der sie in England angekommen war, die Kleidung hineinzupacken, die ihr für Griechenland nicht gut genug erschienen war. Der Unfall tat ihr leid, sie hatte vorgehabt, den Roller zum 'Huntsman' zurückzufahren und ihn dort zu lassen, wo sie ihn vorgefunden hatte. Sie war sich klar darüber, jeder wußte, daß er Hugh gehörte, es gab keinen zweiten derartigen im Umkreis von fünfzig Meilen. Aber in seinem gegenwärtigen Zustand konnte sie ihn nicht bewegen.

Die Ortspolizei wurde durch PC Trubshawe vertreten, einen Bauerntölpel, wie Kay übellaunig versichert hatte. Seine Vorgesetzten fänden wohl, für die Leute hier genügte auch eine Vogelscheuche in Uniform. Roy hatte dem widersprochen. Es zeige, welche hohe Meinung man von der moralischen Rechtschaffenheit in dieser Gegend habe. Buzzard Minor jedenfalls würde ihn nicht gegen den Kopf des CID eingetauscht haben.

Ein paar Minuten später stand Jan vor der Tür von Manor Haus. Der Wind hatte während der letzten Stunde beträchtlich an Stärke zugenommen, die Wolken wurden wie Wäsche an der Leine hin und hergeweht, Regen kündigte sich an. Es war, als liefe man auf einem Schachbrett, hier ein weißes Viereck, wenn der Mond durchkam, da ein schwarzes, wenn er wieder verschwand. Das Haus wirkte wie ein aufgestellter Pappkarton gegen das Possenspiel des Himmels. Jan öffnete ihre Handtasche, um den Schlüssel für die Eingangstür herauszunehmen. Alles war still und dunkel, so daß Mrs. Brown wohl doch nicht dem Ruf der Bingospieler widerstanden hatte. Jan zog die Hand aus der Tasche. Der Schlüssel war nicht drin, und dann erinnerte sie sich, ihn herausgenommen und in die Reisetasche gesteckt zu haben, sicherheitshalber. Sie kramte in ihren Taschen herum in der Art der Frauen, die ein extra für sie geschaffenes Wunder erwarten, aber alles, was sie fand, war eine Karte, die sie nie vorher gesehen hatte. Im Licht der kleinen Taschenlampe las sie: *Arthur G. Crook. Ihre Schwierigkeiten, unser Beruf.* Und dazu zwei Adressen, vollständig und mit Telefonnummern. Zum ersten Mal, seit sie sich getrennt hatten, erinnerte sie sich an ihn. Er wirkte wie ein Klempner, dachte sie und war schon dabei, die Karte fortzuwerfen, aber aus einem plötzlichen Impuls heraus steckte sie sie in die Tasche zurück. In jedem Fall wollte sie nicht, daß Mrs. Brown sie entdecken sollte, und Kay hatte einmal bemerkt, daß diese Frau sogar die Blumen in den Töpfen an den Fenstern abstaubte. Ohne viel Hoffnung läutete sie an der Tür, sie hatte noch den unbeantworteten Telefonanruf in Erinnerung. Mrs. Browns Zimmer ging zur Vorderseite des Hauses, und wenn sie nicht total betrunken war — eine tolle Vorstellung, aber so unwahrscheinlich, wie daß das jüngste Gericht am nächsten Morgen hereinbrechen würde —, war sie nicht zu Haus. Sie ging zur Seitentür, aber auch die war verschlossen wie eine Trommel. Unter den Stein würde Mrs. Brown den Schlüssel, umsichtig wie sie war, keinesfalls legen.

Jetzt muß ich warten, bis sie zurückkommt, überlegte Jan wütend, und sie wird nicht sehr erbaut sein, weil so herauskommt, daß sie gar nicht wie versprochen frühzeitig zurückgekommen ist. Es gab keinen Ausweg für Jan. Selbst wenn sie den ganzen Weg bis Buzzard Major zurücklief, war da nur der 'Lord Charles', und vermutlich war Mrs. Brown gar nicht dort, so wie es aussah. Wenn doch, würde sie zornig sein, inmitten all ihrer Freunde aufgespürt zu werden. Nach Buzzard Major kam Firlmere mit einem Gasthof, dem 'Pumpkin and Pie', aber der lag außerhalb der Route der Bingospieler. Irgend jemand würde Mrs. Brown schon mit dem Auto zurückbringen. In jedem Fall muß ich warten, sagte sich Jan. Sie dachte dabei an die Märchen ihrer Kindheit, wo immer ein großer Baum, meist ein Walnußbaum, neben der Mauer wuchs und dem Eindringling die Möglichkeit bot, an eines der oberen Fenster zu gelangen. Aber hier, wußte sie, gab es keinen solchen Baum, noch würde die vorsichtige Mrs. Brown ein Fenster offengelassen haben. Trotzdem lief sie zur Rückseite des Hauses. Sie grübelte über die möglichen Eigenschaften des verstorbenen Mr. Brown, falls die Haushälterin wirklich Witwe war und nicht die traurige Gestalt einer verlassenen Frau. Da hörte sie das Telefon im Haus läuten. Es gab also noch jemanden außer ihr, der glaubte, Mrs. Brown müsse im Haus sein. Das Haus war, wie Kay einmal geäußert hatte, überladen mit Telefonapparaten. Einen in der hinteren Halle, einen in Roys Arbeitszimmer, einen im großen Schlafzimmer im Obergeschoß. Eigentlich verwunderlich, daß niemand ein Telefon ins Badezimmer verlegte, dem einzigen Raum, der eine Intimsphäre zusicherte und erlaubte, sich hinter einer verschlossenen Tür zurückzuziehen. Aber möglicherweise verstieß das gegen eine Sicherheitsbestimmung der Regierung. Die Alten waren richtig verrückt nach Sicherheit, wie Jan fand. Wäre es anders, hätte Mrs. Brown einen Schlüssel unter einen Stein an der Hintertür gelegt.

Es gab wenige Geräusche, die so unheimlich und zwingend

waren wie das Läuten des Telefons in einem leeren Haus. Der Ton ist so befehlend, seine Geduld endlos.

»Ach hör doch auf«, rief Jan, »verstehst Du nicht, daß niemand im Haus ist.«

Aber verständlicherweise nahm das Telefon keine Notiz von ihr. Sie zitterte. Der Wind hatte kein bißchen nachgelassen, dafür war der unvermeidliche Regen dazugekommen. Für diesen kühlen englischen Abend war sie nicht angezogen, sondern für die sanfte Luft Griechenlands. Das Telefon hörte auf zu läuten, und sie atmete auf. Aber einen Augenblick später begann es von neuem. — Sie konnte sich vorstellen, wie der Anrufer sich selbst ermunterte: Ein Versuch noch!

Ihr fiel ein, es könnte Tante Lolly sein, die irgendwas von den Kindern zu berichten hatte, konnten sie einen Unfall gehabt haben? Waren sie davongelaufen? Aber das hatten sie doch noch nie getan. Wohin sollten sie auch laufen? Aber einen Augenblick lang glaubte sie doch, wenn sie jetzt den Hörer abnehmen könnte, würde sie nicht überrascht sein, ihre hellen Stimmen zu vernehmen, die sie baten, sie irgendwo abzuholen. Aber dann tat sie diese Überlegung als völlig albern ab. In der nächsten Woche würde die Tante sie wieder zurückbringen. Der Anruf mußte für Mrs. Brown bestimmt sein, die aber nicht zurückgekommen war. Ihr Zimmer war dunkel, und mit Ausnahme des großen Wohnzimmers, dessen Terrassentür durch schwere Vorhänge abgedeckt werden konnte, gab es überall Fensterläden, nur im Obergeschoß nicht. Ein Licht hätte man von draußen gesehen.

Sie ging nochmal zur hinteren Tür, zerrte nochmal heftig am Türgriff, als ob bloße Willenskraft und Wut ein Ergebnis erzielen könnten. Aber ebensogut hätte sie versuchen können, in das Gefängnis von Parkhurst einzudringen. Sie kannte diese Schlösser.

»Man könnte denken, hier würden die Kronjuwelen aufbewahrt«, hatte sie einmal zornig zu Mrs. Brown gesagt.

»Vorbeugen ist besser als heilen«, war die unausweichliche Antwort gewesen.

Der Mond, als ob ihn das pausenlose Läuten aufgestört hätte, kam nun wieder hinter den Wolken hervor und ließ den Garten silbern erstrahlen. Hier und dort tauchten bisher unsichtbare Blumen auf und nahmen Gestalt an, Sträucher reckten ihre Zweige gen Himmel, als wenn plötzlich ein Licht angemacht worden wäre. Im Obstgarten heulte der Wind zwischen den Bäumen. Es schien unwirklich, daß draußen soviel Leben war, während das Innere des Hauses bewegungslos blieb. Gerade als sie das dachte, hörte auch das Klingeln auf.

Hoffnungslos wanderte sie um das Haus herum, falls die umsichtige Mrs. Brown doch noch ein Fenster offengelassen haben sollte. In Geschichten kam das vor, hier natürlich nicht.

»Auf solche Frauen würde ich nichts geben«, hatte sie Mrs. Brown einmal sagen hören, als sie verachtungsvoll den Fernseher ausschaltete. »Kein bißchen Verantwortungsgefühl.«

Nein, wenn sie ein Haus verschloß, konnte keine Maus mehr hinein. Jan kam zu der Terrassentür. Ihre dunklen Scheiben spiegelten den Mondschein wieder. Die dicken Vorhänge waren zugezogen. Es war dies der schönste Raum im ganzen Haus und gleichzeitig der, der am wenigsten bewohnt wurde. Mehr ein Museum als ein Wohnraum, dachte Jan. Hier war Kays Sammlung der Battersea-Emaillen untergebracht, die durch die königlichen Schätzer begutachtet und anerkannt worden waren. Hier hingen das seidene chinesische Pergament und einige Miniaturen, gleichfalls von Victoria und Albert geschätzt.

Warum kann ich nicht Aladin sein und einfach nur *Sesam öffne Dich* rufen müssen, wünschte sich Jan, wobei sie mehrere Märchen durcheinanderwarf. Sie lief an der Tür entlang und schlug auf die dunklen Scheiben, die von innen mit Spezialschlössern gesichert waren. Und da öffnete sich zu ihrer großen Überraschung die Tür unter ihrer Hand.

3

In Amsterdam wanderten Roy und Katharina Banks, nachdem sie ihren Gastgebern frühzeitig eine gute Nacht gewünscht hatten, zu ihrem Hotel am Kanalufer. Hier gab es Paare oder kleine Gruppen, die sich an den Tischen der Gaststätten versammelt hatten und Kaffee oder Schnaps tranken. Im Wasser spiegelten sich die Sterne wie goldene Lichter.

»Ein richtiges kleines Märchenland«, bezeichnete Roy das Schauspiel. »Laß uns uns hinsetzen und irgend etwas zu uns nehmen. Jetzt können wir doch noch nicht schlafen gehen. Weißt Du«, er zog einen Stuhl zurück, »hier könnten wir auch mal mit den Kindern hingehen.«

»Was um Himmels willen wolltest Du hier mit ihnen anfangen?« fragte Kay. »Hier sind doch nur die Grachten und die Geschäfte. Den beiden geht es in Bournemouth besser. Zumal sie da schwimmen können.«

»Diese Kinderstadt, Madurodam, wo wir gehalten haben, die würde ich ihnen gern vorführen.« Er lachte in sich hinein. »Unwirklich, so ein Gemeinderat, der aus dreißig Jungen und Mädchen ihrer Altersstufe besteht, das ist doch was, Kay.«

»Sie haben die Idee von Beaconsfield übernommen«, sagte seine Frau. Sie war undiplomatisch genug, alle Antworten im voraus zu wissen. »Wenn Du den Kindern eine Unterhaltung bieten willst, fahre mit ihnen dorthin. Sie finden dort eine Modelleisenbahn und eine Reihe von Kirchen, die alle unterschiedliche Glocken haben, und eine Fuchsjagd. Sogar einen Einbrecher, einen dicken Kerl, der eine Tasche mit der Aufschrift 'Diebesbeute' über seine Schulter gehängt hat. Meine Großmutter hat mich einmal dorthin mitgenommen, im ganzen gesehen, glaube ich, sie freute sich mehr darüber als ich.«

»Für jemand, der wenig Spaß daran gehabt hat, erinnerst Du Dich aber noch recht gut«, schmunzelte Roy. »Wir können ja mal hingehen, aber angesichts der Tatsache, daß sie als kleine Europäer aufwachsen sollten, können wir ihre Freizeit nicht nur der Tante und dem Au-pair-Mädchen überlassen. Die ist ein ziemliches Gänseblümchen, das nur nebenbei.«

»Das mußt Du Mrs. Brown erzählen. Die wird Dir schon erklären, daß Gänseblümchen ganz nett sind, aber nicht auf ihrem Rasen. Es traf sich gut, daß sie die Einladung nach Eastbourne hatte, Jan, meine ich, falls sie wirklich dahin gegangen ist.« Roy war gleich kampfbereit. »Warum solltest Du das bezweifeln?«

»Zu einer verheirateten Freundin fahren, die zwei kleine Kinder hat, das klingt mir nicht nach Ferien.«

»Wenn Du nicht sicher warst, hättest Du es nachprüfen müssen. Wir sind verantwortlich für das Mädchen. Hast Du überhaupt keine Adresse von ihr?«

Kay lachte. »Was für ein alberner Quälgeist Du doch bist. Immer ärgert Dich irgend etwas. Einwanderer oder die Schulausbildung oder irgendeine Ungerechtigkeit auf der anderen Seite der Welt.«

»Aber sie ist doch hier an Tochters Statt, daran mußt Du denken.«

»Du kannst ja eine Tochter von achtzehn Jahren fragen, wie sie sich vorstellt, ihr Wochenende zu verbringen. Sie wird Dir schon sagen, daß sie nicht verlorengeht.«

»Aber dies Mädchen ist eine Ausländerin. Wohin kann sie denn gehen?«

»Ach, sie hat eine Menge von Freunden in der Sprachenklasse. Alle, denke ich, treffen sich. Wir würden sie nicht behalten können, wenn wir sie wegen jeder Einzelheit ins Kreuzverhör nehmen. Vermutest Du einen Freund und bist darüber erschrocken? Heutzutage können Mädchen von achtzehn ihr Leben selbst in die Hand nehmen. Jedenfalls möchte ich sie ebensogern behalten wie Du. Die Kinder beten sie an. Natürlich bin ich froh, daß sie ein paar Tage bei Tante Lolly sind, denn zu anhänglich sollten sie nicht werden. Wenn Du sie sprechen hörst, könntest Du fast denken, sie haben weder Mutter noch Tante.«

»Aber ich behaupte, Jan unterscheidet sich wohltuend von Deiner Schwester oder Mrs. Brown.«

»Mrs. Brown ist eine Haushälterin und kein Au-pair-Mädchen.« Sie wechselte schnell das Thema. »Ich muß sagen, es war ein Trost für mich, als sie sich anbot, zu bleiben, solange wir weg sind. In letzter Zeit hat es zuviele Einbrüche in Landhäuser gegeben, und es geht schnell herum, wenn ein Haus leersteht.«

»Und dann kommt ein fetter weißer Mann, der eine Tasche mit der Aufschrift 'Diebesbeute' trägt«, spottete Roy.

»Man sollte keine Witze darüber machen. Wir müssen dankbar sein, daß wir Mrs. Brown bekommen konnten. Du würdest es nicht mögen, wenn sie uns verließe. Sie organisiert den Haushalt wie ein Computer.«

»Das ist ein interessanter Gedanke. Glaubst Du, sie ist etwas Derartiges? Etwas beunruhigt mich an diesen Maschinen, wenn sie einen Fehler machen, können sie nicht zurückgehen und ihn verbessern. Davon bist Du dann lebenslang betroffen. Wer war eigentlich Mr. Brown, weißt Du das?«

»Mrs. Browns Ehemann, vermutlich.«

»Armer Teufel. Aber vielleicht war er auch ein Computer.«

»Wenn wir im Hotel zurück sind, werde ich sie anrufen, denke ich.«

»Mrs. Brown? Du mußt verrückt sein. Warum, um Gottes willen?«

»Sie wird bestimmt vornehm rosa vor Aufregung. Ein Anruf aus Europa! Ich werde ihr sagen, daß Du Dir Sorgen um sie machst.«

»Und wenn sie nicht rangeht?«

»Dann spielt sie noch Bingo. Aber sie sagte mir, sie wird früh zurückkommen und einen Freund zum Abendessen mitbringen.«

»Das ist ein furchteinflößender Gedanke«, murmelte Roy. »Mrs. B. und ihr Hausfreund allein im Dienstmädchenzimmer — klingt nach einem düsteren Roman von Anthony Trollope. Wenn Du einen guten Rat zu schätzen weißt, Kay, vergiß diesen Anruf! Denn, Möglichkeit A, sie glaubt, Du traust ihr nicht und ist gekränkt ...«

»Der Gedanke käme ihr nie, sie würde selbst bei Gott dem Allmächtigen davon ausgehen, daß er *ihr* blind vertraut«, unterbrach ihn Kay.

»... Möglichkeit B: Sie hat es sich gerade mit besagtem Freund auf dem Sofa gemütlich gemacht. Auch in dem Fall wäre sie Dir nicht unbedingt dankbar ...«

»Du hast eine schmutzige Phantasie«, sagte Kay kühl.

»Immerhin *habe* ich Phantasie, das ist doch was, oder? Vielleicht bewirtet sie ja auch den Pfarrer mit Kaffee und Kuchen.«

»Er ist verheiratet und hat sieben Kinder.«

»Gerade dann müßte er froh über etwas Abwechslung sein. Nein, im Ernst, ich verstehe schon, was Du meinst. Ich bin auch zufrieden, daß sie sich angeboten hat, dazubleiben. Es müßte ein ziemlich mutiger Einbrecher sein, der sie einschüchtern könnte, und ich möchte meine Sammlung nicht gern verlieren.« Die silbernen Becher und Teller, die er durch seine Geschicklichkeit beim Golf- und Tennisspielen gewonnen hatte, waren seine Schoßkinder. Mit fünfunddreißig Jahren hatte er eine Körperkondition, um die ihn ein um zehn Jahre Jüngerer beneidet hätte.

»Du und Deine silbernen Suppentassen«, lachte Kay. »Und wo wir gerade von Tassen reden, ist Deine schon leer?« Sie schenkte aus der großen Kanne nach.

Aber ihr gütiges Gedenken an ihre Haushälterin blieb unerwidert, denn als sie mit wenig Mühe den Anschluß bekamen (gutes altes Holland, auf der Höhe durch den gemeinsamen Markt, wie Kay meinte), nahm am anderen Ende niemand ab.

Als Jan mitten in dem dunklen Raum stand und den Regen gegen die Fensterscheiben prasseln hörte, der Mond war schon wieder hinter den Wolken verschwunden, wurde ihr klar, daß irgendwas nicht stimmte. Mrs. Brown, die Säule der

Vollkommenheit, würde niemals die Tür ungesichert lassen, selbst wenn sie nur bis zur Post ging, geschweige denn zu einem Bingoabend. Wilde und respektwidrige Gedanken kamen ihr in den Sinn.

Vielleicht ist sie mit einer Diebesbande in Verbindung, schoß es ihr durch den Kopf. Vielleicht wollte sie ja deshalb dableiben. Der Gedanke hatte seinen Reiz. Vielleicht ist es nicht das erste Mal, aber niemand kann es ihr je beweisen. Die Heilige Felicia Brown mit einem Alibi fest wie ein Tau und kilometerlang, wie Hugh es ausdrückte.

Sie bewegte sich so sicher durch die Dunkelheit, als folge sie einem Peilstrahl, umging die Stühle und schaltete das Licht an. Der venezianische Kronleuchter erfüllte den Raum mit silberglänzendem Licht, dem Mondlicht nicht unähnlich, aber viel heller. Jan wandte sich instinktiv zum Kamin, wo die beiden chinesischen Wandteppiche, der Mann im Boot und der heilige Vogel hingen, und stand wie angenagelt. Da war nichts außer einem etwas breiteren helleren Streifen an der Tapete an der Stelle, wo sie gehangen hatten. Ein weiterer alarmierter Blick zeigte ihr, daß die Vitrine, in der sich die Battersea-Emaille befunden hatte, ein aufgebrochenes Schloß aufwies, die Glasscheiben waren in Scherben und der Inhalt natürlich weg.

»Das ist nicht wahr«, sagte sie laut, »wie soll sie das erklären?« Aber wenn Mrs. Brown in Wahrheit an dieser Verschwörung teilhatte, brauchte sie nur ihren Arbeitgebern und der Polizei zu erklären, daß sie die Tür geschlossen und gesichert hatte und so würde sie sicher auch sein, ehe sie Alarm schlug. Sie konnte es den Untersuchungsbehörden überlassen, herauszufinden, wie die Einbrecher ihr Eindringen ermöglicht hatten. Oder sie würde noch eine Glasscheibe zerbrechen, um alles wahrscheinlicher zu machen. Jan war mehr als eine Minute in Gedanken versunken, als ihr einfiel, welches unerwartete Geschenk ihre eigene, unerwartete Heimkehr den wahren Verbrechern bedeutete. Sie hatte einen Schlüssel, wer würde ihr schon glauben, sie hätte ihn in ihr Reisegepäck gelegt und das wäre ihr gestohlen worden. Sie wußte, Mrs. Brown würde lange ausbleiben. Und sie selbst hatte kein Alibi für ihr Tun und Lassen. Die gestohlene Reisetasche mußte als ein Teil der Verschwörung gelten. Sie hatte sich gescheut, den Diebstahl anzuzeigen. Sie hätte den früheren Zug erreichen können — kein Mensch hätte es bemerkt, aber auch, daß sie nicht darin gewesen war, würde niemand bestätigen können — und damit wäre sie rechtzeitig angekommen, um den Dieben beizustehen ...

Niemand weiß, daß ich hier bin, sagte sie sich, das Einfachste wird sein, sicherzustellen, daß es auch niemand erfährt. Aber wo die Nacht verbringen? Und wie sollte sie an ihr Gepäck kommen?

Als sie fähig war, sich zu bewegen und das übrige Haus anzusehen, fand sie, daß weitere Schätze entwendet worden waren. Hübsche Miniaturen waren von den Wänden abgenommen, Jadearbeiten aus den Glasschränken, antike Silberleuchter von den Kaminsimsen. Wenn es nicht Mrs. Brown war, wer dann? Automatisch strich sie sich selbst von der Liste der Verdächtigen, so daß bloß noch Mrs. Best, die Reinemachefrau, übrigblieb. Aber die hatte davon gesprochen, daß ihre beiden Söhne sich mit ihren Geliebten auf dem Kontinent aufhielten, und sie selbst wollte mit ihrem Freund nach Brighton. Ohne Zweifel konnte sie ein Alibi vorweisen. Und überhaupt war Mrs. Brown so unnatürlich ehrbar, daß sie die ideale Verdächtige für die Polizei sein mußte.

Dies ist das Argument einer Frau, hätte Crook an dieser Stelle bemerkt.

Sie verließ den Wohnraum und durchquerte die Halle, aber als sie dort das Licht einschaltete, blieb es dunkel. Im Lichte ihrer kleinen Taschenlampe ertastete sie sich den Weg zum Arbeitszimmer von Mr. Banks und riß die Tür auf. Kein Zweifel, die Regale waren leergefegt von allen Silberpokalen, nichts sonst war angerührt worden.

Ist es möglich, fragte sie sich, daß Mrs. Brown eher kam, vielleicht hatte sie Kopfschmerzen, legte sich ins Bett und hörte nichts von den Dieben? Oder vielleicht liegt sie gefesselt und geknebelt im Bett? Sie konnte ein leichtes Grinsen bei dem Gedanken nicht unterdrücken. Jan hatte die Einstellung der heutigen Jugend zum Eigentum. Silberne Pokale können ersetzt werden, Battersea-Emaille ist wunderschön, aber ihr richtiger Platz ist im Museum. Leise wie eine Katze schlich sie rauf zum Zimmer der Haushälterin. Das lag im ersten Stock am Ende eines Ganges, vier Stufen höher als die anderen Räume des Stockwerks: Das Riesenschlafzimmer der Banks', Roys Ankleidezimmer, Gästezimmer, Badezimmer. Die Banks' hatten noch ein eigenes Bad in ihrer Suite. Mrs. Brown mußte ihres mit den Besuchern teilen, beziehungsweise hatte es für sich, außer, wenn Gäste über Nacht dablieben. Dann kam sie rauf und benutzte das Badezimmer, das für die Kinder und ihre Lehrerin eingerichtet war. Vor Jan war noch eine Gouvernante dagewesen, aber sie war nicht sehr geschätzt worden und nur kurz geblieben.

Jan hielt vor Mrs. Browns Zimmer inne. Es gab kein Zeichen für einen Kampf, für ein Handgemenge, kein Keuchen, überhaupt keine Bewegung. Jan klopfte an. »Mrs. Brown«, rief sie. »Sind Sie da?« Sie fühlte sich ziemlich dumm, mit einem nicht vorhandenen Geist zu sprechen, der in Wirklichkeit jetzt Portwein und Limonade im 'Lord Charles' zu sich nahm. Sie öffnete die Tür vorsichtig. Keine Stimme war zu hören, keine Bewegung zu bemerken. Sie machte ihre Taschenlampe an und richtete das Licht auf das leere Bett, auf dem ein gefalteter Mantel lag. Wenn man das in Betracht zog, mußte man zu dem Ergebnis kommen, daß Mrs. Brown den zum Bingospiel getragen hatte, also zurückgekommen war. Aber es war ein Sommermantel und sie konnte vielleicht ihre Absicht geändert und ihn doch nicht angezogen haben. Wenn sie mit den Dieben in Verbindung stand, würde sie so umsichtig sein, spät heimzukehren und ein Alibi aufzubauen. Der Mantel bedeutete nichts. Jan schloß leise die Tür und schlich die vier Stufen abwärts. Was nun? Was auf der Hand lag, war, die Polizei anzurufen und den Raub zu melden. Oder war es

Einbruch, wenn es bei Dunkelheit stattfand? Sie sah sich selbst am Telefon stehen, den Hörer in der Hand. »Hier ist Manor Haus. Hier hat ein Einbruch stattgefunden. Vieles ist verschwunden ... Nein, ich bin nicht Mrs. Brown, die ist nicht hier. Nein auch nicht, Mrs. Banks ist in Holland. Hier ist das Au-pair-Mädchen.« Würden sie sich nicht wundern, was sie allein in dem Haus machte, und das während eines langen Wochenendes? Sicher würde jemand wissen (und es auch sagen), daß sie für das Wochenende nach Eastbourne hatte fahren wollen. Recht unbequeme Fragen würde man ihr stellen. Und die Geschichte mit Nikki und seinem Betrug würde stadtbekannt werden. Sie würde überall verbreitet, so daß sie nicht länger dableiben konnte. Und schließlich wußte ja jeder, was man von den Au-pair-Mädchen zu halten hatte. Sie wollten Geld, ohne zu arbeiten, trachteten nicht danach, ihren Unterhalt zu verdienen und waren wählerisch, welche Arbeit sie annehmen sollten, blieben nachts aus und bekamen Kinder, die der Allgemeinheit zur Last fielen. Als ob es nötig wäre, dafür nach England zu kommen, dachte Jan höhnisch. Eine Menge unternehmungslustiger junger Holländer stand bereitwillig zur Verfügung, falls sie *das* gewollt hätte. Und die Polizei war genau wie die Übrigen, sie erwartete, daß Ausländer dumm und ungebildet waren, sich nicht am Ende der Bushaltestelle anstellten und sich in den Läden mit Waren bedienten, die sie nicht bezahlten. Die Polizei, hatte Roy einmal erwähnt, vermutete unter Umständen wie diesen oft, daß ein Eingeweihter damit zu tun hatte, und je mehr sie über ihre Lage nachdachte, desto weniger gefiel sie ihr. Man konnte von denen nicht erwarten, daß sie die hochnäsige, hochgeachtete Mrs. Brown eher verdächtigten als so ein überspanntes hergelaufenes Mädchen von außerhalb. Das war doch zu erwarten gewesen, würden sie sagen, so, wie sie mit allen möglichen üblen Typen herumgezogen war, wahrscheinlich promiskuös, das würde jedenfalls niemanden wundern ... Sie könnten sogar vermuten, Nikki sei an der ganzen Sache beteiligt gewesen. Die britische Polizei war in Jans Augen für jede Überraschung gut.

Zögernd ging sie in das Zimmer der Banks', doch hier war nichts angerührt worden. Die Plünderer waren nur im unteren Stockwerk gewesen. Man konnte sicher sein, daß sie Handschuhe getragen und keine Spuren hinterlassen hatten. Und sie waren Zauberkünstler, daß sie die gesicherte Tür öffnen konnten. Im Zimmer von Mrs. Banks glänzte alles Silber wie immer. Die Wedgwood-Kerzenleuchter standen zu beiden Seiten des goldgerahmten Rokokospiegels. Ein weißer Schmuckkasten stand auf dem Nachttisch, aber verschlossen und der Schlüssel entfernt.

Dieses Schloß hätte man sowieso mit einer Haarnadel öffnen können, überlegte Jan. Aber das hätte nicht viel Sinn gehabt, Kay besaß nicht viel Schmuck, und das, was von Wert war, lag im Banksafe. Immerhin hätten die Einbrecher das wenige auch mitnehmen können. Aber Kay hatte den Schlüssel mitgenommen. Instinktive Vorsicht? Oder traute sie Mrs. Brown auch nach sechs Jahren noch nicht?

Es ist wie in einem Totenhaus, sinnierte Jan, während sie so vorsichtig die Treppe abwärts ging, als könne sie jetzt noch einen unsichtbaren Eindringling stören. Sie hatte sich nicht die Mühe gemacht, auch noch in den dritten Stock hinaufzugehen, wo sich Schlaf- und Spielzimmer der Kinder befanden, Jan fand, man müsse jetzt besser Schulzimmer zu letzterem sagen, außerdem Bad und Bodenraum. Da spielten Dawn und Coral gern mit alten Tapetenrollen, defekten Teppichen, einem zerbrochenen Stuhl, abgenutzten Koffern mit gewölbten Deckeln, nie mehr in Gebrauch, aber auch nie weggegeben. Dann noch eine altersschwache Kehrmaschine, all das Strandgut und der unnütze Kram eines normalen Haushalts. Sie bildeten einsame Inseln auf den nackten Stellen des Fußbodens, als ob sie herumkletterten, tauchten, oder vorgaben zu schwimmen. Es war ein viel besserer Spielplatz als der offizielle in Buzzard Minors Erholungspark, wo es Schaukeln und Karussells gab, aber überhaupt nichts Kreatives.

Wenn man nichts im Haushalt kaputt macht, sollte man spielen, wo man Lust hat, hatte Jan bestimmt.

Nun stand sie am Fuß der Treppe im Erdgeschoß und überlegte das Für und Wider. Der Verlust, den ihre Arbeitgeber erlitten hatten, berührte sie wenig. Aber sie mußte sich entscheiden, ob sie entweder die Polizei benachrichtigen, was jeder in jedem Fall als das Vernünftigste ansehen würde, oder sich wie ein Schatten davonstehlen wollte, ohne eine Spur davon zu hinterlassen, daß sie dagewesen war. Nur, wohin sollte sie gehen, ihr Geldbeutel war jammervoll leer, vielleicht konnte sie morgen ihre wenigen Schmucksachen verkaufen, ein Zimmer mieten und danach eine Aushilfsarbeit bekommen. Für junge Leute gab es immer irgendeinen Job, wenn es sich auch nur um Tellerwaschen oder Babysitten handelte. Sie würde ihren alten Koffer nehmen, mit dem sie gekommen war und den sie auf ihrem Schrank abgestellt hatte. Was auch immer sie für Arbeit bekommen würde, viel Kleidung brauchte sie dafür nicht. Aber diese Nacht war das wirkliche Problem, und sie kehrte zu der ursprünglichen Lösung zurück, sie ganz still wie ein Mäuschen in ihrem eigenen Zimmer zu verbringen und sich in der Morgendämmerung davonzustehlen. An Frühaufstehen war sie gewöhnt, denn die Kinder erwachten oft bei Tagesanbruch. Wenn sie dann durch die Tür des Wohnraums über den Rasen hinweg fortging, würde sie unsichtbar bleiben. Selbst der Milchmann kam nicht so früh. Und falls Mrs. Brown wach sein sollte, deren Fenster ging auf die Vorderseite des Hauses. Es gab morgens preisermäßigte Fahrkarten, so daß ihr Geld für eine Fahrt reichen würde, zu mehr aber bestimmt nicht. Voll Trauer dachte sie daran, daß sie nicht auf Kays Ratschläge gehört und immer etwas von ihrem monatlichen Taschengeld zurückgelegt hatte.

»Jeder, der etwas Vernunft hat, würde für eine Nestausstattung sparen«, hatte die Ältere insistiert.

»Ich bin kein Rotkehlchen, ich will kein Nest bauen«, hatte Jan widersprochen, »und falls ich mir einen Ehemann nehme, kann der für mich sorgen.«

Dennoch würde sie durchkommen, sie hatte zwei Pfund in

der Tasche ihres alten Mantels zurückgelassen, um etwas im Portemonnaie zu haben, wenn sie aus Griechenland zurückkam. So als ob sie fürchtete, daß Mrs. Brown doch anwesend sein könnte, stieg sie leise die Treppe runter, schloß die Tür von Roys 'Bude' und wandte sich um, um dasselbe mit der des Wohnzimmers zu machen. Aber an der Schwelle zertrat sie etwas, was unter ihren Fuß gerollt war, und nahm es ungläubig auf. Kein Zweifel, es entstammte Mrs. Browns größtem Stolz, von dessen besonderem Wert sie überzeugt war, einer wunderschönen und ungewöhnlichen Halskette, die aus großen Kristall- und Jadekugeln zusammengesetzt war. Die trug sie nur bei besonderen Anlässen, das Bingospiel war voraussichtlich ein solcher. Sie hob die Taschenlampe, um einen größeren Kreis abzuleuchten, und sah weitere Perlen über den Boden verstreut und an der Treppe. Automatisch begann sie, sie aufzusammeln, und dachte dabei an Roys herzlose Bemerkung über das Flitterwerk der Haushälterin. »Jede Perle ein Gedenken, jedes Gedenken eine Träne, mein Rosenkranz, mein Rosenkranz«, pflegte er zu zitieren. Und Kay hatte ihn grollend gewarnt, eines Tages würde Mrs. Brown ihn hören. Die Kette habe wahrscheinlich ihrer Großmutter gehört. Oder sei ein Geschenk des Schahs von Persien, vermutete Roy. Und nun lag sie hier überall herum, zerbrochen, verstreut und unbeachtet. Ketten zerbrechen natürlich manchmal und Roy hatte behauptet, Mrs. Brown hätte die Gewohnheit, sie zu streicheln und die Perlen zu zählen. Sie konnte unbewußt daran gezogen haben, aber wenn sie dabei zerbrochen wäre, hätte sie die Perlen niemals auf dem Boden liegen lassen. Selbst die Kinder hatten eingesehen, daß diese Kette Respekt verdiente.

»Wie die vom Oberbürgermeister?« hatte Dawn gefragt.

»Genau so«, hatte ihr Jan geantwortet.

Plötzlich wurde Jan übel. Die Lage wurde schwieriger, als sie erwartet hatte. Aber vielleicht war auch der unverwüstlichen Mrs. Brown einmal schlecht geworden, sie hatte nach der Kette gegriffen und die Schnur zerrissen. Oder jemand hatte sie gewaltsam umarmt; der gesunde Menschenverstand schied diese Möglichkeit aus. Das eigentliche Problem aber blieb bestehen: Wo war sie jetzt? Vielleicht hatte sie sich noch in die Küche geschleppt und lag da in Ohnmacht. Oder sie hatte im 'Lord Charles' zu heftig gefeiert. Jan zuliebe hätte sie da bis Mittwoch bleiben können. Aber sie glaubte doch nicht daran, daß die Vorsehung soweit gehen würde, bloß um ihre eigene Wiederkehr ins Manor Haus geheimzuhalten. Die Küche lag am Ende des Ganges, der von der Eingangshalle abging. Wenn man diesem Gang folgte, hatte man drei Türen vor sich, links die Kammer für das Porzellan, die Besenkammer rechts und geradeaus die Küche. Sie öffnete die Küchentür und trat mit dem Fuß auf weitere Perlen. Aber die Küche war so leer wie die Speisekammer von Hänsels und Gretels Eltern. Ordentlich, sauber, der Boden fleckenlos, Mrs. Best mochte eine Schwatzliese sein, aber sie war eine sehr gute Putzfrau. Aber ein Zeichen, daß sich jemand hier aufhielt, gab es nicht. Also hatte Mrs. Brown niemanden am Abend erwartet. Aber dann entdeckte Jan etwas Ungewöhnliches. Auf der Anrichte stand eine eingewickelte Flasche. Sie entfernte das Papier. Zu ihrem Erstaunen handelte es sich um Whisky, sonderbar deshalb, weil Mrs. Brown jedermann erzählte, daß sie sich nichts aus Alkohol machte. Sollte der für die zu erwartenden Gäste sein, die noch nicht gekommen waren? Aber vielleicht hatten sie sich entschlossen, unterwegs zu essen, und würden bloß auf einen Schlaftrunk kommen. Oder sie hatte die Flasche stehenlassen, als sie zum Bingo gehen wollte, die Kette versehentlich zerrissen und keine Lust mehr gehabt, die Perlen vor ihrer Rückkehr einzusammeln. Als Jan sich umwandte, trat sie auf eine weitere Perle, fiel gegen die Tür der Geschirrkammer und schlug mit der Schulter dagegen. Dadurch öffnete sich die Tür leicht, und Glas und Porzellan schimmerten im Widerschein des Mondlichts, das durch die schmale Öffnung des Fensters hereinkam.

»So, hier sind Sie also nicht versteckt«, wandte sie sich an die unsichtbare Mrs. Brown, »aber vielleicht hocken Sie ja im

Schirm- und Besenschrank zwischen den Spazierstöcken.« Vor Schreck selbst steif wie ein Stock ging sie hin, um nachzusehen. Kay bestand darauf, daß die Schirme und Wanderstöcke im Besenschrank aufgehoben wurden, und behauptete, die machten die Halle sonst unordentlich. Kein Wunder, daß sie sich nichts aus Spaziergängen über die Felder machte, fand Jan. All diese Blumen, die in ungeordneten Büscheln ihre Pracht entfalteten, auf Wiesen ohne Saum und Kante, wirklich chaotisch ...

Ein bißchen kichernd drehte sie am Knauf der Schranktür, die hatte nur einen Schnapper, keinen Schlüssel, und stand festgenagelt, ungläubig, zu erschrocken, um in diesem Augenblick Angst zu haben. Denn da war sie nun, endlich! Mrs. Felicia Brown, nach der sie solange Ausschau gehalten und über die sie Überlegungen angestellt hatte, und die ganze Zeit war sie hier gewesen.

Felicia Georgina Brown, das war ihr unglaublich klingender voller Name, lag hölzerner und weniger menschlich, als sie je gewesen war, gekrümmt zwischen Besen und Putzmitteln. Ihr Staatskleid fürs Bingo war zerdrückt, ihre offene Geldbörse lag neben ihr, ihren Kopf hielt sie nicht länger aufrecht und stolz. »Sieh der Welt ins Gesicht«, hatte sie den Kindern wiederholt gepredigt. Oder auch: »Gib der Welt das Beste, was Du hast, und Du wirst das Beste zurückerhalten.« Das würde sie nun nie wieder sagen. Ihr Gesicht, sonst blaß, war merkwürdig violettrosa verfärbt, ihr Kopf, schief auf dem dünnen Hals, wirkte wie aus angemaltem Pappmaschee.

»Ich wußte es genau, ich wußte es schon immer, sie konnte unmöglich in einen Einbruch verwickelt sein«, redete das Mädchen mit sich selbst. Also hatte sie einen Freund erwartet, und statt dessen kam derjenige, der für diesen Alptraum verantwortlich war. Oder vielleicht gab es noch mehr von der Art wie Nikki, nicht nur die jungen Mädchen wurden hintergangen. Zu dieser Nachtzeit, die Familie samt Kindern abwesend, mußte niemand befürchten, überrascht zu werden ... Und der Plünderer hatte die Herausforderung angenommen, oder er hatte die Tat von vornherein geplant. Er nahm die Beute, und aus Angst, er könne einem zufällig Vorübergehenden begegnen, verließ er das Haus durch die abgesicherte Terrassentür. Er ging durch den Garten und das Tor im Zaun über die Brücke, die den Bach am Fuße des Obstgartens überquerte, und gelangte auf den Gemeindeweg, wo er wahrscheinlich einen Wagen stehen hatte oder ein Verbündeter auf ihn wartete. Niemand bemerkt um diese Zeit ein Auto, und wenn wirklich jemand es sah, vermutete er ein schmusendes Pärchen, das in sein eigenes Glück vertieft war ...

Wie hieß doch der Ausspruch von Mrs. Banks? »Reiten an der Spitze der Hundeschar«. Ich bin soweit weg, daß die Meute außer Sicht ist, dachte Jan, dabei bräuchte ich mir doch gar nicht über das Geheimnis von Mrs. Browns Tod den Kopf zu zerbrechen. Laß die Polizei das herausfinden. Der oder die Verbrecher konnten bereits meilenweit weg sein, und ihr Kommen und Gehen war unbemerkt geblieben. »Man kann am Fenster stehen und trotzdem keine Seele bemerken«, pflegte Kay stolz von sich zu geben. Und Roy meinte sarkastisch dazu, dasselbe könne einem auch in der Todeszelle passieren.

»Warum starrst Du so?« flüsterte sie zu der Toten. »Ich weiß nicht, was hier geschehen ist, bestimmt nicht.« Sie stieß an eine elektrische Poliermaschine, die dadurch etwas über den nackten Fußboden davonrollte und die tote Frau berührte, so daß sich auch deren Körper bewegte, etwas wegrutschte und danach den ewigen Schlaf fortsetzte.

»Nun *muß* ich die Polizei rufen.« Jan weinte verzweifelt, als sie die Tür schloß und zuhakte, so als ob sie glaubte, die Tote könne ihr sonst zur Halle folgen. Und als sie das Wandtelefon dort erreicht hatte, begann sein Geläute von neuem.

Sie stand wie angewurzelt. Das war ihre Gelegenheit. Nimm den Hörer ab, hier ist Manor Haus. Es könnte sich jemand verwählt haben, aber das war unwahrscheinlich. Sicher galt der Anruf Mrs. Brown. Ja, würde sie sagen, sie ist selbstverständlich hier. Nein, sie möchte nicht aufstehen, das kann ich Ihnen versichern.

Ein ungewöhnlicher Ton, etwas zwischen Heulen und Kichern, durchbrach das ständige Läuten. Nein, ich kann nicht antworten, dachte sie, keinesfalls. Wenn es aufhört, will ich die Polizei anrufen.

»Ich hoffe, daß da nichts passiert ist«, meinte Kay beunruhigt, als sie zum zweiten Mal den Hörer auflegte. »Ich erinnere mich genau, daß sie angekündigt hatte, am späten Abend zu Haus zu sein.«

Roy hatte eine flüchtige Vorstellung von einer irrfahrenden Mrs. Brown, die stockbetrunken unter dem Küchentisch gelandet war.

»Ich würde mich nicht beunruhigen«, besänftigte er Kay. »Sie hat schließlich nicht oft Gelegenheit, sich auszuleben. Ruf sie morgen an, wenn sie wieder ihr gewohntes stählernes Selbst ist, und leiste Dir die Mehrkosten für ein Tagesgespräch.«

4

Das Telefon hatte aufgehört zu läuten. Nun gab es nichts mehr, was Jan hindern konnte, die Polizei anzurufen. Da die Behörden früher oder später benachrichtigt werden mußten, war es besser, es schnell zu tun. Buzzard Minor konnte sich ja eines eigenen Constablers rühmen, der allerdings sicher noch nie in seinem Leben mit einem solchen Verbrechen konfrontiert worden war. Er gehörte ebenso zu diesem Landstrich wie der Gemeindevorsteher oder die Dorfkirche. In Buzzard Minor gab es keine Gesetzesbrecher im großen Stil, das überließ man Buzzard Major mit seiner neuen Industrie und den großen landwirtschaftlichen Nutzungsflächen und dazu den engen Häuserblocks, wo höchstens ein Vogel in schwindelnder Höhe eine Chance hatte, der Beklemmung zu entgehen. Wahrscheinlich würde der Fall dorthin gegeben werden. Je länger sie zögerte, desto weniger rosig erschien ihr ihre eigene Lage. Sie würden nach Verdächtigen suchen und vielleicht gar nicht weiter gucken als bis zu ihr. Sie würden einfach erklären: Alle diese Ausländer sind unbeherrscht. (Hier zitierte sie Roy, der sich sehr respektlos über die nationale Polizei auslassen konnte.) Und, dachte sie, sie werden Beweise verlangen. Beweise, daß sie tot war, als ich ankam, Beweise, daß ich den Bummelzug genommen habe. Aber niemand war am Bahnhof, niemand auf dem Heimweg außer dem Wagen, dessen Fahrer bestimmt nicht ins Licht der Öffentlichkeit kommen wollte. Beweise, daß das Gepäck gestohlen wurde. Das einzige, was sich mit Sicherheit beweisen ließ, war, daß es die Freundin in Eastbourne nicht gab. Und wenn sie daran glaubten, daß Nikki existierte, würden sie daraus folgern, daß es eine abgemachte Sache zwischen ihnen beiden war ... Ihr Kopf wurde schwindelig, es war ein zu anstrengender Tag gewesen. Sie, Jan, konnte der Polizei nichts erzählen, was Mrs. Browns Tod aufklärte. Wenn ihr Gepäck nicht gestohlen worden wäre, wäre sie sicher nicht vor Mittwoch morgen zurückgekommen, und bis dahin hätte todsicher irgendeiner die Leiche gefunden. Also kehrte sie zu ihrem ursprünglichen Vorsatz zurück, die Nacht hier zu verbringen, sich am frühen Morgen durch die Terrassentür davonzustehlen, das Gemeindeland zu überqueren und sich in die Menge der Frühschichtarbeiter einzureihen, um den Zug nach London zu erreichen. Ich werde ein Zimmer und Arbeit für eine Woche finden. Sie wußte, wie man diese kurzfristigen Arbeiten erhalten konnte. Bei denjenigen ihrer Bekannten hier, die Kay als liederliche Bande von Tagedieben bezeichnete, gab es einige, die zwischen Aushilfsarbeit und Sozialunterstützung hin und her pendelten.

Ihr Zimmer im oberen Teil des Hauses erschien ihr kleiner als gewöhnlich. So sauber, daß der sprichwörtliche weiße Handschuh keine Chance gehabt hätte — sie hatte es geschrubbt, falls Kay vor ihrer Abreise aus irgendeinem Grund nochmal hineinsah — wirkte es unbewohnt, leblos. Denselben Eindruck hatte Mrs. Browns Leiche auf sie gemacht, als ob sie nie lebendig gewesen wäre. Bevor sie zu Bett ging, verriegelte Jan die Tür, obgleich, wenn dieses Schreckgespenst wirklich aus seinem Gefängnis ausbrach, würde es bestimmt keine Schwierigkeiten haben, durch eine Holztür zu gleiten. Sie mühte sich mit dem Schlüssel ab, der schwer beweglich war, weil er so selten benutzt wurde. Wenn eines der Kinder von einem Alptraum heimgesucht wurde oder etwas trinken wollte, mußte es sie augenblicklich erreichbar wissen.

»Erzähl es nicht Mammi«, sagte Coral zum Beispiel, wenn sie in Jans Bett schlüpfte, »aber auf der Treppe war ein Tiger. Hierhinein kann er nicht kommen, oder?«

Dawn lebte mehr auf dem Boden der Tatsachen. Wenn sie einen Tiger draußen gehört hätte, wäre sie aufgestanden und hätte ihn hereingelassen. »Nicht viele Leute«, würde sie stolz erklären, »haben Tiger in ihren Schlafzimmern.«

Jan lag wach und dachte über das Haus nach. Wie dunkel, still und unschuldig mußte es einem zufällig Vorübergehenden erscheinen. Wie lange konnte es dauern, bis man Mrs. Brown entdeckte. Plötzlich war sie eingeschlafen, schlief traumlos durch bis zum Läuten des dritten Telefonanrufs.

Hugh Wheeler war ein junger Mann mit kommunistischen Grundsätzen, der keine Gelegenheit verstreichen ließ, seine feurigen Parolen jedem, der zuhören wollte, zu predigen. Heute Abend hatte er im 'Huntsman' gewaltig auf die Pauke gehauen, obwohl sein Auditorium zum größten Teil aus seiner Anhängerschaft bestand. Hin und wieder entstand eine Meinungsverschiedenheit in der Gruppe, so auch in dieser Nacht.

»Gib's auf, Hugh«, wies sein Nachbar ihn zurecht, »Du bist bloß Gas und keine Flamme. Wenn Du wirklich an gleiches Recht für alle glaubst, warum brichst Du dann nicht in die Bonzenvillen ein und bedienst Dich dort?«

»Um mich dort von einem Wachhund in Stücke reißen zu lassen? Aber mal im Ernst, so darf man es doch nicht sehen. Mir geht es doch nicht um Glitzerklimbim oder dekorative Kostbarkeiten. Was ich will, ist die Gleichheit der Chancen, und die verweigert die alte Clique.«

Die Glocke im 'Huntsman' läutete, und der Inhaber warf sofort alle noch verbliebenen Kunden aus seinem Schankraum hinaus. Alles nur dummes Geschwätz, dachte er verachtungsvoll, aber man kann ihnen den Ausschank nicht verweigern. Der 'Huntsman' war ein erbärmliches Anwesen, das schwerlich hätte aufrechterhalten werden können, wenn alle diese jungen Revolutionäre, die hier eifrig ihr Seemannsgarn spannen, obwohl sie in Wirklichkeit nicht mal schwimmen konnten, es nicht unterstützt hätten. Er vermutete, daß sie in den besseren Kneipen nicht geduldet wurden.

Sie traten in eine windige silbrige Nacht hinaus, ein leichter Regen fiel noch halbherzig hernieder. Hugh sprach immer noch, aber mitten im Satz brach er ab und sah sich um, als ob er erwarte, eine Hexe vom Baum runterspringen zu sehen.

»Mein Roller«, rief er aus. »Ich habe ihn gegen den Zaun gelehnt, als ich ankam, und nun ist er weg.«

»Diese alte Knochenmühle«, sagte ein freimütiger Freund.

»Er hat mich von A nach B gebracht, und mehr erwarte ich nicht von ihm«, antwortete Hugh trotzig.

»Gestohlen?« fragte ein anderer Freund.

Der Offenherzige lachte laut. »Quatsch, wer würde schon einen Roller stehlen?«

»Na, jemand, der kein Auto fahren kann«, meinte ein anderer und kam der Wahrheit damit näher, als er wußte.

»Noch vor wenigen Minuten hast Du von Chancengleichheit gesprochen«, spottete der Vierte. »Nun hat jemand die Chance genutzt und sich Deines abzuschaffenden Privateigentums bemächtigt, um in einer dunklen Nacht heil heimzukommen.«

Zu ihrer Überraschung brach Hugh in ein behagliches Gelächter aus. »Ich habe mich immer gefragt, wie ein Bumerang funktioniert. Nun habe ich es geschafft, mich selbst damit zu treffen.«

»Das waren bestimmt Teenager«, bemerkte ein Neunmalkluger weise. »Ein vernünftiger Mensch würde nicht gern auf sowas gesehen werden. Man könnte denken, er hätte es sich von seiner kleinen Schwester ausgeliehen.«

»Nicht jeder hat eine kleine Schwester, die aussieht, als käme sie von St. Trinians.«

Eine Minute lang sah es so aus, als ob ein Handgemenge entstehen würde, aber der Wirt, der an seiner Tür mit einer Hand am Türschloß stand, öffnete sie einen Spalt und rief ihnen zu, falls sie einen Mord planten, sollten sie ihn nicht ausgerechnet an seiner Türschwelle ausüben. »Haut ab, woanders könnt Ihr Euch meinetwegen die Gurgeln durchschneiden, soviel Ihr wollt.«

»Närrischer alter Teufel«, rief einer. »Jeder muß sauer werden bei dem Bier, das der verkauft. Ich weiß wirklich nicht, warum wir hierher kommen.«

»In anständige Lokale würden sie Hugh nicht reinlassen. Versuch bloß mal, einen Fuß in den 'Ratsherrenkeller' zu setzen!«

»Würden nicht mal gestatten, daß Du Deinen Roller draußen abstellst. Übrigens, hast Du ihn auch wirklich da hingestellt? Als ich kam, habe ich ihn nicht gesehen.«

»Weil er nicht da war, Du Klotz. Ich war drüben in Huntsdon, um zu sehen, ob der alte Wenham die Flugblätter für die Demo am Sonntag fertig hat. Wie konnte ich wissen, daß er am langen Wochenende zumacht, ob er nun seine Pflichten erfüllt hat oder nicht. *Geschlossen bis Dienstag* war wohl alles, was ihm dazu einfiel. Klebte bloß diese Nachricht an der Tür, sonst war alles dicht und verriegelt wie der Tower. Ich hab halb Huntsdon nach ihm abgesucht, war in seiner Stammkneipe, selbst sein Haus war dunkel. Übers ganze Wochenende verreist, vermute ich. Gott sei Dank haben wir für die Flugblätter noch nichts bezahlt, andererseits können wir ohne sie nicht so wirksam arbeiten. Dem Himmel sei Dank, daß wir wenigstens die Fahnen haben, und ansonsten muß eben jeder mehr als sonst argumentieren, wir werden singen und Sprechchöre machen.«

»Und wenn er die Flugblätter doch noch liefert?«

»Dann nehmen wir sie mit zur nächsten Demo«, sagte Hugh geistesgegenwärtig. »Tatsachen sind Tatsachen, egal, worum es sonst noch geht. Aber es erschüttert mein Vertrauen in die menschliche Natur, wenn ein Drucker an einem Wochenende schließt, wo er doch weiß, daß wir das Zeug am Sonntag brauchen. Na«, er schüttelte sich wie ein Hund, »ich muß jetzt zwei Meilen laufen, Zeit aufzubrechen.«

»Gehst Du nicht zur Polizei?« spottete jemand. »Du hast das Recht dazu.«

»Soweit kommt's noch. Wie Len schon sagte, das waren bestimmt Jugendliche, er wird schon wieder auftauchen. Wenn nicht, werde ich selbst Jagd auf ihn machen. Ich gehöre nicht der Klasse an, die glaubt, daß die Polizei die Arbeit für sie machen muß.«

»Es ist schon komisch«, sagte ein Junge mit Namen Chris, der beobachtete, wie Hugh sich davonmachte, »dieser Kerl würde wirklich das letzte Hemd auf seinem Leib verschenken, wenn er glaubte, ein anderer hätte es nötig. Und dabei ist er wegen ungehörigen Benehmens eingesperrt worden. Immer dasselbe. Aber ich würde mir nicht wünschen, der Dummkopf zu sein, der den Roller angepackt hat. Er hängt mehr daran als meine Mutter an ihrem Hund. Und dabei weiß jeder, daß sie mehr für den Hund übrig hat als für meinen alten Herrn.«

Sie brachen auf, und es wurde still.

»Ich bin halb entschlossen, sie nicht mehr reinzulassen«, sagte eine mürrische Stimme, als die anderen Stimmen sich entfernten. »Dieser junge Wheeler mag nicht in ernsthaften Schwierigkeiten gewesen sein, aber ein paar der anderen sind ziemlich gewaltsam, und Du wirst bekannt für die Gesellschaft, die sich bei Dir aufhält. Denk an meine Worte: Eines Tages könnte hier auch noch Blut fließen.«

Aber seine Frau enttäuschte ihn, indem sie nur trocken meinte: »Dann sorg dafür, daß es nicht Deins ist. So wie es läuft, habe ich genug zu tun.«

Obwohl sie nicht glaubte, ihn zu brauchen, hatte Jan ihren Wecker gestellt, und dessen eindringliches Läuten weckte sie sehr früh am nächsten Tag. Noch im Halbschlaf glaubte sie an ein Echo des Telefons, dann erkannte sie, daß sie in ihrem eigenen Bett lag in ihrem eigenen Zimmer in dem ach so stillen Haus. Alle Geschehnisse der letzten Nacht wurden in ihr wach, die nächtliche Heimkehr, die offene Tür, Mrs. Brown, und das Telefon, das durch die Nacht schallte. Ich muß gehen, dachte sie voller Panik, oder es läutet wieder. Sie wußte, daß sie allein im Haus war, trotzdem bewegte sie sich geräuschlos. Das Badezimmer, das sie zusammen mit den Kindern benutzte, war blitzblank, frische Handtücher waren aufgehängt. Sie hatte Angst, das Wasser anzustellen. Aber schließlich war sie fertig, mit der Reisetasche in der Hand suchten ihre Augen den Raum ab, ob irgendein Anhaltspunkt ihre nächtliche Anwesenheit verraten könnte. Dann runter, schnell runter, widersteh der Versuchung, die Besenkammer zu öffnen, in der törichten Hoffnung, alles sei nur ein böser Traum gewesen ... Die Perlen lagen immer noch verstreut umher, die Regale im Arbeitszimmer, in das sie verstohlen hineinblickte und die Schränke für die Battersea-Sammlung waren immer noch leer.

Was habe ich erwartet, es war doch klar, daß ich etwas Derartiges nicht zusammenphantasiert haben konnte, sagte sie sich traurig. Sie stahl sich durch den schattigen Wohnraum, die nackten Stellen machten ihn ungemütlich, weiter durch die Tür, die sie hinter sich zuzog, über den dunklen feuchten Rasen und durch den Obstgarten. Darin gab es einen Birnenbaum, auf dessen breiten Zweigen die Kinder nebeneinander sitzen und sich vorstellen konnten, auf See zu sein. Gefallene Äpfel lagen im Gras, ihr Blick fiel auf eine Pflaume mit einem goldenen Tautropfen darauf. Sie schlüpfte durch das Tor am Fuße des Obstgartens und überquerte das Gemeindeland.

»Ich habe nichts vergessen«, versicherte sie sich, »nichts, absolut nichts.«

In Wirklichkeit hatte sie zwei Sachen vergessen, die für einen Beweis wichtig waren. Sie hatte keinen Gedanken mehr für den Roller übrig gehabt, der hinter der Hecke verborgen lag, und sie hatte Arthur Crook vergessen. Niemand hatte sie das Haus betreten oder verlassen sehen, sie hatte sich unauffällig zwischen die Fußgänger gemischt. Aber etwas anderes hatte sie auch noch vergessen, den biblischen Ausspruch, daß kein Same in die Erde fällt, ohne daß der himmlische Vater es sieht. Und wenn auch die Zyniker argumentieren, daß das Samenkorn immer noch im Boden steckt, Tatsache bleibt, daß es nicht unbemerkt hineingefallen ist.

Mrs. Brown war an einem Donnerstag gestorben. Gutgestellte Leute wie die Banks' begannen ihre Wochenendferien immer an diesem Tag, um das unvermeidliche Freitagsgedränge zu umgehen. Sie wurde von Mr. Bates, dem Milchmann, am Sonnabend gefunden. Er war morgens immer der erste Besucher des Hauses, der auch dem Briefträger und dem Zeitungsjungen voraus war. Eine Notiz am Freitag morgen besagte, daß 'Bitte nur eine Flasche' gewünscht wurde. Die Familie ist weg, erinnerte sich Mr. Bates, stellte eine Flasche ab und sammelte die leeren ein. Etwas später lief pfeifend der Zeitungsjunge auf der Vorderseite entlang und legte ein zusammengerolltes Exemplar des *Record* an die Vordertür. *Times* und *Guardian* gab es nicht vor Mittwoch, aber die hätte er auch nicht zusammengerollt, denn er kannte seine Kunden genau. Mr. Banks könnte mein Blutsverwandter sein, wenn man von den Gewohnheiten schließt, dachte er manchmal.

Der Postbote brachte ein paar Briefe, die er in den Postschlitz schob. Keine Päckchen, keine Einschreiben, nichts, um jemand zu veranlassen, an die Tür zu kommen. Als letzter kam der Bäcker. Es gab keine Bestellung für ihn, aber sicherheitshalber legte er ein kleines Weißbrot ab. Ebenso wie der Rest der Einwohner wußte er, daß die Banks' verreist waren und Mrs. Brown allein im Dienst. Sie wird mal richtig ausschlafen, dachte er, und wer sollte sie deswegen tadeln. Keiner im Ort machte sich falsche Vorstellungen darüber, daß Kay Banks eine leicht zufriedenzustellende Dienstherrin sei.

Soweit man das später feststellen konnte, rief niemand an, und wenn das Telefon geklingelt haben sollte, hatte es niemand gehört. Es kam keine Nachmittagspost, so daß niemand bemerkte, daß nichts von den Vorräten und der Post reingenommen worden war. Auch den Roller holte niemand, aber der war ja auch ziemlich sicher versteckt. Der, dem er abhanden gekommen war, suchte ihn dort nicht: Hugh ging am Freitag zum 'Huntsman' zurück für den Fall, daß der Roller heimlich zurückgebracht worden war, aber seine Hoffnung war nicht sonderlich groß gewesen. Jugendliche, vorausgesetzt, es handelte sich um solche, würden kaum auf die Idee kommen. Er hatte ihn nicht gegen Diebstahl versichert gehabt, und er ging auch noch nicht zur Polizei. Früher oder später mußte er ja wieder auftauchen, sagte er sich. Und nicht mal die Blaumützen können dich dafür belangen, daß du bestohlen worden bist, ohne es den Behörden zu melden.

Joe Bates, der am nächsten Morgen als erster auftauchte und die gestrige Milch unberührt vorfand, wußte sofort, daß etwas nicht stimmte. Wenn Mrs. Brown wohlauf war, würde sie die Milch hereingeholt und später wieder eine Bestellung für den nächsten Tag hingelegt haben oder aber eine Abbestellung. So machte man es hier allgemein. Und da lag auch noch das Brot. Versuchsweise klingelte er, aber nichts geschah. Er lief zur Vorderseite und sah den vollen Briefschlitz und die Zeitung. Nochmals lief er zur anderen Tür, falls es sich um ein Wunder handelte, aber Milch und Brot lagen unberührt. Er kratzte sich am Kopf und setzte seinen Rundgang um das Haus fort, im Fall daß Mrs. Brown ohnmächtig geworden sein könnte, als sie einen Fliederstrauch wässerte oder ähnliches. Und so kam es, daß er auf seinem Rundgang entdeckte, daß die Terrassentür offen stand. Nach Jans Abgang hatte der Wind sie aufgestoßen.

Niemals würde sie ausgehen und sie so zurücklassen, entschied der Milchmann. Er trat über die Schwelle und bemerkte sofort, daß etwas nicht stimmte. Aufgebrochene Schubladen, leere Stellen, wo Bilder oder dergleichen gehangen hatten. Sein Verstand arbeitete langsam aber folgerichtig. Jemand hatte sich selbst bedient. Und Mrs. Brown wußte nichts davon, was zumindest ungewöhnlich war, denn normalerweise wußte sie alles, bevor es überhaupt geschah. So redete man jedenfalls im Dorf von ihr. Wenn Mrs. Brown den Diebstahl entdeckt hätte, wäre das Haus gerammelt voll mit blauen Uniformen gewesen. Die Tatsache, daß all die Sachen von gestern, Milch, Brot, Post und Zeitung nicht angerührt worden waren, ließ vermuten, daß sie nicht heimgekommen war. Aber sie war beim Bingo gewesen, an dem seine Frau gleichfalls teilnahm. Und wenn sie eine tödliche Krankheit hatte und im Bett lag, so wußte sie besser als andere, was sie zu tun hatte. Sie würde einen Arzt gerufen haben, Telefone gab es überall im Haus.

Zögernd wagte er ein paar Schritte, stieg über den Teppich und stand in der Halle. Hier konnte man nichts Fehlendes feststellen, soweit er das beurteilen konnte. An diesem sonnigen Morgen war die Halle schon hell, und er brauchte kein Licht anzumachen. Es war nicht seine Aufgabe, Weiteres zu untersuchen. Jeder nach seiner Bestimmung, jedem seine Krone. Um es anders auszudrücken, seine Aufgabe war es, Milch auszutragen und die der Polizei, Übeltäter zu überführen.

Er ging zum Telefon, das am hinteren Ende der Eingangshalle stand, rollte eine umherliegende Perle, ohne es zu bemerken, zur Seite und rief Constabler Trubshawe an.

»Am besten kommst Du gleich, Ted«, sagte er. »Einbrecher sind im Manor Haus gewesen, kein Zeichen von Mrs. Brown, aber die Terassentür offen. So bin ich hereingekommen.«

»Wo steckt sie denn?«, wunderte sich Trubshawe. »Ist viel entwendet worden?«

»Na, ich weiß doch gar nicht, was hier war«, antwortete

Mr. Bates vernünftigerweise. »Eine Menge leerer Vitrinen, jedenfalls. Vielleicht ist sie als Geisel genommen worden.«

»Genug davon, Joe Bates, bleib, wo Du bist, ich komme sofort. Sie sollen schöne Sachen dort haben, was man so hört.«

Buzzard Major würde wohl den Fall übernehmen. Sie hatten da eine feine neue Station eingerichtet, und auch dringend gebraucht. Der Ort war wie ein Ameisenhaufen, da mußten ja ein paar Schurken drunter sein. Trubshawe dachte an die biblische Geschichte von Lazarus und dem reichen Mann, zwischen denen eine große Kluft lag. Er selbst wollte absolut keine Städter auf seinem Territorium haben.

»Du hast nichts angefaßt, Joe?« war seine erste Frage.

»Nur das Telefon. Das mußte ich ja. Wenn Du mich nicht länger brauchst, will ich mich auf den Weg machen.«

Seine Abnehmer waren daran gewöhnt, ihre Milch früh am Morgen an ihren Türen vorzufinden. Niemand möchte Milch von gestern in seinem Tee trinken. Und nun sollte er, wie Ted mit der würdevollen Gelassenheit eines Elefanten ihm vorschrieb, dableiben, Hauptzeuge, als erster am Ort des Verbrechens. Natürlich würden ihm seine Kunden verzeihen, wenn die Umstände bekannt wurden. Sollte es eine Menge Freibier bedeuten, würde ihn das nicht wundern; insgeheim freute er sich bei dem Gedanken daran. Aber dann wurde er wieder ernst. Gute Geschichten und gutes Bier waren auf ihre Weise erfreulich, aber wo in Gottes Namen steckte Mrs. Brown?

»Eins ist sicher«, stellte Trubshawe fest. »Diese Tür ist von innen geöffnet worden. Sie hat eine besondere Sicherheitsvorrichtung, und wenn man Gewalt angewendet hätte, müßte man noch Spuren davon sehen. Wie hast Du das überhaupt bemerkt?«

»Na, es fiel mir auf, ich meine, ich sah es eben«, erwiderte Joe verwirrt. »Du stellst dumme Fragen.«

»Jedenfalls, wenn die Schurken nicht durch diese Tür hereingekommen sind, sind sie jedenfalls da hinausgegangen. Und Mrs. Brown hätte sie nicht die ganze Nacht offen gelassen. Ein Kinderspiel, durch den Garten zu gehen, wenn man zum Beispiel ein Auto auf der Landstraße geparkt hat. Es war gut, daß Du ums Haus herumgelaufen bist.«

»Ich dachte über Mrs. Brown nach, weißt Du, sie könnte vielleicht einen Herzanfall oder sowas ähnliches gehabt haben. In Alton Barnard war neulich auch so ein Fall, der Alte wurde tot im Liegestuhl im eigenen Garten gefunden, das Herz hatte versagt, meinte man, und möglicherweise war er schon vier Tage tot. Das zeigt wieder, der Wunsch nach Selbständigkeit ist ein Fehler! Wenn ich Milch liefere, habe ich auf alle ein Auge.«

»Am besten, ich sehe nach, ob sie da ist oder nicht«, meinte Ted. »Könnte durch irgendwas aufgehalten worden sein. Die Verbrecher wußten, daß die Banks' abwesend waren und Mrs. Brown beim Bingo.«

Sie fanden in ihrem Zimmer den Mantel auf dem Bett, alles andere in schönster Ordnung. Das ergab keinen Sinn. »Am besten sollte ich Buzzard Major anrufen«, entschloß sich Trubshawe. »Das gehört mehr zu ihren Aufgaben als zu unseren. Sie haben auch einen Beamten von der Kriminalabteilung bekommen, der könnte verfügbar sein.«

»Du denkst doch nicht etwa, was ich glaube, Du denkst? ...« rief Mr. Bates aus.

»Mrs. Brown verschwand zusammen mit einer Menge wertvoller Sachen, das reicht mir. Gib acht, wohin Du gehst«, setzte er plötzlich hinzu. »Ich bin auf etwas getreten.« Sie hatten die Halle wieder erreicht. Die Sonne schien jetzt direkt zum Fenster herein und sie konnten die ein, zwei, drei Perlen deutlich sehen, die auf dem polierten Fußboden lagen.

»Die hätte sie niemals so liegengelassen«, sagte Ted.

Sie folgten der Spur in die Küche. Die ausgewickelte Flasche war ein weiterer Beweis, daß sie am Donnerstag abend heimgekommen war, vielleicht hatte sie Gesellschaft erwartet.

Eine Menge von Nahrungsmitteln im Kühlschrank, aber nichts fertig Zubereitetes. Sie sahen durch das Küchenfenster in den Garten. Wenn sie das Haus in dieser Richtung verlassen hätte, würde das die offene Terrassentür erklären. Aber da er seinen Beruf ohne zu schludern ausführte, wußte Trubshawe zwei Minuten später schon, sie brauchten sich nicht erst mit Säcken und Spaten abzumühen. Und verstand besser, als ihm lieb war, weshalb Mrs. Brown weder die Milch hereingeholt noch in die Zeitung geschaut hatte.

»Buzzard Major soll das übernehmen«, sagte er nur und griff zum Telefon.

Inspektor Moon war nicht verfügbar, aber Sergeant Finney, begleitet von Distrikt-Constabler Kite, kam in einem funkelnagelneuen Auto und verbreitete eine Atmosphäre energischen und raschen Handelns. Er übernahm sofort munter das Kommando, rief den Arzt, den Krankenwagen, all das, was eine Rolle spielt, wenn ein Gewaltverbrechen begangen worden ist. »War die Dame allein im Haus?« fragte er erstaunt.

»Sicher, natürlich nicht, als sie getötet wurde«, meinte Trubshawe einfältig. »Hat sicher jemand erwartet, eine unangebrochene Flasche Whisky in der Küche. Und sie kam auch früh vom Bingo zurück.«

»Ist es sicher, daß sie beim Bingo war?«

»Meine Frau hat sie da gesehen«, warf Mr. Bates ein. »Sie ist früh gegangen, weil sie das Haus an einem Ferientag nicht solange alleinlassen wollte.«

»Gibt es Spuren von gewaltsamem Einbruch?«

Trubshawe verneinte das und fügte hinzu, bei der Art der Schlösser im Manor Haus hätten welche da sein müssen.

»Ein Insider-Ding, von Bewohnern geplant?« fragte Kite seinen Vorgesetzten.

»Könnte sein«, stimmte Finney zu. »Kommt oft genug vor.«

»Nicht Mrs. Brown«, meinte Trubshawe. »Sie hätte aber jemandem die Tür öffnen können, falls sie Besuch erwartete.«

»Weiß jemand, wer kommen wollte?«

»Ihre Privatangelegenheiten behielt sie strikt für sich, keine redselige Frau.«

»War sonst jemand im Haus?«

»Sicher am Donnerstag nicht. Mr. und Mrs. Banks sind nach Amsterdam gereist ...«

»Hat jemand ihre Adresse?«

»Werden sie Mrs. Brown gegeben haben, schätze ich. Briefe sollten nicht nachgesandt werden, hat Mrs. Banks Miss Papworth angewiesen.« (Miss Papworth war die Postmeisterin des Ortes.)

»Keine Milch bis Mittwoch«, warf Bates dazwischen, »jedenfalls nicht die übliche Lieferung, nur, was Mrs. Brown bestellen würde. Ich habe die Milch von Freitag vorgefunden ...«

Sie ließen sich seine Geschichte erzählen und ihn dann auf seine Runde gehen. Später sollte er seine Aussage dann noch unterschreiben.

»In Buzzard Major?« fragte er zögernd. Wie allen anderen im Ort war ihm Ted Trubshawe wesentlich angenehmer als jeder noch so qualifizierte Kriminalkommissar.

»Natürlich, es handelt sich hier schließlich um Mord.«

Inzwischen war Detektiv Inspektor Moon angekommen und erfaßte die Situation innerhalb weniger Minuten. Er richtete sich mit seinen Fragen an Trubshawe, weil er überzeugt war, aus ihm könne er mehr herausholen als aus einem halben Dutzend Sergeanten. Moon fühlte sich bei ihnen fehl am Platz wie ein lebenskluges Mauerblümchen auf einer Party von Snobs. Durch Trubshawe erfuhr er von Jan, die auswärts bei Freunden sein sollte — nicht anzunehmen, daß sie Mrs. Brown ihre Anschrift hinterlasen hatte; die Kinder sollten bis Donnerstag bei einer Tante bleiben. Was gestohlen war? Natürlich alle Pokale von Mr. Banks, und aus dem Wohnzimmer hatten die Diebe allem Anschein nach auch Verschiedenes mitgehen lassen. Soweit man das beurteilen konnte, war sonst nichts zerstört worden. Aber als die Sprache auf Mrs. Brown kam, war auch Trubshawe keine große Hilfe. Sie war seit sechs Jahren in Buzzard Minor, hielt sich ganz für sich, keine Freundschaften, von den Bingospielern abgesehen, höchstens noch die Mitglieder des Chors, die sich wöchentlich trafen. Wie die Postfrau bestätigte, bekam sie auch wenig Briefe, die Hiesigen überbrachten ihre Nachrichten meist persönlich oder schickten einen Neffen als Boten. Man hatte niemals gehört, daß sie von einer Familie sprach.

»Nun, wir können nur hoffen, daß wir von den Banks' etwas Aufschlußreicheres erfahren. Wann sollten sie zurück sein, Mittwoch? Wissen Sie zufällig, ob sie sich bei Freunden aufhalten?«

»Hotel«, sagte Trubshawe. »Mr. Banks hatte es bestellt.«

»Die holländische Polizei kann uns da vielleicht helfen. Je eher sie zurück sind, desto besser. Denn wir wissen ja nicht mal, was alles fehlt. Schon eine merkwürdige Sache. Wenn Mrs. Brown jemanden erwartete, warum hat dann der nicht Alarm geschlagen, als er nicht reinkonnte?«

Die Antwort darauf konnte wohl nicht anders lauten, als daß er an diesem Spiel beteiligt gewesen sein mußte.

»Mrs. Brown würde spätabends keine Tür öffnen, jedenfalls keinem Fremden«, steuerte Trubshawe bei.

»Vielleicht ein Autofahrer, der das Telefon zu benutzen vorgab, weil er eine Panne hatte.«

»Wie in der letzten Woche im Fernsehen«, stimmte Kite zu.

Aber Ted war der Meinung, daß sie auf sowas nicht reingefallen wäre. Es gab eine Telefonzelle am Anger und eine an der Kirche und die dürften während dieser Zeit auch kaum besetzt sein.

»Eine Kanne Wasser für einen kochenden Kühler«, schlug Finney vor. »Sie hätte ihn zur Seitentür gebeten, in die Nähe des Wasserhahns. Dagegen spricht allerdings, daß die Sicherheitskette vorn in der Eingangshalle zerrissen ist.«

Der Engel, der alle Taten aufzeichnet, würde sich nicht gerade für diesen Kerl einsetzen, wenn sein letztes Stündlein geschlagen hatte, ging es Moon durch den Kopf.

»Und ich würde nicht zu sehr auf Mrs. Banks rechnen«, führte Trubshawe weiter aus. »Ich will damit nicht sagen, daß sie die Katze im Sack kaufen würde, aber wenn man jemand ordentliches und ehrliches finden will, der auf dem Lande zu leben bereit ist und seinen Beruf versteht — dazu konnte man Mrs. Brown rechnen —, darf man nicht zu neugierig sein.«

»Ich wundere mich, warum sie es solange ausgehalten hat«, murmelte Kite.

»Nun ja«, meinte PC Trubshawe, »eine Frau allein, nicht sonderlich hübsch ... diese Stelle gab ihr ein Heim, sie hatte ihr eigenes Wohnzimmer und mehr oder weniger Narrenfreiheit. Sechs Jahre sind eine lange Zeit. Major Harrison könnte etwas über sie wissen«, fügte er hinzu. Major Harrison war für das Bingo zuständig. »Oder vielleicht die Frau, die bei Maurice arbeitet.« Maurice, mit der Betonung auf der letzten Silbe, war für die Haarpflege von Buzzard Minors Oberschicht zuständig. Er hatte sogar Kunden von Buzzard Major. Aber Mrs. Brown war wohl kaum der Typ, der seine Intimsphäre beim Friseur enthüllte.

Trubshawe behielt recht. Die Leute vom Bingo wußten nichts von ihrem Privatleben, bestimmt hatte sie sich auch nicht dem jungen Mädchen, Jan, anvertraut. Die war sowieso immer nur mit den Kindern zusammen. Nichts in ihren Papieren gab einen Hinweis auf ihre Vergangenheit. In ihrem Schlafzimmer fand man zwei vergilbte Fotos, vermutlich ihre Eltern, kein Zeichen von einem Ehemann, keine Heiratsurkunde, keinen Paß. Trubshawe wurde unruhig. Es war unnatürlich, ein Leben ohne Vergangenheit zu führen. Andererseits, sechs Jahre waren eine lange Zeit.

Das Barmädchen im 'Lord Charles' konnte nichts über den Whisky aussagen. Mrs. Brown rührte nie harte Getränke an, auch dann nicht, wenn jemand anderer sie bezahlte. Portwein oder Limonade, vielleicht noch einen Dubonnet oder einen Sherry. Starke Sachen, niemals! Also mußte die Flasche für den Besucher bestimmt gewesen sein, den sie erwartet hatte — und offensichtlich war auch jemand gekommen. Aber war das derselbe Kerl?

5

Buzzard Minor brauchte keine Zeitung. Seine paar hundert Einwohner wußten, daß das beste Studium der Menschheit der Mensch ist, und sie studierten fleißig. Wenn man natürlich Neuigkeiten von auswärts hören wollte, mußte man sich schon auf Zeitung, Radio oder Fernsehen verlassen. Die Mittagsausgaben mochten gut für Rennbahnwetter sein, aber selbst Buzzard Major erreichten sie zu spät, um noch wirklich aktuell zu sein. In Buzzard High gab es ein neues Wettbüro, und wenn man kreditwürdig war, konnte man seine Einsätze per Telefon machen. Falls man keinen eigenen Apparat hatte, konnte man die zahlreichen Telefonzellen benutzen.

Die Nachricht von dem melodramatischen Tod Mrs. Browns ging von Mund zu Mund. Joe Bates hatte sich bei seinen Kunden entschuldigt wegen eines Unglücks im Manor Haus, und die Neuigkeit sprach sich schnell herum. Einem Dorfbewohner, selbst wenn er taubstumm ist, konnte die Anwesenheit der Polizei nicht verborgen bleiben — und jedes Kind wußte, wenn die Detektive aus der Stadt anrückten, bedeutete das, daß ein Schwerverbrechen vorlag. Ein kleineres Kaliber hätte man Ted Trubshawe überlassen. Mrs. Brown wurde populärer als während der vergangenen sechs Jahre. Die umliegenden Ortschaften um Buzzard Major bekamen die Nachricht Sonnabend nacht oder aber Sonntag morgen. Elsie Farmer, die Besitzerin des Lokals 'Pumpkin and Pie' in Firlemere, einem etwas vornehmeren Ort, hörte sie Sonntag Morgen in ihrer Bar. Der Überbringer der Botschaft war ein einsamer Handelsreisender, der sich bei ihr darüber beklagte, ein Wochenende in einem Ort verbringen zu müssen, in dem er niemand kannte.

»Haben Sie keine Frau, zu der Sie heimfahren können?« fragte Elsie abweisend. Sie vermutete, daß er lediglich bedauerte, hier kein 'Verhältnis' zu haben. Wenn er wirklich nach Haus gewollt hätte, hätte er sich Flügel wachsen lassen. Elsie traute der menschlichen Rasse weit mehr Unternehmensgeist zu, als normalerweise davon zu sehen war.

»Immer dasselbe«, meinte der Reisende düster. »Und was ist mit Ihnen? Und was ist mit dem alten Mädchen, das man in der Besenkammer fand?«

»Was ist mit ihr?« fragte Elsie und spitzte die Ohren. Im allgemeinen war es ja unpassend, aber für das Geschehen außerhalb des unmittelbaren Wirkungskreises durfte man schon mal neugierig sein. Hier schienen sich Möglichkeiten aufzutun.

»Kannten Sie sie nicht?«

»Wir halten uns hier jeder für sich. Dieses 'alte Mädchen', Sie haben ihren Namen nicht genannt, gehört doch nach Buzzard Minor.«

»Es ist doch staunenswert«, überlegte der Reisende. »Hier wird die Welt immer enger und dabei fliegen wir bereits zum Mond, und Venus und Mars stehen auf dem Plan, man braucht nur mit den Fingern zu schnippen.«

»Dann schnippen Sie besser nicht«, riet Elsie ihm. »Wir haben genug Schwierigkeiten mit diesem einen Planeten hier, ohne uns noch ein paar dazu anzueignen.«

»Und Sie wissen wirklich nichts über die Frau, die praktisch auf ihrer eigenen Türschwelle ermordet aufgefunden worden ist?«

»Wer sagt denn, daß sie ermordet worden ist?«

»Du schlägst Dich nicht selbst nieder und gehst dann in eine Besenkammer. Haben Sie nicht in die Zeitungen geschaut?«

»Steht was drin? George, mein Mann, bekommt sie am Sonntag erst kurz, ehe wir öffnen. Ich kann sie erst nach dem Lunch lesen, wenn wir geschlossen haben. Groß aufgemacht, große Schlagzeilen?«

Der Reisende winkte ab. »So ist die Presse«, meinte er vorwurfsvoll. »Fast alle Blätter widmen ihre Titelseiten diesem kürzlich ausgebrochenen Psychopathen — wissen Sie noch, der, der vor vier Jahren zwei kleine Mädchen ermordet hat — er soll sich jetzt im Süden herumtreiben und wenn sie nicht einen Zahn zulegen und ihn endlich kriegen, wird er noch zwei auf dem Gewissen haben.«

»Schrecklich«, Elsie schauderte. Sie und George hatten keine Kinder. »Was war denn nun mit der Frau?«

»Mrs. Brown, Manor Haus in Buzzard Minor. Kommt Ihnen das bekannt vor?«

»Den Namen habe ich schon gehört«, meinte Elsie. »Entschuldigen Sie mich.« Sie ging zur Bar, um zwei Neuankömmlinge zu bedienen. Ihre Hand zitterte, als sie die Krüge rüberreichte. Sollte man es glauben? Mrs. Brown! Nun, irgendwie hatte sie ja das Unglück herausgefordert, als sie diese eigentümlichen Kapriolen veranstaltete, und das in ihrem Alter. Und ausgerechnet in dieser Bar. Ich hätte wissen müssen, daß etwas nicht stimmte, denn sie kam Donnerstag, und eigentlich sollte sie Freitag kommen. George wird das gar nicht gefallen.

»Wachen Sie auf, meine Liebe«, ertönte eine Stimme, sie hatte gar nicht mitbekommen, daß jemand einen doppelten Whisky bestellt hatte sowie einen Gin mit Orangensaft. Als sie fertig damit war, sah sie zu ihrer Erleichterung, daß der Handelsreisende gegangen war. Sicher war er weitergezogen, um seine Neuigkeiten jetzt im 'Blue Lion' zu verbreiten. Sie würde sich nicht wundern, wenn er so auf ein Freibier spekulierte.

Sobald die Bar geschlossen war, am Sonntag bedeutete das eine Ruhepause bis sieben Uhr nachmittags, begab sie sich zu ihrem Mann, der inmitten eines Haufens von Zeitungen dasaß.

»Hast Du schon das Neueste aus Irland gehört?«

»Vergiß Irland. Ich werde nach Buzzard Major aufs Revier müssen, am besten bringe ich es gleich hinter mich.«

»Wieso das?« fragte er verblüfft. »Du hast doch keinen Kunden mit dem Messer attackiert?«

»Ich nicht. Und ob ein Messer im Spiel war, weiß ich nicht. Es dreht sich um diese Mrs. Brown aus Buzzard Minor. Ist ermordet in einer Besenkammer aufgefunden worden. Frag mich nicht warum. Die Banks' sind bis Mittwoch verreist, mehr weiß ich nicht.«

»Dumme alte Kuh«, sagte George. »Ich möchte behaupten, sie hat das herausgefordert.«

»Wenn das so war, hat sie es jetzt jedenfalls bekommen. Nein, hör zu, am Donnerstag war sie in unserer Bar. Es steht in der Zeitung, daß sie seit Donnerstag tot ist.«

»Aber sie ist nicht hier gestorben, oder? Warum willst Du Dich einmischen und zur Polizei gehen, Elsie? Du weißt doch, daß es einem Lokal nicht gut tut, wenn die Polizei ihre Nase in alle Ecken steckt.«

»Jeder konnte sehen, daß sie stracks auf ein großes Schlamassel zusteuerte, aber solchen Leuten kannst Du nicht helfen. Ich würde gern wissen, warum er es gemacht hat.«

»Warum wer —?« Die Worte fehlten ihm.

»Siehst Du, genau das muß ich der Polizei sagen, die vielleicht damit etwas anfangen kann. Natürlich muß ich gehen, George. Du hast doch selbst gesagt, daß wir die Polizei nicht hier haben wollen und Du weißt, wie die Leute hier tratschen.«

»Wie ein Hühnerstall«, stimmte er zu. »Aber kannst Du Dich nicht einmal da raushalten?«

Er hätte seine Stimme schonen können. Sie ging, wie sie es sich vorgenommen hatte.

»Wir wollen hoffen, daß die Banks' uns weiterhelfen können«, meinte Moon zu Finney. »Soweit es diese Frau angeht, könnte man meinen, daß sie erst am Tage, bevor sie nach Buzzard Minor kam, geboren worden ist. Ich bin nicht mit dem gemeinsamen europäischen Markt einverstanden, aber die Länder, die Fingerabdrücke archivieren und von der Bevölkerung verlangen, daß sie Ausweise bei sich trägt, haben schon etwas für sich.« Die Banks' wurden am Abend zurückerwartet. Die holländische Polizei hatte alle Hebel in Bewegung gesetzt, das Paar ausfindig gemacht und gleich noch den Rückflug organisiert. Und nun war eine Dame eingetroffen, die über Mrs. Brown Auskünfte geben wollte.

»Ob es wohl die Richtige ist«, murmelte Finney, aber er mußte für jeden Hinweis dankbar sein. Mrs. Brown war

Donnerstag gestorben, soweit man das beurteilen konnte, und nun war es schon Sonntag und sie tappten immer noch im dunkeln. Elsie kam sofort zur Sache.

»Diese Mrs. Brown, um die es sich bei Ihnen handelt, war Donnerstag abend in der Bar 'Pumkin and Pie'. Ich dachte mir, Sie müssen das erfahren.«

»Ist es bestimmt die Bewußte?«

»Es gibt bestimmt keine zwei Felicia Browns in diesem Landstrich. Und es handelt sich um die Haushälterin der Banks'! Sie sprach davon, daß sie verreist seien. Normalerweise ist sie donnerstags beim Bingo und anschließend im 'Lord Charles', aber da ging sie wohl früh weg. 'Im Haus ist es so einsam', sagte sie, und ich empfahl ihr, einen Hund zu halten. Ist schon eigenartig, wie Einbrecher sich selbst vor dem allerkleinsten Hund in acht nehmen. Wie Elefanten, die in Panik geraten, wenn ein kleiner Hund an ihren Hacken herumkläfft. Aber sie meinte, Hunde würden zuviel Dreck hereinbringen, und sie hätte ohnehin genug zu tun, besonders, da das Mädchen die Kinder anstiftete, im Wald herumzutollen und den ganzen Schmutz an ihren Schuhen hineinzutragen. Um die Wahrheit zu sagen, ich war ziemlich überrascht, sie zu sehen, weil sie normalerweise freitags kam, wenn auch nicht regelmäßig.«

Finney ermahnte sich im Stillen, nicht zu vergessen, daß Geduld eine Tugend ist. Er fragte: »Kam sie allein?«

»Sie kam immer allein.«

»Und traf ihren Freund in der Bar?«

»Wenn Sie ihn so nennen wollen.«

»War es ein Hiesiger?« Finney war erstaunt. Er kritzelte vor sich hin. Auf seinem Notizblock entstand ein ganzer Schwarm von kleinen Fischen mit mörderischen Stachelflossen.

»Nicht aus dieser Gegend«, meinte Elsie. »Ein Fremder, würde ich sagen. Elegant angezogen. Könnte aus Stainton oder Waterlow Grenn gekommen sein. Und war viel jünger als sie.«

»Vielleicht ein Sohn?« schlug Finney vor.

Elsie schüttelte den Kopf. »Der sicher nicht. Aber eins will ich noch sagen, er war da, um etwas aus ihr rauszuholen.«

»Konnten Sie hören, worüber sie sprachen?«

»Da war ich nie nah genug. Sie kam gewöhnlich zuerst, bestellte einen Schnaps und nahm ihn mit zu einem der kleinen Tische. Sie sah stets zur Uhr, bis er kam, meist zehn Minuten nach ihr. Er trank immer dasselbe, einen großen Whisky, und Sie können mir glauben, er zahlte ihn niemals selbst. Manchmal ließ er sich nachfüllen, nur für sich, niemals für sie.«

»Wurde kein Name erwähnt?«

Elsie mußte das wieder verneinen. »Sie hat ihn nie angeredet, und wie ich schon sagte, er war uns nicht bekannt. Ein dunkelhaariger Typ«, fügte sie unbestimmt hinzu.

»Würden Sie ihn wiedererkennen?«

Elsie sah zweifelnd aus. »Ja, wenn daneben nur der Pfarrer und der Küster und der kleine Mann mit nur einem Bein, der für den Steinmetz arbeitet, stehen, dann schon, aber diese jungen Kerle sehen doch einer wie der andere aus. Trug einen auffallenden Ring, aber sie sind heutzutage sowieso alle Modenarren. Kam natürlich mit einem Wagen. Ich hörte den Motor aufheulen, sowie er aus der Tür raus war.«

»Würden Sie den denn wiedererkennen?«

»Also, Sie können sich doch denken, daß er den wohl kaum mit in die Bar reingebracht hätte, oder?«

»Wie lange kamen sie denn schon?«

Elsie überlegte. »Vielleicht drei Monate lang, eine Woche mehr oder weniger. Aber wie ich bereits sagte, nicht regelmäßig.«

»Aber immer freitags?«

»Ja, das stimmt.«

»Nur zuletzt am Donnerstag?«

»Sie hat ihn nicht erwartet, wenn Sie das meinen. Hat sich nur ihren Schnaps bestellt und saß an der Bar, ohne auf die Uhr zu schauen. Ich wunderte mich darüber, daß sie gekommen war, bis sie nach Whisky fragte. Ob wir eine ganze

Flasche verkauften. Da wußte ich, warum sie gekommen war, denn im 'Lord Charles' hätte sie nicht danach fragen können, wo doch jeder wußte, daß sie das Zeug nicht anrührt, und wenn das so ist, kaufst Du Dir doch nicht eine ganze Flasche für Dich selbst.«

»Kannten Sie diese Mrs. Brown gut?« fragte er.

»Niemand kannte sie gut.«

»Würden Sie glauben, daß sie eine vermögende Frau war?«

Elsie rümpfte die Nase. »Von dem, was Mrs. Banks zahlte, konnte sie nicht reich werden. Zudem war sie alleinstehend.«

Finney nickte. »Haben Sie zufällig gesehen, ob sie ihre Kette trug?«

»Die, die der Schah von Persien ihr geschenkt hatte?« Elsie schmunzelte. »Sie trug einen Mantel, ich konnte es nicht feststellen.«

»Und sie blieb nicht lange?«

»Sie hatte nur den kleinen Schnaps und kaufte den Whisky. Sprach mit mir über das Haus und wollte früh zurück sein, weil alle außer ihr weg waren, nicht daß sie sie vermißt hätte, würde ich vermuten.«

»Und tauchte der junge Kerl auf?«

Sie sah ihn groß an. »Was, am Donnerstag? Das machte er doch nie.«

»Kam er vielleicht am folgenden Abend?«

»Das hätte doch keinen Sinn ergeben, sie wäre doch nicht dagewesen.«

»Aber ob er das gewußt hätte?«

»Richtig, aber ich weiß nicht, ob er diesen Freitag überhaupt gekommen wäre. Manchmal kamen sie im Abstand von zwei bis drei Wochen.«

»Das haben Sie bemerkt?«

»Sie war eine geheimnisumwitterte Frau, nicht wahr. Sechs Jahre hier, ohne daß einer etwas von ihr erfahren hat, auch nicht in Buzzard Minor, wenn man dem Glauben schenken darf, was geredet wird.«

»Und dieses Mädchen, das sie da haben?«

»Jan? Die geht nicht in Bars. Außerdem ist sie immer mit den Kindern unterwegs.«

»Hat sie nie einen Abend frei?«

»Die jungen Leute, die sie kennt, kommen nicht hierher, die gehen meist in Kaffeestuben und trinken Cola. Und wenn sie gekommen wäre, hätte sie kaum mit mir gesprochen.«

Elsie sagte noch, sie habe ansonsten keine Fremden bemerkt, aber natürlich habe man es immer mit einer Anzahl von neuen Gesichtern zu tun. Sie wisse nicht, worin die Verbindung zwischen Mrs. Brown und dem jüngeren Kerl bestanden hätte. Nein, sie habe auch nichts verschwiegen, das sei wohl die berühmte 64000-Pfund-Frage. Wenn ihr noch etwas einfiele, würde sie es ihn wissen lassen, und jetzt müsse Mr. Farmer seinen Tee haben.

Es kam noch ein weiteres Puzzleteilchen hereingetröpfelt: Ein anonymer Telefonanruf von einer Frau, die eine andere am Donnerstag abend in Richtung Buzzard Minor hatte laufen sehen. »Sie trug so etwas wie eine eingewickelte Flasche.« Wer sie sei, könne sie nicht sagen, vielleicht hätte es auch gar nichts mit Mrs. Brown zu tun, aber man sollte ja über alles die Polizei informieren. Die Frau sei allein gewesen, vielleicht war es ungefähr acht Uhr. Sie habe sie nur bemerkt, weil sonst niemand herumlief, die Flasche habe ihre Aufmerksamkeit auf sich gezogen, es war schon seltsam, wie manche Kleinigkeiten auffielen. Ihr eigener Name tue nichts zur Sache, und ihr Ehemann würde es nicht gern sehen, wenn sie mit der Polizei zu tun hätte. Damit beendete sie das Gespräch.

»Das führt uns nicht weiter, außer daß es Elsies Geschichte bestätigt, und soweit war alles richtig, denn die Flasche haben wir ja im Haus vorgefunden.«

Es kam auch kein junger Mann vorbei, um mitzuteilen, daß er am Donnerstag eine Verabredung mit der Toten gehabt und nicht ins Haus gekonnt hätte. Es wäre gut gewesen, wenn man den Mann hätte identifizieren können, der sie im 'Pumpkin and Pie' zu treffen pflegte. Ob er etwas von ihrem

Tod wußte oder nicht, er war besonnen genug, sich im Hintergrund zu halten.

»Sie wissen ja, daß ein Mord sich nicht in einem bestimmten Milieu abspielen muß«, erklärte Finney Moon. »Schwierig ist, daß er dann die Möglichkeiten unserer Polizei überschreitet. Wer auch immer gekommen ist, hatte anscheinend keine Gewaltanwendung eingeplant, nichts von einer Schuß- oder Stoßwunde, kein Angriff mit einem scharfen Instrument. Hände hinterlassen wenig Anhaltspunkte. Vielleicht erfahren wir mehr von den Banks', vor allem können wir dann endlich feststellen, was fehlt.«

»Ich spürte in meinen Knochen, daß irgendwas nicht stimmte, als sie meinen Anruf nicht beantwortete«, sagte Kay, nachdem sie von der holländischen Polizei von dem Einbruch in ihr Haus und dem Angriff auf die Haushälterin in Kenntnis gesetzt worden waren. Die hatten sich ansonsten sehr zugeknöpft gezeigt nach dem Motto: Laß die englische Polizei die Einzelheiten erklären.

»Ich möchte wissen, ob es Mrs. Brown sehr schlecht geht«, murmelte Roy, »sie hat sich bestimmt gewehrt. Aber sie muß überrascht worden sein, das hat sie sicher als Majestätsbeleidigung empfunden.«

Kay war sogar ein wenig amüsiert. »Ausgerechnet Mrs. Brown, diese Seele von Vorsicht!«

Aber Roy erinnerte sie daran, daß zuviel Vorsicht die Katze töte, und sie rätselten weiter, was wohl vorgefallen sei.

»Leicht, uns zu sagen, daß wir ja versichert seien.« Kay platzte fast vor Empörung darüber. »Man kann Unersetzbares nicht versichern, wenn ich denke, sie hätten meine Battersea-Emaillen mitgenommen, — aber das haben sie natürlich.« Sie versank in Grübeleien.

»Es sei denn, es ist ein Rachefeldzug, der nur Mrs. Brown gilt.«

Da zum ersten Mal kam ihnen der Gedanke, daß ihrer Haushälterin ernsthaft etwas passiert sein könnte.

Die Banks' wurden bevorzugt behandelt. Am Flughafen stand ein Wagen für sie bereit, der sie auf schnellstem Wege nach Buzzard Minor brachte.

»Haben sie alles mitgenommen?« fragte Kay.

»Ist Mrs. Brown schwer verletzt?« wollte Roy wissen. Als man ihnen die Wahrheit sagte, konnten sie es kaum fassen.

Kay fand es unmöglich und anstößig, sich auf solche Weise ermorden zu lassen. Vermutlich würden nun Scharen von Zeitungsleuten um das Haus herumschwirren. Roy dachte nur, Gott sei Dank waren die Kinder nicht hier, aber dann fiel ihm nachträglich ein, wenn sie dagewesen wären und zusätzlich Jan, wäre das Ganze wahrscheinlich nicht passiert.

Wie Kay vermutet hatte, war so gut wie alles, was von Wert war, verschwunden. »Sie werden damit nicht mehr im Lande sein«, beklagte sie sich bei Moon, der gerade im Dienst war. »Wieso wurde sie erst am ... wann wurde sie aufgefunden?«

»Der Milchmann sah am Sonnabend, daß die Milch vom Freitag und das Brot noch draußen stand und bemerkte die offene Glastür.«

»Mrs. Brown hätte sie nie offen gelassen. Aber das wissen Sie ja.«

»Wir wissen nichts von Mrs. Brown, oder praktisch fast nichts«, sagte Moon. »Wir hoffen, Sie sind in der Lage, uns zu helfen, weil sie ja mehrere Jahre hier gelebt hat.«

»Fast sechs«, stimmte Kay zu. »Sie war nicht die Art Frau, die Freundschaften schloß und jedem Vertrauen schenkte. Sie besuchte nur die Bingo-Gesellschaft und sang im Kirchenchor mit.« Aber das wußte man bei der Polizei bereits, und es hatte sie nicht weitergeführt.

»Wir würden gerne etwas aus der Zeit wissen, bevor sie hierher kam«, erklärte Moon. »Sie müßten doch Empfehlungen gesehen haben und im Verlauf so vieler Jahre sollten sich Anhaltspunkte ergeben haben.«

»Mrs. Brown ließ genauso oft Hinweise auf sich selbst fallen wie teures Porzellan, nämlich nie«, meinte Kay bedauernd. »Ich kann Ihnen das berichten, was ich von ihr weiß, aber das dürfte Sie kaum weiterbringen. Sie hat in Harrogate als Haushälterin und Gesellschafterin — so bezeichnete sie es — bei einer Mrs. Arnold gearbeitet, die dann zu einer verheirateten Tochter nach Kalifornien ausgewandert ist. Sie gab Mrs. Brown ein sehr gutes Zeugnis, wenn man dem auch im allgemeinen nicht so sehr trauen darf. Man muß sich seine eigene Meinung bilden. Sie hat ihre Stellung durch eine Agentur hier am Ort bekommen, die ist aber inzwischen geschlossen wegen Kundenmangels. Dienstboten zu vermitteln ist ein aussterbendes Gewerbe. Diese Mrs. Arnold war eine Witwe, und ich schätze, in Harrogate ist nicht mehr los als in all diesen Kleinstädten. Beinahe jeder ist fast neunzig, und was bleibt übrig? Mrs. Brown war zu der Überzeugung gelangt, daß Mrs. Arnold sich wieder verheiraten wollte und in den USA bessere Möglichkeiten dafür sah. Eine Frau, die ihren Weg macht, war Mrs. Browns Ansicht von ihr.«

»Wie kam sie zu Ihnen?«

»Wir inserierten. Im allgemeinen bekommt man keine Antwort oder man erhält eine Reihe von Kriechern, und als wir jemanden fanden, der geeignet aussah und nicht in irgendwelche örtlichen Schwierigkeiten verstrickt war, nutzten wir die Chance. Buzzard Minor ist nicht gerade ein Platz, der Unterhaltung bietet; so hat man keine Wahl und muß das nehmen, was man bekommen kann. Wir haben versucht, es ihr angenehm zu machen, und sie forderte weniger Lohn, als ich erwartet hatte. Wenn man eine Frau mit Zartgefühl sucht, die sind so selten wie weiße Nashörner, und meine Tochter hat mir erklärt, es gibt nichts, was seltener ist als die.« Sie lachte plötzlich. »Natürlich gab es Schwierigkeiten. Sie war kein umgänglicher Mensch, vertrug sich schlecht mit der Reinemachefrau, die zweimal in der Woche kam, dabei sind die auch so schwer zu kriegen. Bevor wir das Au-pair-Mädchen hatten, beschäftigten wir eine Erzieherin, die ihretwegen nicht dablieb.«

»Hatte sie Besucher, soweit es Ihnen bekannt war?«

»Sie konnte welche haben, denn wir richteten ihr einen

Raum neben der Küche als Wohnzimmer ein, aber ihre Freunde hätten selbstverständlich den Seiteneingang benutzt.«

Nichts von all dem half der Polizei. Die Welt ist voller einsamer Frauen, alte Jungfern und Töchter, die, soweit man das beurteilen kann, nie Eltern hatten. Sie leben in Untermiete und in Pensionen, meist außerhalb des geselligen Lebens. Eigentlich wäre es natürlich gewesen, wenn Mrs. Brown im Verlauf von sechs Jahren mal eine Bemerkung gemacht hätte wie etwa »das war in dem Jahr, als wir uns in Margate aufhielten«, oder »das war zu der Zeit, als Mr. Brown starb ...«

»Vielleicht«, überlegte Roy laut, »war sie gar keine Witwe. Oder sie suchte unter unserem Dach Schutz, weil sie annahm, hierhin würde ihr ihr Mann nicht folgen.«

Finney zündete seine kleine Bombe. »Hat sie nie von einem jüngeren Kerl gesprochen, den sie im 'Pumpkin and Pie' zu treffen pflegte?«

»Nein«, brach es aus Roy heraus, »das ist wirklich zuviel. Wer war es noch, der bereits vor dem Frühstück an sechs unmögliche Dinge glauben konnte? Ich gehöre ja auch zu der Sorte, aber selbst ich kann mir Mrs. Brown nicht mit einem Freund vorstellen.«

»Wir wissen nicht, ob es ein Freund war.« Finney sprach gelassen. »Aber das wissen wir bestimmt, daß sie sich mit einem jüngeren Mann im 'Pumpkin and Pie' traf ...«

»Aber das ist doch in Firlemere, ganz außerhalb ihres üblichen Reviers!«

»Ich vermute, gerade deswegen«, meinte Kay trübselig. »Wirklich, man kann niemandem mehr trauen, selbst nach sechs Jahren nicht.«

»Jedermann hat das Recht auf ein Privatleben«, widersprach Roy.

Es war wie mit dem Hamster, der pausenlos in seinem Rad entlangläuft: Man drehte und drehte sich und endete immer wieder da, wo man angefangen hatte.

»Du kannst von den Menschen nicht mehr erfahren, als sie

bereit sind, Dir zu erzählen«, schloß Kay, und Roy erschreckte sie alle, als er zitierte:

»Das Leichentuch ist bereitet, murmelt der Tod, über den Kopf bis zu den Füßen. Er schnappt sich die Enden und steckt die Nadeln hinein ...«

»Das ist der Standpunkt des Laien«, meinte der Polizist trocken. »Wie steht es mit dem Mädchen, das bei Ihnen lebt?«

»Sie verließ das Haus vor uns, um eine Freundin in Eastbourne zu besuchen.«

»Wissen Sie den Namen?«

»Ich habe nicht daran gedacht, sie zu fragen. Es ist eine, die sie in der Sprachenklasse kennenlernte, hat sie mir gesagt. Sie ging zu dem Zweck immer nach Buzzard Major.«

»Wenn die Dame in Eastbourne lebt, warum sollte sie dann die Sprachenschule in Buzzard Major besuchen?«

»Ich habe wirklich nicht daran gedacht, sie zu fragen«, mußte Kay eingestehen. »Warten Sie, ich glaube, sie sagte nicht, daß die Frau in Eastbourne lebt, sie wollte dort nur in den Ferien hin. Ist mit einem Engländer verheiratet und hat zwei kleine Töchter. Richtige Arbeitsferien, dachte ich noch, aber das ist Geschmackssache.«

»Hat sie keine Postkarte geschrieben?«

»Nun hören Sie aber auf«, meinte Roy, »wem sollte sie denn hier schreiben, doch wohl nicht Mrs. Brown? Und alle anderen waren ja ausgeflogen.«

»Sie hatte einen Gepäckanhänger an ihrer Tasche, Reisende nach Eastbourne. Sie hatte sich eine neue extra dafür gekauft. Die alte, mit der sie aus Holland gekommen war, ließ sie auf ihrem Schrank.« Kay runzelte die Stirn. »Mir kommt ein Verdacht. Warum sollte sie sich eine neue kaufen, wenn sie damit nur zu einer Freundin nach Eastbourne reisen wollte?«

»Wollte vielleicht bei ihrer Freundin Eindruck schinden. Hat sie keine Adresse dagelassen, Kay?«

»Nein, natürlich nicht. Ich fragte sie nicht, sie wollte sowieso Mittwoch zurück sein. Und ich wäre auch nicht klüger, wenn sie es gemacht hätte. Denn, wäre sie mit einem ihrer flegelhaften Freunde ins Wochenende gefahren, hätte ich wohl kaum ernsthaft annehmen können, daß sie es mir mitteilen würde.«

»Alles, was wir von Jan verlangen, ist, unsere Kinder zu betreuen. Und selbst der Herr des Höchsten Gerichts könnte in dieser Beziehung keine Schuld bei ihr finden. Die Kinder sind verrückt nach ihr. Ich war überrascht, daß sie zustimmten, zu Deiner Schwester zu reisen.«

Kay war übellaunig. »Man kann nicht immer danach gehen, was Kinder wollen oder nicht wollen. Dawn und Coral sind in einem Alter, wo sie allen besonderen Eindrücken schnell unterliegen.«

Moon unterdrückte mit einiger Schwierigkeit sein Erstaunen über die Namen der Kinder der Banks'. Die Leute im Ort kannten sie natürlich und fanden sie übereinstimmend deutlich unanständiger als etwa Sheila oder Maureen, die von den einheimischen Frauen bevorzugt wurden.

Kay wurde gebeten, durch das Haus zu gehen und das Fehlende zu benennen. »Also, zunächst mal meine Emaille-Sammlung. Selbst die königlichen Schätzer waren beeindruckt davon, als sie sie damals sahen, als sie noch Tante Arabella gehörte. Und seither ist sie noch ergänzt worden.« Sie hatte sich über die geplünderten Kästen gebeugt. »Ich glaube nicht, daß ich sie wiedersehe.«

Niemand widersprach dem. Dann zählte sie andere fehlende Stücke auf.

Roy stand im Türrahmen seines Zimmers und betrachtete voller Trauer die leeren Regale. »Alles futsch«, sagte er niedergeschlagen. »Sie müssen es einschmelzen, alle waren mit Inschriften versehen.«

Sie gingen nach oben, aber hier war nichts angerührt. »Wir brauchen nicht in Jans oder ins Kinderzimmer zu gehen, selbst ein Anfänger würde sich nicht die Mühe machen, die Treppen raufzusteigen«, meinte Kay. Aber die Polizei bestand darauf. Jan hätte eine Spur hinterlassen können.

»Sie glauben doch nicht, die Mädchen von heute hinterlassen

noch Nachrichten, Inspektor.« Aber sie ging mit hinein. Der Raum war still und unnatürlich ordentlich.

»Alles da und in Ordnung?« fragte Roy.

Aber Kay hatte sich wie ein Jagdhund, der wittert, versteift. »Nein«, sagte sie, »keineswegs. Die Tasche ist fort.«

»Die Tasche?«

»Ich sage Dir, ich habe die Tasche auf dem Schrank gesehen, nachdem das Mädchen das Haus verlassen hatte. Ich bin nochmal reingegangen, um sicher zu sein, daß sie das Fenster geschlossen hatte, und daß kein Wasser mehr im Badezimmer der Kinder lief. Gerade das unterlassen die Mädchen meist. Und als ich hier war ...« Sie bewegte sich schnell durch das Zimmer und zog Schubladen auf. »Leer«, rief sie mit dramatischer und befriedigter Stimme. »Sie hatte zwar nicht viel zurückgelassen, aber einiges war hier, und jetzt ist alles fort. Weißt Du, was das bedeutet?«

»Sag es uns«, schlug Roy vor.

»Sie kam später zurück, nachdem wir fort waren. Sie hatten Bensons Auto für den Anfahrtsweg gemietet. Das muß ungefähr um drei Uhr gewesen sein.«

»Siehst Du immer in ihren Schubladen nach?« fragte Roy.

»Ich muß mich anstelle der Eltern um sie kümmern, solange sie unter diesem Dach lebt. Das um so mehr, als anders als bei andern Au-pair-Mädchen diese mysteriöse Tante ihre einzige Verwandte ist, und dabei bekommt sie nicht mal einen Brief vom Ausland.«

Moon sah überrascht aus. »Sind Sie sicher?«

»Todsicher«, stimmte Roy zu, »schon wegen der Briefmarken. Meine Töchter sind leidenschaftliche Sammler, Dawn sammelt Briefmarken, Coral lieber Schnecken. Keine ausländische Briefmarke würde unbeachtet ins Haus gelangen, ebensowenig wie meiner jüngeren Tochter eine Riesenschnecke entgehen könnte.«

»Wenn Du endlich den Garten gegen Ungeziefer besprühen würdest, müßte ich mich nicht dauernd mit diesen schleimigen Viechern herumärgern«, unterbrach Kay ihn unsanft.

»Und Coral würde keine Sammlung haben. Und überhaupt, wie soll ich ihr erklären, daß ich ab und zu ihre Schützlinge vergifte, während sie, wenn sie ein Unkrautvernichtungsmittel in Mrs. Browns Porridge tut, na, das nur als Beispiel, in irgend jemandes Porridge sollte ich wohl besser sagen, die Polizei auf den Fersen hat?«

»Nun Schluß mit den Schnecken«, rief seine Frau aus. »Siehst Du nicht, was das bedeutet. Daß Jan nicht zurückkommt, heißt das.«

»Weil sie in dieses Verbrechen verwickelt ist?« fragte Roy zweifelnd. »Scheint mir nicht klug gehandelt, so offensichtliche Spuren zu hinterlassen, daß jeder sieht, sie war nochmal hier. Du bist ganz sicher, daß das so ist?«

»Wer sonst, frage ich Dich, hätte Bedarf für ihre alten Kleider?«

»Das könnte ein Teil der Szenerie sein, ein Täuschungsmanöver.« Er wandte sich hoffnungsvoll an den Polizisten.

»Meinst Du vielleicht, Mrs. Brown schaffte ihre Sachen beiseite«, fuhr Kay ihn an, »und wann, bevor oder nachdem sie ermordet wurde?«

»Sie war nicht die einzige Person, die hier am Donnerstag anwesend war. Und in meinen Augen ist es ziemlich an den Haaren herbeigezogen, wenn man annimmt, Jan wäre die andere gewesen. Es scheint mir zu dumm und sinnlos zu sein.«

»Hatte die junge Dame einen Haustürschlüssel?« fragte Finney.

»Gewiß«, sagte Kay. »Mrs. Brown sollte nicht gezwungen sein, jedesmal die Tür zu öffnen, wenn sie mit den Kindern reinkam. Beinah hätte ich ihn ihr für den Urlaub weggenommen, denn die jungen Mädchen gehen so sorglos damit um. Jetzt wünschte ich, ich hätte es gemacht.« Dann fiel ihr etwas Neues ein. »Dawn und Coral könnten wissen, welche Freunde sie im besonderen hatte. Sie folgen ihr wie Lämmer der Mutter.«

Roy erbleichte. »Meine Kinder will ich da nicht mit hineingezogen haben. Warte auf jeden Fall bis Mittwoch und laß sie ihre eigene Erklärung abgeben.«

»Bist Du sicher, daß sie Mittwoch zurück sein wird? Ich hätte ja von einem anständigen Mädchen erwartet, daß sie sofort zurückkommt, wenn ihr die Nachrichten bekannt werden. Sicher hat es doch in der Zeitung gestanden?«

»Man hat sie doch erst gestern gefunden«, wies Roy sie zurecht.

»Sag mir nur nicht, die Sonntagsblätter hätten es nicht schon gebracht.«

»Das ist eine Frage der Freizeitauffassung«, konterte er. »Vielleicht ist sie so vernünftig, in den Ferien keine Zeitungen zu lesen.«

»Falls sie allerdings zurückkommt, muß sie eine ganze Menge erklären«, sagte Kay grimmig. Dies entsprach noch mehr der Wahrheit, als sie selbst wußte.

»Bestimmt kommt sie«, prophezeite Roy. »Armer kleiner Teufel, wohin sollte sie auch sonst gehen?«

6

Mrs. Browns bizarres Ende hatte wohl Buzzard Minor bis in die Grundfesten erschüttert, aber die übrige Welt ließ er unberührt. Die allgemeine Aufmerksamkeit konzentrierte sich nach wie vor auf den Psychopathen, den man noch nicht ergriffen hatte. Es waren nicht nur die Familien mit kleinen Mädchen im Süden, wo man ihn zuletzt gesehen hatte, in Aufregung, sondern alle Mütter im ganzen Land bangten um ihre Kinder. Psychopathen sehen wie normale Leute aus, können mit dem Zug reisen und sich ebenso geistreich unterhalten wie Du oder ich, wenn sie dazu gerade aufgelegt sind. Mrs. Brown wurde zwar in ihrer Umgebung bekannter als sie in den vergangenen sechs Jahren gewesen war, aber davon abgesehen blieb sie eine Notiz für Seite zwei.

Jan las es in der Sonntagsausgabe in ihrem Mansardenzimmer in einem heruntergekommenen Haus nahe der Victoria Station. Dieser Teil der Stadt war voller Häuser, in denen Zimmer vermietet wurden, und da sie sowieso nicht vorhatte zu bleiben, hatte sie das erste genommen, das sich ihr angeboten hatte.

»Eine Woche im voraus, so lautet meine Bedingung«, sagte Miss Lucas, die so aussah, als hätte sie ihr Leben damit verbracht, hungrige Wölfe von der Tür zu verjagen. Sie betrachtete das Mädchen prüfend. Eine Ausländerin, aber London war voll davon. In Schwierigkeiten? Könnte sein, aber man sah das ja anfangs nicht. Hatte wenig Gepäck, so daß ihre Geschichte von einem Wochenendausflug stimmen konnte.

»Keine männlichen Besucher nach elf Uhr abends«, erklärte Miss Lucas streng. »Die Haustür wird um elf Uhr dreißig geschlossen.«

Jan zahlte ihre Miete im voraus und ging wieder fort. Sie hatte ihren Schmuck bei einem Juwelier veräußert, der einen kleinen Laden in der Nähe des Bahnhofs hatte, und war, wie wir es alle wären, erschrocken und betroffen über die geringe Summe, die man ihr dort geboten hatte. Schließlich mußte sie noch ihre goldene Uhr, die Crook so bewundert hatte, draufgeben. Jetzt verschaffte sie sich einen Überblick über die Straßen. Kleine Kaffeestuben für Leute, die früh zur Arbeit gingen und keine Neigung oder Möglichkeit hatten, ihr Frühstück selbst zu machen, lagen in diesem Stadtteil. Um neun Uhr füllten sich die Tische bereits wieder mit Arbeitern, die ihren Tee einnehmen wollten. Fahrer und Milchmänner, die ihre Wagen für zehn Minuten in zweiter Reihe stehen ließen und den Verkehrswächtern eine gute Gelegenheit boten, zu kassieren. Es gab eine Menge solcher Läden, und überraschend war, wie gut sie alle gingen. Wenn bei denen eine Ersatzkraft gesucht wurde, gaben sie sich nicht erst die Mühe, zum Arbeitsamt zu gehen. Sie befestigten einfach einen Zettel am Fenster.

Mrs. Luigi war eine geborene Engländerin, Witwe eines Italieners, der sie ständig verprügelt hatte und schließlich sein Leben damit beendete, daß er sich unter eine Straßenbahn warf. Anscheinend war er der Meinung gewesen, daß es sich um sein Bett handelte.

Eines ihrer besten Mädchen, Annie, war von der Wochenendfahrt nicht zurückgekehrt. Mrs. Luigi hatte weder gewütet noch getrauert. Solche Sachen geschahen eben. Die Mädchen ergriffen die Möglichkeiten, die ihnen ein schönes Wochenende bot, oder wurden von einem Burschen aufgelesen oder fanden etwas, das ihnen besser zusagte. Annie war genau und schnell, und es wäre gut gewesen, wenn sie zurückgekommen wäre. Wenn nicht, gab es Ersatz. Ihre Kunden mußten ihr Brot sauer verdienen und hatten keine Zeit, mit den Kellnerinnen herumzutändeln, behandelten sie aber anständig, was mehr war als das, was sie in vielen großen Häusern zu erwarten hatten.

»Hast Du sowas schon gemacht?« fragte Mrs. Luigi. Das Mädchen war Ausländerin, ihr Vater hatte vielleicht ein Café auf dem Festland.

»Ich bin Studentin«, erwiderte Jan, »ich unterrichte.« — Und das stimmte sogar. »Du darfst uns niemals verlassen«, hatte Dawn gesagt. »Bis Du gekommen bist, haben wir nichts gelernt.« — »Aber jetzt gibt es keinen Unterricht, und die Schüler sind bis zur nächsten Woche weg. Daher bin ich nach London gekommen.«

»Was Du außerhalb der Arbeit machst, ist Deine Angelegenheit«, äußerte sich Mrs. Luigi. »Das Trinkgeld gehört Dir, nichts falsch berechnen, das sage ich allen Mädchen, damit sie nachher nicht sagen können, ich hätte sie nicht gewarnt, jede Beschwerde über solche Rechnung geht zu mir. Ich zahle den Lohn täglich aus, die Aushilfen mögen es so am liebsten.«

Sie war sich nicht sicher, wieviel sie von Jans Geschichte glauben sollte, aber da sie in einem Café arbeiten wollte, konnte sie wohl kaum vor der Polizei davonlaufen wollen. Da London aus allen Nähten platzte, würde sie sogar einen Hund anstellen, wenn er auf den Hinterbeinen laufen und ein Serviertablett tragen konnte.

Den ganzen Tag lang — Mrs. Luigi war einer Meinung mit Dickens' berühmten Mr. Mell, der überzeugt war, außer der Gegenwart gäbe es keine Zeit — eilte Jan von der Küche ins Café mit Tellern voller Würstchen, Spaghetti, Schinken und Ei, hastete herum, beladen mit Pommes frites, trug ungeheure Mengen von Tee und Kaffee, ohne sie zu verschütten, machte Tische sauber und schrieb Rechnungen aus.

»Neu, ja?« fragte ein Kunde Mrs. Luigi. »Schnell wie ein Eisvogel, diese Kleine.«

»Nur zur Aushilfe«, lächelte Mrs. Luigi, »sie ist Studentin und bekommt nicht viel Unterstützung.« Als *sie* jung war, hatte niemand eine Ausbildung bezahlt. Sie hielt es für möglich, daß es etwas zwischen Jan und dem Vater der Kinder, die sie unterrichtete, gegeben hatte. Bei diesen Beinen, dachte Mrs. Luigi neidlos, konnte sie es den Kerlen schwerlich verdenken, so, wie die Männer waren, schmolzen dahin, wenn sie einen kleinen Flamingo sahen ... Natürlich arbeiteten ihre Kunden zu schwer, um noch mit einem Mädchen anzubändeln, das ihnen Chips und Getränke brachte. Wenn sie Abenteuer wollten, gingen sie nach der Schicht zu den einschlägigen Ecken.

Am Sonntag beschäftigten sich die Zeitungen mit dem Fall Brown, aber nur in geringem Umfang. Erst am Montag gab die Polizei bekannt, daß sie unbedingt mit einem Mädchen mit dem Namen Jan van Damm zu sprechen wünschten, die bei den Banks' Au-pair-Mädchen war. Man nahm an, daß sie die Polizei in ihren Bemühungen unterstützen könnte.

Das Café Luigi öffnete sehr früh, und die Inhaberin war schon immer um sechs Uhr morgens an Ort und Stelle. Die Bedienungen trafen etwas später ein, aber keine von ihnen hatte die Zeit, vor der Arbeit in eine Zeitung hineinzuschauen. Einer der Gäste ließ eine *Morning Post* liegen, und Jan nahm sie auf. Zuerst war sie voller Befriedigung, daß sie sowohl bei ihrer Vermieterin als auch im Café so klug gewesen war, den

Namen ihrer Mutter zu benutzen. Sie nannte sich also Jan van Dyck, aber gewiß waren die Engländer keine Dummköpfe, und insbesondere die beiden Frauen, mit denen sie es zu tun hatte, waren es nicht. Sehr schnell würden sie zwei und zwei zusammenrechnen, so daß die Summe in beiden Fällen sicherlich vier ergeben würde.

Sie sah nach der Lunchpause mißtrauisch auf Mrs. Luigi, doch die hatte niemals Zeit, vor dem Abend in die Zeitungen hineinzusehen. Also konnte sie ihre tägliche Arbeit in Sicherheit zu Ende bringen, um ihren Tageslohn einzuheimsen. Etwa gegen fünf Uhr dreißig flaute die Arbeit ab. Dann öffneten die Pubs, und das Café schloß um sechs Uhr. Jan half Porzellan abwaschen, ordnete die Bestecke ein und drehte schmutzige Tischtücher um. Sie würde sich eine Spätausgabe auf dem Heimweg kaufen, um herauszubekommen, ob es neue Fortschritte gab. Sie hatte nicht die Absicht, früher als Mittwoch nach Buzzard Minor zurückzukehren. Sie versicherte sich eigensinnig selbst immer wieder, daß alle Geschehnisse vor ihrer Ankunft lagen.

Der Juwelier, dem Jan ihre Schmuckstücke verkauft hatte, las die Ankündigung ebenfalls und erinnerte sich an das Mädchen, das der Beschreibung der Jan van Damm entsprach und die ihm am Freitag morgens ein paar kleinere Stücke angeboten hatte. Der Name war zwar nicht der gleiche gewesen, aber ihr Akzent hatte die Ausländerin verraten. Mädchen, die sich auf die schiefe Bahn begaben, benutzten oft Pseudonyme. Da er einer war, der unbedingt eine weiße Weste behalten wollte, ging er in seiner Lunchzeit zur Polizeistation.

Er habe keinen Grund gesehen, ihre Geschichte nicht zu glauben, gab er an. Die ausländischen Studenten wären oftmals genötigt, ihre paar Sachen zu verkaufen, weil eine Überweisung vom Kontinent sich verzögerte. Die Adresse, die sie angegeben hatte, erwies sich als falsch, aber von den Gegenständen befand sich kein einziger auf der Liste der gestohlenen Sachen. Die Uhr, das wertvollste aller Stücke, war sofort wieder verkauft worden und zwar gegen Bares, so daß er weder Namen noch Adresse des Käufers angeben konnte.

»Würden Sie die Dame wiedererkennen, wenn man Ihnen ein Foto zeigte?« wurde er gefragt, und sofort wich er aus. »Jeder sieht heutzutage jedem ähnlich. Selbst die Unterscheidung zwischen den Geschlechtern fällt schwer.« Er solle auf die Füße achten, riet man ihm. Männer hätten im allgemeinen größere als Frauen.

Er mußte die Stücke, die Jan gehört hatten, abgeben und erhielt dafür eine Empfangsbescheinigung. Sie wurden Kay vorgeführt, die eine Brosche und eine Kette mit einem Medaillon wiedererkannte, als Schulmädchenklunker bezeichnete sie es. Die Uhr hingegen sei entschieden etwas Besonderes gewesen. Sie erinnere sich sehr gut an sie.

»Ich hätte zunächst getippt, es wäre ein Geschenk zu ihrem einundzwanzigsten Geburtstag gewesen«, erklärte sie. »Aber das Mädchen war erst achtzehn, wie sie uns sagte, siebzehn, als sie zu uns kam, und inzwischen hatte sie Geburtstag gehabt. Die Uhr fiel auf zwischen dem übrigen Kram, den sie trug.«

»Hat ihr neuer Onkel ihr vielleicht zu seinem Hochzeitstag geschenkt«, vermutete Roy. Aber obwohl er sich um einen sorglosen Ton bemühte, war er mehr noch als seine Frau betroffen. Warum um Himmels willen war sie gezwungen gewesen, Geld gegen ihre armseligen Besitztümer einzutauschen? Das klang, als ob sie nicht beabsichtigte, zurückzukommen. Und dazu diese heimliche Rückkehr am Donnerstag abend, um ihre paar Kleider zu holen, wahrscheinlich gab es für all das irgendeine Erklärung, aber er konnte das Ganze nicht verstehen. Alles, was er tun konnte, war, bis Mittwoch zu warten.

Jetzt war Montag. Niemand hatte bisher den Roller erwähnt.

Jan hatte sich entschieden, am Dienstag nicht mehr ins Café zu gehen. Sie hätte sowieso nur noch den einen Tag gearbeitet, und sie wollte nicht von der Polizei dort abgeholt werden, möglichst noch von einem Uniformierten. Mrs. Luigi mußte das schaden.

Als sie nicht wiederkam, bestätigte sich bei Mrs. Luigi der Verdacht, den sie von Anfang an gehabt hatte. Sie hatte abends die Zeitung gelesen und den Abschnitt über das holländische Au-pair-Mädchen nicht ausgelassen. Allerdings wurde diese nur als Zeugin gesucht. Immerhin wachsen Eichen auch aus kleinen Samen, und in einem Café sollte die Polizei keinesfalls aus- und eingehen. Zusätzlich hatte sie eine Postkarte von Annie, die an das Café gerichtet war, mit der Morgenpost erhalten. Die hatte darin erklärt, daß unerwartete Ereignisse in der Familie sie gehindert hätten, rechtzeitig zurückzukommen, aber am Mittwoch würde sie wieder eintreffen. Es kam alles wieder in die Reihe, sie mußten nur alle einen Tag lang etwas schwerer arbeiten.

Jan verließ das Haus früh wie an den vorherigen Tagen. Es war ein wunderschöner Morgen, so wie sich London von seiner besten Seite zeigt. Sie hatte einen kurzen Rock angezogen anstelle ihres gewöhnlichen Hosenanzugs und gelbe Schwedensandalen, die wie Holzschuhe aussahen. Die Straßen waren leer, wie gewöhnlich, als sie hinausging. Miss Lucas, die wie eine Katze vor dem Mauseloch immer auf dem Sprung war, um ihre Interessen zu wahren, hatte den Vorhang etwas beiseite geschoben, um beobachten zu können, wie sie wegging. Sie hatte ebenfalls die Abendzeitungen gelesen. Ein bitteres Leben hatte sie gelehrt, daß man kein Risiko mehr eingehen sollte, wenn man nicht mehr jung genug ist und sich selbst überlassen.

Jan wandte sich dem Fluß zu. Während des sehr kurzen Aufenthaltes in London hatte sie allzu wenig Gelegenheit gehabt, die Schiffe der verschiedenen Nationen, die beim Gezeitenwechsel den Strom hinauf kamen, zu betrachten. Zuerst begab sie sich nach Westminster, wo sie eine Zeitung kaufte und sich niedersetzte, um sie zu lesen. Das erste, was sie sah, war ihr Bild. Roy hatte mehrere gute Aufnahmen von allen gemacht, und die abgedruckte war ein Ausschnitt von einem mit den Kindern im Garten. Jan hoffte, es würde keine besondere Aufmerksamkeit verursachen, es sei denn, man würde direkt nach ihr Ausschau halten. In einem andern Abschnitt wurde berichtet, daß die Polizei einen Motorroller in einem Gebüsch in der Nähe von Manor Haus aufgefunden hatte. Der Eigentümer war festgestellt worden und half der Polizei bei ihren Ermittlungen.

Ein ausländischer Dampfer mit orange und schwarz gestreiftem Schornstein fuhr vorbei, aber Jan sah ihn nicht. Sie sah nur Hughs sprachloses Gesicht vor sich, wenn er sich in den Händen der Polizei befand, die ihn möglicherweise mit dem Tod von Mrs. Brown in Verbindung brachte. Wie konnte sie den Roller nur solange vergessen? Nachdem er so nah am Haus gefunden worden war, schien es unvermeidlich, ihn mit dem Mord zu verknüpfen.

Aber er hat ihn nicht dorthin gebracht, überlegte sie. Sie scharrte so ruhelos mit den Füßen, daß eine Schar Tauben, die wie viktorianische (oder waren es eduardische?) Damen mit ihren Federboas aussahen, gestört wurden und sich mit knatternden Flügelschlägen davonmachten. Im Sonnenlicht schillerten sie in allen Regenbogenfarben. »Ich habe es dorthin gestellt«, dachte Jan schuldbewußt. Aber wer außer ihr selbst konnte das wissen oder erraten, es sei denn, sie rückte mit der Wahrheit heraus. Sie wußte, wie heißköpfig Hugh sein konnte, wie wahllos in seiner Sprache, wenn die Leidenschaft ihn übermannte und die Umstände gegen ihn sprachen. Ich muß heute zurück, entschloß sie sich. Sowieso hatte sie am Mittwoch zurückfahren wollen. Roy hatte schon den Nagel auf den Kopf getroffen: Wohin sollte sie auch sonst gehen? Während sie zurücklief, machte sie sich Gedanken darüber, wer wohl den Roller gefunden hatte.

Der Roller war von Mr. John Aslett aufgefunden worden. Der war ein Stadtmensch, der sich kürzlich nach einem langen Bürodienst zur Ruhe gesetzt hatte. Er wohnte in einem der scheußlichen neuen Bungalows, die in Gruppen in Buzzard Major gebaut worden waren. Er lebte allein mit einer Westmereland Hündin, und ihr war es zu verdanken, daß der Roller aufgefunden worden war. Mr. Aslett führte sie jeden Tag auf demselben Weg, den Jan auf ihrem Heimweg genommen hatte, nach Buzzard Minor aus. Nahe Manor Haus schrie die kleine Hündin auf und hinkte auf drei Beinen zu ihrem Herrn zurück. Und der sah, daß sie sich tief in ihre Pfote geschnitten hatte, anscheinend mit Glasscherben. Motorfahrer, knurrte er mit dem Haß desjenigen, der sowohl Fußgänger wie Hundeliebhaber ist. Sie könnten wenigstens ihren Mist wegräumen, wenn sie ihr Fahrzeug zu Bruch gefahren haben. Er fand die Scherbe, die die Verletzung verursacht hatte, und warf sie voller Wut in Richtung einiger Sträucher, die an einer Stelle wuchsen, die einmal ein Weg gewesen war. Zu seiner Überraschung hörte er einen klingenden Ton, als ob dieses Glasstück auf anderes Glas oder Metall getroffen hätte, und als er die Zweige beiseite bog, fand er Hughs Roller, wo er zwischen die Büsche hingeschoben worden war.

Es handelte sich um kein aufgegebenes Fahrzeug, da es noch Nummernschilder besaß. Als sorgfältiger Mensch schrieb er sie in sein Notizbuch. Er forschte nicht weiter. Motorroller fahren nicht allein von der Straße runter, es gab immer noch die Möglichkeit, daß der Fahrer irgendwo versteckt war. Auch war diese Stelle sehr nah an Manor Haus, wo gerade ein gewaltsamer Tod erfolgt war. Seine kleine Hündin, eine Pfote angehoben, sah ihn bittend an, und er verband den Schnitt mit einer Binde, die er aus Streifen seines Taschentuchs hergestellt hatte. Es kam ihm nicht in den Sinn, daß die Sache ihn eigentlich nichts anging und er sie auf sich beruhen lassen konnte. Er hatte die Einstellung eines Städters gegenüber der Obrigkeit. Die Sackgasse gehörte zu Trubshawes Gebiet. Aber er war besorgt und wollte seinen Hund schnell zum Tierarzt in Buzzard Major bringen, so daß er dort ebensogut seine Entdeckung vorbringen konnte. Zu seinem Kummer fand er bei dem jungen Polizisten hinter seinem Schreibtisch wenig Interesse für seine Mitteilung. »Das betrifft Buzzard Minor«, meinte der bloß.

»Natürlich weiß ich, daß es die betrifft«, sagte Mr. Aslett. »Aber weil ich sah, an welcher Stelle ich es fand, dachte ich, es wäre vielleicht für Sie wichtig.« Er ging davon und wunderte sich, warum alle Leute sich abmühten, der Polizei zu helfen.

»Überprüfen Sie mal, ob Trubshawe die Nummer etwas sagt«, meinte der Inspektor. »Ich denke, es bringt uns nicht viel. Sagte der Mann, daß er jeden Tag mit dem Hund den gleichen Weg nehmen würde? Das Glas kann schon lange da gelegen haben.«

Ted Trubshawe erkannte die Nummer sofort. »Gehört einem jungen Kerl mit Namen Wheeler. Ich weiß gar nicht, wie er ohne sein Fahrzeug zurechtgekommen ist.«

»Er hat es nicht vermißt gemeldet?«

»Nein«, gestand Trubshawe ein, »er ist ein ziemlicher Eigenbrötler.«

»Aber er könnte erklären, warum es so nah beim Manor Haus aufgefunden wurde.«

»Ich werde ein Wörtchen mit ihm reden«, versprach Trubshawe. »Er wird es schon erklären oder sagen, daß er es auch nicht weiß.«

Buzzard Major schlug vor, die Befragung zu übernehmen, aber Trubshawe überlegte, daß, solange keine Verbindung zwischen dem vermißten Roller und der toten Frau erwiesen war, er die Angelegenheit lieber wie eine Lokalbagatelle behandeln wollte.

Er nahm seinen alten Secondhand-Wagen, als Polizist konnte er sich keinen Panda auf Raten leisten, und er hatte es aufgegeben, auf seinem alten Fahrrad rumzufahren, weil ein Auto, selbst das kleinste, schneller ist, und andererseits selbst unbedeutende Verbrecher sich rasch voranbewegen. Er war überzeugt, daß Hugh seine Maschine nicht selbst versteckt hatte. Er hätte keinen Augenblick gezögert, sie zur Reparatur zu Mr. Benson zu bringen, wenn er gewußt hätte, daß etwas daran kaputt war. Trubshawe fand den Roller ganz leicht, aber keine Leiche, wie Mr. Aslett ängstlich befürchtet hatte. Seine nächste Station war Hugh.

Mr. Pringle hielt seinen Gartenmarkt an öffentlichen Feiertagen bis vier Uhr nachmittags geöffnet. Er war der Meinung, daß es für die Kunden so am besten war, sie konnten mit ihren Wagen einfach anhalten und Pflanzen für die Eltern oder die Großmutter kaufen. Die Leute waren der Schokolade überdrüssig, und Blumensträuße hielten nicht lange genug. Hugh, dessen Haltung gegenüber Feiertagen der von Crook ähnlich war, hatte sich freiwillig angeboten, zu arbeiten, nachdem er den Samstag damit verbracht hatte, eine nicht gerade erfolgreiche Demonstration zu veranstalten. Es war ein betriebsamer Morgen. Gerade hatte er einer alten Dame, die eigentlich nur eine Pflanze gewünscht hatte, zwei verkauft, als er die bekannte Gestalt von Trubshawe erblickte, der mit festen Schritten den Weg entlangkam.

»Wollen Sie etwas von uns?« fragte er ihn. »Mr. Pringle ist im Büro.«

»Nein, ich wollte zu Ihnen, Mr. Wheeler«, sagte Trubshawe in seiner langsamen Art. »Wollte wissen, ob Sie in letzter Zeit etwas vermißt haben.«

Hugh biß sofort an. »Sie wollen mir sagen, Sie haben ihn gefunden? Ich wußte, er mußte früher oder später wieder auftauchen. Aber langsam fing ich an, besorgt zu werden.«

»Wann haben Sie ihn denn vermißt, Mr. Wheeler?«

»Donnerstag nacht. Hatte ihn kurz nach neun Uhr beim 'Huntsman' abgestellt. Seither mußte ich für einige Tage mit dem Fahrrad-Karren herumfahren. Wer hatte ihn denn?«

»Also Mr. Wheeler, das wünscht Mr. Moon, wollte sagen, Inspektor Moon, herauszufinden.«

Hugh sah überrascht aus. »Wie kommt der denn hinein? Nein, Sie können doch nicht versuchen, eine Verbindung zu Mrs. Browns Tod herzustellen?«

»Leider ist er in einer Sackgasse nahe Manor Haus gefunden

worden, versteckt, wenn Sie meine Meinung dazu hören wollen.«

Hugh unterbrach ihn: »Was für ein alberner Platz, ihn abzustellen. Möglicherweise konnte er so gar nicht gefunden werden. Aber warum sollte man ihn einem Verbrechen zuordnen, wie der Inspektor es beabsichtigt, wenn ich richtig vermute?«

»Er ist beschädigt, Mr. Wheeler.«

Hugh sah erschrocken aus. »Das schlägt dem Faß den Boden aus«, sagte er. »Ich hatte geglaubt, irgend so ein Bursche hätte ihn beim 'Huntsman' gesehen, es hatte zu regnen begonnen, und er beschloß, ihn sich auszuborgen. Aber in solchem Fall hätte er ihn da stehen lassen sollen, wo man ihn leicht wiederfinden konnte. Aber wenn er ihn böse herumgestoßen hat ... wie groß ist der Schaden?«

»Der Scheinwerfer zerbrochen, ein Stück vom Glas verletzte die Pfote eines kleinen Hundes, dessen Herr ihn auf diese Weise ausfindig machte. Und weiterhin ist etwas mit der Steuerung nicht in Ordnung.«

»Kein Blut?« murmelte Hugh, und Trubshawe war ungewiß, ob er das ernst meinte.

»Sie haben keine Meldung gemacht«, stellte er fest.

»Ich wollte keine Affaire draus machen. Ich bin überzeugt, niemand außer mir fand ihn gut genug, so daß, wenn er nicht heute auftauchte, dann sicherlich morgen. Jeder in dieser Gegend hätte ihn wiedererkannt. Ich hatte überhaupt keine Sorge, ihn nicht wiederzubekommen.«

»Sie hatten ihn nicht angeschlossen?«

»Nicht beim 'Huntsman', dort bin ich bekannt. Und außerdem hatte ich mich schon verspätet. Ich hatte meinen Leuten gesagt, ich würde sie spätestens um acht Uhr treffen, wir wollten die letzten Einzelheiten für die Demo am Sonntag besprechen. Ich war in Huntsdon gewesen, um einige Flugblätter abzuholen, die der alte Wenham uns drucken wollte, eine unbedeutende Arbeit, wie er meinte, so daß er sie ganz zum Schluß erledigen wollte. Vorher war er ziemlich beschäftigt.

Aber als ich ankam, hatte er geschlossen und alles war zappenduster. Ich vermutete ihn in seinem bevorzugten Pub, so daß ich da hineinging. Üblicherweise nahm er da noch einen oder zwei 'Kurze' zu sich, ehe er sich zu seiner Frau gesellte. Aber obwohl der Ausschank sehr gut besucht war, von ihm keine Spur.«

»Fragten Sie den Barmann? Vielleicht war er nur kurz hinausgegangen?«

»Ich kam nicht so dicht heran, das Gedränge war zu groß. Eine Menge Betriebe zahlen schon donnerstags aus. Es sind auch nicht meine Landsleute, sondern Fremde für mich, und sie hätten es seltsam finden können, wenn ich nach Wenham fragte. Nachdem ich den Pub verlassen hatte, fuhr ich zu seinem Haus, er lebt nahe seiner Werkstatt, aber auch hier war alles abgeschlossen und es gab bloß eine Notiz für den Milchmann: Heute keine Milch. Wollte wohl nachts zurückkommen, war für uns schlimm genug. Flugblätter machen einen entscheidenden Eindruck. Selbst wenn jemand eins liegen läßt, zum Beispiel im Bus, kann es ein anderer mitnehmen, der vielleicht sogar intelligenter ist. Natürlich war es zu spät, sie sonstwo zu bekommen. Ich kam zum 'Huntsman' zurück und berichtete der Gruppe davon, und wir beschlossen, noch einige Plakate zusätzlich mitzunehmen. Dann, als geschlossen wurde, war der Roller weg. Wo ist er? Ich will ihn in meiner Lunchzeit holen und als erstes morgen früh zu Benson bringen.«

»Ich muß Inspektor Moon erst meinen Bericht abgeben«, erklärte ihm Trubshawe. »Die haben mir den Auftrag gegeben. Von Ihnen wollen sie die Feststellung, daß er Ihnen gehört, und von mir den Bericht, den Sie mir gerade gegeben haben.«

»Eine Menge Papierkrieg«, murmelte Hugh.

Mr. Pringle kam aus seinem Büro den Weg entlang zu ihnen. »Ich hoffe, Sie haben das bekommen, was Sie wünschten, Constabler«, meinte er. Er war äußerst korrekt in seinen geschäftlichen Angelegenheiten. »Hugh, gerade hat ein Citroën am Eingang angehalten, Leute wie die warten nicht gern lange.«

»Ted hat mir erzählt, daß mein Roller gefunden worden ist«, erklärte Hugh. »Er will, daß ich mitgehe und ihn besichtige oder so ähnlich.«

»Gut, das kannst Du in der Lunchpause machen. Jetzt ist es zwölf Uhr dreißig. Die Gärtnerei ist von ein bis zwei Uhr geschlossen.«

Hugh beklagte weiterhin den Papierkrieg, als er sich zur Polizeistation nach Buzzard Major begab, wo er Finney seine Geschichte wiederholte. Der sah verwirrt aus.

»Sie sagten, Sie kamen in Huntsdon — um welche Zeit an?«

Hugh meinte, es könne sieben Uhr gewesen sein. Die Fabriken hätten da schon geschlossen, aber Mr. Wenham blieb oft noch in seinem Betrieb, um Rechnungen auszuschreiben und dies und jenes zu kontrollieren. Dann ginge er meist auf einen Sprung in den Pub. »Wenn Du mich nicht bei der Arbeit findest, weißt Du, wo Du mich zu suchen hast«, hatte er Hugh einmal erklärt. Schließlich war er noch zu Wenhams Haus gegangen, bevor er die Hoffnung aufgab, die Flugblätter noch zu erhalten.

»Und das ist alles?« fragte Finney. »Sie gingen nicht zurück zum Pub, um ein Sandwich oder sonstwas zu sich zu nehmen?«

Er wußte, der 'Huntsman' servierte keine Speisen, und wenn er es getan hätte, hätte niemand, der seine sieben Sinne beisammen hatte, sie kaufen wollen.

»Ich hielt bei dem Kaffeewagen oder wie auch immer er sich bezeichnet, in Bransdown Cross an«, vervollständigte Hugh seinen Bericht. »Nahm ein Sandwich und das, was sie unter Kaffee verstehen. Immerhin war es heiß und durstlöschend. Wenn Sie mich aber fragen, ob ich einen Bekannten gesehen habe, muß ich Ihnen leider sagen, daß ich dort kein Stammkunde bin.«

»Haben Sie mit jemandem gesprochen?«

»Ich war in Eile. Ich nahm nur das Bestellte und fuhr davon und kam gegen neun Uhr beim 'Huntsman' an.«

»Wären Sie nicht beim Manor Haus vorbeigekommen, falls Sie die kürzeste Strecke fuhren?«

»Natürlich mußte ich das«, Hugh wurde ungeduldig. »Aber als ich sah, daß dort alles leer stand ...«

»Wie konnten Sie sicher sein?«

»Schwarz wie die Nacht und niemand antwortete auf das Klingeln.«

Finneys Kopf kam mit einem Ruck hoch. »Damit wollen Sie sagen, Sie öffneten das Gartentor und gingen hinein?«

»Tatsächlich, ich öffnete das Tor und versuchte es an beiden Türen, vorn für die Besucher, hinten für die Gefolgschaft, oder lesen Sie etwa nicht *Cranford*? Es war kein einziges Licht zu sehen und kein Ton zu hören.«

»Haben Sie das Constabler Trubshawe gegenüber nicht erwähnt?«

»Nein, welch denkbarer Zusammenhang zu dem Fall sollte auch bestehen?«

»Was hatten Sie für einen Grund, dort hinein gehen zu wollen?«

»Ich wollte gar nicht hinein. Mir war nur eingefallen, daß Jan, das Au-pair-Mädchen, uns vielleicht am Sonntag helfen könnte. Allgemeine Ferien machen es schwierig, eine Menge von Leuten verreisen, wir können immer zusätzliche Hände und Füße gebrauchen. Ich wußte, daß Mr. und Mrs. Banks verreist waren und das Haus in der Obhut der Haushälterin gelassen hatten ...«

»Wer erzählte Ihnen das?«

Hugh sah unentschieden aus. »Ich erinnere mich nicht. Aber ich dachte mir, eine Demo könnte jedenfalls für Jan interessanter sein als ihre Zeit mit Mrs. Brown zu verbringen.«

»Sie wußten nicht, daß sie ebenfalls fort war, um das Wochenende mit Freunden zu verbringen?«

»Sie können mir nicht zugehört haben«, sagte Hugh. »Wenn ich es gewußt hätte, würde ich mir nicht die Mühe gemacht haben, das Tor zu öffnen.«

Finney war erregt. »Warum gingen Sie zur Hintertür?«

»Falls Mrs. Brown zu Haus war, konnte sie sich in der

Küche aufhalten, die ist an der Seite, und sie besitzt eine Art Wohnzimmer, wo sie sich mit ihren Freunden unterhalten kann. Ich weiß es von Jan.«

»Sie kennen Miss van Damm gut?«

Hugh sah überrascht aus. »Sie ist nicht meine spezielle Freundin, falls Sie das andeuten wollen.«

»Aber sie hat mit Ihnen über die Einrichtung vom Manor Haus gesprochen?«

»Sie hat sich nicht sehr viel um das Haus gekümmert, sie war der Kinder wegen dort.«

»Sie hat Sie nie gebeten, sie dort zu besuchen?«

»Ein Au-pair-Mädchen hat kein Anrecht auf ein Wohnzimmer. Und ich war nur einmal im Haus. Ich hatte spät noch Pflanzen geliefert und *er*, Mr. Banks, war zu Haus und bat mich für einen Drink hinein, den ich sicher niemals bekommen hätte, wenn *sie* dagewesen wäre.«

»Also haben Sie seine Pokale und alles andere gesehen?«

Hugh lachte. »Es hat ihm viel Spaß gemacht, sie zu gewinnen, denke ich. Ich fragte mich, ob Jan oder Mrs. Brown sie polieren müßten.«

»Und wie lange haben Sie an der Hintertür gewartet?«

»Überhaupt nicht, weil kein Licht zu sehen war. Ich kam zu dem Schluß, daß alle aus waren, und fuhr zum 'Huntsman'.«

»Haben Sie zufällig davon gesprochen, daß Sie am Manor Haus geklingelt hatten?«

»Ich erinnere mich daran nicht, ich hatte ja keinen Erfolg und ich sehe nicht recht ein, warum Sie das wissen wollen.«

»Ich verstehe nicht, daß Sie es Trubshawe gegenüber nicht erwähnt haben.«

»Ach, zum Kuckuck, ich werde eben nicht daran gedacht haben«, rief Hugh ungeduldig aus. »Wenn ich jetzt alle Ihre Fragen beantwortet habe, kann ich dann vielleicht feststellen, ob es sich bei dem Roller um mein Eigentum handelt, damit Mr. Benson ihn abholen kann, falls er nicht mehr fahrbereit ist?«

Aber Finney erklärte, daß sie seine Aussage erst niederschreiben müßten, ging hinaus und ließ ihn mit einem Detective-Constabler zurück. Aber bevor die Niederschrift beendet war, kam er schon wieder zurück. Er hätte mit Mr. Wenham gesprochen, der hätte ihm versichert, daß er Hugh darauf vorbereitet hatte, daß die Flugblätter möglicherweise nicht rechtzeitig fertig werden könnten, weil er noch eine andere eilige Arbeit hatte und bereits am Donnerstag schließen würde. Bis fünf Uhr hatte er gewartet, weil sie dann glücklicherweise doch fertig geworden waren, auf Grund von Überstunden, und als Hugh nicht kam, hätte er abgeschlossen und war abends mit seiner Frau nach Boulogne geflogen. Die Flugblätter könne Hugh holen oder jemanden danach schicken, wann es ihm paßte. Der Inhalt der Flugblätter war ziemlich allgemein: 'Hunger in allen unterentwickelten Ländern.' Man könne sie also auch für die nächste Demo verwenden, da es ja für die verabredete zu spät gewesen war.

»Er ist ein Lügner«, sagte Hugh geradeheraus. »Er sagte mir, er werde sie schnell fertigmachen, aber überhaupt nichts davon, daß er am Donnerstag schließen würde. Ich mußte annehmen, daß dort mindestens bis zur Teezeit am Freitag gearbeitet würde. Und er weiß auch genau, daß ich nur abends kommen kann, wenn ich bei Mr. Pringle Feierabend habe.«

»Etwas scheint durcheinander geraten zu sein«, stimmte Finney zu. »Aber es wäre schon gut, wenn Sie sich an jemanden erinnern könnten, den Sie in Huntsdon sahen.«

»Aber ich habe doch bereits gesagt«, Hugh wurde zusehends erbitterter, »da bin ich nicht heimisch. Und weiterhin kann ich nicht erklären, wie mein Roller in die Sackgasse kommt, aber ich schätze, wenn Sie sich ein bißchen anstrengen, werden Sie sicher das Geheimnis enthüllen können.«

Das war nun schlimm genug, »Leg Dich niemals mit der Polizei an«, riet Crook seinen Klienten, aber es kam noch schlimmer. Er wurde gebeten, den Roller zu besichtigen, der aus seinem Versteck herausgeholt worden war, und nahm ihn natürlich sofort wieder in Besitz. Samt Roller wollte er sofort gehen. Der Polizist meinte, so leicht ließe sich das nicht bewerkstelligen, und wollte den Roller wieder übernehmen. Da konnte Hugh sich nicht länger beherrschen, und ein kleines Handgemenge war die Folge. Das war natürlich ein Segen für Finney, denn nun hatte er einen Grund, Hugh festzuhalten, nämlich Ungehorsam gegenüber der Polizei in Ausübung ihrer Pflichten und Gewalttätigkeit gegenüber einem ihrer Mitglieder.

Es sollte ihm nicht schaden, sich während der vierundzwanzig Stunden abzukühlen, und inzwischen konnten sich eine Menge Dinge ereignen. Sie hatten bisher noch nicht einmal jemanden, der sich daran erinnern konnte, daß Hugh den Roller beim 'Huntsman' abgestellt hatte oder ihn überhaupt gesehen hatte, das kam hinzu. Am Mittwoch sollte das Mädchen zurück sein, vielleicht konnte sie hilfreiche Auskünfte geben. Junge Mädchen sind Fundgruben der Neugierde. Möglich, daß sie mehr über Mrs. Brown und ihre Angelegenheiten wußte als die beiden Banks' zusammen.

7

Jan kam es gar nicht in den Sinn, daß es für sie nicht ratsam sein könnte, unmittelbar nach Buzzard Minor zurückzukehren. Sie wiederholte sich die Geschichte, die sie Kay erzählen würde, während sie ihre wenigen Habseligkeiten zusammensuchte und in die alte Tasche legte.

Miss Lucas war ihr in der Halle begegnet, als sie zurückkehrte, und Jan erklärte ihr sofort, sie würde abends abreisen. »Meine Arbeit beginnt morgen«, erklärte sie ihr. Zwar würden die Kinder erst am Donnerstag zurückkommen, und selbst eine Frau mit so wenig Phantasie wie Tante Lolly sollte auf die Idee kommen, sie noch etwas länger fernzuhalten, weg vom Rampenlicht! Kinder und Tiere, sagt man, sind auf der

Bühne unwiderstehlich. Auch in der Presse machen sie sich gut.

Sie zog das Baumwollkleid aus und den Hosenanzug, mit dem sie nach London gefahren war, wieder an.

Mein Gepäck ist gestohlen worden, würde sie Kay berichten, ich kam zurück, um die andere Reisetasche zu holen, ich habe dann in London gearbeitet. Warum war sie nicht nach Eastbourne gefahren? Würden die Freunde ihr nicht ein paar Pfund geliehen haben? Man konnte sicher sein, daß Kay die Sachlage hin und herwenden würde, und die Geschichte mit Nikki käme heraus. Unzuverlässig — würde Kays Urteil sein, aber damit würde sie es nicht bewenden lassen. Betrügerisch, völlig unbrauchbar, um kleine Kinder zu betreuen. Ich werde entlassen werden, dachte sie. Es war ein Trost, daß Roy menschlicher war, er würde nicht zulassen, daß sie ihrem Schicksal preisgegeben wurde und mit einer einzigen Fünfpfundnote in der Geldbörse auf der Straße stand.

Ihr fiel auch ein, daß die Zeitungen sich für ihre Geschichte interessieren könnten: 'Mein Leben im Manor Haus'. Erhalten Au-pair-Mädchen einen ordentlichen Lebensunterhalt? Aber diesen Gedanken verwarf sie sofort wieder. Sie liebte keine Enthüllungen über sich selbst, und wenn es schon unerläßlich war, dann je weniger, desto besser für sie.

Sie schloß die Tasche und zog den Mantel an, schob ein Taschentuch in die Manteltasche, und da hielt sie ein Stück Papier in der Hand, ähnlich einer Visitenkarte, sicher eine der unzähligen Anzeigen über ein neues Restaurant, einen Markt für Antiquitäten, die einem durch die Hände gehen, wenn man durch Londons Straßen läuft. Sie zog sie heraus und betrachtete sie ohne viel Anteil. *Arthur G. Crook*, las sie, *Ihre Schwierigkeiten, unser Beruf. Dienst rund um die Uhr.* Zwei Adressen und zwei Telefonnummern.

Sie stand da wie eine Wachsfigur, die Karte hielt sie in der Hand festgeklammert. Natürlich! Der Pfefferkuchenmann, den sie in Earls Court getroffen hatte. Was hatte er ihr gesagt? Sie konnte sich nicht genau erinnern. Aber er mußte die

Karte in ihre Tasche gesteckt haben, weil er ahnte, daß sie sie eines Tages notwendig brauchen würde. Ihre Tante hatte ihr mal gesagt, nur ein Narr würde eine geschäftliche Angelegenheit unternehmen, ohne einen Anwalt zu befragen. Ihr Problem dürfte in die gleiche Sparte fallen. Sie steckte die Karte wieder in die Tasche, nahm den Koffer und war schnell und schlau wie ein Kätzchen die Treppe herunter, ehe Miss Lucas überhaupt bemerkt hatte, daß sie sich bereits auf dem Wege befand.

Mr. Crook arbeitete in einem Büro, das ungeheuer vollgepfropft und denkbar ungemütlich war, aber er schien weder das eine noch das andere zu bemerken. Als Bill Parsons, sein Assistent, die letzte Klientin hereinbrachte, sah er wie ein liebenswürdiger Alligator auf und meinte: »Na, bist Du endlich aufgetaucht, Schätzchen? Ich hab mich schon gefragt, wie lange es noch dauern soll.«

Jan atmete sehr schnell, was ihm nicht entging, und er schob es keinesfalls auf die steilen Stufen, die sie zu ihm hinaufgeklettert war. Auch ihm machten sie nichts aus, und er war mehr als doppelt so alt wie sie. Jedenfalls erkannte er, wie sehr sie sich fürchtete.

»Nimm Dir einen Stuhl«, bot er ihr gastfreundlich an. »Ich hoffe, die Polizei ist Dir nicht gefolgt.«

»Ich fand Ihre Karte in meiner Manteltasche, warum taten Sie sie da hinein?«

»Es ist immer gut, einen Freund im Gerichtssaal zu haben«, versicherte ihr Crook. »Und vor allem gut, auf den Rat eines Anwalts zu hören, bevor man die Blaumützen handhaben muß.«

»Die Polizei weiß nicht, wo ich bin.«

»Du tust ihr unrecht. Sie mögen es zur Stunde nicht wissen, aber sie werden es bald heraushaben. Irgendein naseweiser Zuschauer wird es ihnen sagen. Gut, sag die Wahrheit, Du bist Jan van Damm, nicht wahr? Und Du kannst Zeitung lesen.«

»Warum gaben Sie mir die Karte?« wollte Jan unbedingt erst wissen.

»Schien mir nicht sinnvoll, daß wir eine so ausführliche Unterhaltung miteinander hatten, wenn es keine Fortsetzung davon gegeben hätte. Und es schadet ja nichts, der Vorsehung einen kleinen Rippenstoß zu geben.« Er sah sie gedankenvoll an. »Du hast Dir Zeit gelassen. Ich meine, Mrs. Brown, die bedauernswerte, wurde bereits Sonnabend gefunden, und die Sonntagszeitungen brachten die Nachricht darüber, aber Du bist trotzdem in Deiner Höhle versteckt geblieben.«

»Was hätte ich aussagen sollen«, sagte Jan hitzig. »Ich habe sie nicht dahingelegt. War es mein Fehler, daß mein Gepäck gestohlen wurde?«

»Davon wußte ich bisher nichts. Um welches Gepäckstück handelte es sich?«

Jan erklärte ihm die näheren Umstände.

»Und Du hast die Polizei nicht benachrichtigt?«

»Die Polizei fragt zuviel.«

Crook sah sie erstaunt an. »Aber was hattest Du denn zu verbergen? Bestohlen zu werden ist ein Unglück und kein Verbrechen. Und falls Du Bedenken wegen Nikki hattest, solche Geschichten hören sie jeden Tag ein Dutzendmal. Also los, raus damit, wo bist Du gewesen, seit wir uns getrennt haben?«

»Ich war in London, hatte einen Job und ein Zimmer.«

»Ohne Gepäck?«

»Ich hatte Gepäck.« Sie deutete auf den alten Koffer, den sie an den Stuhl gelehnt hatte.

»Und woher hast Du ihn?« fragte Crook. »Ich dachte, Nikki hätte Dich vollständig ausgenommen.«

»Die hatte ich im Manor Haus gelassen.« Die Polizei hatte es fertiggebracht, diese Tatsache geheim zu halten.

»Das heißt, Du bist deswegen zurückgegangen?«

»Donnerstag abend.«

»Hattest wohl vor, das Wochenende dort zu verbringen? Also, was hat Dich daran gehindert?«

»Dort war eingebrochen worden.«
»Wer sagte Dir das?«
»Die Terrassentür stand offen, ich ging hinein und sah es.«
»Und warum hast Du es nicht der Polizei berichtet?«
»Was konnte ich erzählen, sollte es doch Mrs. Brown tun, wie konnte ich wissen, daß sie ...?«
»Gut, das konntest Du nicht. Aber wann war das?«
»Ich bin nicht wegen Mrs. Brown hier«, verwahrte sich Jan. »Wie soll ich wissen, wer sie angegriffen hatte? Es handelt sich um den Roller. Die Polizei glaubt, daß Hugh ihn da stehen gelassen hat, wo er gefunden wurde, und sie halten ihn fest. Aber er weiß absolut nichts! Ich habe nicht mehr an den Roller gedacht ...«
»Überspann den Bogen nicht«, warnte Crook. »Du klaust doch nicht jeden Tag Roller.«
»Nachdem ich Mrs. Brown gefunden hatte, vergaß ich alles andere, ich wollte bloß fort, weit fort.«
Es geschah nicht oft, daß Crooks Klienten den Erfolg bei ihm hatten, ihn sprachlos zu machen. Aber nun fragte er sich wirklich, ob er richtig gehört hatte.
»Du meinst, Du wußtest, daß sie da war?« rief er schließlich. »Und bist wie der Blitz abgehauen!«
»Ich konnte nichts tun, sie war tot.«
»Hast Du nie etwas von Bürgerpflichten gehört?«
»Ich bin hier kein Bürger«, beharrte Jan.
»Fein, dann bist Du eben Gast hier und solltest Dich auch so verhalten. Du hast da Mist gebaut. Sie werden wissen wollen, wieso Du Dir nicht ein Telefon — das Haus soll von Apparaten nur so wimmeln — geschnappt und die Polizei gerufen hast.«
»Sie verstehen es nicht. Es war eingebrochen worden. Bekanntlich waren Mr. und Mrs. Banks fort. Mrs. Brown war beim Bingo. Das Haus enthält wertvolle Dinge, es war die richtige Zeit, hineinzugehen und sie mitzunehmen.«
»Es gab kein Zeichen gewaltsamen Eindringens«, bemerkte Crook.

»Eben. Also fragen sie: Wer hat einen Schlüssel?«

»Und Du hattest einen?«

»Er war in meiner Reisetasche.«

»Die gestohlen wurde?«

»Wie soll ich das alles beweisen? Ich habe keine Adresse von Nikki, falls sie mich über ihn ausfragen. Also dazu kann ich nichts beweisen, höchstens falls ich ihn gelegentlich treffe. Sie fragen mich nach meiner Freundin in Eastbourne, aber die gibt es nicht. Sie werden denken, daß ich von London zurückkomme, um Freunde einzulassen, die alles Wertvolle mitnehmen, und dann kommt Mrs. Brown dazwischen.«

»Sie erhebt Einwände, und dann bläst man ihr das Lebenslicht aus, weil sie stört. So könnte es sein, aber um Deiner selbst willen hättest Du die Polizei benachrichtigen sollen, jetzt mußt Du versuchen, es ihnen zu erklären.«

»Nur wegen des Rollers«, wiederholte sie nochmals.

»Das ist hübsch von Dir«, murmelte Crook, »hoffen wir, daß sie nichts anderes gegen ihn haben ... Wie dem auch sei, Schätzchen, wir sollten uns auf die Socken machen. Ich komme natürlich mit. Du hast mich zu Deinem Rechtsbeistand ernannt, ja?«

»Ich habe nichts Schlechtes getan«, beharrte sie.

»Behinderung polizeilicher Ermittlungen durch Zurückhalten wichtiger Informationen. Ich komme mit, um sicherzustellen, daß Du über Deine Rechte unterwiesen wirst. Wenn Fragen gestellt werden, die Du besser nicht beantworten solltest, gebe ich Dir ein Zeichen.«

»Mrs. Banks wird mich morgen erwarten«, meinte Jan.

»Ich würde darauf nicht bauen«, sagte Crook. Falls sie das wirklich glaubte, konnte man ihr alles weismachen, überlegte er. »Und falls Du glaubst, sie empfängt Dich mit offenen Armen, würde ich erstmal darüber nachdenken. Wir sind weder in Mitteleuropa noch im Fernen Osten. Ich glaube zwar nicht, daß Mrs. B. ein persönlicher Liebling von ihr war, aber es kann ihr nicht schmecken, wenn ihre zuverlässige Haushälterin erwürgt wird, und man weiß nicht, wer es war, und Du bist kein Familienmitglied.« Vielleicht ist es ein Glück für sie, überlegte er, daß sie sich der Ungeheuerlichkeit der Geschichte, die sie zu berichten hat, überhaupt nicht bewußt ist.

Als sie Moon gegenübersaß, erzählte sie ihre Geschichte mit einer Gelassenheit, die Crook vollends aus der Fassung brachte. Er hatte ihr unterwegs geraten, sie solle alles so berichten, wie sie es ihm gegenüber getan hatte, keine Umschweife, keine Vermutungen. Die sollte sie sich für später beim Drink an der Bar aufheben. Die Tatsachen für sich würden in jedem Fall genügen, daß die Polizei Stielaugen bekam.

»Ich konnte nicht früher kommen«, sagte sie zu dem Inspektor. »Mr. Banks sagt, die Polizei wolle immer alles bewiesen haben, und ich habe keinerlei Beweise.«

»Sie denken nicht, daß die Leiche von Mrs. Brown ausreichendes Beweismittel war?« Moon war ebenso verblüfft wie Crook es gewesen war, nur verbarg er es besser.

»Was konnte ich beweisen? Daß sie tot war. Das konnten Sie selbst sehen. Aber wer sie getötet hat, wußte ich nicht, auch nicht, wer die Terrassentür aufgelassen hatte. Ich wußte nicht, wer mein Gepäck gestohlen hatte. Mrs. Banks hatte ich vorgemacht, daß ich nach Eastbourne fahren würde, warum sollte sie meine Geheimnisse erfahren, sie ist doch nicht meine Mutter. Selbst daß mein Freund in letzter Minute absprang, konnte ich nicht beweisen. Das einzige, was ich mit Sicherheit weiß, ist, daß Hugh Wheeler seinen Roller nicht in der Sackgasse stehen ließ. Ich vermutete auch nicht, daß Mrs. Banks mein Zimmer durchsuchen würde.«

»Es handelt sich um einen Mord, Miss van Damm«, rief der Inspektor aufgebracht.

»Sie denken vielleicht, ich weiß mehr, als ich Ihnen sage.«

»Wenn Sie uns sofort angerufen hätten, hätten wir möglicherweise mehr Anhaltspunkte finden können.«

»Die konnten Sie ebenso erkennen, als Sie sie fanden.«

»Und wenn sie nicht aufgefunden worden wäre?«

»Irgend jemand mußte Milch und Zeitungen bemerken. Es gibt doch hier nicht lauter Dummköpfe. Wenn ich nicht zurückgekommen wäre, hätte sich gar nichts geändert, außer daß der Roller beim 'Huntsman' stehen geblieben wäre. Ich weiß überhaupt nicht, wen sie erwartete ... Oder ob sie überhaupt jemanden erwartete. Aber da war die Whiskyflasche. Sie selbst trank ihn niemals, sie behauptete, das wäre ein Getränk für Männer.«

»Sprach sie nie von einem Freund?«

»Mit mir sprach sie überhaupt nicht. Ich war nur wegen der Kinder da. Und sie hätte mich nicht zurückerwartet. Ich konnte Ihnen wirklich gar nichts sagen, ich konnte nicht mal beweisen, daß ein Autofahrer mich mit dem Roller umwarf.«

»Du hast aber den Wagen nicht berührt, Schätzchen, oder?« unterbrach Crook. »Wird keinen Zweck haben, die umliegenden Werkstätten zu überprüfen.«

Nein, meinte Jan, sie hätte sein Gesicht nicht gesehen, der Wagen sei ein sportliches Modell gewesen, dunkel. »Ich mußte mein Leben retten, ich hatte keine Zeit, auf Zulassungsnummern zu achten!«, erklärte sie. »Er rief etwas. Er hörte sich an ...« Sie überlegte.

»Ärgerlich?«

»Erschrocken. Er schrie mich an, sowas wie 'verdammte Teenager'. Er muß gehört haben, daß der Roller gegen den Baum prallte, hielt aber nicht an.«

»Nun, immerhin. Das gibt eine Spur für Sie«, meinte Crook eifrig zu Moon.

»Zu schade, daß es keine Zeugen gab«, erwiderte Moon.

»Die waren alle vor dem Fernseher oder in den Bars«, erklärte ihm Jan.

»War das das einzige Lebenszeichen, das sie bemerkten?«

»Ja, aber auch das kann ich nicht beweisen. Nichts von alledem. Natürlich können Sie feststellen, wo ich geschlafen und gearbeitet habe. Beide, Mrs. Luigi und Miss Lucas werden sich an mich erinnern. Aber was sollte das helfen?«

»Wohin wollen Sie jetzt gehen, Miss van Damm?« wollte Moon wissen.

»Zurück ins Manor Haus. Die Kinder kommen am Donnerstag zurück.«

»Haben Sie sich mit Mrs. Banks in Verbindung gesetzt?«

»Mr. Crook schlug vor, zuerst hierher zu gehen.«

»Ist es Ihnen vielleicht in den Sinn gekommen, daß Mrs. Banks Sie gar nicht zurückwünscht? Nun, Sie können es selbst in Erfahrung bringen, Miss van Damm. Wenn diese Geschichte bekannt wird, und wir sind nicht in der Lage, sie der Presse vorzuenthalten, wird sie die Reporter im Haus haben, die eine Darstellung von Ihnen möchten.«

»Ich habe Ihnen meine Erklärungen abgegeben, ich kann nichts anderes erzählen.«

»Es wird nicht angenehm für Sie sein.«

»Es war auch nicht erfreulich für mich, daß mein Gepäck gestohlen wurde und daß ich danach Mrs. Brown auffinden mußte«, erwiderte ihm Jan.

Geistreich wie eine Scotchflasche! Crook bewunderte sie.

Kurzfristig überließ er sie sich selbst, während er nach Buzzard Minor fuhr, um mit Mrs. Banks zu sprechen. Es würde zuviel von Jan verlangt sein, ihre Geschichte dreimal innerhalb von vierundzwanzig Stunden zu wiederholen. Wenn Mrs. Banks von der kaltschnäuzigen Art war, wie er fast vermutete, die mehr darum besorgt war, daß sie ihre Haushälterin verloren hatte, als um die Gefühle eines jungen Mädchens, die die Leiche aufgefunden hatte — im Dunkeln in einem leeren Haus, muß man sich vorstellen —, so mußte wenigstens er als erster ihr die Möglichkeit geben, etwas Dampf abzulassen. Das sollte die Angelegenheit für Schätzchen leichter machen, überlegte er, als er sein riesiges gelbes Auto in die Einfahrt von Manor Haus lenkte.

Zu schade, dachte er, als er darauf wartete, daß jemand auf sein Klingeln öffnen würde, zu schade, daß er die Dragoner-Lady nicht mehr erleben konnte. Jan hatte sie so lebendig geschildert, daß er das Gefühl gehabt hatte, sie selbst auf der Straße erkennen zu müssen, falls er ihr begegnet wäre.

»Ist das schon wieder ein Pressemensch«, zischte Kay auf das Klingelläuten hin. Und zu Roy gewendet: »Nein, geh nicht, Du bist imstande, ihn den ganzen Nachmittag mit Dir reden zu lassen.«

Als sie einen dicken, rotwangigen, erbärmlich gekleideten Kerl sah, versuchte sie schnell, die Tür wieder zu schließen, doch ein großer Fuß in einem grellbraunen Wanderschuh verhinderte das.

»Mein Name ist Crook«, sagte die Erscheinung mit einer Stimme, die — wie sie fand — erstaunlich gut zu der Kleidung paßte. »Ich vertrete Miss van Damm.«

»Miss van Damm ist nicht hier«, erwiderte Kay, »und würden Sie bitte die Güte haben, Ihren Fuß fortzunehmen.«

»Wenn ich das täte, müßte ich noch einmal läuten, und natürlich ist sie nicht hier. Sie ist bei den Bullen, um ihre Aussagen zu machen.«

»Bei den — wo?«

»Das sagte ich bereits«, Crook war unerschüttert.

»Und Sie kommen von einer Zeitung?«

»Ich habe mich schon als Anwalt von Miss van Damm vorgestellt.« Er zerrte eine seiner Karten heraus. Sie gab sich nicht die Mühe, einen Blick darauf zu werfen.

»Ich habe Ihnen nichts zu sagen.«

»Aber ich hatte den Einfall, mit Ihnen sprechen zu wollen. Die Kleine hat den ganzen Tag sprechen und sich den Kopf zerbrechen müssen, etwas Ruhe und eine gute Tasse Tee danach würden ihr sicher gut tun, wenn sie zurückkommt.«

»Roy«, rief sie, und er erschien, die Gelassenheit in Person.

Er nickte Crook liebenswürdig zu, der die Gelegenheit wahrnahm, sich selbst vorzustellen.

»Jans Anwalt? Wir bekommen es wohl in zwei Raten. Erst der Einbruch und Mrs. Browns trauriges Ende und nun das Au-pair-Mädchen. Was hat sie angestellt?«

Crook sah sich um. Die Halle war schön, falls man diese

Art der Ausstattung mochte. Brücken, Truhen, Blumen in Kübeln, Ölgemälde von Onkel Tom Cobleigh und seiner Frau, ein Sessel mit Eichenmuster an der Lehne, schöne fernöstliche Teppiche, keine Spur der so verbreiteten 'Nur Britisches ist gut genug'-Mentalität.

»Natürlich können wir uns in der Halle unterhalten, wenn Sie das wünschen«, sagte er betont höflich. »Nur ist es eine ziemlich lange Geschichte.«

»Kommen Sie hier herein«, bot Roy an. Der Raum wirkte etwas leer mit all den unbenutzten Regalen, sie würden allerlei zu kaufen haben, um das wieder aufzufüllen. Die Originale würden sie niemals wiedersehen. Er hoffte, daß man ihm ein Glas zu trinken anbot, doch der Gedanke schien keinem der beiden zu kommen. So legte er seinen braunen Hut, den er zu Ehren der Polizei aufgesetzt hatte, beiseite und offenbarte ihnen seine Geschichte.

Niemand konnte behaupten, daß Kay schwer von Begriff war, aber selbst sie schwieg, als seine Erzählung zu Ende ging.

»Gut, zu wissen, wo sie ist«, bemerkte Roy, wie Crook überzeugt war, um seiner Frau Gelegenheit zu geben, wieder zu sich zu kommen. »Die Kinder werden froh sein.«

»Sie sind schon hier? Jan hoffte, die Tante würde sie unter ihren Schutz nehmen, um die Erschütterung von ihnen fernzuhalten. Das Neuntagewunder! Sie kennen das ja sicher«, fügte er ermutigend hinzu.

»Ihre Tante brachte sie heute morgen zurück. Meinte dazu auch noch, ihr rechter Platz in kritischen Zeiten sei bei den Eltern. Seit ihrer Ankunft jammern sie nach Jan.«

Kay hatte endlich ihre Sprache wiedergefunden. »Ich habe niemals etwas so Verrücktes gehört. Das Mädchen ist ein Unmensch! Die tote Frau hier zu finden, mit der sie monatelang zusammen gearbeitet hat, eingeschlossen in einer Besenkammer, und dann wegzulaufen und sie dort zu lassen. Warum kommt sie jetzt? Ich vermute, die Polizei ist ihr auf der Spur.«

»Sie kam wegen des jungen Mannes, dem der Roller gehört. Sie glaubte wohl, man wolle ihn des Mordes verdächtigen.

Aber auch der kühnste Polizist würde nicht wagen, ihn auf Verdacht dafür einzusperren, ohne die Spur eines Beweises ... Es ist wohl vielmehr so, daß der Constabler schwere Hände auf den Roller legen wollte« — Verständnis schwang in Crooks Stimme, denn er wußte, wie er reagieren würde, sollte ein Uniformierter versuchen, Spielchen mit seiner 'Diva' zu treiben — »und da legte *er* anscheinend schwere Hände auf den Constabler. Aber jedenfalls zeigt das den Edelmut unseres Schätzchens, finden Sie nicht?«

»Armer kleiner Teufel«, sagte Roy sanft. »Was für eine schauerliche Lage. Und niemand, an den sie sich wenden konnte. Hattest Du ihr unsere Adresse gegeben?« wandte er sich an seine Frau.

»Wirklich, wir können doch fünf Ferientage ohne Komplikationen mit unseren Angestellten für uns in Anspruch nehmen.«

»Wenn Du meinst, aber anscheinend ist es nicht so gelaufen. Wenn Du Dir vorstellst, daß Dawn in zehn Jahren in eine solche Lage geraten könnte.«

»Die hat Eltern und eine gute Umwelt.«

»Genau mein Standpunkt«, Roy gab nicht auf. »Jan hat nichts von beiden, die sagenhafte Tante kannst Du nicht rechnen, Jan ist ein heimatloses Kind. Was würdest denn Du tun, wenn Du in ihren Schuhen stecktest?«

»Ich hoffe, ich hätte den normalen Anstand gehabt, die Polizei zu verständigen«, sagte Kay eisig.

»Trubshawe wäre kaum ein Ersatz an Mutters Statt gewesen, und wir sollen diese Mädchen wie unsere Töchter behandeln.«

»Trubshawe ist so beängstigend wie ein Teddybär, und Du weißt das.«

»Aber Jan kennt Trubshawe nicht, was übrigens für sie spricht. Sieh doch, Kay, sie war von diesem jungen Schwein hereingelegt worden.«

»Ich habe sie wieder und wieder gewarnt, nicht mit jedem lockeren jungen Mann zu verkehren, den sie getroffen hat. Und jeder hätte den Anstand gehabt, die Behörden zu benachrichtigen. Und was tut sie? Schließt die Tür und geht ins Bett.«

»Es hätte nicht viel Sinn gehabt, die Tür offen zu lassen«, meinte Roy. »Immerhin ist die Kriminalgeschichte gepfeffert voll mit verschwundenen Leichen. Und wohin sollte sie gehen, wenn nicht zu Bett?«

»Ich weiß nicht, was sie sich denkt, wo sie bleiben soll«, fuhr Kay unbarmherzig fort. »Zusammen mit den Kindern kann ich sie hier nicht behalten.«

»Warum nicht? Denkst Du, sie hat einen schlechten Einfluß? Du weißt genau, daß sie so nicht ist. Und die Kinder beten sie an.«

»Und jedesmal, wenn sie ausgingen, würden sie verfolgt werden wie Katzen von einer Hundemeute«, erwiderte Kay hitzig. »Willst Du das wirklich?«

»Abgesehen, daß Du die Kinder in eine Art Trauma versetzt, wenn Du Dich weigerst, sie hier zu haben, hast Du Dir überlegt, wie die Leute das im allgemeinen auslegen würden? Sie werden annehmen, Du glaubst, sie sei in diesen Raub verwickelt. Natürlich werden sie es so sehen, frage doch Mr. Crook.«

»Ich bin nicht die Polizei«, warf Crook schnell ein. »Ich darf keine Theorien entwickeln. Aber Ihr Mann hat recht, Sie könnten die Polizei sehr nachdenklich machen ... Auch sehe ich keinen Gewinn gegenüber der Presse. Der können Sie die Tür verschließen, der Polizei nicht.«

»Konntest Du es nicht ahnen«, seufzte Kay, als Crook gegangen war, um Jan zu holen. »Von all den Au-pair-Mädchen, die hier ins Land kamen, haben wir die ausgesucht, die in einen Mord verwickelt ist.«

»Du könntest ebensogut sagen, daß von allen, die hier ins Land kommen — und viele sind nach den Berichten recht hilflose Geschöpfe —, haben wir das Glück, die zu haben, die die Zuneigung unserer Töchter erhalten konnte. Die Wölfin von Rom, die Romulus und Remus säugte, könnte kaum mehr Sorge für sie tragen als Jan. Was soll's? Sie ist im

Augenblick ihr Mittelpunkt, und es wäre schön von Dir, wenn Du das mal zugeben würdest.«

»Ich bin sicher, daß das ungesund ist«, konterte Kay. »Sie haben doch ihre Eltern.«

»Die scheinen ihnen sicher uralt. Sie sind wahrscheinlich im geheimen erstaunt, daß wir nicht seit Jahren tot sind.«

»Aber nun leben wir wie in einer Festung«, murmelte Kay. »Du weißt nie, ob nicht ein Reporter vom Himmel fällt wie ein Vogel vom Baum. Wenn Jan zurückkommt, werde ich darauf bestehen, daß sie bis nach der Untersuchung in ihrem Zimmer bleibt, wir können den Kindern sagen, sie hätte eine schwere Erkältung.«

»Würde das nicht bedeuten, daß wir einen Arzt holen müßten? Das würde böse Zungen erneut in Bewegung bringen.«

»Nicht für eine Erkältung. Sag mal, Roy, siehst Du denn nicht, wie untragbar sich das in den kommenden Wochen gestalten wird? Die Presse-Ungeheuer werden ihnen ständig folgen und versuchen, Dawn mit großen billigen Schokoladeschachteln zu bestechen, damit sie etwas erzählt.«

»Wenn sie das machen, wird Deine Tochter ihnen erklären, daß ihre Mutter ihnen niemals gestattet, Süßigkeiten von Fremden anzunehmen. Die Kleine ist doch nicht auf den Kopf gefallen.«

»Aber dann«, fuhr Kay ungerührt fort, »wissen wir auch nicht, ob es eine verzögerte Schockreaktion geben wird. Jetzt kann es noch nicht zu Dawn und Coral durchgedrungen sein, was Mrs. Brown geschah. Wenn das aber noch kommt ...«

»Wir können ja wetten«, Roy war unbeeindruckt. »Deine Kinder sind keine Narren. Das ist sicher das ungewöhnlichste Ereignis, das ihnen begegnen konnte, abgesehen davon, geboren worden zu sein. Und von all dem werden sie nichts behalten. Kinder sind keine Treibhauspflanzen, Kay, sie sind Wildpflanzen. Du kannst sie auszugraben versuchen, wieder und wieder und dennoch nicht ausrotten. Gib Dich geschlagen. Nicht jeder Haushalt kann eine ermordete Frau aufweisen. Und die Kinder haben sie nicht mal gemocht.«

»Wenn Jan sich wie ein normales menschliches Wesen benommen und sofort die Polizei gerufen hätte ...«

»Das würde Mrs. Brown nicht geholfen haben, und das Mädchen befand sich in einer üblen Lage.«

Kay blieb skeptisch, wie es ihrer Rolle entsprach. »Was diesen Crook betrifft, was denkt er, wer sein Honorar bezahlen wird?«

»Ach, er wird schon selbst sehen, wo er bleibt«, meinte Roy sorglos. »Könntest Du nicht besser an etwas heißen Kaffee oder so etwas denken, für Jan, wenn sie eintrifft. Falls irgend jemand unter einem Schock leidet, ist es wohl sie, würde ich meinen.«

Die Leichenschau für Mrs. Brown war für den folgenden Montag angesetzt. Dazu kamen, wie Roy bemerkte, wie eine Seuche, noch zusätzliche Leichen. Ein Massenzusammenstoß auf der Landstraße unmittelbar vor Buzzard Major hatte das verursacht.

Mr. Crook hatte sich dafür entschieden, der Leichenschau beizuwohnen, weil er es für richtiger hielt, daß bei solcher Gelegenheit ein möglicherweise Verdächtiger — er oder sie — gesetzlich vertreten wurde. Ein paar Worte zu Jan, bevor sie in der Zeugenbank Platz nahm, würden nicht falsch sein. Er fuhr am Sonnabend abend hin und begab sich am nächsten Morgen zum Manor Haus.

Die Kinder fühlten, daß sie von Jan abgesondert wurden. Sie verbrachten die meiste Zeit im Garten oder lernten unter der Aufsicht von Kay. Wenn sie rausgingen, begleitete sie sie, was ihnen keinen Spaß machte, weil sie mit niemandem sprechen durften. Kay fand sie unerträglich, weil sie ständig peinliche Fragen stellten.

»Wenn Jan krank ist, warum braucht sie keinen Arzt?«

»Für eine Erkältung braucht man keinen.«

»Du kannst für alles einen Arzt rufen, zumal jetzt, wo Du ihn nicht bezahlen mußt«, widersprach Dawn folgerichtig. »Er könnte ihr Medizin verschreiben.«

»Sie hat Medizin.«

»Und warum geht es ihr davon nicht besser?«

»Sie muß erst mit dem Schock fertig werden, den sie durch Mrs. Browns Tod erlitten hat.«

»Aber sie mochte Mrs. Brown nicht besonders«, warf Coral ein.

»Man kann traurig sein, wenn Leute tot sind, ohne daß es Deine besten Freunde sind.«

»Gehst Du zur Beerdigung?« fragte Dawn ihre Mutter.

»Daddy denkt, wir sollten es, weil sie sonst niemanden hatte.«

»Wir sind nie auf einem richtigen Begräbnis gewesen, nicht Coral?« Das waren hoffnungsvolle Anspielungen.

»Kleine Mädchen gehen nicht auf Beerdigungen.«

»Eine haben wir heute nachmittag«, kündigte Dawn an und hob stolz den Kopf.

»Wessen denn?« fragte Kay.

»Eine Amsel, die Katze muß sie geholt haben, eine Schande. Sie hat der Katze doch nichts getan.«

»Mrs. Brown hat auch niemandem etwas getan«, knüpfte Kay rasch an, in der Hoffnung, die Moral auf die unmittelbaren Begebenheiten ausdehnen zu können.

»Vielleicht war sie wie die Frau im Fernsehen«, vermutete Dawn.

»Eine sündhafte Frau!« stimmte Coral begeistert zu.

»Was für ein Unsinn«, widersprach ihre Mutter. »Natürlich war sie keine sündhafte Frau. Es waren böse Menschen, die einbrachen und die Schätze eurer Mutter gestohlen haben.«

»Niemand im Fernsehen wußte, wie böse die Frau war, bis sie ihren Mann vergiftete.«

»Der Mann von Mrs. Brown starb vor langer Zeit. (War es so?) Und sage nicht, sie hätte ihn vergiftet, weil sie sowas nicht machte. (Natürlich nicht! Mörder sind nicht wie andere Leute. Du kannst sowas immer behaupten.)«

»Was ist das?« rief Dawn aus, als ein riesiges gelbes Auto durch das Tor gefahren kam.

»Oh, nein«, murmelte Kay. »Unmöglich gibt es zwei von dieser Art hierzulande. Geht in den Garten und spielt ruhig.«

»Ist das der Arzt?« meinte Coral verwundert.

»Natürlich nicht, es ist ein Freund von Jan.«

»Du hast gesagt, niemand könnte Jan sehen.«

»Das ist etwas anderes.«

»Mammi meint, es spielt keine Rolle, wenn er sich eine Erkältung holt«, erklärte Coral verständig.

»Ist es jemand, der uns zur Kirche begleiten kann?« wollte Dawn wissen.

»Heute nicht.«

»Wir könnten einen Gottesdienst auf dem Rasen abhalten. Ich bin der Vikar und Du, Coral, kannst der Chor sein und wir beide zusammen die Gemeinde.«

Diese Anordnung erschien beiden vollkommen, und sie verschwanden durch die Terrassentür zur gleichen Zeit, als Mr. Crook an der Vordertür trommelte.

»Unsere kleine Jan versteht es, ihn zu nehmen, nicht wahr«, meinte Roy voller Anerkennung, als Crook gegangen war. »Er bleibt bis morgen, bloß um ihr moralische Unterstützung zu geben. Hast Du alles zur Beerdigung beisammen, was Du als Haupttrauernde brauchst?« meinte er übergangslos.

»Meinst Du wirklich, daß es notwendig ist ...«

»Natürlich. Sie kann kein Armenbegräbnis bekommen, sechs Jahre sind eben sechs Jahre.«

»Ich möchte wohl wissen, ob Du vorschlagen wirst, Jan sollte ebenfalls dabei sein.«

»Natürlich kann sie das nicht. Sie muß doch auf die Kinder aufpassen. Wo sind sie übrigens?«

»Sie halten einen Gottesdienst auf ihre Weise ab, und am Nachmittag veranstalten sie ein Begräbnis. Für einen Vogel, den sie gefunden haben. Alles etwas morbide, aber sie lieben das Drumherum. Sie haben bereits im Obstgarten eine Reihe von Gräbern angelegt, von Feldmäusen bis zum Eichhörnchen, das sie auf der Gemeindewiese gefunden haben. Auf diese Weise kann ich sie ruhig halten, und nachdem wir noch diesen Riegel an der Tür angebracht haben, kann sich niemand mehr unbemerkt an sie heranschleichen.«

»Ich wünschte, sie hätten mich zum Begräbnis eingeladen, es ist Jahre her, daß ich zu einem ging, an dem ich Spaß haben konnte.« Er erwartete nicht, daß er bei dem von Mrs. Brown viel Freude haben würde. »Bei den Kindern hätte ich die Grabstelle ausheben können.«

»Sie werden das selbst machen wollen.«

»Oder die Glocken läuten. Wer hatte das bei Cock Robin gemacht?«

»Ich wünschte, Du würdest aufhören, über Beerdigungen zu sprechen.« Sie wechselte das Thema. »Ich hätte nicht erwartet, daß dieser Crook-Kerl die Jury beeindrucken würde.«

»Er brauchte das doch nicht, niemand hat Jan angeklagt, Mrs. Brown erwürgt zu haben.«

»Die Polizei vielleicht nicht, aber insgeheim denken sie doch alle, sie ist verantwortlich, sie und ihr junger Rumtreiber, mit dem sie sich eingelassen hatte. Er scheint geschickt im Untergrund verschwunden zu sein.«

»Ich glaube von allem kein Wort«, erklärte Roy. »Und ich muß Dich daran erinnern, es gibt ein Gesetz über üble Nachrede. Ein Kerl wie Crook würde Dir geradewegs einen Prozeß anhängen, wenn Du auf seine Mandantin einen Verdacht fallen läßt.« Er lief zum Fenster und öffnete es weit. Die Klänge von »All Things Bright And Beautiful« kamen durch das offene Fenster.

»Es ist schade, daß wir nicht in die richtige Kirche gehen konnten«, seufzte Coral. »Der Vikar müßte über Mrs. Brown gepredigt haben, sie sang doch im Kirchenchor. Es wäre schön gewesen, wenn wir gehört hätten, was er gesagt hat. Dawn, ich habe eine Idee.« Sie vertraute sie ihrer Schwester an, und die nickte beifällig. »Ein sehr guter Einfall. Nach dem Begräbnis. Sie werden nicht dabei sein wollen.«

»Bleibt Jans Freund nicht zum Lunch?« Dawn fragte es, als

sie reinkamen und ihre bebilderten Gebetsbücher schlossen und auf das Regal legten.

»Er wohnt im 'Come And Get It' bis nach der Leichenschau«, meinte Kay. Dort nimmt er auch seinen Lunch ein und muß ihn sowieso bezahlen.«

»Was ist eine Leichenschau?« wollte Dawn wissen.

»Das würdest Du nicht verstehen ...«

»Das ist ganz einfach«, versicherte ihr ihr Vater. »Wenn Du plötzlich stirbst, zum Beispiel von einem Bus überfahren wirst, muß eine Untersuchung stattfinden, um übereinzukommen, woran Du gestorben bist.«

»Ich würde denken, jeder könnte es erklären, wenn Du von einem Bus überrollt worden bist.«

»Außer, wenn Du gestoßen worden bist«, schlug Coral vor.

»Du hast den Nagel auf den Kopf getroffen, meine Kleine. Es findet eine Untersuchung statt, weil Mrs. Brown unerwartet gestorben ist.«

»Kann jeder eine Untersuchung erhalten?«

»Nicht, wenn Du ordentlich in Deinem Bett stirbst und der Arzt auf Dich aufpaßt.«

Die Kinder ließen sich auf eine interessante Diskussion ein, ob sie eine Untersuchung für die Amsel abhalten sollten, die bis zum Nachtisch anhielt. Dann ging Coral in die Halle und eignete sich eine Schafsglocke an, die auf einem Wandbrett stand, ein Erinnerungsstück an eine Reise.

»Braucht Ihr Hilfe bei der Beerdigung?« fragte Roy hoffnungsvoll, »vielleicht eine starke Hand, um das Grab auszuschaufeln?«

»Dawn war der Totengräber und hat es bereits gestern gemacht«, erklärte ihm Coral.

»Oder die Glocke läuten?«

»Coral macht das«, meinte Dawn, »und wir haben keine Trauergäste. Es ist ein stilles Begräbnis, wie es manchmal in den Zeitungen angekündigt wird.«

»Keine Blumen?«

»Coral hat einen Kranz aus Gänseblümchen hergestellt, um der Toten die Ehre zu erweisen!«

»Wie selbstsüchtig Kinder sind«, seufzte Roy. Er stand am Fenster, um die kleine Prozession zu beobachten, die gelassen den Weg entlang ging.

Der Zug begann beim Töpfeschuppen, der als Leichenhalle benutzt worden war. Der Leichnam der Dahingegangenen lag in einem Pappkasten, der einmal Brillen enthalten hatte und nun von einem leinenen Union Jack bedeckt war. Obenauf lag ein Gebetbuch, das sorgfältig im Gleichgewicht gehalten wurde. Dawn ging als erste. Mit der Schachtel in den Händen sang sie leise die Melodie von »Wer tötete Cock Robin?«. Hinter ihr ging Coral, die einen Stein an einer Schnur schwang, der sollte das Weihrauchfaß darstellen. Außerdem trug sie eine Kerze, die nicht angezündet, dafür aber mit buntem Papier versehen war. Das sollte die ihnen verbotene Flamme ersetzen.

Ernst bewegten sie sich durch den Obstgarten, um am offenen Grab stehen zu bleiben, das fünfte in einer schmalen Reihe. Dawn legte die Verstorbene sorgsam in die Höhle und begann ein Lied anzustimmen:

»Der Vogel wurde von einer Vogelfrau geboren und lebte nur kurze Zeit und dieses voller Leid.«

»Er ist gekommen und wie eine Blume ausgerupft worden«, sang Coral.

»Werden wir beobachtet?«

»Er ist am Fenster«, sang Dawn. »In der Mitte des Lebens war er dem Tode nahe. Die Ursache war die Katze im Obstgarten. Gehe hin, christlicher Vogel ... Ist er gegangen?«

»Ja, das ist er, doch er wird schnell zurück sein, so machen sie es immer. Herr sei barmherzig zu uns. Amen, halleluja. Hast Du die Erde?«

»Ich habe sie.« Dawn nahm einen kleinen Erdklumpen aus der Tasche ihrer Jeans. »Erde zu Erde und Asche zu Asche ... Nun ist *sie* da.«

»Sie sagt bestimmt, 'sie machen ein wundervolles Begräbnis'.«

Die Stimmen der Kinder blieben gleichmäßig andachtsvoll

während des ganzen Dialoges. Sie beugten sich zusammen nieder, um das Grab zuzuschaufeln. Corals Schaufel war ein alter eiserner Küchenlöffel. Dawn hatte einen Spielzeugspaten.

»Nun der Grabstein.«

Coral nahm das Viereckpapier, das Dawn aus der Tasche gezogen hatte, und las mit langsamer eindrucksvoller Sprache:

»Hier liegt ein Vogel
tot im Garten gefunden
nun ist er gebettet
in sanftkühlen Grunden.«

Diese Inschrift wurde auf das Grab gelegt und an jeder Ecke mit einem Stein beschwert. Danach formten sie ein Kreuz aus zwei mit Wolle zusammengebundenen Zweigen.

»Requiescat in Pace«, sagte Dawn ehrerbietig.

»Du warst klug, Jan zu bitten, uns zu erklären, was das bedeutet, es steht überall auf den Friedhofstafeln. Jetzt ist sie weg. Es wird eine gute Weile dauern, bis sie zurück sind.«

Dawn nickte. »Die Erwachsenen machen alles zu zweit.«

»Wie Kinderkriegen, meinst Du?«

»Manche haben zwei auf einmal wie Mrs. Plachet.«

»Ich weiß. Dawn, eines Tages bist Du vielleicht ein Hofdichter.«

»Ja«, stimmte Dawn gelassen zu. »Hast Du Dein Geld?«

Coral klopfte auf ihre Tasche. »Es wird nicht genug für etwas besonders Hübsches sein, aber Mr. Rayner wird sich nicht drum kümmern.«

»Komm jetzt, wir müssen vor ihnen zurück sein.«

Sie eilten zum Gartentor, wo ein neuer heller Stahlriegel in der Sonne glänzte.

»Jetzt kann sich niemand mehr an sie heranschleichen«, hatte Kay gesagt.

Es war ein wundervoller Nachmittag, die Sonne fiel auf die reifenden Früchte und warf auch noch einen Schimmer auf die silbrigen Gänseblümchen, die sich auch durch Kays

Bemühungen nicht unterkriegen ließen. Hinter ihnen in parallel verlaufenden Reihen schienen die Spalierbirnen weiß im Verhältnis zu den Hausmauern zu sein.

»Was wollen wir sagen?« überlegte Coral, als sie beide den neuen Riegel sorgfältig aus dem Rohransatz hoben, so daß die blau gestrichene Tür weit aufging.

»Wir werden ihm von dem Brief erzählen.«

»Vielleicht ist er wie die meisten Erwachsenen und hört gar nicht zu?«

»Natürlich wird er uns zuhören. Er ist Jans Freund. Er wird sich freuen, uns zu sehen. Und sie ebenfalls. Nach allem kann man sie nicht halten wie in einem ...«

»Kloster?« bot ihre Schwester hilfreich an.

»Eingeschlossen für immer. Sie muß dieses Zimmer hassen.«

Als Kay sagte: »Sie sind wenigstens noch eine halbe Stunde in Sicherheit«, überquerten sie bereits die Gemeindewiese und trotteten dem Dorf zu.

»Wir sollten am besten zuerst zu Mr. Rayner gehen«, meinte Coral geschäftig. »Da Sonntag ist, schließt er möglicherweise früher.«

»Du denkst an alles«, stimmte Dawn dankbar zu. So gingen sie also zu Mr. Rayners Laden. Er führte das Hauptgeschäft in Buzzard Minor und war darauf vorbereitet, an den Sonntagen praktisch mit allem zu dienen, was man an Gutem erwarten konnte. Ted Trubshawe wußte das, aber schaute taktvoll darüber hinweg. 'Wir müssen menschlich zu unseren Mitmenschen sein', war seine Devise.

8

Mr. Crook saß in seinem Salon im 'Come and Get It' und malte undeutbare Zeichen auf Papierschnipsel. Der Wirt trat zu ihm und erklärte ihm, daß zwei Damen gern ein Wort mit ihm sprechen wollten.

»Haben sie erwähnt, worüber?« brummte Crook.

»Sie sagen, sie hätten wichtige Neuigkeiten.«

Crook blickte auf seine Uhr, eine dicke Rübe, die meisten Leute hätten sie weder tot noch lebend besitzen wollen.

»Muß wohl dringend sein«, stimmte er zu. »Jeder andere außer der Polizei würde wohl bis zur Öffnungszeit warten.« Da es Sonntag war, wurde der Ausschank erst um sieben Uhr geöffnet. »Immerhin, mich hier aufzusuchen ...« Er blickte in die Augen des Inhabers und verzichtete.

»Tee«, schlug er vor, ohne große Hoffnung.

»Die Damen werden Milchgetränke vorziehen«, erwiderte der und ging, um die Besucherinnen hereinzulassen, die mit großer Geduld am Eingang gewartet hatten.

Einen Augenblick später wurden sie in Crooks Wohnzimmer eingeführt. Der hatte sich einige Arbeit mitgebracht, weil er wußte, daß ein Aufenthalt während eines Sonntags in einem englischen Dorf nicht den unterhaltsamsten Tag bedeutet.

»Die Damen Banks«, stellte der Wirt vor.

»Sie sind Jans Freund«, sagte Dawn und reichte ihm in Art einer Erwachsenen die Hand. »Ich bin Dawn, und das ist meine Schwester Coral.«

»Es ist mir ein Vergnügen«, sagte Crook ehrerbietig. »Und es stimmt, daß ich Jans Freund bin.« Er rückte Stühle für sie auf beiden Seiten des Tisches heran.

»Wir kommen wegen Mrs. Brown«, erklärte Coral. »Sie war Mammis Haushälterin.«

»Er weiß das«, sagte Dawn.

»Und sie ist tot.«

»Ermordet.«

»Und«, fuhr Coral zornig fort, »Mammi denkt, es ist Jans Fehler, weil sie sie gefunden hat.«

»Mammi sollte das von der Polizei sagen«, schlug Crook vor. »Sie finden mehr Leichen als irgendwer sonst.«

»Merk Dir das für später, Coral«, ermahnte Dawn eindringlich.

»Was wollt Ihr mir über Mrs. Brown erzählen. Etwas, was Jan gesagt hat?«

»Jan kann uns gar nichts sagen, wir dürfen sie nicht sehen.«

»Sie ist in ihrem Zimmer eingeschlossen«, fügte Coral hinzu. »Mammi erklärt, sie hätte eine Erkältung und Fieber, aber sie hat den Arzt nicht herbeigerufen.«

»Und sie geht überhaupt nicht aus?« wollte Crook wissen.

»Sie geht nicht aus dem Zimmer, nur bis zum Bad. Wir dürfen auch nicht nach draußen«, gestand Dawn.

»Was wird Eure Mutter sagen, wenn sie herausfindet, daß Ihr hier seid?«

»Ach, sie wird erst in einer halben Stunde nach uns sehen, und bis dahin sind wir zurück.«

»Aber wir mußten Ihnen von dem Brief erzählen«, erklärte Coral. »Wir wissen nicht, ob Jan mit Ihnen darüber gesprochen hat.«

Mr. Crook schüttelte den Kopf. »Sie muß es vergessen haben. Was für ein Brief war es?« Er kam sich wie ein Vogelbeobachter vor, der ängstlich ist, sein Objekt zu verscheuchen.

Beide Kinder antworteten zusammen: »Der, den sie aus dem Laden abholte.«

»Mrs. Brown? Welche Überraschung! Ich dachte, die Regierung Ihrer Majestät hätte ein Postmonopol.«

»Sie holte ihn aus dem Laden. Wir haben sie gesehen«, wiederholte Dawn.

»Wir sahen sie«, gestand Coral, »wir fanden es merkwürdig, daß sie in den kleinen Bonbonladen ging, weil sie uns immer vorhielt, Bonbons wären schlecht für die Zähne. Darum warteten wir, bis sie rauskam. Und sie hatte keine Bonbons gekauft«

»Höchstens, daß sie sie in der Tasche hatte.«

»Aber sie hatte einen Brief in der Hand.«

»Vielleicht hatte sie ihn aus der Tasche genommen, um ihn abzusenden.« Crook versuchte, der Angelegenheit auf den Grund zu kommen.

Sie betrachteten ihn mit vereinter Verachtung. »Sie ging geradewegs am Briefkasten an der Ecke vorbei!«

»Wo ist dieser Laden?« fragte Crook, der den verlorenen Punkt diplomatisch einsteckte.

Sie sagten es ihm: »Die Straße Sleepy Hollow Lane entlang hinter einem Briefkasten in der Nähe des Einhorn Gasthofes.«

»Das werde ich finden«, versprach Crook. »Einhorn, habt Ihr gesagt. Ein sagenhaftes Tier.«

»Natürlich«, warf Dawn ernst ein, »ist es überhaupt kein richtiges Tier.«

»Es ist ein Wal und hat ein Horn.«

»Daher heißt es auch Einhorn.«

»Es lebt im Meer«, fügte Coral hinzu.

»Aber sie sterben, wenn Du versuchst, sie zu fangen.«

»Mir haben sie in der Schule nicht sowas Nützliches beigebracht«, beklagte sich Crook.

»Nicht in der Schule, im Fernsehen«, diesmal sprachen sie im Chor.

»Als ich in Euerm Alter war, hatten wir noch kein Fernsehen«, erklärte Crook. »Natürlich ist das lange her.«

»War es die Zeit der Dinosaurier, wie Daddy sagt?«

»Ungefähr. Doch einigen von uns gelang es, durch die Netze zu schlüpfen.«

Dawn brachte sie zum Ausgangspunkt zurück. »Warum mußte Mrs. Brown einen Brief kaufen?«

»Nicht kaufen, abholen. Die Leute können es so einrichten, daß sie Briefe an eine andere Adresse gesandt bekommen, wenn ihnen das lieber ist.«

Coral runzelte die Stirn. »Aber Mammi würde ihre Briefe nicht öffnen.«

Dawn wendete ein, daß Daddy meinte, sie hätte ein elektrisches Auge und könnte durch die Umschläge hindurch sehen.

»Als Onkel Jim mir fünf Schilling schickte«, stimmte Coral zu, »nahm Mammi das Geld und kaufte mir ein Buch über eine, die Jeanne d'Arc hieß. Aber ich hätte gern ein wunderbares über einen Bären gehabt, der in einem Gebirge wohnte und Polizisten fraß.«

»Als wir in dem Laden waren, kam eine Dame und fragte, ob etwas für Black da wäre. Wir fanden das komisch.«

»Sehen Sie, braun und schwarz«, erklärte Coral.

»Aber sie bekam nichts und ging wieder.«

Ein plötzlicher Knall fesselte die Aufmerksamkeit von allen dreien. Der Himmel öffnete sich, und der Regen kam in Strömen hernieder. Wo vor wenigen Minuten noch ein klarer Himmel gewesen war, gab es bloß Finsternis und Bedrohung. Die Fensterscheibe klirrte. »Und wir haben unsere Schirme nicht mitgebracht«, murmelte Coral.

»Es wäre schlimmer gewesen, wenn es während des Begräbnisses geregnet hätte«, sagte Dawn.

»Bringe Euch zurück«, bot Crook an. »Ist mir ein Vergnügen, wirklich. Ich würde alles tun, um meinen Partnerinnen zu helfen ...«

»Sind wir Partnerinnen?«

»Na, Ihr habt mir doch eine erstklassige Neuigkeit über den Fall gebracht. Also wartet bis zu unserem nächsten großen Ereignis.« Er erhob sich und öffnete die Tür. »Bleibt hier, ich hole meine Diva herbei.«

»Ist das Ihr Auto?«

»Ganz genau.«

»Hat es eine automatische Hinterradbremse?«

»Sie würde nicht wissen, was sie damit sollte, wenn ich sowas einbauen ließe. Ich hole sie zur Tür, und wenn ich tute, kommt Ihr wie der Wind angeflogen.«

Eine Minute später tutete er.

»Vergiß nicht, Du weißt schon was«, beschwor Dawn ihre Schwester.

»Ich habe meins in der Tasche«, strahlte die. Mit einem Satz waren sie im wartenden Wagen.

»Ist sie eine Dinosaurierin?« fragte Dawn ehrfürchtig.

»Sie ist schon schlimmer betitelt worden«, antwortete der

verständnisvolle Crook. »Macht das Beste draus, Mädchen, etwas wie sie bekommt Ihr so bald nicht wieder zu sehen.«

Katherine Banks ging schweren Herzens durch das Wohnzimmer und öffnete die Terrassentür. Seit dem Raub kam sie so wenig wie möglich hierher. Sie war einfach nicht fähig, mit Gleichmut den Anblick der zerbrochenen Vitrinen und die leeren Stellen an den Wänden zu ertragen.

»Dawn«, rief sie, »Coral, es wird Zeit, daß Ihr reinkommt.«

Nicht der leiseste Protest antwortete ihr, kein Geräusch von leisen Schritten auf dem Weg oder dem Rasen. Sie rief abermals, etwas lauter, und ging in den Garten, wo sie nach rechts und nach links schaute. Die Kinder hatten manchmal die blöde Angewohnheit, aus irgendeinem Grund nicht antworten zu können. Einmal waren sie taubstumm gewesen, im letzten Monat Giraffen. »Mutter, wir konnten doch nicht antworten«, hatte Dawn ihr vorgehalten, »Giraffen bringen keinen Ton hervor.«

»Warum seid Ihr dann keine Löwen und brüllt?«

»Weil Löwen nicht die Blätter von den Bäumen fressen können.« Ihnen schien das ein logisches Argument zu sein.

Als sie in den Garten kam, konnte sie weder Haut noch Haar von ihnen ausmachen, noch das unterdrückte Quietschen hören, das manchmal ihr Versteck verriet. Sie rief jetzt mit wenig wohlklingender Stimme, sie zitterte vor Angst. Der Himmel hatte sich gefährlich bezogen, sie kannte diesen plötzlich einsetzenden Sturm. Auf dem Weg im Obstgarten lagen der Spaten und der Löffel friedlich nebeneinander. Vier Steine beschwerten die handgeschriebene Grabinschrift. Morgen oder später werden sie ein Stück Glas aus dem Gewächshaus holen, um den Gedenkstein vor Wind und Wetter zu schützen. Automatisch hob sie die Geräte auf und legte sie auf das Regal zurück. Wenig später entdeckte sie, daß das Gartentor weit offen stand, der Riegel zurückgezogen.

Kay war kein leicht erregbarer Typ, aber als sie das sah, begann ihr Herz heftig in der Brust zu schlagen. Wenn die

Kinder in den Dorfpark hätten laufen wollen, wären sie durch den Haupteingang gegangen. Also hatte jemand an die Tür geklopft, ihren Namen gerufen und sie veranlaßt, den Riegel aufzuschieben? Zu welchem Zweck?

Roy hatte ihnen eingeschärft, auf Fragen, die man ihnen stellte, nicht zu reagieren, selbst wenn sie die Antwort wußten. Aber Coral stürzte sich auf jede wie der Stier auf ein Tuch. Kay glaubte, von beiden Töchtern sei sie die mit mehr Willensstärke. Das einzig sichere war, wie Roy und sie selbst entschieden hatten, daß die zwei nicht unbegleitet waren; was sich leichter anhörte, als es sich verwirklichen ließ. Sie waren wie Quecksilber, und da Kay Jan außer Gefecht gesetzt hatte, fühlte sie sich selbst überbeansprucht. Unbekannte Männer oder auch Frauen erschienen urplötzlich in der Gegend oder zeigten sich hinter Mauern. Schön und gut, daß Roy von einem Neun-Tage-Wunder sprach. Aber die Angelegenheit schien sich in die Länge zu ziehen und zu keinem Ergebnis zu kommen, wie sie mit Bedauern feststellte. Keine Festnahmen, und es waren auch keine in Aussicht. Sie selbst fühlte sich wie in einem Schloß mit hochgezogener Zugbrücke. Kay lief durch das blaue Tor, aber draußen war auch kein Zeichen von den Kindern zu sehen. In der nächsten Straße fuhr ein Auto durch, dann versuchten zwei Jungen auf Fahrrädern in ziemlich leichtsinniger Weise hintereinander her zu rasen. Ein Flugzeug dröhnte über den Wolken. Sie lief durch den Obstgarten zurück und rannte über den Rasen. Roy, dem sie in der Halle begegnete, wollte ihre Furcht nicht teilen.

»Nimm Haltung an, Kay«, sagte er. »Sie sind wahrscheinlich entwischt, um sich ein paar Schokoladenbonbons zu holen.«

»Durch den Hinterausgang hätten sie dafür nicht zu gehen brauchen«, widersprach ihm Kay.

»Das machen sie halt, das weißt Du doch. Du wärst hervorgeschossen und hättest sie zurückgehalten, wenn sie es vorn versucht hätten. Hatten sie Geld? Es würde nicht zu Coral passen, auf Pump zu kaufen. Sei nicht bekümmert, Kay, niemand will unsere Bälger entführen. — Und wehe, wenn es einer versuchte!«

Die Stimmen drangen bis zu Jan, die die Treppe runtergeeilt kam. »Die Kinder«, sagte sie anklagend. (Gerade als wäre sie die Hausherrin und ich das Kindermädchen, dachte Kay betroffen.) »Was ist mit den Kindern passiert?«

»Sie sind allein ein bißchen spazieren gegangen«, versicherte ihr Roy. »Tatsache ist, je eher Du von Deinem Fieber runterkommst, Jan, desto besser ist es für uns alle.«

Das Telefon klingelte plötzlich, und Kay sprang in die Höhe. »Vielleicht jemand, der ihretwegen anruft.«

»Wenn es einen Unfall gegeben hätte, stände Trubshawe bereits hier«, meinte ihr Gatte. »Wir vertrauen noch auf persönlichen Umgang in diesem abgelegenen Landstrich.«

Er nahm den Hörer ab. »Was? Wer? Ich verstehe. Sofort? Vielen Dank.« Er hing auf. »Das war der Wirt von 'Come and Get It'. Unsere verwöhnten Kinder werden per Auto heimgebracht. Einer der Gäste ist so freundlich.«

»Soll das heißen, ein Fremder?« fragte Kay empört.

»Da wohnt Mr. Crook«, sagte Jan. »Wenn er sie bringt, wird ihnen bestimmt nichts passieren.«

Wenig später hielt der große gelbe Wagen vor der Tür, und die beiden Mädchen rannten durch den Regen. »Wo wart Ihr?« wollte die Mutter wissen, in ziemlich lautem Ton.

»Die jungen Damen waren durch den Regen festgehalten«, sagte Crook, der ihnen gefolgt war und nun am Eingang stand.

»Wir hatten unsere Schirme nicht«, fügte Coral hinzu.

»Ihr solltet nicht aus dem Garten rausgehen«, schimpfte Kay.

»Wir wollten etwas für Jan kaufen«, erklärte Dawn. »Etwas Besseres als Medizin.«

Kays älteste Tochter steckte ihre Hand in die Tasche ihrer Jacke und zog ein kleines Paket, in grün schillerndem Papier verpackt, hervor. »Eine Venusbar«, verkündete sie. »Hundert Prozent Sahne, Glukose und Schokolade. Du mußt gefüttert werden, Jan. Nichts macht richtig Spaß, wenn Du nicht dabei bist.«

»Ich habe vier Zuckermäuse gekauft«, sagte Coral, die nun ihrerseits ein Paketchen hervorholte. »Mr. Rayner war schrecklich nett, als wir ihm sagten, daß es für Jan sein sollte. Wir konnten alles bei ihm anschreiben lassen.«

»In Dir steckt ein Finanzgenie, mein Mädchen«, gestand Roy ihr zu.

»Ich habe Euch doch verboten, mit Fremden mitzufahren«, warf Kay mit strenger Stimme ein.

»Das war doch kein Fremder«, entgegnete Dawn. »Es handelt sich um Jans Freund.«

»Ich war glücklich, daß ich helfen konnte«, unterbrach Mr. Crook. »Habe selbst einen Anteil dadurch erhalten, jedenfalls würde mich das nicht wundern. Warum über Anfänger und Säuglinge maulen. Wenn Ihr ein bißchen älter wärt, stündet Ihr auf meiner Lohnliste.« Und bevor jemand darauf antworten konnte, war er gegangen.

Die Frau hinter der Theke im Laden nahe dem Einhorn hätte, fand Crook, in ein Bild gepaßt, das Frau Noah aus der Geschichte der Arche zeigte, so steif und ungebeugt, wie sie war. Selbst ihre Kleidung schien aus Holz hergestellt: eine bis zum Hals zugeknöpfte Bluse, ein runder Hut mit einem Rand von sechs Inches, ein gerader Rock, wie durchs Wasser gezogen. Ihr Gesicht dünn, farblos und schmal wie eine Rattenfalle. Vor ihr lag ein Stapel mit billigen Frauenzeitschriften, ein Stoß Briefpapier und verschiedene Päckchen mit Schokolade. Hinter ihr einige wenige Regale und Schränke. Eine schwarze Katze, die an eine Geschichte mit einer alten Hexe erinnerte, blinzelte aus dem Gang auf der rechten Seite. Crook kam eilig rein, federnd wie ein Gummiball. »Post für Brown?« fragte er.

Frau Noah hob nicht mal die Augen. »Welche Brown sollte es sein?«

»Gibt es mehrere?« fragte Crook freundlich.

»Sie würden staunen. Smith, na ja, das gehört ins Hotelgewerbe. Ich habe nicht oft eine Smith hier. Aber Braun, Schwarz und Grau, übrigens ulkig, mein Mädchenname war Grün. Aber Sie haben ja nach Braun gefragt.«

»Felicia«, vervollständigte Crook seine Bitte.

»Da gibt es eine, um die sich niemand mehr kümmern muß«, erklärte ihm Mrs. Gale. (Ihr Name stand über der Tür.) »Aber vielleicht sind Sie hier fremd?«

»Wenn Briefe nicht mehr für Verstorbene ankommen sollten, welchen Zweck hätte dann ein toter Briefkasten?«

Die Frau zuckte die Achseln und wandte sich um, um einige Umschläge in einem Fach hinter ihr durchzusehen. »Sie haben mir nicht gesagt, wer Sie sind.«

»Ich bin Anwalt der Dahingeschiedenen.« Er legte eine Karte auf die Theke.

»Nichts für Nr. 27«, meinte Frau Noah. »Diese Nummer hatte sie bei mir.«

»Ein rechter Schock, die Art, wie sie starb«, brachte Crook vor.

»Die mit Sprengstoff spielen, müssen sich nicht wundern, wenn er in die Luft geht«, erwiderte Frau Noah mit orakelhaftem Unterton.

»Genau. Ich war erstaunt. Eine gute Kundin, könnten Sie das von ihr sagen?«

»Ich mache keine Unterschiede. Barzahlung bei Lieferung.«

»Immer?« deutete Crook an.

Frau Noah versteifte sich. »Kommen Sie etwa von der Polizei?«

»Ich sagte es bereits. Ich vertrete die dahingeschiedene Mrs. Brown. Wenn ich von der Polizei käme, hätte ich mein Anliegen zu erklären. Waren die übrigens hier?«

»Ich sehe keinen Grund, der sie hierher führen sollte. Es gibt kein Gesetz, das verbietet, seine Post an eine Gelegenheitsadresse senden zu lassen.«

»Sie könnten Interesse am Inhalt der Briefe haben.«

»Ich könnte ihnen nicht helfen. Ich empfange die Briefe nur, ich lese sie nicht.«

»Ich vermute, daß immer der gleiche Kerl nach ihnen gefragt hat. Es ist unwahrscheinlich, daß es zwei waren.«

»Ich möchte keine Polizei hier haben. Jeder weiß, daß Polizei schlecht fürs Geschäft ist. Und ich habe nichts Ungesetzliches getan«, wiederholte sie.

»Das hat auch Mrs. Brown nicht, und Sie sehen, wo sie gelandet ist.«

»Sie forderte das Unglück heraus. Frauen ihres Alters sollten es besser wissen.«

»Ein junger Kerl?« vermutete Crook.

Die kleinen Augen öffneten sich, dunkel vor Argwohn. »Ich sage nicht ...«

»Sie hat sich doch keine Briefe von ihrer Tante hierher schicken lassen. Wie konnten Sie wissen, daß der Richtige sie abholte?«

»Sie haben Nummern. Keiner kennt sie außer mir und den Betroffenen. Wenn jemand kommt und nach der Nummer fragt, händige ich sie aus. Als Sie kamen, haben Sie aber nach Mrs. Brown gefragt.«

»Und ich hätte Nr. 27 sagen sollen?«

»Ich hätte vielleicht auch nach dem Namen gefragt, aber ohne Nummer läuft gar nichts.«

»Wenn nun zwei verschiedene Leute kämen?«

»Dann hätte der Auftraggeber seine Nummer an beide gegeben. Ich bin berechtigt, ihnen alles auszuhändigen. Ich bin nicht die Polizei, die Fragen stellt.«

»Gibt viele Leute, die so vorgehen?« vermutete Crook. »Eheleute und ähnliche?«

Sie nickte. »Ich habe meine Regeln und weiche nicht davon ab. Wer auch immer nach einem Brief mit der richtigen Nummer fragt, ich brauche mich nicht darum zu kümmern, ob der Brief an ihn gerichtet ist.«

»Gibt es viel Kummer damit?«

»Es ist der der Kunden, nicht meiner. Aber nicht alles verläuft glatt. Verstehen Sie, die Kunden wechseln oft. Die Leute wollen keine Scherereien. Anfangs klingt es romantisch, aber dann fällt es jemandem auf, daß Sie regelmäßig, jede Woche hierher kommen, selbst wenn es sich nur um einen andern Kunden handelt. Natürlich könnten Sie die Adresse wechseln. Aber wir leben in einem neugierigen Teil der Welt, und je weniger von deinem Geheimnis wissen, desto besser. Wer verriet Ihnen Nummer 27?«

»Leute, die daran interessiert waren, sahen, wie die Dame einen Brief abholte. Sie baten mich, alles nachzuprüfen. Wie steht es mit dem Partner, dem Mann, der die Briefe brachte oder abholte?«

»Er hatte eine andere Nummer.«

»Und an die erinnern Sie sich nicht?«

»Natürlich hatte er die 28.«

»Wirklich 28?«

»Wirklich. 28. Er nannte sich Robinson.«

»Ein jüngerer Mann?« fragte Crook, der sich an Elsie Farmers Angaben erinnerte. »Klingt, als ob es ein und derselbe ist. Wäre auch seltsam, wenn sie es mit zwei jüngeren Männern zu tun gehabt hätte.«

»Darüber kann ich Ihnen nichts sagen. Ich bin nur die Mittelsperson. Die Leute, die ihre Angelegenheiten nicht öffentlich zur Schau stellen wollen, lassen ihre Briefe hierherbringen und ein anderer holt sie ab. Jeder hat das Recht, etwas geheim zu halten.«

»Außer Leichen«, verbesserte sie Crook. »Die haben keine Rechte mehr.« Er zögerte. »Er kam vermutlich per Auto?«

»Sie müssen mir einen jungen Mann zeigen, der kein Auto fährt, und dann zeige ich Ihnen den Koh-i-noor-Diamanten«, sagte Frau Noah unerwartet.

»Groß, schlank und gutaussehend?«

»Darauf habe ich nicht geachtet.«

»Wer bezahlte wen?« Wenn er gehofft hatte, die Frau durch überraschende Fragen zu Zugeständnissen zu bringen, war er auf dem Holzweg.

»Ich sagte Ihnen bereits, ich lese die Briefe nicht, ich bewahre sie nur auf.«

»So war das also.« Er überlegte. »Ich frage mich, was er an ihr hatte.«

»Warum meinen Sie, daß er es gewesen ist? Sie war es, die getötet wurde.«

»Man tötet keine Gans, die goldene Eier legt.«

»Ja, das stimmt.«

»Außer wenn die Gans zuviel gackert. Es ist immer unheilvoll, die erste Rate zu bezahlen. Eine Sache führt zur anderen.«

»Die Leute haben ein Recht, ihr Geld so auszugeben, wie es ihnen gefällt«, beharrte Frau Noah. »Meiner Schwester wurden fünftausend Pfund von ihrer Großmutter hinterlassen, und sie kaufte sich einen Ehemann dafür. Meine Mutter war dafür, daß sie sich einen kleinen Tuchladen mit dem Geld aufmacht, und sie hätte auch besser daran getan, wenn sie es gewußt hätte. Aber sie sagte Nein. Sie wollte Norm.«

Mr. Crook kam zum Thema — die Tote — zurück. »Es ist doch sehr ungewöhnlich. Sie war sechs Jahre hier, und niemand weiß etwas über sie. Erinnern Sie sich, ob sie mehrere Monate lang kam?«

»Nein, darüber kann ich nichts sagen.«

»Aber mein Informant berichtete mir das. Würden Sie ihn wiedererkennen, ich meine den jungen Kerl?«

»Was meinen Sie?«

»Ich denke, Sie wissen viel mehr, als Sie sagen.«

»Ich weiß nur, was Sie mir erzählt haben.«

»Dann wissen Sie wahrhaftig nicht viel.«

Er ging zu seinem Auto zurück. Was wußte er jetzt mehr? Der junge Mann Nummer Achtundzwanzig konnte derselbe sein, den Mrs. Brown in Firlemere zu treffen pflegte. Andererseits konnte es sich bei dem Verbrechen auch um den gewöhnlichen Einbruch einer Bande handeln und mit dem Betreffenden nichts zu tun haben. Aber, er kam zum Ausgangspunkt seiner Überlegungen zurück, was brachte Mrs. Brown an einem Abend, den sie allein im Haus verbrachte, dazu, die Tür zu öffnen, bevor sie wußte, wer herein wollte?

9

Das Ergebnis der Leichenschau fiel so aus, wie Crook es erwartet hatte. Die Polizei hatte niemanden, den sie konkret beschuldigen konnte, welchen Verdacht sie auch immer hatte, und so lautete das Ergebnis: Mord durch eine oder mehrere unbekannte Personen.

Jan war natürlich die Hauptzeugin und gab den Richtern Gelegenheit, sich für ihr Geld mächtig anzustrengen. Wörter wie ungeheuerlich, unmenschlich, unglaublich und läßt das Blut in den Adern erstarren, hallten durch den Gerichtshof. Jan blieb unbeugsam und beharrlich.

»Ich konnte der Polizei nichts berichten, ich war nicht dort.«

»Aber Du hättest der Polizei doch melden können, daß Mrs. Brown tot war«, hatte Kay insistiert.

»Das konnten sie allein herausfinden, das ist ihre Aufgabe, und sie sind nicht dumm.«

Der Urteilsspruch ließ die Angelegenheit ganz offen, die Polizei würde weiter auskundschaften, fragen und verdächtigen, bis die Kühe im Stall waren.

»Genau das werden sie tun«, prophezeite Crook. Er blickte finster drein. »Ich hasse diese unsauberen Fälle.«

»Unsauber?« fragte Bill, sein Partner.

»Ungelöst. In gewissem Sinn war das Mädchen meine Klientin, und ich möchte nicht dran denken, daß Leute vielleicht in zwei Jahren auf sie deuten, weil sie glauben, sie hätte bloß Glück gehabt, daß man ihr den Mord nicht nachweisen konnte.«

»Sieht Dir nicht ähnlich, Dich um einen offiziell längst abgeschlossenen Fall zu kümmern«, meinte Bill. Crook behandelte in der Regel Fälle wie Briefe, die verarbeitet, beantwortet und abgelegt werden müssen, während ihr Empfänger sich zurücklehnt und hoffnungsvoll auf die nächste Post wartet.

»Wenn sie angeklagt worden wäre, hätte ich eine Menge tun

können«, fuhr Crook bissig fort. »Ich hätte den Hintergrund der Toten aufgeklärt. Nur im Märchen fallen erwachsene Leute ohne Vergangenheit vom Himmel. Was wissen wir von ihr? Daß sie vor sechs Jahren von Harrogate kam.«

»Behauptete, von Harrogate zu kommen«, warf Bill ein.

»Und daß sie ein Empfehlungsschreiben von einer Mrs. Arnold vorlegte, die keiner gesehen hatte, und die nun, vielleicht, unter einem andern Namen in Kalifornien leben soll. Tatsache ist, Bill, wir wissen gar nichts von der lieben Toten, auch nicht, warum sie erpreßt wurde. Aber ich vermute, daß es mit ihrer Vergangenheit in Harrogate zusammenhängt. Ich weiß, es wurde bei der Untersuchung nicht vorgebracht, weil es auch dafür keine Zeugen gab, und ohne Beweis hat es keinen Sinn, darin herumzufischen. Es ist schon merkwürdig, Bill, wenn die Leute von Erpressung sprechen, stellen sie sie sich stets als Kapitalverbrechen vor. Mord, Bigamie, Drogenschmuggel, aber vieles, was das Blut der Leute erstarren läßt, entpuppt sich als eine bescheidene Angelegenheit. Betrug im großen Stil ist ehrenhaft, während die Entwendung einer Handtasche oder das Schreiben eines anonymen Briefes zur niedrigsten Stufe gehört. — Hast Du in letzter Zeit Snuffy Ayres gesehen?«

»Tauschte am Montag in der Harton Street einen flüchtigen Blick mit ihm, er ist ein vielbeschäftigter Mann.«

»Und wir werden ihm noch mehr zu tun geben«, meinte Crook lebhaft. »Ein netter Ausflug nach Harrogate, um dort das Klima zu erforschen, sollte ihm gut tun.«

Snuffy war ein schlanker kleiner Mann mit einem großen Kopf. Sonst war er so unauffällig, daß man ihn zwanzigmal sehen konnte, ohne ihn beim einundzwanzigsten wiederzuerkennen. »Er mag nach nicht viel aussehen, aber er bringt genügend Speck nach Haus, um das berüchtigte Ehepaar von Dunmow damit zu versorgen.«

»Du glaubst, daß sich dort jemand an etwas erinnert, was so lange her ist ...«

»Nicht so lange her wie Adam im Paradies«, unterbrach ihn

Crook, »und dabei wissen fast alle, daß der dort war. Sieh mal, wenn die Angelegenheit in Buzzard Minor begonnen hätte, würde irgendwer erwischt worden sein. Und warum kommt eine Frau, die in Harrogate gearbeitet hat, plötzlich in den Süden, wo sie keine Menschenseele kennt? Harrogate ist ein erstklassiger Ort, habe ich immer gehört. Und Mrs. Brown war eine erstklassige Köchin, warum hat sie sich plötzlich davongemacht, um eine Stelle irgendwo anzunehmen? Sie war vielleicht sehr verschlossen, aber weder unsichtbar noch wünschte sie, es zu sein. Sie war beim Bingo und im Kirchenchor, und nun gibt sie sich plötzlich mit einem Freund ab und alles ist geheimnisumwittert. Auch in nur drei Jahren müßte sie im Norden Verbindungen geknüpft haben. In Harrogate gibt es ebensoviele Gelegenheiten wie hier im Süden. Ich würde Mrs. Banks nicht gerade die leichtgläubigste Frau nennen, der ich je begegnet bin, aber sie stellt eine Haushälterin, die bei ihr leben soll, auf Grund einer schriftlichen Empfehlung ein. Es sollte mich wundern, wenn man in Kalifornien je von einer Mrs. Arnold gehört hätte.«

»Oder in Harrogate«, ergänzte Bill gemütlich.

»Gut, aber sie mußte von irgendwoher kommen. Es könnte sein, daß dieser junge Bursche etwas mit den Einbrüchen zu tun hat, die nie aufgeklärt worden sind. Gewöhnlich hängen sie mit einem Beteiligten des Hauses zusammen, mit einem Sekretär oder Chauffeur. Ich würde soweit gehen, daß Mr. X es zuerst auf das Mädchen abgesehen hatte, eine Ausländerin ohne große Skrupel, Du weißt, wie man von ihnen denkt. Und dann entdeckt er Mrs. Brown.«

»Vielleicht stammte er ebenfalls aus Harrogate?«

»Warum denn nicht? Könnte dort zum Beispiel bei einer Zeitung gearbeitet haben, es ist immerhin schon sechs Jahre her. Und er entschließt sich, Mrs. B. die Daumenschrauben anzulegen. Sie ist angenehmer für ihn als Jan, die immer die Kinder herumschleppt. Kinder sind so sicher wie ein angezündetes Streichholz neben einer Benzinkanne. Sie sehen zuviel und reden über das, was sie gesehen haben. Also zieht man mit Mrs. Brown das bessere Los. Natürlich wissen wir nicht, was er von ihrer Vergangenheit kannte, sicher etwas, was sie nicht aufgedeckt haben wollte, so daß sie sich genötigt sah, ihn in fremden Gaststätten zu treffen und einen verstohlenen Briefwechsel mit ihm zu führen, um die Vergangenheit geheim zu halten.«

»Und wie lange hätte sie da wohl mitgespielt?« überlegte Bill.

»Eine sehr gute Frage«, stellte Crook fest, nachdem er ihn prüfend angesehen hatte. »Das können wir erst nach Snuffys Bericht beantworten. Das muß nach sechs Jahren ein schwerer Schlag für sie gewesen sein.«

»Du willst es mit etwas verknüpfen, das in Harrogate stattgefunden hat?«

»Scheint Dir das nicht auch die Lösung? Wenn hier etwas vorgekommen wäre, hätten wir davon gehört.«

»Wenn diese Mrs. Arnold wirklich nach Amerika gegangen ist ...«

»Sie ist uns wirklich keine Hilfe. Nein, ich denke an etwas, das in den Zeitungen gestanden hat, etwas, mit dem Mr. X auftrumpfen konnte, wenn Mrs. Brown sein Spiel nicht mitmachen würde.«

»Aber das ist wie eine Nadel im Heuhaufen suchen«, warf Bill grob ein. »Sie hätte dort nicht einmal Brown heißen müssen.«

Aber Crook erwiderte nur: »Dafür zahlen wir Snuffy. Wenn ihre Angelegenheit nicht an die Öffentlichkeit gelangt wäre, hätte sie es nicht nötig gehabt, das halbe Land zu durchqueren. Und das Schlimme für sie war, daß sie erreichen wollte, daß es geheim blieb. Ich habe den Eindruck, Mrs. Brown war die eigentlich geheimnisvolle Frau. Die meisten Leute lassen sich Hinweise auf Vergangenes entschlüpfen, ohne ihnen eine Bedeutung zuzumessen. 'Das war im Jahr, als wir auf Mallorca waren'. Oder als Mr. Brown starb oder durchbrannte oder sich die Kehle durchschnitt. Soweit sie aber überhaupt Freunde hatte, hat sie nichts dergleichen erwähnt, und keiner, soweit man das bisher feststellen konnte, hat sie von Harrogate sprechen hören. Also laß Snuffy schauen, ob er eine alte Geschichte aufwärmen kann. In einem andern Beruf hätte er reich werden können. Zum Beispiel Wasserstellen in der Wüste auffinden, Snuffy hätte es sprudeln lassen können.«

Snuffy nahm den Auftrag mit der Ruhe entgegen, die er bei all den anderen, mit denen man ihn betraute, bewiesen hatte, und reiste nach Harrogate ab. Er hatte zwei mögliche Quellen, Mrs. Arnold, falls sie nicht nach Kalifornien gegangen war, und die Zeitungen. Mrs. Banks konnte alles, was man ihr vorzeigte, für wahr halten, Crook aber war mißtrauischer. Wer keine Fragen beantworten wollte, mußte schließlich Sorge tragen, daß die Quelle möglicher Antworten außer Reichweite war.

Mrs. Margaret Arnold war eine gutsituierte Witwe, die in einem Haus besonderer Bauart in Tronville Row lebte. Sie hatte bereits vor dem Tode ihres Ehemannes, der vor zwölf Jahren gestorben war, dort gelebt. Vor längerer Zeit hatte sie eine Haushälterin mit Namen Brown beschäftigt, von zuverlässigem doch undurchsichtigem Wesen. Aber das war, nach Mrs. Arnolds Ansicht, ihre eigene Angelegenheit. Auch wünschte niemand eine geschwätzige Angestellte. Die Zugehfrau, die zweimal in der Woche kam, hatte ihr erzählt, Mrs. Brown wäre eine Sphinx. Sie hatte sich um so etwas nie gekümmert, sie führte ein geschäftiges interessantes Leben, so daß es ihr nicht in den Sinn kam, sich darüber zu wundern, daß jemand, der unter dem gleichen Dach wohnte, niemals etwas über sich selbst verlauten ließ. (Ebenso wie es Kay Banks nicht gewundert hatte.) Die Leute hielten sich an ihresgleichen, und ohne Zweifel hatten sie ihre Gründe dafür. Wenn sie Vertrauliches berichten wollten, gab es außerhalb des Hauses für den Zweck zugänglichere Leute. Bis zu dem überraschenden Zusammenbruch nach drei Jahren untadeligen Dienstes hatte sie wirklich kaum an die Haushälterin gedacht. Und ebensowenig hatte sie nach ihrem Mann gefragt. Mrs. Brown hatte einfach erklärt, daß sie ihn vor Jahren verloren hätte, und daraus konnte man schließen, was man wollte. Immerhin gab es in ihrem Fall auch kein aufsehenerregendes Auferstehen. So daß sie einen Schock bekam, als sechs Jahre nach Mrs. Browns Abreise ihr derzeitiges Mädchen für alles, eine brünette Portugiesin, die sich von Mrs. Brown wie Kreide von Käse unterschied, zu ihr kam und ihr eine Karte mit dem Namen Mr. T.P. Ayres mit einer Londoner Adresse und einer Notiz vorlegte.

»Was soll das, Olivia?« fragte sie, ohne die Visitenkarte sonderlich zu beachten. »Du weißt, daß ich nichts an der Tür kaufe.«

»Der Herr hat etwas aufgeschrieben.«

Mrs. Arnold seufzte. Sie war so mißtrauisch wie alle reichen Leute sein sollten. Sie beugte sich über die Notiz.

Ich bitte um Auskunft über die verstorbene Mrs. Brown, las sie. Keine Verbindung zur Presse oder Polizei.

Mrs. Brown? Mrs. Arnold überlegte. Sie brauchte einen Augenblick, um sich zu erinnern, daß sie eine Haushälterin dieses Namens gehabt hatte. Sicher, nach all den Jahren. Aber da sie neugierig war und im nachhinein überlegte, daß die Frau etwas Rätselhaftes an sich gehabt hatte, willigte sie ein, Mr. Ayres zu empfangen. Ein bescheidener kleiner Mann kam herein wie jemand aus einem Film.

»Setzen Sie sich bitte, Mr. Ayres, und erklären Sie mir alles. Wer ist diese Mrs. Brown?«

»Sie erzählte ihren Arbeitgebern, daß sie drei Jahre lang für Sie gearbeitet hat.«

»Mrs. Brown«, meinte Mrs. Arnold nachdenklich, »wieso taucht sie nach so vielen Jahren auf?« Sie schaute verwundert auf die Karte. »Sie nennen sie die verstorbene Mrs. Brown.«

»Sie haben keine Zeitungen gelesen?« fragte Snuffy mit Respekt.

»Ich bin gerade aus Paris zurückgekommen, dort war ich bei meiner Tochter, so daß ich englische Zeitungen eine Zeitlang nicht gesehen habe. Und ich zweifle daran, daß Mrs. Brown bedeutend genug war, um im *Matin* aufzutauchen.« Sie hatte diesen glatten selbstzufriedenen Ausdruck, den man bei Pariserinnen so häufig sieht. Sie war keine große Schönheit, hatte aber einen Ausdruck von Kultiviertheit, Snuffy wußte genau, wie er sie einzuordnen hatte. »Mrs. Felicia Georgina Brown, so ihr voller Name, wurde während der Bankfeiertage im August ermordet.«

Er sprach so gelassen, daß sie zuerst den Sinn seiner Worte nicht verstand. Er fuhr fort: »Wir haben Grund zu der Annahme, daß sie erpreßt wurde.«

»Da kann ich Ihnen nicht helfen«, meinte Mrs. Arnold.

»Wir glauben, daß ein Zusammenhang zu einer Angelegenheit besteht, die während ihrer Stellung bei Ihnen stattfand.«

»Ach, davon haben Sie erfahren?«

»Sie hielt es sechs Jahre lang verborgen. Nun denken wir, sie ist deswegen erpreßt worden.«

Mrs. Arnold reckte sich energisch. »Was für ein Unsinn«, rief sie aus. »Ich habe mir immer vorgestellt, Mrs. Brown hatte eine plötzliche Nervenkrise. Bei ihrem Alter ist das durchaus nichts Ungewöhnliches. Ich denke mir, Ladendiebstahl ist eine Sache, aber etwas so Auffälliges mitzunehmen eine andere. Es war, als ob sie eine Nikolausmütze aufgesetzt hätte. Bei ihr hätte das immer Aufsehen erregt. Und dabei denke ich immer noch, sie hatte ihn gar nicht mitnehmen wollen. Ich nahm ihr die Geschichte ab, die sie im Gerichtssaal vorgebracht hat. Und in gewissem Sinn war es ein Fehler von Witchister.«

»Witchister ist der Name des Modegeschäftes?«, fragte Snuffy behutsam dazwischen.

»Ja, er hatte eine Werbeidee verwirklicht, eine sogenannte Hutbar mit Modellen zu erschwinglichen Preisen, und die Kunden durften sie selbst aufsetzen. An den Wänden entlang stellte man dann Modellhüte hin, die die Kunden verleiten sollten, mehr Geld auszugeben, als sie sich leisten können. Natürlich war es verrückt, daß sich Mrs. Brown einen Hut nahm, den sie sich nicht leisten, und wenn sie ihn wirklich kaufte, nicht tragen konnte. Aber sie hat ausgesagt, sie wollte nur wissen, wie man sich damit fühlte. Denken Sie, Mr. Ayres, es war das erste Mal, daß ich das Gefühl hatte, daß sie ein menschliches Wesen wäre. Und dann kam dieser Freund oder Bekannte — ich glaube nicht, daß sie Freunde hatte —, und sie begannen sich zu unterhalten, so daß Mrs. Brown vollständig vergaß, daß sie diesen Hut aufhatte. Sie ging aus dem Laden und entdeckte es erst an einem Schaufenster, in dem sie sich erblickte.«

»Sie hätte ihn zurückbringen können«, warf Snuffy ein.

»Sie war so erschrocken, daß sie dachte, sie würden sie festnehmen, weil sie den Hut außerhalb des Ladens getragen hatte, wenn es auch nur wenige hundert Meter waren. Also konnte sie sich nicht dazu überwinden. Jedenfalls sagte sie so aus. Natürlich begab sie sich erst vollständig ins Unrecht, als sie ein oder zwei Tage später eine Handtasche aus Witchisters anderer Abteilung mitnahm. Dabei wurde sie beobachtet und machte keinerlei Anstalten, sie zu bezahlen. Und dabei kam auch noch die Sache mit dem Hut ans Tageslicht. Man hatte ihren eigenen Hut, ein billiges und unmodernes Etwas, den sie in der Abteilung zurückgelassen hatte, gefunden. Das mit der Handtasche konnte ich überhaupt nicht verstehen. Sie konnte nicht einmal mehr vorgeben, es hätte sich um ein Mißverständnis gehandelt.«

»Der Dämmerung folgt die Dunkelheit«, zitierte Snuffy aus der Lyrik.

»Schuld sind diese Selbstbedienungsläden. Die Frau kauft eine Anzahl von Artikeln, legt sie in den Korb und zahlt dafür. Steckt ein anderes Teil in ihre Tasche, und das bezahlt sie nicht. Sie fällt nicht auf, weiß aber genau, daß sie nur durch Zufall Glück hatte. Daher zahlt sie in der nächsten Woche wieder alles. Und wenn sie zu Hause auspackt, überlegt sie, daß sie beim letzten Einkauf dies und jenes umsonst hatte, und es dauert nicht lange, so fühlt sie sich an der Nase herumgeführt beim Gedanken daran, daß sie für Waren gezahlt hat, die sie auch umsonst hätte haben können. Das nächste Mal tut sie wieder alles Mögliche in ihre Tasche, und wenn sie nicht auffällt, wird sie sorgloser. Sie geht ständig in den gleichen Laden, anstatt in verschiedene.

Sie sagte bei Gericht auch noch, sie hätte ein Recht darauf, so zu handeln. Das Gericht glaubte ihr nicht, tatsächlich verschlimmerte ihre Offenheit das Urteil. Ich möchte behaupten, Mrs. Brown fühlte so etwas wie Triumph, als sie die Handtasche nahm. Es war vermutlich das erste, was sie jemals gestohlen hatte. Den Hut konnte sie als ein Versehen erklären, dumm aber unfreiwillig.«

»Diese Amateure! Sie denken, sie wissen alles. Selbst Oliver Twist durfte keine Taschentücher und Uhren klauen, ehe er es nicht gelernt hatte. Damen haben einen natürlichen Glauben an sich selbst«, meinte Snuffy. »Gewiß haben die Verbrecher ihn auch. Denken Sie an den Mann, der sechs Frauen im Bad ertränkt hatte, vielleicht nicht gerade sechs, aber mehrere jedenfalls. Mit der ersten kam er durch, also warum sich die Mühe machen und jedesmal die Methode wechseln. Eitelkeit, sehen Sie. 'Niemand ist so schlau wie ich'.«

»Wollen Sie mir erzählen, Mrs. Brown versuchte erneut einen Ladendiebstahl, als sie Harrogate verlassen hatte?«

»Nein, bestimmt nicht. Sie hatte ihre Lektion gelernt. Sie bekam drei Monate, nicht wahr? Sie mußte mit der Polizei in Konflikt geraten sein, die sind ja immer schwierig. Und nun tauchte nach so langer Zeit jemand auf, der sie wiedererkannte. Sie mußte unbedingt verhindern, daß Mrs. Banks etwas von ihrer Vergangenheit erfuhr. Die sagte mir übrigens, Mrs. Brown hätte ein von Ihnen unterschriebenes Zeugnis vorgelegt.«

»Mrs. Brown besuchte mich, nachdem sie ihre Freiheitsstrafe abgesessen hatte, und erklärte mir, sie wolle wegziehen. Dann fragte sie mich, ob ich einem zukünftigen Arbeitgeber bestätigen würde, daß sie vollkommen ehrlich bei der Ausführung ihrer Tätigkeit bei mir gewesen sei und ihre Arbeiten zu meiner Zufriedenheit ausgeführt hätte. Ich stimmte dem zu, soweit ich nicht persönlich mit dem Betreffenden zu sprechen hätte. Wenn man von Angesicht zu Angesicht mit jemandem spricht, kommt leicht die Wahrheit heraus. Ich war mir ganz sicher, daß Mrs. Brown ihren Fehler nicht wiederholen würde. Ich war überzeugt, es handelte sich bei ihr um eine Art Krankheit, die nicht zum zweiten Mal ausbrechen würde. Zufällig begab ich mich sowieso fort, meine Tochter erwartete ihr zweites Kind, so daß ich diese Abmachung gut einhalten konnte. Sie schrieb mir niemals. Blieb sie sechs Jahre in derselben Stellung?«

»Ja, gewiß, sie war sehr geschätzt, soweit ich hörte.«

»Geschätzt, aber nicht beliebt«, vermutete Mrs. Arnold. »Sie war wirklich tüchtig. Ich hätte angenommen, daß sie zuviel Verstand besaß, um sich ermorden zu lassen. Sicher handelte es sich bei der Erpressung um die Gerichtsverhandlung. Sie beleidigte die Polizei, so daß sie statt einer Geldstrafe eine Gefängnisstrafe bekam. Also, sie verhielt sich ungeschickt gegenüber dem Erpresser, und was geschah dann?«

Snuffy berichtete es ihr.

»Weiß irgend jemand, wer der Erpresser war, das heißt, sind Sie ganz sicher, daß sie erpreßt wurde?«

»Sie traf sich mit einem jungen Burschen an abgelegenen Orten und erhielt Briefe an eine Gelegenheitsadresse.«

»Konnte sie es sich nicht erlauben, ihn nach diesen sechs Jahren zu ignorieren?«

»Sie war in einer besonderen Lage, sowohl gegenüber der Öffentlichkeit als auch im Haushalt der Banks. Sie konnte es sich einfach nicht leisten, daß jemand erfuhr, daß sie ein ehemaliger Sträfling war. Sie war so angesehen.«

»Dachte sie, sie könne immer weiter zahlen?«

»Vielleicht wollte sie nur Zeit gewinnen, vielleicht wollte sie Stillschweigen kaufen, ehe sie etwas anderes unternehmen konnte.«

»Schade, daß sie ihn nicht gründlich erledigt hat und ihn

tötete, um das Eigentum ihrer Herrschaft zu schützen«, sagte Mrs. Arnold gradeheraus.

»Das ist leichter gesagt als getan«, meinte Snuffy. Trotz Aufbietung all seines Charmes konnte er nicht mehr aus Mrs. Arnold herausholen. Mrs. Brown hatte nie von Mann oder Kindern gesprochen, man war allgemein überzeugt gewesen, daß sie Witwe war.

»Wenn Sie weder für die Polizei noch für die Presse arbeiten, in wessen Interesse stellen Sie dann Ihre Nachforschungen an?« wollte sie wissen.

»Solange der Fall offen ist, wird der Verdacht auf den einen oder anderen gelenkt. Ich kam hierher, um Tatsachen festzustellen, die die Wahrheit ans Licht bringen könnten. Ich bin für einen Anwalt beschäftigt, der eine dritte Partei vertritt.«

Als er gegangen war, läutete Mrs. Arnold nach ihrer Hausangestellten. »Olivia, ungeachtet der Tageszeit hätte ich Lust auf ein Glas Wein. Mrs. Brown war während ihres Lebens recht undurchsichtig, als Tote scheint sie sich nicht geändert zu haben.«

»Also was machen wir nun?« fragte Bill nachdenklich. Er legte den kopierten Abschnitt aus der Lokalzeitung, der den Bericht über das Gerichtsurteil enthielt, beiseite. Auch hier hatte Mrs. Brown kaum eine Rolle gespielt. Sie hatte nur durch die Stellung ihrer Arbeitgeber eine gewisse Bedeutung erlangt und durch ihren ausgezeichneten Nachruf. Aber sie hatte nicht die Fähigkeit besessen, Freunde um sich zu versammeln, weder durch den Dämon der Gottlosigkeit noch durch das Gegenteil. Zu offensichtlich war, daß es niemanden bekümmerte.

»Und Mr. X hat es auch nicht bekümmert«, war Crooks Meinung. »Für ihn war sie nur der Schlüssel zum Schloß, dem Manor Haus, und daß er ins Schlüsselloch paßte, etwas anderes interessierte ihn nicht.«

»Aber Dich?«

»Hier ist etwas krumm. Vorausgesetzt, sie ging soweit, um ihre Vergangenheit versteckt zu halten. Warum spielte sie ihre Karten nicht klüger aus? Gut beim Bingo, erzählte man mir, trug ihren Kopf hoch, warum nahm sie ihr Geschick nicht selbst in die Hand? Hier gibt es ein Geheimnis, Bill, sie zeigte nicht mehr Verstand als eine Dame, die beim Regen ohne Schirm ausgeht. Mr. X hat die Szene bestens ausgenutzt, wie maßgeschneidert für ihn, der Hausherr und seine Eheliebste jenseits des Kanals, die Kinder bei der Tante, das Mädchen aus dem Weg. Er konnte nicht ahnen, daß sie zurückkommt, nachdem sie herausbekommen hatte, daß sie betrogen worden war, nicht vor Mittwoch, jedenfalls nicht, um mit Mrs. Brown zusammen zu sein, die wie der berühmte Wolf an der Tür schnüffelte.

Also warum verschließt Mrs. Brown nicht die Hintertür, läßt den Schlüssel unter einem Stein an der Treppe, wie es möglicherweise ihre Gewohnheit war, und geht wie sonst immer zum Bingo. Wenn sie zurückkommt, ist das Haus ausgeräumt, sie löst den Alarm aus, hat ein Alibi engelrein, keine Gefahr für sie selbst und keine für Mr. X, denn sie würde nicht zugeben, ihn zu kennen. Vielleicht würde die Dame aus dem 'Pumpkin and Pie' ihr Maul aufreißen, aber das bezweifle ich wirklich, Bill. Die Gaststätten, die eine Schankgenehmigung haben, sehen die Polizei nicht gern auf der Schwelle stehen, weniger als jeder andere. Ich möchte behaupten, Frau Noah hat Grund genug, ihren Mund zu halten. Glaub es mir, Bill, pure menschliche Eitelkeit hat Mrs. Brown dazu verleitet und in ihr Grab gebracht.«

»Meinst Du, sie glaubte, sie sei mehr als ein Streichholz für ihn?«

»Ich kann mir keinen anderen Grund vorstellen. Sag einen. Es wäre sinnlos gewesen, die Dinge umzudrehen und ihn wegen Erpressung anzuzeigen. Mehr ein Fall, wo der Topf anbrennt und sie ins Licht der Öffentlichkeit bringt. Also versuchte sie, die Wertsachen unter Lebensgefahr zu verteidigen? Hier besteht die große Möglichkeit, zwischen zwei

Stühle zu fallen. Du rettest weder das Gut noch das Leben. Sie muß eine mißtrauische Dame gewesen sein, Bill.«

»Man darf zwar sagen, sie war nicht beliebt, aber ihr Ansehen im Manor Haus war unangetastet. Würden die Nachbarn sie gleich verdächtigt haben, mit den Dieben unter einer Decke zu stecken?«

»Du weißt, was man behauptet: Tugend und Glück haben keine Vergangenheit. Doch es besteht kein Zweifel, sie war so etwas wie ein schwarzes Schaf. Und wenn Mr. X aufgespürt wurde, hätte er ihr Geheimnis verraten.«

»Also was glaubst Du? Sie trat ihm in der Halle mit einer Knarre gegenüber? Man hat nichts davon gefunden.«

»Vielleicht hätte sie gar nicht damit umgehen können. Und zuerst einmal hätte sie sie sich besorgen müssen. Sie gehört zu den wenigen Dingen, die es nicht bei Woolworth zu kaufen gibt. Wenn es sich um einen Film gehandelt hätte, würde sie die Polizei ins Vertrauen ziehen und sie kommen lassen, aber denen war nichts bekannt. Nein Bill, unsere einzige Hoffnung besteht darin, daß Mr. X noch einmal das gleiche versucht oder neugierig wird, ungeduldig, die Nerven verliert und die Angelegenheit für sich absichern will. Oder das tun, was die Polizei macht. Auf Informationen warten. Es braucht nur eine unwesentliche Sache zu sein, die den Fall wieder eröffnen würde.«

Er legte sich die Lokalzeitung vor sich auf seinen Schreibtisch. Er hatte bereits oft zum Ausdruck gebracht, daß man aus einer örtlichen Zeitung mehr entnehmen könne als aus einem halben Dutzend internationaler Blätter.

Und er wartete ab.

Und wenig später wurde in ein leerstehendes Haus, das nicht zehn Meilen entfernt vom Manor Haus lag, eingebrochen.

»Man sollte denken, Mr. X wäre so vernünftig, sich eine Zeitlang ruhig zu verhalten«, rief Crook aus. »Es ist unwahrscheinlich, daß zwei Banden in derselben Gegend am Werk sind. Aber so bringen die Burschen sich selbst um Kopf und Kragen. Wieder aus purer Eitelkeit.«

Kein großer Feldzug, wie die Polizei vermeldete, aber einige gute Sachen unter der Beute: Radioapparat, Kassettenrecorder, einige Ringe, Porzellan, eine mit Diamanten besetzte Uhr. Bagatellen! Und zur Zeit nicht mal ein Hauch von einem Indiz in Sicht.

10

Die Polizei hatte wenig Hoffnung, die Sammlung der Battersea-Emaillen aufzuspüren. Den wertvollsten Teil der Beute aus dem Manor Haus. Die Silbersachen mußten längst eingeschmolzen sein, die würde man nie wiedersehen, also blieben nur die Zierrahmen, die Miniaturen und die Sammelbände über Schmuck. Kay quälte die zuständigen Stellen ständig damit, ob es keine Neuigkeiten gäbe. »Du verschwendest Deinen Atem«, versicherte ihr Roy. »Wenn irgendwas auftaucht, geben sie Dir Nachricht. Aber das wird kaum geschehen.«

Allen Händlern mit einem guten Ruf hatte man die Listen mit den vermißten Gegenständen zugesandt, eine Reihe von Hehlern aufgesucht, die aber zu ihrer Entlastung aussagten, daß die Emaillen sicher ins Ausland gebracht worden waren, ehe das Verbrechen bekanntgegeben wurde. Einer der Hehler war Josiah Lang, der sich selbst als Silberschmied bezeichnete. Er hatte die Aufmerksamkeit der Polizei in verschiedenen Fällen erregt. Aber natürlich gab er vor, nichts über die Sache zu wissen. »Durchsuchen Sie alles bei mir«, forderte er sie auf. »Alles, was Sie hier finden, kann ich mit einer Rechnung belegen.« Die Polizei zweifelte nicht daran, da er ihnen zwei- oder dreimal durchs Netz gegangen und zu pfiffig war, um sich selbst zu belasten.

»Halten Sie Ihre Nase raus«, rieten sie ihm. Aber auch wenn er etwas vom Silber der Banks gesehen hatte, war es jetzt sicher nicht mehr bei ihm zu finden.

Kurze Zeit nach der Polizei hatte er einen anderen Besucher.

Ein schlanker, großer Mann Ende zwanzig kam aus der Hauptstraße in Camden Town und stieg einige Stufen abwärts in ein Kellergeschoß, wo er vor einer gelblich trüben Tür anhielt. Er drückte auf eine elektrische Klingel und hörte kurz darauf Schritte im Flur. Er wußte, er wurde durch ein Guckloch identifiziert, das dem Beobachter erlaubte, ihn zu erkennen, ihm selbst aber nicht ermöglichte, etwas zu sehen. Gleich darauf wurde die Tür geöffnet und ein kleiner Mann, der die Erinnerung an die Dickens'schen Bösewichter wachrief, starrte ihn an.

»Mr. Lang«, sagte der jüngere Mann in gewinnender Form.

Mr. Lang blickte ihn grollend an. »Ich sagte Ihnen bereits, Sie sollten sich von hier fernhalten«, sagte er mit kratzender Stimme. »Ich muß meinen guten Ruf behalten.«

»Ich habe gute Sachen für Sie, Mr. Lang.«

»Dann können Sie sie sonstwohin bringen, ich sagte bereits, ich habe kein Interesse daran.«

»Sollten Sie aber haben. Es ist genau Ihre Kragenweite.«

Er nannte sich zur Zeit Terry Woods, aber ziemlich sicher hatte er schon viele Namen während der verflossenen Jahre seiner Karriere und in den verschiedenen Teilen des Landes besessen.

Schwere Schritte waren vom Straßenpflaster zu hören. Ein neugieriger Kopf spähte durch das Gitter. Lang ergriff den Arm seines Besuchers und zog ihn grob durch einen dunklen Flur nach innen in ein großes Zimmer im hinteren Teil des Hauses, wo man sie nicht mehr sehen konnte. »Sie wollen wohl, daß jedermann meine Geschäfte mitkriegt«, zischte er und stieß die Tür mit dem Fuß zu. Das Zimmer war mit einem Tisch und einer Anzahl von Stühlen und Schränken möbliert.

»Verstehen Sie denn kein Englisch?« fuhr er ärgerlich fort. »Wollen Sie, daß ich es Ihnen schriftlich gebe? Mit Ihnen will ich nichts mehr zu tun haben.«

Der junge Mann trug einen abgewetzten Koffer, den er nun öffnete und einige Sachen daraus auf den Tisch stellte. Die

Augen seines Gegenübers weiteten sich voll Staunen, aber seine Hände hielten sich zurück.

»Wen erwürgten Sie denn diesmal, um an diese Sachen zu gelangen?« fragte er mit bitterem Hohn in der Stimme.

»Ich habe niemals jemandem was angetan«, versicherte der andere voller Ehrenhaftigkeit. »Ich sage Ihnen die Wahrheit, das Haus war leer. Fragen Sie andere. Sogar das Küchenfenster stand offen.«

»Ein zweckdienliches Küchenmädchen?« fragte Mr. Lang im selben Ton. Aber seine Augen hingen an dem, was der andere ihm zu bieten hatte.

»Was sind sie wert?« fragte Mr. Woods. »Ich habe dieses Haus schon lange beobachtet, aber die rechte Gelegenheit ergab sich nicht. Sie halten dort nicht einmal einen Hund.«

Verzaubert streifte Lang sich ein Paar Handschuhe über und faßte behutsam die Produkte des Einkaufs an. »Silber«, sagte er in anklagendem Ton.

»Gewiß, etwas davon, aber Sie sagen stets, Silber sei sein Gewicht wert, Mr. Lang.«

»Es muß geschmolzen werden, ein langwieriger Prozeß. All diese Becher und Teller, und alles mit Widmungen. Das setzt den Wert herab.«

»Als ob ich das nicht wüßte, Sie alter Schurke«, murmelte Woods leise. »Aber hier gibt es keine Inschriften. Und gute Gewichte.« Er zog einen schweren silbernen Zuckerstreuer heraus. »Und manche der Verzierungen könnten ihren Preis erbringen.«

»Aber verräterisch«, seufzte Mr. Lang. »Sehr sogar. Eine zu heiße Ware, um sie zur Zeit abzusetzen, und das bedeutet, daß mir das Geld in der Tasche fehlen wird.« Woods erkannte, daß Lang die Ware übernehmen wollte, aber zu seinem Preis. »Ich habe auch Auslagen, Mr. Lang«, ermahnte er den alten Mann.

»Waren, die man versteckt halten muß, sind gefährlich wie eine Bombe. Und wenn die Polizei den Zusammenhang mit Ihnen und der unglücklichen Frau, der Haushälterin herausfinden würde, was würde das für mich bedeuten?«

»Warum sollten sie?« entgegnete Woods. »Der Fall ist abgeschlossen. Außerdem trage ich daran keine Schuld, es war Bernie ...«

Mr. Lang streckte seine Hand aus. »Ich will keine Namen hören. Hat er diesmal wieder mit Ihnen zusammen gearbeitet?«

»Er ist nicht im Land. Er läßt sich vorläufig nicht blicken, welch Wunder! Jedenfalls, bis der Rauch sich verzogen hat.«

»Und wann, glauben Sie, wird das sein? Erst heute in der Morgenzeitung ist ein Bericht über einen Mann, den man für einen vor neun Jahren begangenen Mord festgenommen hat. Neun Jahre, und nichts ist inzwischen vergessen worden.«

»Sie hatte selbst schuld«, sagte der jüngere Mann, und zum ersten Mal klang seine Stimme düster. »Wenn sie ihr Unglück nicht selbst heraufbeschwor, warum führte sie mich auf diesen Weg?«

»So, hat sie das?«

»'Kommt am Wochenende', sagte sie, 'alle sind weg, das Haus gehört Euch'.«

»Also wußte sie, warum Ihr kommen wolltet?«

»Sicher, bestimmt nicht, weil sie die schöne Helena war«, stimmte Mr. Wood zu.

»Dann hatten Sie also etwas mit ihr?« Langs Stimme war scharf geworden.

»Wir machen alle Fehler«, gab Woods zu.

»Aber wenn sie wußte, weswegen Sie kamen ...« fragte er verwirrt.

»Natürlich wußte sie es. Nur ein Narr hätte einen Kampf angezettelt. Sie wollte es vielleicht aussehen lassen, als ob sie sich gesträubt hätte, aber sie sollte nicht wie eine Wildkatze angreifen. Denn die Beute war doch versichert, nicht wahr?«

»Vielleicht haben Sie nicht erwähnt, daß Sie einen Freund mitbringen. Und außerdem haben Sie mir nicht erzählt, daß eine Frau getötet worden ist, als Sie mir das Silber brachten. Ich las es in der Zeitung, da stand der Name: Roy Banks, der gleiche auf den Widmungen, und die arme Frau getötet in einer Besenkammer aufgefunden. Man denke, eine Besenkammer.«

»Wir konnten sie nicht auf der Treppe liegen lassen«, verwahrte sich Woods. »Wegen dem Kerl, der ums Haus herumlief und die Türen zu öffnen versuchte. Wir wußten nicht, wer er war und wie lange er bleiben würde.«

»Darum gingt Ihr zur Terrassentür hinaus?«

»Das Auto stand auf der Seite des Hauses. Das war ihr Einfall. 'Ihr wißt, wie sie im Dorf klatschen', meinte sie. 'Anders als in der Stadt, Hier ist Deine Angelegenheit jedermanns Angelegenheit. Und da jeder weiß, daß Mr. und Mrs. Banks fort sind und das Haus leer, würden die Zungen ...'«

»Eine so intelligente Frau hätte nicht so leicht von Euch hintergangen werden sollen«, meinte Lang zornig.

»Wir konnten es doch nicht darauf ankommen lassen, daß jemand durch den Postschlitz sah. Sie hatte uns versichert, daß niemand vor Mittwoch zurück sein würde. Wie konnten wir erwarten, daß das dumme Mädchen ihr Gepäck einbüßen und zurückkommen würde?«

»Nicht sie hat den Alarm ausgelöst«, erinnerte ihn Lang. »Es war das offene Fenster.«

»Ich sagte bereits, wir konnten es nicht riskieren, dem Kerl zu begegnen.«

»Den hättet Ihr ja auch niederschlagen können. Aber bei ihm handelte es sich nicht um eine alte Frau, die man überrumpelt hat.«

»Ich habe genug davon«, schrie Woods angeekelt. »Wenn Sie solch zartes Gewissen haben, warum sind Sie nicht zur Polizei gegangen? Das will ich Ihnen sagen. Weil Sie ebenso gesichert leben wollen wie wir alle, möglichst noch sicherer, wenn das erreichbar ist. Wir nehmen das Risiko auf uns, die Sachen rauszuholen, wie steht es mit einem kleinen Anteil? Es gibt andere, das wissen Sie, vielleicht sind sie mehr interessiert.«

Lang sah mit Widerwillen auf seinen jüngeren Gegenspieler, aber Woods sah das nicht. Dagegen zeigte sich in seiner Erinnerung *ihr* Gesicht, erst erstaunt, dann begreifend, dann zu Tode erschrocken und dies zu dem Zeitpunkt, da sie Bernie, mit dem Strumpf über den Kopf gezogen, erblickte. Dann war sie wie von Sinnen und begann zu schreien. Sie hätte ihn ausgeschlossen, wenn das möglich gewesen wäre, aber sie war nicht darauf vorbereitet, stand einfach da mit ihrer lächerlichen Kette und der Handtasche am Arm. »Sei still, alte Kuh«, hatte er gesagt. »Niemand braucht Schaden zu nehmen. Das Zeug ist doch versichert, oder?«

»Ihr seid gekommen, um zu stehlen«, stellte sie fest, und die Art, wie sie es sagte, brachte ihn zum Lachen, und das versetzte sie in Wut.

»Halt's Maul«, sagte Bernie. »Wo ist das Zeug?«

Und danach hatte sie sich auf ihn geworfen, ließ ihnen wirklich keine andere Wahl. Aber sie hatten nur vorgehabt, sie festzubinden und dazulassen, bis jemand vorbeikam. Man sagt doch, ein Hund kann vier Tage ohne Futter gut überstehen, und in vier Tagen würde jemand da sein. Sie würde Zeit brauchen, um sich zu besinnen, oder würde direkt zur Polizei gehen, und sie kannte ihn, wenigstens wußte sie den Namen, den er ihr genannt hatte. Dazu kam noch die Frau im Papierladen. Möglicherweise rückte die ins Bild.

Nicht, daß er es so geplant hatte. Und er hatte niemals gedacht, daß es so kommen würde. »Sei vorsichtig«, hatte er Bernie gewarnt. »Sie könnte ein schwaches Herz haben.«

»Schade, daß sie keine schwachen Lungen hat«, hatte Bernie gemurmelt. Aber auch der hatte es nicht beabsichtigt. Man konnte es wirklich nicht Mord nennen. Sie hätte ihnen die Augen ausgekratzt, wenn sie ihr die Möglichkeit dazu gelassen hätten. Glücklicherweise hatte die Barfrau von 'Pumkin and Pie' ausgesagt, daß sie ihn nicht wiedererkennen würde. Er hatte ihr auch keine Gelegenheit dazu gegeben. Vernünftigerweise sollte er jetzt die Nachbarschaft bald verlassen, aber möglichst nicht übereilt. Niemand war auf ihn gekommen, soweit er das übersah. Josiah zählte er nicht mit. Der würde sich ins eigene Fleisch schneiden, wenn er zur Polizei ginge. Der einzig gefährliche Augenblick war der, als er beinahe mit dem dummen Ding auf dem Roller zusammengestoßen wäre. Mit der hatte er nicht gerechnet, aber Regen und Dunkelheit standen auf seiner Seite. Kein Gericht würde dem irgendwelche Bedeutung zumessen. Schade allerdings, dachte er gelegentlich, daß sie sich nicht den Hals gebrochen hatte. Mit Bernie außer Schußweite gab es niemanden, der gefährlich werden konnte. Er hatte zwar nicht damit gerechnet, daß der alte Hehler die Zeitung so genau las, aber das bedeutete auch keine wirkliche Gefahr. Der scherte sich um nichts, außer um seine eigene Haut.

Er kam aus seinen Betrachtungen zurück zur Gegenwart und fand Langs Augen auf sich gerichtet. Er wartete ab, welchen Sprung die Katze machen würde. Hielt Lang an seinem Entschluß fest, kein Geschäft mehr mit einem zu machen, dessen Vergangenheit ihn wegen Mordes ins Gefängnis bringen konnte? Er entschloß sich, die Ware einzupacken und sich davonzustehlen.

»Schade, daß Sie nicht interessiert sind, Mr. Lang«, wollte er sagen. »Sie schneiden sich die Nase aus Bosheit ab, aber wenn Sie es so wollen ...«

Bloß, ein solches Spielchen konnte er sich nicht erlauben. In gewissem Sinne bot der Alte ihm Sicherheit. Wenn er diesmal das Zeug übernahm, machte er sich der Tat mitschuldig. Er konnte der Polizei was vorlügen, schwören, daß er nie die gestohlenen Sachen mit der ermordeten Frau in Verbindung gebracht hatte. Aber die Tatsache würde bestehen bleiben, daß er darauf hingearbeitet hatte, sich zu seinem eigenen Vorteil mit einem Mörder zusammenzutun. So jedenfalls hatte er sich verhalten. Daher setzte Woods ein ernstes Gesicht auf und fragte: »Wollen Sie mir ein Angebot machen, Mr. Lang? Wenn nicht, muß ich die Sachen anderweitig anbieten.«

Mr. Lang zögerte. Er sah die Lage ebenso klar wie Woods. Es war unwahrscheinlich, daß bei dieser Ladung Gewalt mit im Spiel war. Er konnte aber einen ungünstigen Preis für die Sachen machen. Er sah schon eine Möglichkeit, einiges günstig abzusetzen. Er hob solche Ware nie auf. Spiele sicher, war sein Motto. Die Polizei konnte kommen, aber sie hatte ihn noch nie mit irgendwas festnageln können.

Das gewöhnliche Feilschen nahm seinen Anfang. Von seinem ersten lächerlichen Angebot steigerte sich Lang langsam. Woods konnte es sich nicht leisten, allzu wählerisch zu sein. Man konnte einen Preis ausmachen, der zwar den Jüngeren nicht zufriedenstellte, trotzdem hatte jeder zum Schluß das Gefühl, er hätte etwas erreicht.

Woods stieg vorsichtig die Stufen empor, warf Blicke nach rechts und nach links wie ein braves Kind, das die Straße überqueren will. Nicht viele Leute waren an diesem Abend unterwegs, und die wenigen waren mit ihren eigenen Angelegenheiten beschäftigt. Die Unterhaltung mit Lang war besser abgelaufen, als er befürchtet hatte. Dem jedenfalls hatte er den Mund verschlossen, denn wie konnte er zur Polizei gehen, ohne zuzugeben, daß er gestohlene Ware angekauft hatte oder vorgeben, er hätte die Ähnlichkeit der Inschriften und Monogramme übersehen. Er hatte seinen guten Anteil an der Manor-Haus-Geschichte gehabt.

Unnötig, festzustellen, daß Mord ihm nicht in den Sinn gekommen wäre, als er an dem Abend aufgrund der Einladung von Mrs. Brown klingelte, so wie er es Mr. Lang berichtet hatte. Sie hatte wohl einen Schock bekommen, als sie den Maskierten auftauchen sah, aber eine vernünftige Frau muß wissen, wann sie mit schlechten Karten spielt. Sie hatten sich entschlossen, sie festzubinden, auch sicherer für sie selbst. Sie hätte nur auszusagen brauchen, daß sie die Tür öffnete und zwei vermummte Männer sie zurück in die Halle stießen. Selbst der unvernünftigste Arbeitgeber mußte Verständnis dafür aufbringen, daß eine Frau in den mittleren Jahren es nicht mit zwei Eindringlingen aufnehmen konnte. Und über Harrogate würde sie kein Wort verlieren. Sie besaß nicht viel, die arme alte Mähre, aber sie hatte eine angesehene Stellung. Und wie schnell sie sich gefügt hatte. Es hatte viel Glück dazu gehört, ihr eines Tages in Buzzard Major zu begegnen und sie wiederzuerkennen. Er hatte der Gerichtsverhandlung im

Auftrage einer kleinen Tageszeitung beigewohnt und erinnerte sich an sie, wie sie auf der Anklagebank saß. Diese Begegnung ersparte ihm viel Mühe. »Erinnern Sie sich?« so hatte er es begonnen, dann gelegentliche Telefonanrufe und weitere 'zufällige' Begegnungen. Er hätte gern gewußt, wie weit sie seine Pläne durchschaute. Vielleicht glaubte sie, daß es bei Erpressung in geringem Umfang bleiben würde, und er hatte niemals viel verlangt. Er konnte sie auch nicht dazu bringen, viel über ihre Arbeitgeber zu berichten, aber zuletzt hatte er diese Einladung von ihr erpreßt. Er sollte selbst am Donnerstag kommen und sich umsehen. Alle würden fort sein und sie wäre mindestens bis Dienstag abend allein. Sie hatten sie natürlich vorher gefunden, die Dorfleute sind so neugierig, irgend jemand mußte die liegengebliebene Milch und Zeitung entdecken. Und genau so war es auch geschehen. Plötzlich zitterte er bei dem Gedanken, daß dieses Au-pair-Mädchen eventuell früher hätte nach Haus kommen können. Er hatte allerdings nicht geglaubt, daß die Frau tot war, eine Ohnmacht, ein Schock vielleicht ...

Er hatte das Haus weit hinter sich gelassen und lief durch die dunklen Straßen. Natürlich war es ein Glück für ihn, daß die Barfrau von 'Pumpkin and Pie' ihn nicht wiederzuerkennen glaubte. Blieb nur die Alte im Papierladen, und wenn die der Polizei etwas mitgeteilt hätte, würde die Presse bereits davon unterrichtet sein. Bernie mußte warten, bis die Rauchfahnen abgezogen waren. Er selbst sollte am besten eine Ortsveränderung vornehmen.

Nun mußte er plötzlich an Mrs. Gale denken. Ob sie sich vorsichtig verhielt? Vielleicht besaß sie noch ein Schreiben von Mrs. Brown, das diese Verabredung am Donnerstag bestätigte. Dieser Brief könnte sich noch in ihrem Fach befinden. »Was passiert mit Briefen, die nicht abgeholt werden?« hatte er sie einmal gefragt. Sie hatte ihm erklärt, sie würde sie einen Monat lang aufbewahren und dann ungelesen vernichten. Dasselbe hatte sie Crook gesagt, was Woods natürlich nicht wissen konnte. Keiner von beiden konnte sicher sein, ob das der Wahrheit entsprach. Mrs. Gale war zur Zeit des Mordes nicht zur Polizei gegangen, aber das konnte auch bedeuten, daß sie ihr Spiel abwartete. Soviel Glück konnte er nicht haben, daß sie von einem Bus überfahren wurde oder an vergifteten Austern starb, dachte Woods.

Zur gleichen Stunde erhoffte sich Lang ein ebensolches Schicksal für ihn.

Die Wanduhr in dem kleinen Papierladen in der Hollow Lane zeigte fünf Uhr fünfundzwanzig. Die Inhaberin ging voller Unruhe zur Tür, um in den immer dunkler werdenden Abend hinaus zu blicken. Die ganze Woche war es immer dasselbe. Selbst wenn der Morgen etwas Sonne versprach, später wenigstens noch ein Stückchen blauen Himmel, erlosch mit der Teezeit das Licht und eine traurige Düsternis senkte sich hernieder. Sie dachte — bei ihr ein völlig ungewöhnlicher Einfall — an Länder, die in Sonne getaucht waren, an Blumenfelder, an Wärme. In solch einer Umgebung müßte sie als seltsamer Vogel erscheinen mit ihrer farblosen Kleidung, ihrem hölzernen rotfleckigen Gesicht, selbst ihre Hände wirkten wie tot, nur von einer Mechanik in Gang gehalten.

Um fünf Uhr dreißig schloß sie den Laden, danach würde niemand mehr kommen. Falls jemand Zigaretten kaufen wollte, konnte er sich an Lamb and Fleet wenden, der um fünf Uhr dreißig öffnete. Und die Frauen, die die bewußten Briefe abholten (zumeist waren es Frauen), waren zu dieser Stunde als pflichtbewußte Ehefrauen und Mütter zu Haus und hielten ihre Tollheiten, Hoffnungen und Ängste hinter ihrer Hauptrolle versteckt.

Mrs. Gale war nicht neugierig, was diese Briefwechsel anbetraf. Einige der Frauen waren sehr jung, manche wollten sich nur Waren bestellen, von denen niemand zu Hause erfahren sollte, manche suchten ohne Zweifel ein Abenteuer, bevor es dafür zu spät war, eine Abwechslung von dem Einerlei von Kochen, Reinemachen und Waschen, das ihren Lebensinhalt ausmachte. Meistens unauffällige Wesen, deren ungünstiges Schicksal es rechtfertigte und deren Alter es ihnen erlaubte, und sie nahmen diese Vorteile wahr. Zum Beispiel diese Mrs. Brown. Über diese rätselhafte Frau war sich niemand klar gewesen, nach sechs Jahren am gleichen Ort wußte man noch nicht einmal, ob es jemals einen Mr. Brown gegeben hatte. Jedenfalls war das Sache der Polizei und keineswegs die einer, die sich ihr Brot mühsam verdienen mußte. Seit man Mrs. Brown gefunden hatte, gab es kein Zeichen von *ihm*. Er hatte nicht nach Briefen gefragt und war auch nicht zur Polizei gegangen, aber das sollte kaum schwer zu verstehen sein. Als die Uhr die halbe Stunde schlug, hatte sie sofort die aufgereihten Frauenzeitschriften eingesammelt, die Süßigkeiten mit einem Tuch bedeckt, die Kasse geleert und offen stehen lassen, so daß ein Dieb, der sich einschlich, sofort sehen konnte, wie wenig er für seine Mühe erstattet bekam. Sie öffnete das Fach mit den Briefen, vier waren noch nicht abgeholt worden, aber der Monatszeitraum, den sie ihnen zubilligte, war noch nicht abgelaufen. Sie schloß das Fach. Der Inhalt dieser Briefe bedeutete ihr absolut nichts, lediglich eine Nebeneinnahme, wie sie es ansah. Sie kannte kaum die Hälfte derer, die unangemeldet zu ihr kamen. Beim Erinnern an ihre Besucher mußte sie unwillkürlich an den denken, der wie aus einem Bilderbuch entsprungen aussah, ein Alptraum der Kinderstube, den, der mit seinen Fragen über die verstorbene Mrs. Brown hereingeplatzt war. Er hatte sie gänzlich verwirrt. Aber sie war im Recht, hatte kein Gesetz übertreten, nur einen Dienst erwiesen, und man befand sich in einem freien Land. Doch sie hätte gern gewußt, welches Interesse er an Mrs. Brown nahm. Sie selbst? Nein. Jemand hätte das ausgekundschaftet. Der Jüngere war nicht mehr aufgetaucht. Man konnte es an den Fingern abzählen, wie wenig Zeit bisher verflossen war. Aber das Gedächtnis ist schwach, und die Polizei würde bestimmt nichts von der Beute auffinden, ein neuer Einbruch hatte bereits stattgefunden, eine Nacht vorher, aber ohne Gewalttätigkeiten.

Bei Mrs. Brown war das anders gewesen, wahrscheinlich Erpressung, denn das war es gewöhnlich, wenn die Frau soviel älter war als der Mann. Sie hatte von den Treffen im 'Pumpkin and Pie' gelesen, sicher handelte es sich um denselben Kerl. Die Alte hätte bestimmt nicht zwei von der gleichen Sorte am Bändel gehabt. Hart wie ein Fallbeil war sie gewesen, doch der Teufel hatte sie doch zum Schluß geholt. Wenn es Gerechtigkeit gäbe, sollten sie ihn auch noch zu fassen bekommen. Aber diese jungen Gangster waren wie Ratten, verkrochen sich in ihre Löcher.

Sie sah noch einmal umher. Warum vergeudete sie ihre Zeit mit Gedanken an Mrs. Brown, die doch gut aufgehoben war? Sie zog ihren alten Mantel an und schloß ab. Ihr Auto, von feldgrauer Farbe, das aussah, als sei es aus ein paar Biskuitdosen zusammengebaut, hatte sie auf einem kleinen Parkflecken neben ihrem Laden abgestellt. Es war recht wackelig, Zeit, es zu einer Inspektion zu bringen. Aber noch brachte es sie von hier nach da, und mehr verlangte sie nicht von ihm.

Sie erinnerte sich an frühere Kunden. Einmal war es ein Geistlicher gewesen. Aber mit ihm hatte es nicht lange gedauert, sie hatten seine Leiche aus dem Fluß geholt, und ein mitleidiger Untersuchungsrichter hatte ein Urteil gefällt, das Unfall als Todesursache beinhaltete. Einen Tag später war ein Brief für ihn gekommen, den sie aber auf der Stelle verbrannt hatte. Man wußte ja nie, wie man mit der Polizei dran war, und sie wollte keineswegs in die Skandale anderer verwickelt werden. Bei Mrs. Brown war es sicher um mehr als den Einbruch einer Bande gegangen, die näheren Umstände aber würde man bestimmt nie erfahren. Der Tod hatte diesen komischen Kerl, der sich als Anwalt bezeichnete, in dieses Geheimnis hineingebracht. Warum geht mir heute abend soviel durch den Kopf, fragte sie sich. Der Geistliche hatte sie nicht aus der Bahn geworfen, und sein Schicksal hatte sie auch nicht vorhergesehen. Sie bearbeitete nur einen kleinen Kreis, meist Einheimische. Die MI-Agenten und die Verfasser von Pornos benutzten andere Kanäle. Die Leute waren ziemlich verzweifelt, als man damit anfing, die geheimen Adressen zu benutzen, wenn man z.B. an die Endvierziger dachte, die verstohlen Hormonmittel und Mixturen bestellten, die ihr Sexualleben stärken sollten. Aber nichts kam heraus, ebenso wie bei dem Geistlichen.

Bevor sie in ihren Wagen stieg, warf sie einen kurzen Blick die Straße hinauf und hinab. Es war stets ruhig und jetzt, als es dunkelte und Regen in Aussicht stand, war niemand unterwegs, der noch herbeieilte und sich als Kunde erwies, um sie schnell noch zu erwischen, ehe sie fortgefahren war.

Sie war pünktlich gegangen, denn sie mußte noch einkaufen, eine ziemlich seltene Gelegenheit für eine, die aussah, als sei ihr ihre Kleidung auf die Haut gemalt. Dringend brauchte sie neue Schuhe, und dafür fuhr sie immer zu Olivers an der Waterlow Kreuzung, wo man eine gute Auswahl vorfand und Verkäufer, die es verstanden, ihre Kunden zu beraten. Mit billigen Schuhen war man nicht gut bedient, davon war sie überzeugt, und am Ende sparte man doch nichts dabei.

Erst fuhr sie zum 'Lamb and Fleece', wo sie ihren Wagen auf dem Kundenparkplatz abstellte. Hier hielt sie stets nach der täglichen Arbeit, um ein Guinness zu trinken. Als sie sich der Tür zur Bar näherte, wurde die heftig aufgestoßen und ein jüngerer Mann kam heraus. Er hat früh mit trinken begonnen, dachte sie, als er gegen sie rannte und sie fast umstieß. Er steckte instinktiv die Hand aus, um sie zu halten. Etwas Licht fiel auf sein Gesicht, und fast ungläubig überlegte sie, daß er es sein könnte. Noch nicht einmal vor zehn Minuten hatte sie an ihn gedacht. Und laut sagte sie: »Also das ist doch Mr. Robinson, das ist merkwürdig. Ich hatte mich gerade an Sie erinnert.«

Seine Hand ließ ihren Arm los. Wenn sie nicht aufrecht gestanden hätte, wäre sie hingefallen. Und dann meinte ihr Gegenüber: »Sie müssen sich irren, Tantchen. Mein Name ist nicht Robinson.«

»Ich bin nicht Ihre Tante, ebensowenig wie Ihr Name Robinson ist. Ich habe es nur hingenommen, daß Sie so heißen. Es ist mir egal, wie Sie sich nennen. Ich überlegte nur, ob ich versuchen sollte, mit Ihnen in Verbindung zu kommen, aber ich wußte nicht, wo ich Sie finden sollte.«

»Warum wollten Sie mit jemandem in Verbindung kommen, dem Sie nie begegnet sind?«

»Nicht, daß noch ein Brief für Sie gekommen wäre. Den würde ich sowieso nicht aufgehoben haben. Ich mische mich nicht in die privaten Angelegenheiten meiner Kunden. Ich bin bloß eine Art Postbüro, und die sind doch unpersönlich. Aber bei mir war ein Mann, der Fragen stellte.«

»Was für Fragen?« Er konnte es sich wohl nicht verkneifen, darauf einzugehen.

»Natürlich über Mrs. Brown. Sie erinnern sich an sie, an die Nummer 27. Ich hätte gern gewußt, ob dieser Mann etwas über Sie herausfinden wollte, er gab einfach vor, nicht von der Polizei zu kommen, nur Nachforschungen anzustellen. Natürlich habe ich ihm nichts gesagt. Mrs. Brown konnte ich nicht ableugnen, sie war gesehen worden, als sie meinen Laden verließ.«

Er sagte rundweg: »Ich weiß überhaupt nicht, wovon Sie sprechen.«

»Über Mrs. Brown, die ermordet im Manor Haus aufgefunden wurde. Davon müssen Sie doch gehört haben, die Zeitungen waren voll davon. Sind Sie sicher, daß Sie nicht zu einem Drink mit hinein kommen wollen? Ich kann hier draußen nicht länger sprechen, ich habe am Waterlow Kreuz Einkäufe vor.«

»Es gab einen Unfall auf der Hauptstraße. Ein Wagen hat sich überschlagen. Warten Sie lieber bis morgen.«

»Morgen wird das Geschäft nicht geöffnet sein. Ich werde eben die Abkürzung nehmen.«

»Das wird Ihrem Wagen nicht gut tun. Ist es der?«

»Beurteile nie ein Buch nach seinem Einband, sagt man nicht so? Es würde Sie überraschen, was er noch leistet. Nun, Sie müssen nicht warten, Sie wissen, wo Sie mich finden, wenn Sie Ihre Meinung ändern. Den nächsten Schritt müssen Sie machen.«

»Sie sind verrückt«, sagte er zornig und ging fort.

Sie sah ihn die Straße entlangeilen, als sie die Tür zur Bar öffnete.

Sie zitterte, nicht etwa aus Furcht, sondern aus einer Art von Heiterkeit. Die Leute mochten denken, sie hätte ein geheimnisvolles und ereignisreiches Leben. Im allgemeinen war es das nicht, es war sterbenslangweilig. Als sie von Mrs. Browns Tod hörte, dachte sie sofort, hoffentlich zieht niemand eine Verbindung zu mir. Sie hatte nicht wirklich Angst gehabt, ihre Kunden konnten es sich nicht leisten, indiskret zu sein. Bis dieser Mann sie ausfragte. Er war nicht wiedergekommen. Nicht, daß es viel Geheimnisvolles bei Mrs. Browns Tod gab. Sie hatte selbst die Tür geöffnet, weil sie Besuch erwartete. Aber seltsam war doch, daß der sich nie bei der Polizei gemeldet hatte. Wahrscheinlich würde auch dieser Bursche nicht wiederkommen. Sie konnte ihm nicht schaden, er brauchte doch nur zu sagen, sie hätte sich geirrt, nur sein Wort gegen ihres, und was das bedeutete, war klar, denn immer noch lebte man in einer Männerwelt. Kein Zweifel, daß er es gewesen war, er war erschrocken, als sie ihn beim Namen nannte. Sie war vollkommen sicher, aber er brauchte ja nichts zuzugeben. Außerdem wünschte sie keine Unannehmlichkeiten. Selbst wenn sie ihm etwas antun wollte, ihr fehlten dazu die Mittel. Es schmeichelte ihr, daß sie erraten hatte, welche Gedanken durch seinen Kopf wanderten, wie Goldfische, die im Becken schwimmen. Er hatte Angst vor ihr, zumindest war er besorgt. Ich hätte zu gern gewußt, was sich zwischen den beiden abgespielt hat, überlegte sie, als sie ihr Guinness entgegennahm und es zu einem kleinen Tisch trug, an dem sie gewöhnlich saß. Als einzige saß sie allein, abgesehen von zweien, die offensichtlich auf jemanden warteten.

»Ist es nicht ein bißchen einsam für Sie?« hatte die Barfrau sie einmal gefragt. Alleinstehende setzten sich oft an die Bar, wo sie an der allgemeinen Unterhaltung teilnehmen konnten. Bloß die war nicht jedermanns Sache. Aber Mrs. Gale hatte ihr erwidert, sie sähe tagsüber genügend Leute, sie wolle gern ihre Ruhe haben und ihr Guinness allein genießen. Man konnte auf diese Weise leicht vernarrt in die Flasche werden, doch sie übertrieb es nicht. Sie liebte den Anblick der Leute ringsum. Und obwohl sie das nicht eingestand, hielt sie die Ohren offen, um Gesprächsfetzen aufzuschnappen. Ohren offen, Augen geschlossen, das war das Richtige für sie. Während des Krieges hatte überall ein Plakat gehangen: Wände haben Ohren, manchmal mit einer Abbildung von Hitler, wie er unter einen Tisch im Caféhaus kriecht. Oft nur ein Riesenohr an der Wand. Während des Krieges hatte das vielleicht zur Vorsicht gemahnt, aber bald war es wieder vergessen worden.

Wenn man täglich zum gleichen Ort ging, traf man Leute, die man bereits kannte, und man wußte nie, ob das nicht eines Tages nützlich sein konnte. Aber dafür mußte man Geduld aufbringen. Und selbst wenn gar nichts dabei herauskam, hatte man doch das Gefühl der Macht, die darin bestand, daß man von ihnen etwas wußte, von dem sie wiederum nicht ahnten, daß man es wußte. Das machte Spaß. Für Frauen mittleren Alters gab es sowieso sonst nicht viel, noch dazu, wenn sie aussahen, als wären sie der Arche entstiegen. Sie freute sich heute so sehr über diese Macht, daß sie von der Regel abwich und ein zweites Guinness trank.

»Heute geht es Ihnen gut, Geburtstag?« ermutigte sie die Barfrau.

Ob sie erwartet, daß ich ihr eins ausgebe, überlegte Mrs. Gale. Aber sie wollte das nicht machen, die Frau bekam genug Getränke ausgegeben, besonders von Männern, das war offensichtlich. Natürlich würde eine unbeliebte Barfrau ihre Stellung keine zwei Wochen behalten. Es war schon was dran, unabhängig zu sein.

Sie war erschrocken, wie schnell die Zeit vergangen war. Mit dem Mann sprechen und zusätzlich das zweite Guinness hatte die Abendstunde verkürzt. Sie wollte nichts übereilt machen. Schuhe aussuchen war nicht wie Strümpfe oder Unterwäsche kaufen, wo man bloß die richtige Größe zu erfragen brauchte. Wenn man allzu hastig beim Schuhkauf war, konnte es passieren, daß man bloß noch damit herumhumpeln konnte. Und das bei dem Preis, den Schuhe kosteten ...

Sie erinnerte sich an den Unfall und entschied sich für die Abkürzung. Es war dies eine besonders steinige Straße mit vielen Löchern, aber man schnitt eine Ecke ab, ebenso die Umgehung, sie durfte nicht mehr viel Zeit verlieren. Nach einem steilen Hang abwärts führte der Weg direkt zur Waterlow Kreuzung. Zu dieser Abendstunde dürfte dort nicht mehr allzuviel Verkehr sein. Dazu benutzten bei diesem Wetter, das jederzeit umschlagen konnte, viele Leute den Bus. Oder sie verließen sich auf Schusters Rappen. Sie aber hatte ein mühsames Tagewerk zu vollbringen, und der kleine Wagen war ihr einziger Luxus.

Mrs. Brown verbannte die Gedanken an Robinson und überlegte, was für Schuhe sie sich kaufen wollte. Sie trug gewöhnlich einfache schwarze, für sie kamen die verrückten mit den zwei Inch Sohlen und den sechs Inch Absätzen der jungen Mädchen nicht in Frage. Aber plötzlich fiel ihr eine Werbung von Olivers wieder ein, in der farbige Ziegenlederschuhe mit Gummisohlen angeboten worden waren. Nichts Aufgeputztes, natürlich, die roten und hellblauen konnte man denen überlassen, die Spaß daran hatten, aber es sollte auch schöne dunkelgrüne geben, Schnürschuhe mit farbigen Bändchen, wenn man das vorzog. Olivers würden denken, sie hätte den Verstand verloren, aber heute abend — ob das zufällige Treffen das verursacht hatte? Sie fühlte sich wie ein Abenteurer.

»Sollte mir auch einen neuen Hut kaufen, wirklich Zeit, mal grün anstelle von schwarz zu tragen. Möchte wissen, was Katie in das zweite Glas hineingetan hat, Du bist nicht mehr Du, Priscilla Gale. Ich glaube, Du bist aufgeregt.«

Sie konnte nicht schnell fahren, die Straße schlängelte sich durch zuviel Kurven und machte das Fahren gefährlich. Aber sie fuhr sowieso nie schnell. Man soll rechtzeitig fortfahren, dann kommt man auch rechtzeitig an. Das war ihr Motto.

Als sie die Höhe des Hanges erreicht hatte, erglänzten die

Lichter vom Waterlow Kreuz schon am Horizont. Noch näher aber kamen andere Lichter, etwas kroch den Hügel aufwärts, was für die schmale Straße zu breit war. Allgemein hatte man darüber geklagt, daß die Lastwagen die schmalen Straßen benutzten. Wir sollen wohl fliegen lernen, wehrten sich die Fahrer. Wir haben ebensoviel Recht, auf der Straße zu fahren, wie jeder andere. Es ist nicht unser Fehler, wenn sie nicht die Spur halten können. Natürlich konnte der Fahrer am Abend nicht viel Gegenverkehr erwarten und auch er war vor dem Unfall auf der Hauptstraße gewarnt worden. Klugerweise bremste Mrs. Gale. Der Lastwagenfahrer mußte sie gesehen haben und sich vorstellen können, daß es einen ziemlichen Engpaß geben würde. Aber sie war eine gute Fahrerin, und voraussichtlich war er ebenso gut.

Irgendwas ging schief. Sie hatte gebremst, aber der Wagen schien seine Fahrt zu beschleunigen, das Steuerrad sprang ihr aus den Händen, sie schien über die Straße hinauszufahren. Sie riß den Wagen herum, aber anscheinend besaß er einen eigenen Willen. Der leichte Regen täuschte goldene Sternchen an der Windschutzscheibe vor. Lichter schienen sich auf sie zu werfen, Stimmen dröhnten. Oder waren das die Vögel in den Bäumen an der Straßenseite?

Der Lastwagen bewegte sich auf sie zu, warum bremste der Fahrer nicht? Sie machte erneut einen Versuch zu bremsen, und der Abgrund des Hügels tauchte vor ihr auf. Panik erfaßte sie, der Wagen geriet außer Kontrolle. Plötzlich eine scharfe Kurve. Irgend jemand, die Vorsehung? der Wind? ein Kind? hatte einen dicken Zweig quer über die Fahrbahn geworfen. Wegen des Lastwagens konnte sie ihm nicht ausweichen. So wie die Lage war, hatte sie keine Chance. Die Lichter prallten aufeinander, es wurde Dunkelheit rundherum. Niemals werde ich diese Schuhe kaufen, war ihr letzter Gedanke.

11

»Sie muß nicht recht bei Trost gewesen sein«, erklärte der Lastwagenfahrer der Polizei, als sie endlich erschienen war. »Kam über den Berg geschossen, als wenn alle Teufel hinter ihr her wären. Schien die Kontrolle über den Wagen vollständig verloren zu haben. Natürlich ist es eine schlechte Straße, das sehen Sie selbst, wenn ich weiter auszuweichen versucht hätte, wäre ich auf dem Gehsteig gelandet.«

»Diese Straßen sind ungeeignet für Fahrzeuge wie Ihres«, belehrte ihn der Polizist streng. »Warum blieben Sie nicht in der Hauptstraße?«

»Warum? Weil kein Durchkommen war. Heute ist dazu Markt oder eine andere Veranstaltung hier. Alles vollkommen blockiert, ich wollte keine weitere Nacht auf der Landstraße verbringen, und mein Chef spielt sich auf, wenn ich die Zeit nicht einhalte. Sicher ist, daß sie bei dem Zusammenprall mit dem Laster draufgehen mußte. Sie muß in ein Schlagloch gefahren sein. Der Wagen sprang in die Höhe wie ein Ball, kippte um, sie hatte sich angeschnallt, doch das half ihr nichts. Die Bremsen müssen versagt haben«, fügte er noch hinzu.

»Das können wir leider nicht nachprüfen«, meinte der Constabler. »Der Wagen hat Totalschaden.« Und das konnte man leider auch von seiner Fahrerin sagen. Das Steuerrad hatte sich mit grausigem Ergebnis in sie hineingebohrt. Selbst der Berufsfahrer, der jede Menge Unfälle in seinem Leben gesehen hatte, war bei dem Anblick grün geworden.

»Wann ist es geschehen?«

»Ungefähr vor vierzig Minuten. Na, Sie wissen doch, wie es zugeht. Wenn Sie jemand zur Hilfe wollen, sind die Straßen leer wie eine Bar, die geschlossen hat. Und ich selbst durfte meinen Wagen nicht verlassen. Gewöhnlich habe ich einen Beifahrer, aber der fiel aufs Pflaster, war wohl etwas höher als gewöhnlich, und brach sich ein Bein. Mußte ins Krankenhaus. Daher konnte ich mich nicht vom Wagen entfernen.

Vorige Woche erst gab es zwei Überfälle. Ich muß von meiner Arbeit leben, habe Frau und vier Kinder zu ernähren. Schließlich kam ein Motorradfahrer vorbei und versprach, Sie zu benachrichtigen und einen Krankenwagen zu bestellen. Nicht, daß das noch helfen konnte«, fügte er ziemlich verzweifelt hinzu. »Sie war tot im gleichen Augenblick, als sich der Wagen überschlug. Wissen Sie, wer sie ist?«

»Eine von hier, dem Kraftfahrzeugzeichen nach«, meinte der Polizist ziemlich gleichgültig. »Sie hat sicher ihre Papiere in ihrer Handtasche. Was soll diese Ambulanz? Oder halten sie nur, um so zu tun als ob? Ich werde Sie noch nicht gehen lassen können«, fügte er mit ernster Stimme hinzu. »Sie gehen besser ins Fahrerhaus und warten. Vorn gibt es eine Ausweichstelle.« Er schrieb sich die Fahrzeugnummer auf und prüfte die Papiere des Fahrers.

»Bleiben Sie lange fort?« fragte der.

»Nicht länger, als wir brauchen. Und falls Sie ärgerlich sind, zu spät nach Haus zu kommen, denken Sie dran: Sie kommen immer noch an, sie nicht mehr.

Der Fahrer stieg in die Kabine und fuhr langsam den Abhang hinunter. Die Ambulanz erschien. Man befreite das, was vor einer Stunde noch Mrs. Gale gewesen war, aus dem Trümmerhaufen.

»Das ist doch die Höhe, der Laster scheint in sie hineingefahren zu sein«, stieß einer der Männer von der Ambulanz aus. »Was tut ein Laster überhaupt auf dieser Straße?«

»Kein Gesetz, das ihm das verbietet«, meinte der Polizist, der offensichtlich nicht bereit war, für eine Partei Stellung zu beziehen.

»Die Anwohner haben längst darum gebeten«, meinte der zweite der Ambulanz. »Jetzt wird hoffentlich etwas unternommen.«

Sie fanden Mrs. Gales Fahrerlaubnis und andere Papiere, alles ordentlich und auf dem letzten Stand, fehlerlos.

Sie machten Katie ausfindig, die sicher die letzte war, die mit der Toten gesprochen hatte.

»Sie kam wie gewöhnlich«, berichtete Katie. »Jeden Abend, wenn sie ihren Laden geschlossen hatte, kam sie. Sie traf sich mit niemandem, nahm ihr Glas und setzte sich abseits an einen kleinen Tisch, wenn der frei war. Ich habe mich nicht mit ihr unterhalten, ich kannte sie kaum. Ich wußte, sie hat, hatte einen Laden in Sleepy Hollow Lane, Zeitungen und Süßigkeiten, Sie wissen schon. Ich weiß nicht, wie sie ihr Geld zusammen brachte, denn der Laden liegt doch so abseits. Höchstens Schulkinder spielten dort in den Feldern, bauten ihre Buden, und vielleicht kauften die Lehrer dort ihre Zeitungen. Dazu die Briefe, natürlich.«

»Briefe?«

»So eine Stelle, wohin man Briefe schicken und abholen konnte, die man nicht in anderer Leute Hand fallen lassen wollte.«

»Benutzen das viele Leute?« fragte der Polizist verwundert.

»Wenn es das bereits in meiner Nähe gegeben hätte, damals als ich ein junges Mädchen war, hätte ich bestimmt Gebrauch davon gemacht. Denn meine Mutter öffnete alle Briefe, die an mich gerichtet waren, bis ich neunzehn war. Und es gibt natürlich eine Menge Leute, die etwas für sich behalten wollen.«

»Schien sie irgendwie anders heute abend, sagte sie etwas?«

»Sie redete nie. Aber sie hatte zwei Guinness statt eines, das war das erste Mal, solange ich sie kannte.«

»Hat sie auf jemanden gewartet?«

»Wenn ja, dann nicht lange. Ich fragte, ob sie Geburtstag hätte, aber nein, und am Geburtstag zahlt man ja nicht ausgerechnet seine Getränke selbst. Der Alkohol könnte in ihr gewirkt haben, denken Sie das vielleicht?«

»Die Straße führte nicht zu ihr nach Hause, jedenfalls nicht auf dem direkten Weg.«

»Dann wollte sie vielleicht nicht nach Haus.«

Als man zu den häuslichen Fragen gelangte, konnte sie nichts beisteuern. Falls sie Freunde hatte, getroffen hatte sie sich jedenfalls mit ihnen nie im 'Lamb and Fleece'.

Aus der Autowerkstatt wurde gemeldet, daß der Wagen sich vor vierzehn Tagen, als Mrs. Gale zwei neue Reifen hatte aufziehen lassen, in einwandfreiem Zustand befand. Es handelte sich um ein altes Modell, für das man bald keine Ersatzteile mehr bekommen würde, aber sie hatte ihn gut gehalten, und es gab eigentlich keinen Grund, warum er plötzlich versagt hatte. Sie hätte normalerweise nicht die Abkürzung benutzt, die Straße war zu schlecht, die Fahrer hatten bereits darüber verhandelt, daß die Unebenheiten beseitigt werden müßten. Es war kein Spaß, sie zu benutzen.

Mrs. Gale hatte bereits seit einigen Jahren die Hälfte eines Doppelhauses bewohnt. Vor kurzem waren Badezimmer eingebaut worden. Die Bewohnerin des andern Teiles meinte, sie hätte etwa vier Jahre dort gewohnt, aber sonst konnte sie keinerlei Auskunft über die Tote geben.

»Hielt sich ganz für sich«, deutete sie an. »Selten sprachen wir ein paar Worte miteinander, man konnte das kaum als Unterhaltung bezeichnen. Eigentlich nur, wenn meine Katze über die Hecke in ihren Garten sprang. Ich würde es begrüßen, wenn Sie Ihrer Katze beibringen, auf der richtigen Seite zu bleiben, sagte sie zu mir. Sie beschädigt meinen Garten. Und Sie sehen selbst, eine Atombombe wäre dazu nötig gewesen, denn es ist ja nichts weiter als ein düsterer Hof, dieser modrige alte Liguster und der viele Löwenzahn. Sie hatte nie Besuch und ging nicht aus.« Die Nachbarin wußte nicht einmal, ob sie Witwe war, oder ob ihr Mann sie verlassen hatte.

Die Nachricht erschien in der Lokalpresse. Eine Menge Leute schrieben dazu, daß man einschreiten müsse und Lastern verbieten, diese Straße zu befahren. Die Polizei stellte ein Schild auf, das Lastern ab einer bestimmten Gewichtsklasse den Durchgangsverkehr untersagte.

Sie machten die üblichen Nachforschungen, doch Angehörige tauchten nicht auf. An die Ladentür wurde ein Schild angebracht, auf dem stand 'Geschlossen', und jeder, der Briefe erwartete, konnte sie in der Polizeistation abholen. Aber niemand meldete sich.

Es ist so wie das letzte Mal mit der Frau im Manor Haus, stellten die Leute fest. Niemand ahnte etwas von ihrem Gespräch mit dem Fremden vor der Tür des 'Lamb and Fleece' etwa eine Stunde vor ihrem Tode. Oder falls jemand es gesehen hatte, sprach er nicht darüber. Mrs. Gale war wie ein Strudel im Teich. Der Teich sieht nachher wie immer aus.

Mr. Crook las die Meldung in der Ortszeitung und stellte sofort die Verbindung zu seiner Frau Noah her. Welche Gefahr hatte sie wohl für irgend jemanden bedeutet, überlegte er. Vielleicht gab es gar keinen Zusammenhang, und es war nichts als ein Unfall. Aber da war Mrs. Brown, die sich mit einem namenlosen Mann traf, und sie wird ausgelöscht. Dann ein ebenso namenloser Mann, denn er zweifelte, daß er im Geburtsregister als Robinson erscheint, lungert bei der Inhaberin eines unbedeutenden Zeitungsladens herum, und sie muß verschwinden.

»Was bedrückt Dich?« fragte Bill ihn.

Normalerweise brachte es Crook nicht um den Schlaf, wenn er an Klienten eines abgeschlossenen Falls dachte.

»Aber dieser Fall ist eben noch nicht abgeschlossen, und ich fühle mich immer noch für meine Klientin verantwortlich. Da gibt es zu viele Geheimnisse, Bill. Jetzt läuft natürlich das Gerichtsurteil wieder auf Unglücksfall hinaus. Wollen sie einen dritten Fall haben? Ich will schnell mal nach Buzzard Minor und einen Schluck frische Landluft zu mir nehmen. Dabei kann ich vielleicht die unbedeutenden Kleinigkeiten einsammeln, die die Polizei übersehen hat.«

»Willst Du Dich ankündigen?«

»Nein, ich will als nette kleine Überraschung aufkreuzen. Ich möchte nicht, daß das Mädchen die dritte wird, die man beerdigt. Und ich will wissen, wie es ihr geht. Es würde mich überhaupt nicht überraschen, wenn sie etwas ahnte, etwas vorhätte und zu den Waffen greifen wollte.«

Kay war es nicht möglich gewesen, eine Nachfolgerin für Mrs. Brown zu finden, und ihr Vorschlag, Jan sollte sich an der Hausarbeit beteiligen, war mit einer kühlen Absage beantwortet worden.

»Was hattest Du erwartet?« fragte Roy. »Sie hat vollauf genug mit den Kindern zu tun, bringt sie zur Schule und holt sie ab, räumt ihre Zimmer auf sowie ihr eigenes, wäscht ihre kleine Wäsche und unterhält sie in ihrer Freizeit. Ich weiß nicht, wie die Au-pair-Gesellschaft über das urteilen würde, was sie bereits jetzt tut, ohne daß sie daraus ein Hundeleben machen muß.«

Die Kinder waren auf seiner Seite. »Sie muß unsere Haare waschen«, plädierte Dawn.

»Und Bonbons kochen, da wir jetzt in die Küche dürfen«, ergänzte Coral.

»Genau das, was du von einer Tochter im Notfall erwarten würdest«, sagte Kay gereizt.

»Du hast ideale Vorstellungen von einer Tochter«, meinte ihr Ehemann. »Ich fürchte, Deine eigenen Töchter werden Dich enttäuschen, wenn Du solch hohe Erwartungen in sie setzt.«

Das Resultat war, daß Kay eine Menge von unangenehmer Hausarbeit selbst erledigen mußte, und zum Essen gab es bloß Tiefkühlkost.

»Inseriere in der Lokalzeitung«, riet ihr Roy. »Sie werden in ganzen Busladungen anrücken.«

Aber das wirkte nicht. Kay war erschüttert, daß die Zugehfrau, die täglich kam, ihre Dienste um zwanzig Prozent höher bezahlt haben wollte auf Grund von mehr anfallender Arbeit. Die eigentliche Ursache aber war, daß niemand in einem Haus arbeiten wollte, in dem jemand ermordet worden war.

»Ich will kein Monstrum hier haben, das sich ein neues Verbrechen erhofft. Ich muß Bests Forderungen erfüllen, oder sie wird gehen, und der Himmel weiß, was für Geschichten sie dann im Dorf erzählen wird. Es hat schon seine Vorteile, Taubstumme im Haushalt zu beschäftigen.«

»Nun, aber man hat ja auch nicht jeden Tag einen Mord«, meinte Roy verträglich.

Jan kam unerwartet zu Hilfe, indem sie sich anbot, zu kochen, vorausgesetzt, sie hätte die Küche für sich allein.

»Wir wollen aber helfen.« Die Kinder waren mit Eifer dabei. »Das macht viel mehr Spaß als Hausarbeit.«

»Ich möchte wissen, ob wir überhaupt etwas zu essen bekommen«, zweifelte Kay. Aber sie erlebte eine angenehme Überraschung.

»Dieses Mädchen hat einfach eine glückliche Hand«, lobte Roy. »Kein Wunder, daß Mama Brown sie nicht in der Küche haben wollte. Und was für ein Glück für uns, daß ihr Lamm lieber ist als Lobpreisungen. Also wirklich, Kay, Du kannst nicht von ihr verlangen, daß sie Fußböden schrubbt, wenn sie uns solche Köstlichkeiten vorsetzt.«

Kay konnte kaum ein Ei kochen, wie man so schön sagt. Mrs. Brown war gewissenhaft gewesen, aber nicht sehr einfallsreich. Eine Keule war eben eine Keule und ausländische Gerichte waren Humbug.

Zugegeben, Jan war sorgloser und gewiß etwas verschwenderisch, aber jede Mahlzeit bot eine Überraschung und für gewöhnlich eine unwiderstehliche.

»Seid ruhig, Kinder«, bat Kay. »Mir will der Kopf zerspringen. Dawn, geh bitte in mein Zimmer und hole Aspirin. Es liegt auf dem Nachttisch.«

»Mrs. Brown hätte Dir nie erlaubt, Aspirin zu nehmen«, antwortete Dawn selbstgerecht. »Sie sagte, Aspirin wäre eine Droge, ähnlich wie Beruhigungs- oder Schlaftabletten.«

»Demnach war Mrs. Brown eine eingebildete alte Heuchlerin. Ich kann nicht sagen, sie hätte Aspirin genommen, aber Schlaftabletten nahm sie. Sie bot sie mir sogar einmal an, als ich eine Migräne hatte. Natürlich ist das schon eine ganze Weile her«, gab sie widerwillig zu.

»Was ist eine Migräne, Mammi?«

»Eine besonders schlimme Form von Kopfschmerzen, die einen praktisch unfähig macht, irgendwas zu tun.«

»Dann kannst Du keine gehabt haben, Mammi, denn Du bist nicht unfähig.«

»Sprich nicht so«, bat ihre Mutter. »Hol mir die kleine Flasche! Lieber Gott, wer kann das sein?« An der Vordertür hatte es geläutet.

»Laß mich die Tür öffnen«, bettelte Coral. »Es könnte die Königin sein.«

»Was glaubst Du, sollte die Königin hier machen?«

»Ihr Auto könnte gestreikt haben«, rief die erfinderische Dawn vom Treppengeländer herab.

»Aber warum hat Jan nicht geöffnet?«

»Aber Mammi, Du weißt doch, daß sie mit dem Fahrrad fort ist, um den Einkauf zu machen. Ist Essen nicht etwas Schönes, seit Jan kocht?«

»Auf jeden Fall sollt Ihr Kinder nie die Tür öffnen«, schalt Kay. »Die Zeitungen warten immer noch auf Neuigkeiten.«

»Wie Geier«, stimmte Dawn zu, die die Treppe hinablief, das Fläschchen in der Hand.

»Ich könnte mit einer Kanne Wasser hinter Dir stehen und wenn es Presseleute wären, würde ich sie über ihnen ausleeren«, schlug Coral vor.

»Vermutlich sind es die Zeugen Jehovas. Ich weiß, daß sie in Firlemere waren.«

»Was wollen sie denn?«

»Sie wollen Dich zu ihrem Glauben bekehren.«

»Ich würde auf meine Ohren deuten, um anzuzeigen, daß ich taub bin, also nichts hören kann. Mammi, jetzt klingelt es zum dritten Mal. Wer auch immer da ist, könnte fortgehen.«

»Jeder, der dreimal klingelt, macht das auch zum vierten Mal«, sagte Kay düster, als sie die Halle durchquerte. Im nächsten Augenblick hörten die Kinder, daß sie ausrief: »Ach, Sie schon wieder. Sie wollen doch nicht sagen, es hätte sich etwas Neues ergeben?«

»Lesen Sie keine Zeitungen? Sie wissen nichts über Mrs. Gale?«

Kay starrte ihn an. »Was hat sie damit zu tun? Sie wurde auf der Straße getötet, stand in der Zeitung. Ich meine, wieso geht es uns an?«

»Ihre Mrs. Brown benutzte ihren anonymen Briefkasten.«

Kay schaute ungläubig drein. »Wer erzählte Ihnen das?«

»Mrs. Gale bestätigte es. Ich habe aber auch einen Zeugen, der sie sah, als sie den Laden verließ.«

»Warum soll sie sich Briefe an eine solche Adresse schicken lassen?«

»Sie hätten sie selbst fragen sollen.«

»Aber sie ist tot.«

»Beide sind sie tot, das beunruhigt mich. Man weiß, daß Mrs. Brown sich heimlich mit einem jüngeren Mann getroffen hat, und sie ist tot. Mrs. Gale wurde von einem besucht, der nach Briefen von Mrs. Brown fragte, das erzählte sie mir selbst. Wenn sie gekonnt hätte, würde sie es abgeleugnet haben, denn die Geheimnisse ihrer Kunden waren ihr heilig, und nun ist sie auch tot. Ich möchte verhindern, daß Jan die nächste auf der Liste ist.«

»Aber warum sollte sie in Gefahr sein?«

»Sie war in der Nacht, als der Wagen vom Manor Haus herunterfuhr, auf der Straße. Sie konnte den Fahrer nicht erkennen, aber wie kann er das mit Sicherheit wissen und vor allem, sie könnte etwas mutmaßen. Beide, die ihn kannten, sind aus dem Weg geräumt.«

»Aber das können Sie doch nicht ernst meinen«, verwahrte sich Kay.

»Ich bin bestimmt nicht hierhergekommen, um der Diva frische Luft zu verschaffen«, versicherte ihr Crook. »Achten Sie doch darauf, daß sie nicht sich selbst überlassen herumwandert oder den Nachtigallen im Wald zuhört. Ich glaube, hier gibt es welche.«

»Ich habe abends etwas Besseres vor, als den Nachtigallen zuzuhören, und Jan ebenso. Wie lange soll denn das dauern?«

»Bis die Polizei ihren Mann findet«, sagte Crook geradeheraus. Über Kays Schulter hinweg konnte er Dawn sehen, die durch einen Spalt der Wohnzimmertür verstohlen raussah.

Sie hatte noch immer das Aspirin in der Hand. »Hallo, kleine Dame, was hast Du da?« fragte er.

»Es ist Aspirin für Mammi. Sie hat Kopfschmerzen. Mrs. Brown hatte das nie.«

»Das sagte sie Dir. Aber um Dir ein Geheimnis zu verraten, sollst Du wissen, daß sie es in der letzten Nacht doch hatte, deswegen kam sie früher vom Bingo zurück. Und, halt Dich fest, sie hat ein Pillendöschen aus ihrer Handtasche geholt und eine Tablette daraus geschluckt!«

»Ja, das Döschen stand sonst auf ihrem Ankleidetisch«, stellte Dawn fest. »Sie behauptete, es wären Atemverbesserer. Ich habe sie mal gebeten, mir eins zu geben, aber sie behauptete, wenn Kinder davon einnähmen, hätten sie anschließend Sennesblätter im Bauch.«

»Die, dachte ich, wären mit der alten Königin zusammen ausgestorben«, meinte Crook, »aber ich bin nur ein alter Junggeselle.«

»Vielleicht waren es Schlaftabletten«, fiel Coral ein, die gekommen war, um an der Unterhaltung teilzunehmen. »Sie hatte welche, das hat sie Mammi erzählt.«

»Sie würde sie aber nicht mitten in einer Party eingenommen haben.«

»Sie kam aber zurück von der Party.«

»Aber sie ging nicht direkt nach Haus. Sie kehrte für einen Kurzen im 'Pumpkin and Pie' ein, und dann lief sie nach Hause, ging in ihr Zimmer und legte ihren Mantel ab und kehrte danach in die Halle zurück. Alles das hätte sie nicht machen können, wenn sie eine Schlaftablette genommen hätte. Sie wäre tot-müde gewesen.« — Kay schnappte nach Luft, aber die Kinder beachteten es nicht.

»Vielleicht war es eine Atemtablette, und sie wollte es die anderen nicht wissen lassen.«

»Man nimmt eine solche Tablette nach dem Drink, nicht vorher«, berichtigte sie Crook. »Aber ich will es nachprüfen. Euch beide würde ich nicht für das klügste Paar Uniformierter austauschen.«

»Haben wir geholfen?« wollte Dawn wissen.

»Ihr habt mir erzählt, was ich noch nicht wußte. Wo ist unser Schätzchen?«

»Sie besorgt die Einkäufe.«

»Warum begleitet Ihr sie nicht?«

Zwei eifrige Stimmchen erklärten ihm, daß sie mit dem Fahrrad unterwegs sei.

»Und Ihr habt keine Fahrräder?«

»Mammi will uns erst fahren lassen, wenn Coral acht Jahre alt ist.«

»Was ist denn Schlimmes daran, auf Schusters Rappen zu reiten?«

»Warum gehen Sie nicht zum Tor und halten dort Ausschau nach Jan«, schlug Kay vor. »Und ich wünsche, daß Sie den Kindern keine Flausen in den Kopf setzen, Mr. Crook, wie zum Beispiel Jan sei in Gefahr.«

»Aber das erklärte ich Ihnen doch bereits. Es dreht sich um den Kerl. Nachdem er Mrs. Brown und Mrs. Gale unschädlich gemacht hat« — in diesem Hause bezeichnete er die letztere nicht als Frau Noah, weil er nicht glaubte, daß Kay seine Anspielung verstehen würde — »bleibt bloß noch das Mädchen. Sie hatte sich mit ihm verabredet, niemand scheint etwas davon bemerkt zu haben, er ist nicht aufgetaucht, nachdem er sie versetzt hatte, er hatte sie für das Wochenende aus dem Haus herausmanövriert. Seither hat er nicht mehr mit ihr gesprochen, nicht telefoniert und niemand scheint etwas über ihn zu wissen. Heutzutage gehen die jungen Leute in Cliquen zusammen aus. Nicht so dieses Paar. Er erschien nicht auf den Demos, kam nicht mit den Organisatoren zusammen, wenn sie sich trafen, nur an dem Mädchen war er interessiert, und nicht Amors Pfeile hatten ihn getroffen, wenn man die Art und Weise in Betracht zieht, wie er sie betrog, als es ihm in sein Konzept paßte.«

»Warum versetzte er sie?«

»Sie hatte ihren Zweck erfüllt. Letztlich hatte er eine gefunden, die ihm besser dienlich war. Jedenfalls sehe ich den

Fall so. Angenommen, er wollte nur wissen, ob dieses Haus einen Einbruch lohnte. Er ist keiner der großen Einbrecher, trug keine Waffen, auch in den anderen Fällen ist kein Mord zu verzeichnen. Die Polizei sieht nämlich eine Verbindung zu den übrigen Einbrüchen. Es war jedesmal eine kleine leichte Sache, und die gelingt besser, wenn man Informationen von den Eingeweihten hat. Ich vermute, das Schätzchen schwatzte genausoviel wie alle jungen Leute, aber was er wirklich herauskriegen wollte, nämlich wie er hineingelangen konnte, welche Sicherheitsvorkehrungen gegen Einbruch angebracht waren, wer sich im Haus aufhält, erfuhr er wohl von ihr nicht, denn plötzlich verlagerte er sein Interesse, er ist im Gasthaus mit Mrs. Brown gesehen worden. Und wenn man alles zusammenzählt, war sie sicher nicht von der Art, die einem jüngeren Mann gefallen konnte, also wo ist der Haken?«

Stimmen ertönten, und Roy erschien, recht ausgelassen.

»Ich sah Ihr rollendes Markenzeichen draußen«, meinte er zu Crook, »und die Kinder haben mir erzählt, Sie seien gekommen, um Jan vor einem schlimmeren Schicksal als Tod zu bewahren.«

»Von meinem Standpunkt aus gibt es nichts Schlimmeres als den gewaltsamen Tod. Aber sicher ist, daß ich mir Sorgen um Jan mache, große sogar.«

»Wußtest Du, daß Mrs. Brown einen heimlichen Briefwechsel führte?« fragte Kay ihren Gatten.

»Ich wußte nicht, daß sie überhaupt einen hatte. Vielleicht darum.«

»Briefe, die von einem jüngeren Mann abgeholt wurden.«

»Das glaube ich nicht, es sei denn ...« Sein Gesicht verdunkelte sich. »Sie meinen, er hatte sie in der Hand?«

»Scheint so.«

»Aber was konnte er von ihr wissen?«

»Sie hatte im Norden mal Ärger mit den Gesetzeshütern. Ladendiebstahl, ich hab es alles schwarz auf weiß. Deshalb verlor sie ihren Job und nicht etwa, weil die Dame nach Kalifornien gegangen wäre. Sie kriegte drei Monate.«

»Sie meinen, sie war im Gefängnis?« Kay war entsetzt.

»Und offenbar wußte dieser Kerl davon. Und hatte Glück. Wie einer eine Goldader findet, stieß er auf sie in voller Lebensgröße, stand ihr einfach Auge in Auge gegenüber, und das nach sechs Jahren. Muß sich wohl zu jener Zeit in Harrogate aufgehalten haben und erkannte sie wieder. Ich würde vermuten, sie war keine von der Art, die sich viel verändert. War für sie natürlich ein Schock. All die Zeit hatte sie alles geheim gehalten. Nun konnte er sich ausrechnen, daß er sie in seiner Hand hatte. Also, das Mädchen aus dem Haus schaffen, wenn die Familie verreist ist, und schon ist die Sache geritzt: Er braucht sich nur noch zu bedienen.«

»Sie meinen, es war kein Zufall?« fragte Roy.

»Wir wissen, daß sie einen Besucher erwartete, und sein Lieblingsgetränk war Whisky. Sie selbst mochte den nicht.«

»Leuchtet mir nicht ein«, meinte Roy kurz. »Wenn sie ihm in der Halle entgegengetreten wäre, um ihm die Flasche auf den Kopf zu knallen, das würde ich eher glauben. Aber sich von so einem Strolch um die Finger wickeln und soweit erpressen zu lassen, daß sie ihn in das Haus einläßt ... außerdem, wenn sie solche Kumpel waren, warum mußte er sie dann erwürgen?«

»Ich glaube nicht, daß das zum Plan gehört hat«, erwiderte Crook.

»Aber es wäre doch einfach Wahnsinn, ein solches Risiko einzugehen, und warum? Wegen eines kleinen Ladendiebstahls. Das ist das einzige Verbrechen, das heute gang und gäbe ist. Natürlicher Protest der Verachteten in einer feindlichen Welt. Nimm Dir den richtigen Arzt, und Du bekommst ein Attest als Opfer der Gesellschaft. Was stahl sie denn überhaupt?«

Crook berichtete es ihm.

»Und das ist alles?«

»Es ist gerade genug«, meinte Kay. »Und sie mußte anschließend ins Gefängnis.«

»Hatte den falschen Anwalt«, glaubte Roy. »Man kann es

doch heutzutage sogar in der Zeitung lesen, Damen der besten Gesellschaft haben eine Gedächtnislücke und nehmen irgend etwas. Was konnte der Kerl ihr denn schon tun?«

»Er hätte es mir berichten können«, warf Kay ein.

»Das hätte sie selbst tun sollen. Immerhin war sie sechs Jahre lang hier. Erzähl mir bloß nicht, Du hättest sie hinausgeworfen und das, nachdem sie sechs Jahre mit uns in dieser Einöde verbracht hatte. Und Du liebst doch Hausarbeit etwa so wie ein Kaninchen eine Schlange gern hat. Schließlich handelte es sich weder um Scheckbetrug noch um Kindesmißhandlung. Frag Crook.«

»Sie hätte bestimmt eine Menge dafür getan, um es ihrer Bingogruppe zu verheimlichen«, vermutete Kay.

»Aber warum unternahm sie gar nichts, ließ sich unterkriegen und zum Schluß noch ermorden? Das kann unmöglich ihr Plan gewesen sein.«

»Nein, das wars bestimmt nicht«, bestätigte ihm Crook. »Sie hätte bloß zur Polizei zu gehen brauchen, aber ich vermute, von der hatte sie für ihr Leben genug. Sie hatte zwar, als der Schreck nachließ, aufgehört, diesen Gauner ernsthaft zu fürchten, aber sie war ein unabhängiger Typ, wie man so hört. Sie hätte die Wertsachen der Familie nicht geduldig wie ein Lamm ausgehändigt. Darüber hatte ich bereits eine Weile nachgedacht, und Ihr Töchterchen hat mir die Trumpfkarte in die Hand gedrückt.«

»Dawn?« Kay fragte das ungläubig.

»Die Kleine. Sie sagte, Mrs. Brown habe Schlaftabletten gehortet.«

»Aber das war lange vorher.«

»Sie verderben nicht. Sagen Sie mir, was geschah mit dem Krimskrams der guten Verblichenen?«

»Sie hatte nicht viel. Was noch da ist, stopft das Zimmer voll und wartet, ob jemand darauf Anspruch erhebt. Es scheint sich niemand darum zu kümmern, ob ich den Raum vielleicht für jemand anderen brauchen könnte. Ich hatte gedacht, man würde es mitteilen, wenn sich kein nächster Angehöriger meldet.«

»Und es ist noch nichts angerührt?«

»Die Polizei hat alles durchgesehen, sonst niemand. Und denen hat es wenig geholfen.«

»Vielleicht haben sie nicht so nachgeforscht, wie es möglich gewesen wäre. Möglicherweise liegt hier der Schlüssel für das Geheimnis.«

Kay sah erschrocken drein. »Wenn ich Sie richtig verstehe, wollen Sie die Sachen meiner Haushälterin durchwühlen?«

»Mit Ihnen als Zeugin«, beruhigte sie Crook. »Natürlich können wir auch die Polizei hinzuziehen, wenn Sie darauf bestehen. Aber die dürften nicht sehr erfreut sein.«

»Ich weiß nicht, wohin das führen soll«, erwiderte Kay.

»Ich muß Ihnen zugestehen, Crook, Sie verpassen keine Gelegenheit, um Ihre Waffen einzusetzen. Was schütteln Sie noch alles aus dem Ärmel?« fragte Roy, der ihn widerwillig bewunderte.

»Ich frage mich nur, warum eine Dame, die Aspirin keineswegs billigt, an ihrem Todestag eine Tablette unter den Blicken aller einnimmt und das auch noch erläutert.«

»Weil sie Kopfschmerzen hatte.«

»Wenn ja, warum ist sie nicht in die Damentoilette gegangen, um sie dort unauffällig einzunehmen. Aber nein, sie erzählte es rundherum allen. Und wenn sie Kopfschmerzen hatte, warum ist sie dann überhaupt zum Bingo gegangen? Sie hätte bloß zu sagen brauchen, sie ließe das Haus nicht gern allein. Und wenn sie einen so schweren Kopf hatte, warum kaufte sie dann den Whisky?«

»Den sie nicht öffnete.«

»War wohl nicht ihr Fehler, möchte ich behaupten. Der Besucher kam anscheinend zu früh. Sie würden staunen, wieviele Verbrechen auf bis auf die Sekunde berechneter Zeitplanung beruhen. Ein paar Minuten weniger im 'Pumpkin and Pie' verbracht, und sie hätte es vielleicht geschafft.«

Coral kam hereingestürmt und kündigte ihnen an, daß Jan

gerade um die Ecke gebogen war, und Crook fühlte sich erleichtert. Seine Ahnungen erfüllten sich leider allzu oft im Übermaß, und er wollte nicht, daß Jan 'den Zug verpaßte', wie Mrs. Brown es ganz offensichtlich getan hatte.

»Das ist eine Erleichterung, was«, sagte Coral im Tonfall der Erwachsenen. »Es wäre entsetzlich, wenn Jan etwas passieren sollte.«

Kay durchzuckte ein neuer Gedanke: »Wie konntet Ihr von Mrs. Browns Pillendöschen erfahren haben?«

»Wir sahen es auf ihrem Ankleidetisch«, meinte Coral.

»Aber was habt Ihr in ihrem Zimmer gemacht?«

»Sie ließ uns ihre Silberbürste und Kamm putzen. Sie hatte sie von ihrer Mutter geerbt. Mammi, Du läßt uns das nie machen. Kommt es daher, weil Du sie von Daddy hast?«

»Warum hat sie sie wohl nicht von Mr. Brown erhalten? Hast Du sie gefragt?« wollte Crook wissen.

»Sie sprach nie über Mr. Brown. Sie hatte nicht einmal ein Foto von ihm.«

Dawn kam herein, gefolgt von Jan. »Die Läden waren so voll. Sie wollten mich sehen, Mr. Crook?«

»Nur, um sicherzustellen, daß Du okay bist. Und mach bitte keine Einkäufe mehr allein. Nimm die kleinen Mädchen mit. Sie sind besser als eine Brigade von Wächtern.«

»Ich war doch mit dem Fahrrad unterwegs«, meinte Jan, keineswegs dankbar.

»Man kann auch vom Fahrrad fallen, sollte Dir klar sein.«

»Wir werden sie im Auge behalten«, versprach Dawn.

»Wie wäre es mit einem Auge auf den Lunch«, schlug Kay vor.

Die drei huschten in Richtung Küche, und die anderen gingen die Treppe hinauf, Kay noch immer mit offensichtlichem Unbehagen.

»Sie unterstützen doch die Polizei«, ermutigte Crook sie. »Es soll keinen Beweis erbringen, nur eine Ahnung bestätigen. Wenn wir etwas finden, können wir darüber nachdenken.«

Das Zimmer der toten Haushälterin war kalt wie ein Grabstein und ziemlich uninteressant. Die wenigen Besitztümer, ihre Toilettensachen, ihre Tasche und ein Foto, waren in ein Fach des Schrankes gelegt worden. Auf dem Ankleidetisch befand sich nichts. Crook öffnete die Tasche und schüttete sie aus. Eine kleine achteckige Tablettendose in grün und gold nahm er in seine Hand. »Sie war also doch noch in der Tasche«, rief er aus, »außer Sie ...« Er blickte Kay an.

»Es ist alles so wie sie, beziehungsweise die Polizei, es verlassen hat.«

Crook drückte auf den Haken, und der Deckel sprang auf. Die Dose war mit kleinen weißen Tabletten vollgefüllt.

»Aspirin«, äußerte sich Kay zornig. »Genau, wie sie es gesagt hatte.«

»Nun, ich zweifle nicht daran, daß sie zum Bingo Aspirin mitnahm«, entgegnete Crook. »Es sind die anderen, sehen Sie.« Er schüttete ein paar aus. »Wenn man nicht genau hinsieht, sehen sie vollkommen gleich aus, aber die sind etwas dicker. Wieviel davon Aspirin ist, werden wir bald wissen.«

»Sie meinen ...«

»Ich sollte die Meinung eines Experten einholen, das kann doch nichts schaden. Nichts davon ist benutzt worden, um ein Verbrechen zu begehen. Wenn sich herausstellt, daß sie alle unschädlich sind, vergessen wir das Ganze. Falls nicht, dann ist es, je früher wir das erkannt haben, um so besser. Denken Sie daran, daß Sie verpflichtet sind, die Polizei Tag und Nacht einzulassen, solange der Fall offen ist. Die sind an Lösungen interessiert, und um sie zu bekommen, machen sie vor nichts halt.«

»Ich bin mir immer noch nicht sicher, ob Sie die Tabletten mitnehmen sollten«, erklärte Kay.

»Was willst Du denn vorschlagen, meine Liebste?« fragte Roy. »Wir werden wie Reineke Fuchs aussehen, wenn sie sich als harmlos herausstellen.«

»Und Sie müssen doch bedenken, was auch immer Ihre Dame vorhatte, sie hatte nichts mit einem Verbrechen zu tun.«

»Warum halten Sie daran so fest?«

»Die Whiskyflasche war noch verschlossen. Vielleicht war sie auf dem Weg zur Küche und wurde durch das Klingelzeichen aufgehalten. Das hätte kaum was an ihren Plänen geändert. 'Kommen Sie herein. Den Weg entlang, mein Wohnzimmer ist neben der Küche. Fühlen Sie sich heimisch, und ich werde etwas zu trinken holen.' Der Besucher scheint nicht von der Art zu sein, der zur Hilfe gehen will. Nun die Tabletten zerbröckeln, den Whisky eingießen, gut und stark, er nahm doch immer einen Doppelten, erinnerte sie sich.«

»Eins haben Sie übersehen«, bemerkte Kay. »Wie sollte sie seine Anwesenheit in ihrem Wohnzimmer erklären? Man sagt doch immer, Mord ist nicht schwierig, aber die Leiche beseitigen um so mehr. Oder wollten Sie von ihr annehmen, daß sie ihn ebenfalls in die Besenkammer legen würde?«

»Er wäre nicht am Tatort aufgefunden worden«, erklärte Crook voller Geduld. »Aber ein Kerl, der eine Menge Schlafmittel eingenommen hat — auf den Gedanken brachte mich Ihre Tocher, als sie mir berichtete, Mrs. Brown hätte welche besessen —, kann das Steuer seines Wagens nicht so beherrschen, wenn er eine nasse Straße mit großer Geschwindigkeit fährt. Fährt auf einen Laternenpfahl oder spielend schnell über eine Klippe. Er würde nicht am Gift sterben, aber falls sie ihren Plan durchführen konnte, auf die eine oder andere Weise.«

»Ihre Theorien hören sich wie geölt an, aber zu beweisen sind sie nicht.«

»Darum tragen wir sie auch nicht der Polizei vor. Was zum Beispiel diese Tabletten anbelangt, die sind nie benutzt worden. Aber sie füllen eine Lücke in der Geschichte um Mrs. Brown. Es wollte mir nicht einleuchten, daß sie so schnell aufgeben konnte.«

»Was, wenn er trotz allem sicher heimkam, haben Sie das bedacht?«

»Hätte nichts ausgemacht. Er konnte nicht rumlaufen und verbreiten, wo er gewesen war, oder gar überall Anklage gegen sie erheben. Schien nicht glaubwürdig, und Beweise gab es sowieso keine, das hätte sie verhindert. Auf denselben Trick hätte sie sowieso nicht zweimal verfallen dürfen, und wenn jemand auf die Idee kam, ihre Dose zu untersuchen, hätte er bestimmt nur Aspirin gefunden.«

»Vielleicht hätte sie ihm sogar den Rest in der Whiskyflasche geschenkt, so daß man nicht mal beweisen konnte, daß die überhaupt von ihr stammte.« Roy übertraf ihn noch mit diesem Vorschlag.

»Falls er gefunden wurde, wollte und konnte er nichts aussagen. Und das beweist dennoch etwas. Sie erwartete ihn nicht zusammen mit einem Kumpel. In dem Augenblick mußte sie erkennen, daß sie überfallen werden sollte, und er wiederum wußte nicht, ob sie das Geheimnis für sich behalten würde. Ladendiebstahl ist eine Bagatellsache im Verhältnis zu dem Verlust Ihrer Sammlungen, die Schnupftabakdosen waren etwas ganz Besonderes, habe ich mir erzählen lassen.«

»Sie waren einmalig«, bemerkte Kay wütend, »und die Polizei findet nicht die leiseste Spur von ihnen.«

»Sie haben sicher eine Menge Ideen, können sie aber nicht umsetzen. Ich könnte mir vorstellen, daß die Sammlung direkt mit einem Nachtflug aus England ausgeflogen wurde. Eine viel zu heiße Ware, um sie im Inland aufzubewahren. Und man kann sie nicht einschmelzen. Nehmen Sie es, wie auch immer Sie wollen, Mrs. Brown mußte sterben, weil sie Ihr Eigentum verteidigen wollte.«

»Sind Sie davon überzeugt?« fragte Roy zweifelnd. »Es sieht für mich mehr so aus, als ob sie um ihren Ruf kämpfte.«

»Und tat sich damit eine Menge Gutes an«, fügte Crook hinzu und schlug auf seine Tasche, in die er die Tablettendose gesteckt hatte. »Bestellen Sie bitte einen Abschiedsgruß an Ihre Töchter, und sie sollen beherzigen, was ich ihnen über Jan gesagt habe. Behalten auch Sie sie im Auge, und wenn sich etwas Ungewöhnliches ereignet, sei es nur eine Kleinigkeit, treten Sie mit mir in Verbindung. Ich denke, die Geschichte ist noch lange nicht zu Ende.«

»Sehr interessant, Mr. Crook«, sagte der Chemiker, zu dem er die Dose gebracht hatte. »Sie hatten recht. Sie enthält zwei verschiedene Sorten. Die eine ist Aspirin, eine große Anzahl von Frauen tragen sie ständig bei sich, besonders die in den Großstädten, wo sie mehr gebraucht werden. Die anderen sind ein sehr wirksames Barbiturat, das kann man nur auf Attest beziehen, und die meisten Ärzte würden es nicht beliebigen Patienten verschreiben. Ein paar davon genügen, um jemand ohnmächtig werden zu lassen. Ohne ihm allerdings bleibenden Schaden zuzufügen, vorausgesetzt allerdings, er würde nicht auf der Hauptstraße vor dem königlichen Schloß oder an einer anderen ähnlich belebten Stelle spazieren gehen, wo er im Verkehr verunglücken könnte. Oder auf ein Dach steigen.«

»Das ist so in Ordnung, Mr. Porter. Ich denke nicht, daß etwas davon benutzt wurde, ich wollte mich lediglich vergewissern.«

Mr. Porter sah ihn erstaunt an. »Sie sagten, die Dame hatte sie in ihrer Handtasche bei sich.«

»Nun, wohl nicht die ganze Zeit. Meistens standen sie auf ihrem Ankleidetisch.«

»Hoffentlich unerreichbar für die Kinder. Den Kindern hätten sie beträchtlichen Schaden zufügen können, und Kinder glauben das nicht, sie sind neugierig wie Kälber, die quer übers Feld laufen, um ein bißchen an einem Menschen zu schnuppern.«

»Als sie gefunden wurden, waren sie in ihrer Handtasche«, versicherte Crook.

»Seltsam, wirklich seltsam«, sagte Mr. Porter. Crook sah ihn fragend an.

»Selbst wenn sie über Nacht weggehen wollte, hätte sie höchstens eine oder zwei gebraucht. Und wenn sie eine ganze Woche verreisen wollte, hätte sie sie nicht in ihre Handtasche gesteckt.«

»Frauen kann man nicht durchschauen«, meinte Crook. »Vielen Dank also, und hören Sie auf, auszusehen, als ob Sie die Welt am letzten Tag richten müßten. Ich kann ihnen versprechen, keine davon wurde für einen unsauberen Zweck verwendet. Die Dame trug sie bei sich, um sich abzusichern. Und zufällig fand sie heraus, daß sie sie nicht brauchen würde.«

Seinen Beruf möchte ich nicht haben, überlegte Mr. Porter, als die Diva von dannen rollte. Nichts ist so, wie es scheint. Kann trotzdem ein blendender Kerl sein. Er kehrte zu seinem Ladentisch zurück, wo er Wert und Gewicht genau unterscheiden konnte. Ob er wohl überhaupt nachts schläft, fragte er sich. Damit wandte er sich einem neuen Kunden zu, der Rasierpinsel und Zahnpasta wollte, diese modernen Dinge, die alle benutzen. Er hoffte, was auch immer Mr. Crook bezweckte, daß er seinen Namen aus dem Spiel ließ.

12

Mrs. Gales Tod verursachte keinerlei Spekulationen, nicht mal im Ort. Es passiert schließlich jeden Tag. Es gibt auf der M1 und auf der M4 Zusammenstöße, überhaupt auf allen Autostraßen. Überschriften, die Unfälle melden, sind täglich zu lesen: Autos kollidierten, fünf Tote! — Verkehrsunfall: vier Tote, zwölf Verletzte. — Ein Tanklaster überschlägt sich auf der Hauptstraße. Der Fahrer ist tot. Man sollte sich schämen — es ist bedauerlich — man sollte die Schuldigen finden — jemand muß sich darum kümmern, jemand anders, natürlich.

Daher konnte irgendeine ältere Fahrerin, die eine Blechbüchse fuhr und mit einem dreckigen Laster zusammengekracht war, allerdings mit unglücklichem Ausgang für sie, nicht viel Beachtung finden. Das Gericht bei der Leichenschau hatte Tod durch Unglücksfall festgestellt mit dem Zusatz, den auswärtigen Lastwagenfahrern die Benutzung der Nebenstraßen zu untersagen. Und damit endete Priscillas Lebenslauf. Genau wie Mrs. Brown schien sie weder Verwandte noch Bekannte zu haben. Noch schlimmer, sie hatte nicht einmal

Freunde im Ort. Die meisten Leute hätten nicht mal sagen können, wo sie schlief noch was das P. vor ihrem Namen bedeutete. Ihr Tisch in 'Lamb and Fleece' würde leer bleiben, und sowie ein anderer ihn benutzte, würde sie in Vergessenheit geraten.

Nach dem Begräbnis wurde ein Plakat außen an die Ladentür gehängt, und diese Räume zur Vermietung angeboten, aber es dauerte lange, bevor dieser Anschlag verschwand. Das 'Schwalbennest', wie der Name des Hauses lautete, hatte vielleicht Mrs. Gales Vorstellungen entsprochen, aber es war bestimmt nicht jedermanns Sache. Der Raum hinter dem Geschäft war eng und dunkel. Mrs. Gale hatte ihn nur als Ersatzlager benutzt, es gab eine Innentoilette, aber kein Bad. »Das wird nicht als Herrschaftshaus angeboten«, meinte der Agent säuerlich. Außerdem würde man großzügig die Ausgaben für die Erstausstattung vergüten.

Die ersten ernsthaften Interessenten für den Laden waren ein Ehepaar mit Namen Henson. Sie waren sich einig, daß der Laden ihnen geeignete Möglichkeiten für ihre Zwecke bot, wenn man genügend Geld hineinsteckte. Sie wollten keine Fortsetzung von Mrs. Gales Unternehmen, sondern beabsichtigten, einen Fish-and-Chips-Laden einzurichten. Daher begrüßten sie die abgelegene Lage und die Nähe einer Häuserreihe in der Nachbarschaft. Sie hatten Erfahrung und würden nicht in Konkurrenz zu 'Lamb and Fleece' treten, die nur belegte Brote und überhaupt kein Abendessen servierten. Da es sich um dörfliches Gebiet handelte und nicht um eine brodelnde Stadt, wurde ihr Vorhaben schnell anerkannt und die Lizenz verliehen. Was im Geschäft war, wurde mitangeboten, aber die Möblierung war minimal. Eine alte Couch, ein Stuhl, ein Tisch, einige Regale und ein alter elektrischer Ofen. Das einzig wertvolle Stück, meinte die emsig um sich schauende Mrs. Henson, war eine Kommode. Die enthielt nur wenige Sachen, Schreibpapier und Tinte, einige Rechnungen, nichts, was der Mühe wert war, aber als sie ein neues Schrankpapier in den Fächern auslegte, fand sie einen versiegelten Brief unter dem alten Belag, der in Druckschrift an eine Mrs. Brown im 'Schwalbennest' gerichtet war.

»Ich vermute, sie hat die Briefe, die nicht abgeholt wurden, hier aufbewahrt«, meinte Mrs. Henson zu ihrem Ehemann. Nur vier Briefe hatte die Polizei gefunden und mit zur Wache genommen, wo sie vermutlich bis zum Tage des Jüngsten Gerichts liegenbleiben würden.

»Muß unter das Papier gerutscht sein«, vermutete Mr. Henson.

»Es sah mehr so aus, als ob es absichtlich druntergeschoben worden wäre«, glaubte seine Frau.

»Aber es wird sowieso niemand danach fragen, tue ihn in den Abfalleimer, falls Du ihn nicht der Polizei geben willst.«

»Wenn jemand eine anonyme Briefstelle benutzt, will er seine Angelegenheiten geheimhalten, die von dieser Mrs. Brown sind ihre eigene Sache.«

»In jedem Fall willst Du nichts aufrühren, was die Polizei wieder hierherführen könnte. Die Leute könnten falsche Schlüsse ziehen, und die Polizei gehört in ihre Dienststelle, nicht in Dein Haus.«

Dieses neue Unternehmen begann hoffnungsvoll. Im Frühjahr und Sommer würde der Handel mit Auto- und Motorradfahrern stetig laufen. Der Laden lag nicht zu weit entfernt von den Wohnhäusern, so daß die Mütter ihre Kinder hinschicken konnten. Und die würden außerdem kommen, um ihr Taschengeld für Chips auszugeben. Ein großer Teil der Einnahmen stammte von Chips, man durfte sie nur nicht weich werden lassen. Braun und knusprig erwarteten die Käufer sie. Die waren von den innerörtlichen Läden abhängig gewesen, was zudem noch einen zusätzlichen Weg mit dem Fahrrad bedeutete, das war unangenehm, besonders im Winter. Ein neuer Laden übt besonders im Anfang Anziehungskraft aus, und es liegt an den Besitzern, das Niveau zu halten. Jedenfalls würden sie viel Zulauf bekommen. Die Ortsansässigen meinten, es hätte sie manchen Pfennig gekostet, der neue Anstrich, die neuen Ladentische und die Frittiergeräte. Alles war darauf vorbereitet, dem Unternehmen einen Aufschwung zu geben. Aber mit der Polizei auf der Schwelle würde sich niemand so richtig wohlfühlen.

»Das beste wird sein, den Brief an den zurückzusenden, der ihn geschickt hat«, empfahl Mrs. Henson. Aber sie konnte den Umschlag nicht mit Dampf öffnen, weil der Brief versiegelt war. Von außen konnte sie fühlen, daß der Umschlag nichts als einen Bogen Papier enthielt. Jedenfalls bestimmt keine Banknote. Sie hatte inzwischen etwas von dem Gerede über eine Tote gehört, aber sie vertrat den Standpunkt, daß man sich um seine eigenen Angelegenheiten kümmern müßte und nicht um die anderer. Außerdem bedeutete ihr der Name Brown nicht viel, denn sie kam aus einem anderen Landstrich, wo man den Fall nicht groß aufgezogen hatte. Im Gegenteil, die Zeitungen hatten so relativ wenig davon berichtet, wie es eine Generation vorher wohl kaum möglich gewesen wäre. Der Name grub sich auch nicht ins Gedächtnis ein. Niemand war festgenommen worden, und in der Zeitung war nicht einmal ein Bild von ihr erschienen.

»Es ist doch merkwürdig«, sagte Beattie Henson zu ihrem Mann. »Sieh mal den Poststempel an. Sie hat den Brief wirklich lange aufgehoben. Und warum ist er wohl nicht abgeholt worden?«

»Vielleicht wurde sie ermordet, ehe ihr das möglich war.«

Sie überlegte weiter: »Aber es hätte für sie wichtig sein können.«

»Wenn es ihr wichtig gewesen wäre, hätte sie ihn abgeholt.«

»Meinst Du nicht auch, ich soll ihn an den Absender zurückschicken?«

»Ach, tu was Du willst«, sagte Sidney Henson, der von der Sache die Nase voll hatte.

In den meisten Ländern muß man Namen und Adresse des Absenders auf den Umschlag schreiben. In einem Fall wie diesem würde solch eine Regelung viel Ärger ersparen.

»Wer ihr geschrieben hat, wundert sich vielleicht, daß er keine Antwort bekommen hat.«

»Ich gehe jetzt zu den Leuten wegen der Kücheneinrichtung«, sagte ihr Mann. »Einer von uns beiden muß wohl was unternehmen.«

Als er gegangen war, nahm Mrs. Henson ein Messer und schlitzte den Umschlag auf. Wie sie erwartet hatte, enthielt er nur einen Bogen Papier. Aber wenn sie die Absicht gehabt hatte, den Brief dem Absender zurückzuschicken, so wurde ihr Vorhaben durch die Tatsache vereitelt, daß der Bogen keine Unterschrift aufwies. In Druckbuchstaben stand da nur:

DIESES MAL IST DER PREIS 40 PFUND.

»Ich hab Dir doch gesagt, Du hättest ihn wegwerfen sollen«, meinte Sidney. »Sieh, was Du nun erreicht hast. Jedenfalls, wer auch immer das geschrieben hat, muß überdrüssig geworden sein, auf sein Geld zu warten.«

»Ich würde gern wissen, wie Mrs. Brown war«, meinte Beattie nachdenklich.

»Solch ein ungewöhnlicher Name«, verspottete sie ihr Mann.

»Sollten wir es doch nicht lieber der Polizei berichten?«

»Meine Geduld ist am Ende«, stöhnte Sidney. »Wenn Mrs. Brown gewünscht hätte, daß die Öffentlichkeit etwas über ihre Angelegenheiten erfährt, wäre sie wohl selbst zur Polizei gegangen. Wirf den Brief weg und vergiß ihn.«

Aber so war Beattie Henson nun einmal nicht.

Während Sidney mit den Handwerkern zu tun hatte und Lieferanten aufsuchte, kaufte Beattie Vorhänge und Linoleum. Dabei hatte sie es sich zur Angewohnheit gemacht, im 'Lamb and Fleece' einzukehren, um dort ein belegtes Brot zu essen.

In dem kleinen Laden war immer etwas los. Man konnte einiges dort aufschnappen, und man mußte sich auch bekanntmachen, wenn man seinen Lebensunterhalt im Handel verdienen wollte. Sie und Katie kamen bald miteinander ins Gespräch. Die Leute verließen sich auf Katie, wenn sie etwas über die neu Hinzugezogenen erfahren wollten, und Beattie konnte man wirklich nicht vorhalten, daß sie verschwiegen war. Sie zeigte der Barfrau Musterzeichnungen.

»Habe ich bei Minsons bekommen. Ich bin der Fahrer in meiner Familie. Wenn Sidney fährt, dann geht er in alle Geschäfte, kehrt überall ein, und ich finde ihn schließlich abends wieder. Es ist schon viel zu tun, wenn man ein altes Geschäft auflöst und ein neues einrichtet. Wissen Sie, wir hatten ein gutes Einkommen, aber zum Schluß war die Arbeit zuviel für uns. Man muß schließlich mal zu Atem kommen, ehe man zu alt ist, und Sidney nimmt alles auf die leichte Schulter. Ich für meinen Teil habe immer für das Landleben geschwärmt.«

Am Tage, nachdem sie den Brief geöffnet hatte, fragte sie Katie: »Wer ist Mrs. Brown?«

Katie machte ein scheinheilig-ernstes Gesicht. »Ich denke, den Namen hab ich schon mal gehört.«

»Mrs. F. Brown. Wir fanden in einer Schublade zwischen Mrs. Gales Sachen einen Brief, der an sie gerichtet ist. Er muß unter das Schrankpapier gerutscht sein. Wissen Sie, wo wir sie finden können?«

Katies Gesicht hatte sich verändert, und der spöttische Ausdruck war verschwunden. »Ich könnte Ihnen einen guten Rat geben. Sie wissen es wirklich nicht?«

»Sie haben doch selbst gesagt, es ist ein oft gehörter Name.«

»Aber das F. ist eindeutig. Für Mrs. Brown war es typisch, eine anonyme Briefstelle zu benutzen. Man sprach von ihr als von einer geheimnisumwitterten Frau. Ich erinnere mich an den Tag, als sie umgebracht wurde.«

»Umgebracht?«

»Richtig. Eine Bande brach ein oder gelangte jedenfalls hinein. Man erzählte sich, sie hätte einen Freund erwartet, und statt dessen kamen die. Aber, und das ist schon eine Sache für sich, der Freund tauchte niemals auf, als die Polizei nach ihm Ausschau hielt. Man hat viel darüber geredet, aber wenn ich bei der schnüffelnden Mrs. Banks arbeiten würde, könnte es mir auch einfallen, einen anonymen Briefkasten zu benutzen, damit meine Briefe nicht ausgekundschaftet werden können.« Sie warf einen prüfenden Blick auf Beattie. »Sie haben sicher keine Ahnung, was drin stand?«

»Man darf fremde Briefe nicht öffnen«, meinte Beattie, ohne lügen zu müssen. »Wir wollten den Brief zurücksenden, wenn wir den Schreiber ausfindig machen können, aber wenn sie tot ist ...«

»Ist ein sauberes Ende der Geschichte, und Mrs. Gale können Sie auch nicht fragen, weil sie ebenfalls tot ist.«

»Sie hätte auch nichts dazu sagen können, denn der Brief war versiegelt. Sie war wohl auch nicht neugierig, oder?«

»Ich komme«, rief Katie einigen Neuangekommenen am andern Ende des Bartisches zu, die unruhig wurden. Beattie hörte jetzt eine junge frische Stimme. Ein junger Reporter, der noch nicht trocken hinter den Ohren war, hatte gerade bei der Lokalzeitung *Argus* angefangen.

»Sie haben da gerade eine Geschichte gehört. Es gäbe eine Menge über Mrs. Brown zu rätseln, denn niemand schien Genaueres über sie zu wissen. Und jetzt noch diese Mrs. Gale, auch eine Frau mit undurchdringlichen Geheimnissen, 'die Frau der einsamen Herzen'«, improvisierte er drauflos.

»Nachdem beide tot sind, hat es keinen Zweck, den Nebel lichten zu wollen«, meinte Beattie abweisend. Wer auch immer versucht hatte, vierzig Pfund von der verstorbenen Mrs. Brown zu ergattern, hatte kein Glück damit gehabt. Sidney hatte recht, schlafende Hunde sollte man nicht wecken.

»Was habe ich Dir gesagt«, fuhr Sidney sie an, als sie es am Abend erzählte. »Ich habe Dir gesagt, Du sollst das verdammte Ding wegschmeißen. Du kannst ihr nicht helfen, und einem Erpresser willst Du doch wohl nicht beistehen!«

»Ich würde zu gerne wissen, was sie getan hat, ich meine, um in diese Schwierigkeit zu kommen. Aber natürlich hat es keinen Sinn, weiter nachzuforschen, beide Frauen sind tot und der Erpresser dürfte sich kaum zeigen wollen. Aber ich sehe nicht klar, inwiefern er etwas mit dem zu tun hat, der sie umgebracht hat. Man tötet doch nicht die Gans, die goldene Eier legt.«

»Ich verspreche Dir eines«, sagte Sidney, der seine berüchtigte schlechte Laune hatte, »nächste Woche um diese Zeit wissen die Kunden von 'Lamb and Fleece' alle, daß Mrs. Brown nicht die einzige war, die ermordet wurde. Wer ist dieser junge Mann?«

»Er trank nur etwas in der Bar.« Beattie drückte sich möglichst ungenau aus.

»Aber was hast Du ihm nun wirklich gesagt?«

»Eher hat er mir etwas gesagt. Was sollte ich ihm schon berichten, ich weiß doch von der Sache nichts.«

»Wo waren die Männer, die aus Stroh Gold machen sollten? Sie hätten in die Fleetstreet gehen sollen, aber sie wußten nicht mal, wie Stroh aussieht.«

»Aber hier ist nicht Fleetstreet«, beruhigte ihn Beattie. »Und wir wissen ja auch nicht, ob es sich um dieselbe Mrs. Brown handelt. Wenn ich mir anonyme Briefe bestellen würde, benutzte ich bestimmt nicht meinen eigenen Namen. Vielleicht ist ihr Sohn in Schwierigkeit geraten, und sie wollten es vor dem Vater geheim halten.«

»Eine merkwürdige Botschaft, um sie an die Mutter zu senden«, nörgelte Sidney.

»Eine Tarnung«, meinte Beattie gekünstelt. »Was sagte Warren zu der Einrichtung? Wann meinst Du, daß wir fertig sind? Wir sollten ein paar Ankündigungen machen lassen und verteilen.«

Mit weiblicher List lenkte sie von einem Problem zum andern, und so vergaß ihr Mann schließlich, daß es überhaupt eine Mrs. Brown gegeben hatte.

Trotzdem kehrte sie in die Nachrichten zurück. Zwar nicht auf der Titelseite, aber im mittleren Teil der Lokalnachrichten vom *Argus*. Crook war keineswegs erfreut darüber.

»Hat doch keinen Zweck, den Staub aufzuwirbeln«, meinte er. »Das wird bloß Mr. X zur Vorsicht mahnen. Wann werden diese Kerle endlich lernen, daß man schlafende Hunde nicht weckt.«

Der Brief war in Buzzard Major drei Tage vor dem frühzeitigen Tod von Mrs. Brown abgesandt und nicht abgeholt worden. Crook wunderte sich, warum wohl Mrs. Gale ihn bei sich behalten hatte, er schien so harmlos wie eine Stange Dynamit. Als alles bekannt war, hätte sie ihn zerreißen oder verbrennen können. Aber sie hatte vielleicht ihre Gründe. Die Briefe wurden an sie gesandt, um abgeholt zu werden. Dieser eine wurde es nicht. Der Schreiber wußte sicher, daß Mrs. B. den Weg gegangen war, der kein Zurück kennt. Aber wußte er, ob der Brief abgeholt worden war? Er würde wohl kaum an Mrs. Gale herangetreten und sie danach gefragt haben. Da die Räuberbande mit Mrs. Browns Namen verbunden war und überall darüber gesprochen wurde, mußte er sich so weit wie möglich entfernt halten. Und nun war die Geschichte ans Tageslicht gesickert wie Wasser aus einem defekten Rohr. Wenn er nun weiterhin seine fünf Sinne zusammenhielt, würde er sich fernerhin ruhig verhalten. Aber es ist eine bekannte Tatsache, daß es Mörder an die Stätte ihres Verbrechens zurückzieht. Es ist wohl so, daß sie sich unbedingt vergewissern müssen, daß alles gut abgelaufen ist und sie nichts vergessen haben. Und natürlich wollen sie auch wissen, worüber die Leute sprechen. Crook kümmerte sich nicht um die Gefühle der Mörder. Seine Zeit brauchte er für seine Klienten.

»Falls Jan eine von diesen geheimnisvollen Mitteilungen bekommt, lassen Sie es mich sofort wissen«, sagte er zu Roy. »Ich habe mit ihr darüber gesprochen, aber Sie wissen ja, wie solche Mädchen reagieren. Ihr gutgemeinter Rat wird wie Wasser, das unter einer Brücke durchfließt, ignoriert. Ich würde es gern sehen, daß sie außer Ihren unerschrockenen Töchtern noch jemand im Auge behält.«

»Dieser Crook ist eine Gefahr«, erklärte Kay. »Seit er Dawn und Coral zur Wache über das Au-pair-Mädchen ernannt hat, sprechen sie von nichts anderem mehr.«

»Ich staune bloß, daß sie nicht vom Schulbesuch befreit werden wollen, um sie besser im Auge behalten zu können«, kommentierte Roy, sorglos bis unbeteiligt wie immer. »Von ihr würden sie genausoviel lernen, möchte ich behaupten.«

Jan brachte sie morgens in die Dorfschule. Natürlich hätte es Kay lieber gesehen, wenn sie mit ein paar andern Töchtern der Oberschicht, die in der Umgebung lebten, zusammen Privatunterricht genossen hätten, aber Roy hielt nichts davon.

»Dort sind doch diejenigen, mit denen sie wetteifern und zusammen arbeiten, und die sie später vielleicht heiraten«, versicherte er seiner Frau. »Wenn Du nicht willst, daß sie alte Jungfern werden, mußt Du mit dem Strom schwimmen. Dem Trend der Erziehung zu widerstehen, bedeutet so klug wie der alte König Knut zu sein, der die Gezeiten eindämmen wollte. Sie gehören zu dieser Generation, und Du hast nicht das Recht, sie fernzuhalten.«

»Meine Mutter würde sich im Grabe umdrehen, wenn sie wüßte, daß ihre Enkelkinder in eine Einheitsschule gehen«, amüsierte sich Kay.

Roy dachte im stillen, daß diese altmodische Redewendung eigentlich nicht in eine Zeit paßte, in der sich so ziemlich jeder verbrennen ließ.

»Sie und mein Vater brachten viele Opfer, damit ich nach St. Clements gehen konnte.«

»Und wohin hat es Dich geführt?« fragte Roy. »Mitten in das Herz der Arbeiterklasse. Natürlich gehören wir dazu, was glaubst Du, was ich den ganzen Tag mache, wenn das keine Arbeit sein soll?«

Die Melodie von »Jeden Tag eine Blutorange und eine gute Zigarre« pfeifend, ging er davon.

Wenn die Ansicht sich ausbreitete, daß eine Verbindung zwischen dem Mord an Mrs. Brown und dem Unfall von Mrs. Gale bestand, würde jedermann sein eigener Sherlock Holmes werden. So wie es jetzt stand, waren sie zwar tot, kamen aber nicht zur Ruhe, solange Gerüchte und Vermutungen umhergingen. Ted Trubshawe kam in Erfüllung seiner Pflicht zum 'Schwalbennest', und Beattie dankte Gott, daß Sidney in der Stadt war.

»Ich kann Ihnen überhaupt nichts sagen«, versicherte sie ihm. »Zu der Zeit war ich doch noch nicht hier. Ich fand eben nur den Brief, und ich wünschte, ich hätte den Rat meines Mannes befolgt und ihn weggeworfen. Aber ich dachte, ich könnte ihn auf diese Weise an den Absender zurückschicken.«

Sie überlegte, was sie Sid sagen sollte, wenn er zurückkam. Jedenfalls war sie lange genug in der Gegend, um zu wissen, daß ein solcher offizieller Besuch kein Geheimnis bleiben konnte. Irgendein lieber Nachbar würde bestimmt nicht dicht halten.

»Haben Sie den Brief noch?« fragte Trubshawe, aber sie mußte eingestehen, daß sie ihn vernichtet hatte. Soweit er Mrs. Brown betraf, war er veraltet.

»Es hätte doch keinen Zweck gehabt, ihn aufzuheben, er war nicht unterzeichnet und hatte keine Adresse, nur ein Bogen Papier mit Druckbuchstaben, und die besagten: Der Preis ist jetzt vierzig Pfund.«

»Und noch?« hakte Ted nach.

»Nichts mehr. Ich dachte an Erpressung, aber es hätte auch etwas anderes sein können.«

»Haben Sie es jemandem gezeigt?«

»Meinem Mann, natürlich. Und der sagte, mit uns hätte es nichts zu tun und ich solle es wegwerfen. Aber ich hatte eben den Gedanken gehabt, ihn zurückzusenden.«

»Er gab also keinen Kommentar dazu. Jemand anderes vielleicht?«

»Ich habe mit Katie, der Barfrau von 'Lamb and Fleece'

darüber gesprochen, und sie erzählte mir von Mrs. Brown im Manor Haus. Aber es brauchte ja nicht mal die zu sein, an die der Brief gerichtet war. Außer Felicia gibt es so viele weibliche Namen, die mit F. anfangen, wie Freda, Florence, Fenella, Frances und Fay.«

»Bloß die lebten nicht im Manor Haus. Es ist wirklich schade, daß Sie den Brief weggeworfen haben, nachdem Sie einmal soweit gegangen waren, ihn zu öffnen. Die Schrift hätte uns helfen können.«

»Aber nein«, meinte sie energisch, »die Worte waren nicht handgeschrieben, nur in Druckbuchstaben auf ein Papier, das irgendwoher stammen konnte. Und der Poststempel war aus Buzzard Major.«

»Warum haben Sie nicht daran gedacht, ihn uns zu geben, anstatt ihn zu vernichten?«

»Wenn Mrs. Brown das gewollt hätte, konnte sie sich von sich aus an Sie wenden. Ich weiß auch keinen Grund, warum sie das nicht gemacht hat. Ich denke doch, die Polizei darf keine Namen nennen. Nicht, wenn es sich um Erpressung handelt.«

»Aber darüber haben wir doch noch keine Gewißheit.«

»Und warum benutzte sie dann nicht ihre eigene Adresse?«

»Sie hat vielleicht etwas auf Abzahlung gekauft und ist mit ihren Raten in Verzug gekommen.«

»Würde man nicht ein Schreiben mit Briefkopf dafür benutzt haben?«

»Das hängt davon ab, um was für eine Ware es geht.«

Beattie sah erschrocken aus. »Porno? Meinen Sie?«

»Oder einen Anteil an einem Pferderennspiel, der nicht rechtmäßig zu erwerben ist. Möglichkeiten gibt es übergenug. Erpressung ist wie ein Hauptbahnhof«, fügte er hinzu. »Die Gleise gehen in alle Himmelsrichtungen.«

»Aber ein Erpresser würde doch nie zur Polizei gehen. Also, warum zahlt man dann?«

»Oft wird gar nicht mit der Polizei gedroht, es gibt genug andere heikle Betroffene, ihr Ehemann, ihr Kind, ihr Arbeitgeber. Übrigens wird der Schreiber nicht gerade erfreut sein, daß jemand seinen Brief geöffnet hat«, fügte er leidenschaftslos hinzu.

»Aber ich weiß doch nicht, wer er war«, widersprach Beattie. »Ich könnte ihm doch nicht gefährlich werden. Ich könnte mir denken, Mrs. Gale würde auch lieber nichts davon gewußt haben, welche Art von Briefwechsel durch ihre Hände ging.« Sie seufzte. »Jetzt wollen Sie mir gewiß noch erzählen, ihr Tod war kein Unfall.«

»Der Spruch des Richters lautet auf Tod durch einen Unglücksfall«, sagte Ted trocken. »Dagegen kann man nicht angehen. Jedenfalls war nach den Aussagen des Lastwagenfahrers, der ja überlebt hat, niemand auf der Straße.«

Ein neuer Gedanke kam ihr. »Glauben Sie vielleicht, mein Mann und ich sind in Gefahr?«

»Nicht, wenn Sie nichts wissen und der Brief nicht mehr existiert. Nur, das weiß er ja vielleicht nicht.«

»Er ist vielleicht ein Verrückter, der überall hinschreibt«, rief Beattie aus. »Das war vielleicht nur einer von vielen Briefen.«

»Vielleicht«, stimmte Trubshawe zu, aber es klang nicht sehr überzeugend. Nach seiner Meinung wußten die Schurken nie, wann es Zeit war aufzuhören.

Anonyme Briefe waren offenbar an der Tagesordnung. Der nächste kam ins Manor Haus und richtete sich an Jan. Crook, der gerade von einem Bummel durch die Stadt zurückkehrte, kam gerade herein, als das Telefon läutete, Roy Banks' Stimme war am andern Ende der Leitung zu vernehmen.

»Ihre Vorahnung hat sich bestätigt. Der Brief kam heute morgen, ich würde sagen in der gleichen Art wie alle solchen Machwerke. Gutgemachte Druckbuchstaben in einem billigen Umschlag. Die Botschaft kurz und bündig: Halte Deine Nase raus! Aber er hat es nicht so hübsch ausgedrückt.«

»An wen war der Brief gerichtet?« Als ob er das nicht bereits wußte.

»An Jan.«

»Und sie zeigte ihn Ihnen?«

»Umgekehrt, ich brachte ihn ihr. Dein geheimnisvoller Gegner befindet sich auf dem Kriegspfad, erklärte ich ihr und fragte: Sollen wir nicht Crook verständigen? Merkwürdig, sie nahm es gar nicht ernst. Sehen Sie, ich komme gerade von der Arbeit zurück und bin in der Nähe Ihres Büros, kann im Handumdrehen bei Ihnen sein.«

»Das würde ich begrüßen«, erwiderte Crook. Und wenige Minuten später hörte er bereits Schritte auf den Stufen. Er selbst bewegte sich wie ein Provinzpolizist, bums, bums, bums, wogegen sein Besucher zwei Stufen auf einmal nahm.

Der Brief war wie Dutzende von anderen, die durch Crooks Hände gegangen waren. Kein Produkt eines Ungebildeten, aber ohne besondere Eigentümlichkeiten. Papier, Feder und Umschlag, alles wie gehabt. Wortwörtlich hieß es darin: »Meide die Polizei. Sie sind gefährlich für Dich.«

»Ist das das erste Schreiben, das Jan erhielt?«, fragte Crook.

»Außer sie schickte Ihnen eines.«

»Nein, das hat sie nicht.«

»Denken Sie, sie nimmt das gar nicht ernst. Sagte, 'was sollte ich bei der Polizei?' Was bedeutet es dann aber?«

»Irreführung«, meinte Crook. »Statt Polizei lies Arthur Crook. Niemand vermutet, daß Sie als Zwischenträger auftreten, so daß uns noch etwas Zeit bleibt.«

»Sie glauben wirklich, sie ist in Gefahr?«

»Genau wie der heilige Paulus, alle stehen wir zu jeder Zeit in Gefahr, nur der eine mehr als der andere.«

Crook dachte selten dasselbe wie die offiziellen Stellen, aber in diesem Fall war er mit Trubshawe einer Meinung, daß die Schurken nie begreifen, wann es für sie Zeit ist aufzuhören.

»Wenn man ihr Glauben schenken darf, weiß sie überhaupt nicht, wieso sie für andere eine Gefahr darstellen soll. Ist das so, Mr. Crook?«

»Das kommt darauf an, wieviel die kleine Dame mir anvertraut hat. Denken Sie daran, daß sie in der Nacht, für die Mrs.

Brown so teuer bezahlt hat, einen Wagen wegfahren sah. Sie sagte allerdings, sie würde weder den Wagen noch den Fahrer wiedererkennen, und was den Fahrer anbetrifft, nehme ich es ihr auch ab. Aber mit dem Wagen ist es etwas anderes. Es war ein großer, dunkler, und jemand könnte annehmen, daß sie diese Beobachtungen weitergegeben hat. Nehmen wir an, sie könnte sich bei fünfzig Fällen neunundvierzigmal irren, aber unser Halunke rechnet mit der fünfzigsten Möglichkeit. Soweit es ihre Vergangenheit betrifft, haben diese Kerle ein empfindliches Bewußtsein. Sie vermuten stets, aufgespürt zu werden, und ergreifen immer Vorsichtsmaßregeln. Und gerade dadurch geraten sie oft genug ins Rampenlicht. Genau das macht unser Mr. X zur Zeit, dabei ist sie nicht die einzige Gefahrenquelle. Meine Großmutter, deren Lebenserfahrung selbst den Erzengel Gabriel in Erstaunen gesetzt hätte, pflegte oft zu sagen: 'Was für ein verstricktes Netz weben wir doch, wenn wir uns im Lügen üben'.«

»Ich kann Ihnen nicht folgen«, meinte Roy, frei heraus. »Wer oder was ist die andere Gefahr?«

»Der, der weiß, daß er an Mrs. Browns Tod beteiligt war. Seine Hände mögen gebunden sein, aber man weiß nie, 'wohin die Katze springt'. Man hüte sich vor sogenannten Kronzeugen.«

»Sie meinen, den Mitschuldigen an dem Verbrechen? Ich dachte, es sei sicher, daß er sich im Ausland aufhält?«

»Wenn er eine Spur Vernunft hat, hält er sich draußen, von wo er nicht mit hineingezogen werden kann, bis die ganze Sache niedergeschlagen ist. Aber den fürchte ich im Moment nicht. Es gibt bei derartigen Verbrechen immer eine dritte Partei, nämlich die, die die zu Unrecht erworbenen Sachen abnimmt.«

»Mit einem Wort: der Hehler.«

»Sie kennen sich aus«, lobte ihn Crook. »Ja, der Hehler. Ich würde ihn keineswegs der ehrbaren Klasse zurechnen, jedoch die meisten von ihnen ziehen eine Grenze, wenn es sich um eine Verbindung zu Mord handelt. Stellen Sie sich vor, was derjenige gedacht hat, als er von Mrs. Browns überstürztem Abschied von der Bühne des Lebens erfuhr und gewahr wurde, daß er dabei mitgespielt hatte, und über all diese silbernen Becher und Teller verfügt hat, die noch dazu durch ihre Inschriften auf den Eigentümer hinwiesen.«

Roy überlegte. »Vor Sonntag wurde nichts bekannt. Das war für ihn bestimmt zu spät, sich aus dem Geschäft zurückzuziehen. Sind seine Hände nicht noch immer gebunden?«

»Wenn jemand versucht, ihn in den Mord mithineinzuziehen, wird er alles tun, um der Polizei zu helfen. Und ihm werden sie Glauben schenken. Keiner will Ware haben, die mit Blut befleckt ist, selbst wenn sie ihn in diesem Fall nicht erwischen, aber beim nächsten Mal vielleicht und knüpfen dann die losen Enden zusammen. Vielleicht hält sich unser Mr. X, was den anbelangt, bei weiteren Geschäften von ihm fern. Er muß sich einen andern Hehler suchen, und da geht das Geraune los. Ich will damit nicht sagen, unser Mr. X würde versuchen, mit ihm in Verbindung zu kommen. Je weniger Leute eine Ahnung von den Geheimnissen haben, desto sicherer können sich die Verbrecher fühlen. Wenn Mr. X kein Sitzfleisch hat, um abzuwarten, ob unsere Kleine ihn beim Namen nennt, wenn sie ihm begegnen sollte ...«

»Ist das möglich?« unterbrach ihn Roy.

»Es schien auch unmöglich, daß Mr. X Mrs. Brown über den Weg lief, aber das ist ganz bestimmt passiert. Nach sechs Jahren mußte sie sich sicher fühlen. Aber was ich sagen wollte, wenn er nicht von etwas Wind bekommen hätte, würde er Jan nicht diese Botschaft gesandt haben. Soweit es Mrs. Brown betrifft, die gehört der Vergangenheit an, da soll sie auch ruhen. Sie hat ja auch nicht genug Verstand bewiesen, als sie sich vornahm, diesen Dingen mit einem Achselzucken zu begegnen. Mit Wölfen zu spielen, soll man den Dummköpfen überlassen, selbst wenn man überzeugt ist, daß sie niedlich und zahm sind. Kettest Du sie los, können sie über Dich herfallen. Wie mit Moskitos«, fügte er hinzu, seinen Vergleich wechselnd. »Sie mögen nach nichts aussehen, können Dir aber eine Malaria verpassen. So geschah es jedenfalls mir, als ich noch ein kleiner Junge war.«

»Sie glauben nicht, Ihr Hehler könne der Nächste auf der Liste sein?« Roy klang etwas spöttisch. Crook verzieh es ihm. Er selbst hatte bereits mehr Verbrechen vergessen, als dieser freundliche Zeitgenosse je kennenlernen konnte.

»Mein Hehler, wie Sie ihn nennen, kann seinen Hals viermal zwischen heute und Weihnachten brechen. Aber, wie Sie ja selbst herausgefunden haben, erwartet Mr. X irgend etwas. Was bezweckte er wohl mit dem Brief, verdammt nochmal?«

»Der ist ein Kompliment für Sie«, meinte Roy unerwartet. »Sie glaubt an Sie als den vollkommenen Ritter« — Crook sah ihn an, als wolle er sich erbrechen — »der das Recht vertritt und am Ende immer gewinnt. Aber was soll sie tun? Sie hat Ihnen alles berichtet, was sie weiß. Sie kann nicht plötzlich eine göttliche Offenbarung haben, die ihr den Namen des Verbrechers nennt.«

»Sie ist da, wie eine Zeitbombe, und das ist ihr Pech. Und war schon in der Nacht, als es Mrs. Brown erwischte, ihr Pech. Sie war da und dabei hatte es jemand, der sich das Feld frei halten wollte, extra so gefügt, daß sie nicht da sein sollte. Und wo ist sie jetzt?«

»Sie meinen zur Stunde? Ich würde vermuten, sie plagt sich in der Küche und wird von meinen bewunderungswürdigen Töchtern belästigt. Aber wenn Sie ernsthaft in Sorge sind, kann ich anrufen.«

»Weiß sie, daß Sie mich aufsuchen wollten?«

»Nein, das habe ich selbst nicht vorausgesehen. Und bezüglich des Briefes weiß ich auch nicht, was Sie unternehmen können. Aber wenn es Sie erleichtert, lassen Sie uns doch einfach anrufen.«

»Warum nicht?«

Kays Stimme war so klar, als wenn sie vom Nebenzimmer aus sprechen würde. »Lieber Himmel, Roy, was ist los? Dieses Telefon ist nicht für eine Minute still. Wenn nicht für mich, ist es für Jan.«

»Meinst Du, sie ist gerade angerufen worden? Wo ist sie?«
Eine leicht spöttische Note mischte sich in Kays Stimme. »Was für ein aufgeregter Störenfried Du doch bist. Sie hat doch immer Anrufe, das solltest Du wissen. Wenn wir das Telefon selbst bräuchten, müßten wir eins für sie installieren lassen.«

»Und wo ist sie jetzt?«

»Sie ist ausgegangen. Roy, das Mädchen ist doch groß genug. Ich kann sie nicht mit einer Kette am Küchentisch festbinden.«

»Sind die Kinder bei ihr?«

»Sie muß auch mal etwas Zeit für sich haben. Sie fuhr mit dem Rad weg. Ich weiß nicht, worüber Du Dich aufregst. Sie trifft ihren kostbaren Mr. Crook. Von Deinem Standpunkt aus ist sie doch damit sicherer, als wenn der ganze CID hinter ihr stände.«

»Hat sie zu Dir gesagt, daß sie Mr. Crook treffen würde?«

»Gewiß. Es hat eine neue Entwicklung gegeben, ließ Crook ihr von einem Mann aus London ausrichten. Roy, warum antwortest Du nicht, was ist los?«

»Einfach, weil ich vom Büro von Mr. Crook aus anrufe, der mir gegenüber am Schreibtisch sitzt, und niemand, ich wiederhole, niemand hat Jan auf seine Anordnung hin angerufen, um ihr zu sagen, daß er hinkommt.«

Diesmal schwieg sie. Crook nahm den Hörer aus Roys Hand. »Mrs. Banks, wie lange ist Jan schon fort?«

»Zehn Minuten, würde ich sagen.«

»Sagte sie, wohin sie gehen würde?«

»Sie zu treffen.«

»Und wo?«

»Das habe ich nicht gefragt, ich vermutete Sie in dem Hotel, in dem Sie bisher immer gewohnt haben.«

»Wenn ich mich so nah bei Ihnen aufhalten würde, brauchte ich keinen Menschen zu beauftragen, einen Anruf von London aus zu machen, und sie brauchte nicht davonzufliegen, wie aus der Hölle entwischt.« Er überlegte einen Augenblick. »Ist Lady Molly da?«

»Lady wer? Ach Sie meinen Dawn. Warum sollte sie mehr als wir wissen?«

»Wenn Schätzchen überhaupt was verlauten ließ, und ich nehme an, ihr Sendbote machte es sehr geheimnisvoll, dann ist es wahrscheinlicher, daß sie mit den Kindern darüber sprach, aber ich glaube eher, er war schlau genug, ihr anzuraten, alles für sich zu behalten. Übrigens, sind die Kinder ins Dorf gegangen, als sie feststellten, daß Jan fort war?«

»Sie haben jetzt ein neues Lieblingsspiel, sitzen auf dem Baum und beobachten die verschiedenen Vögel. Sie haben sich ein Kissen und Kreide gewünscht, so daß Coral sie skizzieren kann, während Dawn die Beschreibung diktiert. Dawn hat mir erklärt, ein Baum wäre wie ein Wachturm, man kann meilenweit sehen. Mr. Crook, Sie denken doch nicht ...«

»Wiedersehn«, sagte Crook und warf den Hörer weg.

Er rief nach Bill, um ihn ins Bild zu setzen. »Geh zu dem Ortspolizisten. Erkläre ihm, daß alle die Augen offen halten müssen. Er ist mehr wert als zehn von den städtischen aus Buzzard Major. Das Mädchen ist mit dem Rad unterwegs, daher wird sie sich nicht in unmittelbarer Nähe aufhalten, sonst hätte sie die Kinder mitgenommen. Müßte wohl Semesterhalbzeit oder Ferien oder sonstwas sein«, fügte er vage hinzu. »Ihre Mutter hatte ja gesagt, sie seien in der Baumkrone. So begibt sie sich sicher so weit weg, daß die Kinder nicht hinlaufen können, und sie haben keine Räder. Gibt es in der Nachbarschaft einen Treffpunkt, wo ein Paar ungestört sein könnte?« fragte er Roy.

»Verlassene Hütten in den Wäldern oder sowas. Ich vermute aber, nur ein Ortsansässiger kennt sie.«

»Wir glauben schon lange, daß er von hier stammt«, erklärte Crook. »Ob es eine Verbindung zu Mrs. Brown gibt oder nicht, was hilft uns das? Es muß jemand sein, dem der Haushalt bekannt ist. Warum versuchte Ihre Frau nicht, herauszufinden, wohin sie gegangen ist?«

»Meinte wohl, das wäre nicht ihre Sache. Sie betrachtet

mehr Sie als den Hexenmeister, jemanden außerhalb der gewöhnlichen Menschheit.«

»Kommen Sie?« fragte Crook, ohne einen Kommentar zu dem eben Gesagten abzugeben.

»Nach Buzzard Minor?«

»Was denken Sie denn? Leider haben wir Zeit verloren, aber unser Mr. X weiß noch nicht, daß wir ihm auf der Spur sind. Wahrscheinlich riet er dem Mädchen, den Mund zu halten. Nach dem Motto: Wir wollen nichts verlauten lassen, nicht wahr?« Er sprach mit Fistelstimme und dann trampelte er die Treppen runter, Roy in seinem Kielwasser. Er hoffte insgeheim immer noch, Jan hätte einem der beiden Mädchen erzählt, wohin sie gehen würde, und darum hielt er bald den Wagen an, um von einer Zelle aus nochmals anzurufen. Es war der einzige Zufall, den er nicht vorausgesehen hatte. Dabei war es, von seinem Standpunkt aus, verlorene Mühe, denn wenn das Mädchen etwas wußte, wäre sie viel früher damit herausgerückt, denn von einem eingeschüchterten Veilchen konnte bei ihr gewiß keine Rede sein.

13

In Buzzard Minor sahen sich Dawn und Coral trauervoll an.

»Mr. Crook sagte, wir sollten sie nicht aus den Augen lassen«, bemerkte Dawn.

»Aber sie trifft ihn doch, das sagte sie jedenfalls«, meinte ihre Schwester hoffnungsvoll.

»Aber man kann sie unterwegs überfallen, bevor sie ihn trifft.«

»Sagte sie, wohin sie geht?«

»Sie sagte, sie könne es nicht sagen, man hätte es ihr nicht erlaubt.«

»Wieso sollte ausgerechnet Mr. Crook es uns nicht wissen lassen?«

»Vielleicht wollte er, daß es im geheimen blieb.«

»Wir können Geheimnisse bewahren.«

»Vielleicht glaubte er, unsere Mutter würde uns zu viele Fragen stellen, und seiner Mutter muß man schließlich die Wahrheit sagen.«

Dawn hatte blitzartig eine Eingebung. »Und wenn es nun nicht Mr. Crook war?«

»Er war es ja auch nicht. Erinnerst Du Dich nicht? Wer auch immer es war, sagte, Mr. Crook sei auf dem Wege, irgend etwas hat sich ereignet! Daddy hatte heute morgen mit ihr gesprochen. Es ging um einen Brief.«

Dawns Augen weiteten sich. »Einen Drohbrief?«

»Sie hat ihn nicht gezeigt.«

»Vielleicht rief sie Mr. Crook an.«

»Und der sagte, er würde kommen, aber sie sollte nichts erzählen.«

»Ich sehe nicht ein, warum sie uns nichts sagte. Er hat doch gesagt, wir wären so gut wie eine Leibwache oder sowas ähnliches.«

»Sahst Du, welchen Weg sie nahm?«

»Sie fuhr dalang«, Dawn zeigte die Richtung mit dem Finger. »Wenn Mutter uns erlauben würde radzufahren, könnten wir ihr folgen.«

»Sie fuhr also nicht nach Buzzard Major, weil die Straße nicht dahin geht.«

»Die geht nach Waterlow Cross, jedenfalls hält der Bus da.«

»Aber sie nahm doch keinen Bus!«

»Aber wir können den Bus nehmen«, entschied Dawn. »Damit geht es schneller als mit dem Rad. Wenn wir sie sehen, können wir beobachten, wohin sie fährt. Ja, ich weiß bestimmt, der Bus ist schneller, bloß er hält an, damit Leute aus und einsteigen können. Ich erinnere mich, daß Jan gesagt hat, wenn man es eilig hätte, wäre man besser dran, sein Rad zu benutzen, auch schon wegen der vielen Abkürzungen, die der Bus nicht fahren kann ...« Sie unterbrach sich.

Coral verstand sofort: »Wenn Jan nach Waterlow Cross

gewollt hätte, wäre sie die Abkürzung durch den Wald gefahren.«

»Aber sie würde wieder auf diese Straße zurückkommen. Und Mr. Crook hat gesagt ...« (»Ich wünschte, Ihr würdet meinen Worten nur halb soviel Aufmerksamkeit schenken wie denen von Eurem kostbaren Mr. Crook«, hatte Kay gemurrt. »Manchmal denke ich, Ihr braucht Hörhilfen, wenn ich mit Euch rede.«)

»Was glaubst Du, was geschehen ist, gewöhnlich kommt er doch direkt hierher?«

»Vielleicht kommt er mit dem Zug?«

»Aber er kommt immer mit dem Auto.«

»Vielleicht hat er Angst, verfolgt zu werden. Oder der Wagen ist kaputt und deswegen mußte ein anderer anrufen, damit er nicht den Zug verpaßte.«

»Ich glaube nicht, daß Mr. Crooks Auto es wagen würde, nicht zu funktionieren.«

»Dann hat vielleicht jemand die Reifen zerstochen. Oder er denkt, ein Bahnhof ist sicherer für eine heimliche Zusammenkunft. Dawn, wieviel Geld hast Du?«

»Ich wollte ein neues Kissen für unsere Vogelwarte kaufen, und Du fertige Kreiden, damit wir unsere Eindrücke aufzeichnen können.«

»Das reicht für den Bus, wann fährt er?«

»Ich bin mir nicht sicher«, bekannte Dawn. »Aber das macht nichts, denn Daddy sagt immer, er hält sich sowieso nicht an die Abfahrtszeiten. Komm! Wir sagen Mammi, wir gehen ins Dorf. Das machen wir doch auch: Waterlow Cross ist ein Dorf.«

Kay traf sie auf der Treppe. »Wohin wollt Ihr denn?«

»Ins Dorf! Im Moment brauchen wir ja nicht auf Jan aufzupassen. Mammi, glaubst Du, Daddy würde uns das Vogelbuch für unsere Beobachtungen geben?«

»Wenn Ihr das meint, das vier Guineen gekostet hat, ist die Antwort 'nein'«, erwiderte Kay herzlos. »Tropfen von Vogeldreck auf dem Einband ...«

»Wir könnten es einschlagen. Vielleicht könnte mir Daddy einen Feldstecher zum nächsten Geburtstag schenken.«

»Habt Ihr eine Vorstellung davon, was der kostet?«

»Er ist nicht so teuer, wenn man einen japanischen nimmt.«

»Das könnt Ihr ihn ja fragen, und bleibt nicht zu lange fort. Da Jan Mr. Crook treffen will, könnte ich schon etwas Hilfe brauchen, um den Lunch zu richten.«

»Wer soll denn kochen, wenn Jan nicht da ist?«

»Eine gute Frage«, meinte ihre Mutter. »Möchte wissen, ob Jan daran gedacht hat.«

»Vielleicht bringt sie uns Fisch und Chips mit.«

»Wenn ein Laden dort ist, wo sie hinfährt.«

»Ich weiß nicht, wohin die ganze Geheimniskrämerei führen soll. Er hätte sie zum Lunch ausführen können, und sie hätte Zeit gehabt, unseren fertig zu machen, bevor sie losfuhr.«

»Vielleicht«, meinte Dawn feierlich, »ist es eine Sache von Leben und Tod.«

»Was für einen Unsinn hat sie Euch wieder erzählt? Das Leben besteht doch nicht nur aus Räuber- und Gendarmspielen.«

»Sondern zum Beispiel auch aus Schularbeiten machen und Bücher wegräumen. Ja, Mammi, wir müssen gehen, für den Fall, daß die Läden schließen.«

Kay wollte ihren Mund öffnen, um irgend etwas anzuordnen, als das Telefon läutete.

»Los«, sagte Dawn und nahm ihre Schwester bei der Hand, und sie rannten schnell hinten durch den Garten und über die Gemeindewiese bis zu der Stelle, wo das, was die Einwohner von Buzzard Minor ihre Hauptstraße nannten, einmündete.

»Nicht Mr. Crook«, sagte Kay in diesem Moment am Telefon. »Dann wer, um Himmels willen. Ist das ein gemeiner Witz?«

»Kein Witz, soweit es Jan betrifft. Mr. Crook hat Trubshawe angerufen. Jeder, der sie sieht, wird es ihm durchgeben, er wird in Verbindung bleiben. Bleibe Du bitte zu Hause, für den Fall, daß es etwas Neues gibt, und wenn die Kinder nach Haus kommen, halte sie bei Dir.«

Kay hätte gern mehr gefragt, aber er legte auf.

Crook schnappte nach seiner Teddybär-Aufmachung, ehe er in den Wagen stieg, und Roy war entschlossen, mit ihm zu fahren.

Kay legte den Hörer auf und begann Selbstgespräche: »Das kommt davon, wenn man Ausländer aufnimmt. Bevor sie hierher kam, hatten wir nie irgendwelche Unannehmlichkeiten, und jetzt wurde Mrs. Brown ermordet. Anonyme Briefe kamen ...« Dabei hatte sie von dem letzten, der am Morgen gekommen war, nicht mal Kenntnis erhalten. »Noch mehr Tote.« Diesen letzten Gedanken konnte sie sich nicht aus dem Kopf schlagen. Ein anonymer Brief, der an Mrs. Gale gesendet worden war, hatte einen gewaltsamen Tod zur Folge gehabt. Jan erhielt mysteriöse Telefonanrufe von einem ebenfalls Unbekannten und wurde geködert, der Himmel wußte, wohin sie gegangen war.

Sie begann sich bereits zu ängstigen, ob die Kinder im Dorf auch sicher genug waren. Sie rief Tempest an, dort kauften die Kinder immer all ihren Krimskrams, und hinterließ eine Nachricht, daß sie sofort zurückkommen sollten. Sie fühlte sich schrecklich verlassen, zumal Roy sicher seinen kostbaren Mr. Crook begleiten würde. Keiner dachte an sie. Sie überlegte, wen sie noch anrufen könnte, aber niemand fiel ihr ein, absolut niemand. Und als sie nochmals Tempest anrief, mußte sie erfahren, daß die Kinder überhaupt nicht aufgekreuzt waren.

Dawn und Coral waren schon ein gutes Stück gelaufen, als sie das Bushorn vernahmen. Der Bus kam um eine Kurve und sie winkten eifrig.

»Wo ist denn Eure junge Dame?« fragte der Schaffner, als sie aufsprangen.

»Sie mußte einen Freund treffen«, erklärte ihm Dawn, »und wir versuchen, sie zu finden. Sie hat etwas vergessen.« Und deutete auf den Handarbeitsbeutel, den sie mitgenommen hatte. Sie vergaß nie etwas ...

Die Kinder setzten sich an ein Fenster und starrten durch die Scheiben, als ob sie Jans Gestalt auf dem Rad durch pure Willenskraft herbeizaubern könnten. Sie hatten sie noch nicht überholt, als die erste Abkürzung von der Hauptstraße abzweigte.

»Sie ist zu schnell«, klagte Coral.

Dawn wandte sich an einen der Mitreisenden. »Wissen Sie, wann der Zug aus London ankommt?«

»In Waterlow Cross?«

»Ja.«

»Da müßt Ihr achtgeben«, sagte der Fahrer, der viel Humor besaß. »Da ist heute alles übervölkert. Dieser Pop-Star! Warum sie wohl den Markttag zur Eröffnung der neuen Bibliothek ausgesucht haben.«

»All dieses Trara wegen Büchern«, meinte eine dicke Bäuerin, die mit Körben beladen war, verächtlich. »Wäre besser, sie würden eine neue Kinderkrippe einrichten. Ich frage Sie, wohin soll all das Bücherlesen führen? Wenn man Zeitvertreib haben will, kann man doch fernsehen. Bücher setzen den Leuten nur Flöhe in den Kopf.«

»Mein Vater hat eine ganze Wand voller Bücher«, verkündete Dawn. »Er findet, die wären besser als das Fernsehen.«

Die dicke Frau rümpfte die Nase, und die andern lachten. Sie wußten alle, wer die Kinder waren, und einige verbanden diese Kenntnis auch mit der Erscheinung des unvergleichlichen Crook und seines musealen Autos, das alle beeindruckte. Er, damit meinten sie Roy, war schon in Ordnung, begrüßte jeden, dem er begegnete, doch sie war eine Fremde und würde es immer bleiben. Sie hatte etwas Ruhm abbekommen, als Mrs. Brown ermordet worden war, wer konnte schon in seiner Nachbarschaft mit einem Kapitalverbrechen aufwarten, aber wenn man es genau betrachtete, waren die zwei aus einem Holz gewesen. Beide Frauen hatten sich als etwas Besseres gedünkt als die gewöhnlichen Sterblichen.

»Sollte um zwölf Uhr vier eintreffen«, sagte der Fahrer, um auf die ursprüngliche Frage zurückzukommen. Wie so viele seiner Art war er ein wanderndes Lexikon in bezug auf örtliche Informationen.

»Wird sich wohl verspäten«, schniefte die dicke Frau.

»Mr. Crook würde das nicht gern sehen«, sagte Coral.

Eine freundliche Frau beugte sich vor und fragte: »Ist das der Freund, den Ihr erwartet?«

»Wir haben ihn nicht erwartet, aber er sandte eine Nachricht an Jan. Und die ging derartig eilig weg. Er nennt uns 'seine Partnerinnen'«, fügte sie hinzu und schwenkte erneut ihren Beutel.

Das brachte sie alle zum Lachen, es war in der Gegend so üblich, daß alle Insassen am Gespräch teilnahmen.

»Seid vorsichtig, daß Ihr ihn nicht in der Menge verpaßt«, meinte der Fahrer, und einige lachten und sagten: »Du kannst gut Witze darüber machen.«

»Roter Teppich und was dazu gehört«, sagte jemand. »Lunch im 'Schwan', es wird an nichts gespart. Besser wäre es, sie hätten eine Bude aufgestellt und gäben das Eingesparte den hilfsbedürftigen alten Leuten.«

Es war offensichtlich, daß sie vom Thema Crook abgekommen waren und auf die berühmte Person aus London hinzielten.

Coral flüsterte ihrer Schwester zu: »Was nun, wenn sie gar nicht zum Bahnhof gefahren ist?«

»Sie wird es mit Mr. Crook schon richtig ausgemacht haben«, meinte Dawn zuversichtlich.

»Ich denke, wir hätten sie längst sehen müssen.«

»Dieser Bus ist langsam, er hält zu oft«, stimmte Dawn zu.

»Aber er hielt auch für uns«, erinnerte sie Coral.

Wenig später nach einer Kurve, oh Wunder, sahen sie etwas entfernt eine Gestalt auf einem Rad, und ohne Zweifel war sie es. Auf diesem Stück der Landstraße war der berüchtigte dampfwalzensteuernde englische Trunkenbold offenbar nüchterner gewesen als üblich, denn es ging über eine beträchtliche Strecke schnurgeradeaus. Die Kinder atmeten auf.

»Wir wußten, daß sie zum Bahnhof wollte.«

Der Schaffner war plötzlich an ihrer Seite. »Weiß die junge Dame, daß Ihr hinter ihr her seid?«

Dawn deutete nochmal auf den Beutel. »Sie freut sich bestimmt, wenn sie uns sieht.«

Eine der Reisenden, von der Sorte, die alle Antworten im voraus kennen, ehe überhaupt eine Frage gestellt ist, meinte: »Weiß Eure Mutter überhaupt, daß Ihr ohne sie ausgegangen seid? Ihr seid doch viel zu klein, um Euch in der Menge zurecht zu finden. Es wird heiß hergehen, wenn der Popsänger in Waterlow eintrifft.«

»Wir werden es schon richtig machen«, versicherte Dawn und warf dabei ihrer Schwester einen Blick zu. Sie hatten nicht die geringste Ahnung, wer der Popstar war. Die Sprecherin konnte unmöglich Mr. Crook meinen, niemand würde ihn mit einem Popsänger verwechseln.

Der Bus hielt wieder, und einer alten Dame wurde hineingeholfen. Sie war recht mager und hielt sich ganz aufrecht. Sie führte einen Stock mit Gummiverkleidung am Ende mit sich. Alle im Bus kannten sie, Miss Peachem, die ehemalige Schullehrerin. Der Vater des Schaffners war in ihrer Klasse gewesen. »Eine richtige Tartarin«, wie er sich ausdrückte.

»Bis zum Bahnhof?« fragte er.

Sie nickte. »Ich möchte nach all den vielen Jahren Cyril Ponsonby wiedersehen. Er hat sich anscheinend in London einen Namen gemacht.«

»Ponsonby?« Der Schaffner war ganz höfliche Verwunderung.

»Jetzt, denke ich, nennt er sich mit einem Phantasienamen, aber sein Geburtsname ist Ponsonby. War für seinen Vater eine recht herbe Enttäuschung, als er mit der Popmusik anfing. Harry Ponsonby hatte einen gut gehenden Brotladen, sein Sohn konnte ihn übernehmen, aber nein, er mußte nach London, um sich einer Popgruppe anzuschließen.«

Sehr umgänglich lehnte sich eine Frau vorwärts. »Er ist doch wohl nicht allzulange fortgewesen, und schon legen sie für ihn den roten Teppich aus, habe ich mir sagen lassen. Der halbe Gemeinderat kommt hinzu, Lunch gibt es im 'Schwan', und so fort. Hoffentlich erinnert er sich daran, wo er geboren ist, und tut was für die Stadt.«

»Er nennt sich jetzt Rafe Carnaby, etwas ordinär, man fragt sich, was das soll. Aber die Teenager sind verrückt nach ihm.«

»Er müßte jetzt zweiunddreißig Jahre alt sein«, überlegte Miss Peachem. »Ging vor vierzehn Jahren auf und davon. Jetzt will ich wissen, wie bedeutend er wirklich ist. Der einzige Popgesang, den ich kenne«, gestand sie, »ist 'Ins Pfandhaus geht das Silberzeug'. Mein Onkel Jim sang das oft, es war zum Lachen.«

Man sollte nicht glauben, daß einer der Fahrgäste es eilig hatte, sein Ziel zu erreichen, wenn man der Art und Weise zuhörte, wie sie sich zueinander beugten, schnatterten und ihr Gepäck festhielten. Dann hielt der Bus wieder an und setzte eine ab, die wie ein Weihnachtsbaum mit Päckchen beladen war. Nein, sie wollte nicht wegen eines Popstars mit Füßen getreten werden, selbst wenn es sich um einen Spitzenkönner handelte. Noch ein paar Scherze und der Bus konnte weiterfahren: »Wenn unser Star sich wirklich so mit seiner Vaterstadt verbunden fühlte, warum war er dann nicht früher zurückgekehrt? Und nun, wenn er einmal hier ist, warum veranstaltet er keine Kindergesellschaft?«

Alle lachten, als sie fort war. Schon merkwürdig, anzunehmen, die Reichen würden an sowas denken. Sie würden auch nicht lange reich bleiben, wenn sie so handelten.

Die Ampel wechselte auf Rot, und man mußte leider erkennen, daß der Bus sich hinter einem dieser langen Laster befand, die die Geschwindigkeit von Raupenschleppern haben und die ganze Straße für sich einnehmen. Als sie ihn endlich abhängen konnten, war von Jan nichts mehr zu sehen.

»Keine Sorge«, tröstete sie Bob, der geistreiche Schaffner, die Seele aller Feste. »Sie wird wieder eine der Abkürzungen durch die Schlucht genommen haben. Alle machen es so.«

Und tatsächlich fuhren sie alle dort lang, obwohl die ältere Generation behauptete, die Jugend sei lebensmüde. Die Straße ging steil nach unten, sie war dick mit grobem Gras bedeckt, so daß man die Steine auf dem Weg nicht sehen konnte, obwohl sie groß genug waren, ein Fahrrad oder sogar ein Motorrad zu Fall zu bringen. Jan war die Strecke oft auf Hugh Wheelers Roller mitgefahren, auch schon mit anderen motorisierten Altersgenossen oder, wie heute, mit sich selbst als Dampfmaschine. Sie lenkte das Rad zwischen Gestrüpp an einem übel riechenden Teich vorbei und kam in der Nähe des Bahnhofs wieder auf die Hauptstraße.

Dawn sah ängstlich auf die Uhr an ihrem Handgelenk. »Es ist fast zwölf Uhr, fast«, flüsterte sie.

»Bestimmt hat der Zug Verspätung«, tröstete Coral. »Daddy sagt, das hat er immer.«

Und endlich waren sie da, und eine Unmenge von dicken Frauen mit Einkaufskörben drängte sich zur Tür. Bisher schienen sie es nicht eilig gehabt zu haben, aber jetzt konnten sie nicht schnell genug rauskommen.

»Einen Augenblick, bitte meine Damen«, sagte der galante Bob. »Lassen Sie erstmal Miss Peachem aussteigen.«

Niemand beklagte sich, niemand sah beleidigt aus. Die arme alte Soundso, Exschulmeisterin, hatte sicher nicht viel Freude im Leben gehabt, und nun sah sie aus, als könnte schon ein schwacher Windstoß ihr Lebenslicht auslöschen.

»Gut so?« fragte Bob, der der alten Dame beim Aussteigen half. Miss Peachem stocherte mißtrauisch mit ihrem Stock auf den Boden, als ob sie annahm, er könnte sich unter ihren Schritten in Nichts auflösen. Dann sah sie zum Bahnhof hin, der sich am Ende einer kurzen abwärtsführenden Rampe befand. »Mir scheint, es ist noch steiler geworden«, sagte sie anklagend. Eine große Tafel außerhalb des Bahnhofs kündigte an, daß der Parkplatz besetzt sei. In der Straße etwas unterhalb stand ein Auto, bereit, Rafe Carnaby zum 'Schwan' zu fahren, daneben waren ein paar andere zu seinem Geleit. Der Tumult war unbeschreiblich, da sich immer noch mehr Leute auf die Straße drängten, die hofften, daß sie ihr Idol beim Aussteigen sehen würden.

»Die jungen Damen wollen zum Bahnhof, sie werden Ihnen die Hand reichen«, hatte Bob Miss Peachem vorgeschlagen. »Seid wegen Eurer Freundin nicht besorgt. Sie muß hier sein, falls sie nicht unterwegs an einem See schwimmen gegangen ist.« Er lachte über seinen eignen Einfall. Die kleinen Mädchen sahen sich ängstlich um, denn es schien schwierig, jemanden in dieser Menschenmasse auszumachen. Sogar schon jetzt konnten sie erkennen, daß der Bahnhof restlos vollgestopft war. Und weitere Menschen kamen dazu. Nicht die Hausfrauen aus dem Bus, die hatten was Besseres zu tun, wenn auch einige sich in den 'Plough and Dragon' begaben, der nur ein paar hundert Meter entfernt lag: Am Markttag kehrte man nicht unbedingt zum Lunch ein, aber ohne eine Erfrischung ging es nie ab.

Miss Peachem legte die Hand auf Dawns Schulter. »Nicht so schnell«, wies sie an. »Eure Mutter würde froh sein, wenn sie Euch nicht zwischen all dem Mob wüßte. In welche Schule geht Ihr?«

Sie sagten es ihr. »So, Staatsschule.« Die alte Dame billigte das. »Ich zweifle zwar, ob Ihr den gründlichen Anfangsunterricht erhaltet, den man in meiner Jugend für notwendig erachtete. Keine O's und A's heutzutage, aber schlimm war das damals auch nicht.«

Sie sah abschätzend um sich. »Ich würde gern wissen, ob Cyril die triumphale Heimkehr vorausgesehen hat, als er wegging. Lieber Gott, all die Fähnchen, 'Willkommen daheim', er kann das doch unmöglich mehr für seine Heimat halten. Er ist ungefähr zweiunddreißig Jahre alt.«

»Ziemlich alt, ja?« fragte Coral vorsichtig.

»Er wird das nicht so sehen.« Ihre aus Leder handgearbeitete Tasche schwang hin und her und dem Kind gegen die Schulter.

»Soll ich sie für Sie tragen?« fragte Coral.

Miss Peachem zog den Riemen fester, als sollte er in ihre Haut einschneiden. »Das ist das Einzige, was ich niemals aus der Hand gebe«, meinte sie.

»Wie die Bürde der Wallfahrer«, bestätigte Dawn.

»Aber jemand könnte sie für Sie tragen«, widersprach Coral. »'Indem wir einer des andern Last tragen, vollführen wir Seinen Willen'. Ach, guck mal, Dawn, wer das war!«

»Geh gradeaus, Mädchen, Du bringst mich aus dem Gleichgewicht.«

Coral hatte auf Hugh Wheeler gedeutet. »Du weißt doch, er hat gesagt, wenn Jan auf seine nächste Demo mitkommen würde, könnten wir mit ihr zusammen in einem Wagen fahren, wir könnten sowas wie 'Helft den Alten' vorstellen.«

»Kein Wagen«, verbesserte Dawn, »ein Karren. Ich würde das furchtbar gern machen, Du nicht auch, Coral? Aber vielleicht würde Mr. Crook es Jan nicht erlauben.«

»Sie würden ihn nicht mit in dem Karren haben wollen. Mr. Crook ist ein Freund von Jan«, fügte sie höflich hinzu. »Deswegen sind wir eigentlich hier, er sandte eine Botschaft.«

Jemand stieß die alte Dame von hinten an.

»Keine Manieren heutzutage«, tadelte sie. »Aber lieber Himmel, wer sind die denn?«

Sie hob den Stock und deutete auf eine Reihe sehr junger Teenager. »Sie werden Teenybopper genannt«, erklärte Coral hilfreich. Die waren mit Klappern und bunten Luftballons ausgerüstet und standen eingekeilt in der Menge außerhalb vom Bahnhof. Der Beamte der Britischen Eisenbahngesellschaft hatte sie nicht auf dem Bahnsteig haben wollen, obwohl sie wie ein Regiment von Eulen wehklagten. Sie trugen das Bild ihres Idols um den Hals, und an manchen Handgelenken baumelten auch goldimitierte Herzen mit seinem Namen eingraviert. Einige trugen T-Shirts mit den Buchstaben R.C. Sie stampften, drängelten und schnatterten.

Miss Peachem dachte nicht an Eulen. Elstern, diese diebischen Vögel in schwarzweiß, schien ihr ein besserer Vergleich. »Wo sind bloß ihre Mütter?« fragte sie ziemlich laut.

»Komm, Tag des Gerichts«, sagte eine Stimme ganz in ihrer Nähe. Sie gehörte einem der Wagenfahrer. »Sie könnten uns

Gefahrenzulage geben. Gegen diese Wildkatzen sind wir nicht versichert.«

Es gab nur einen Ein- und Ausgang zum Bahnhof. Reisende, die auf dem andern Bahnsteig ankamen, kletterten über die Gleise. Der Parkplatz war auf der gleichen Seite, und jeder verfügbare Platz war besetzt. Zum Schluß landete die kleine Gruppe dort, es gab da nicht mehr viele Leute, die hatten sich alle nach vorn geschoben. »Am besten bleiben Sie hier, außerhalb des Weges stehen«, meinte ein Aufsichtsbeamter. »Und lassen Sie die kleinen Mädchen nicht davonlaufen.«

Dawn wollte bereits einwenden, daß sie eigentlich keine Beziehung zu der alten Lehrerin hätten, als diese resolut aussprach, daß die sich selbstverständlich nicht von ihr entfernen durften. Aber welche Menge von Polizisten! Die schwierige Lage hatte tatsächlich die Grenzen der örtlichen Polizei erreicht und bereits überschritten. Dieses Ereignis war ein Paradies für Taschendiebe, da ja sowieso die Polizei nicht an zwei Orten zugleich sein konnte und ihre vordringlichste Aufgabe darin bestand, zu verhindern, daß der Ehrengast totgetrampelt wurde.

»Getötet durch zuviel Herzlichkeit, das ist doch was«, meinte ein Offizier zum andern.

»Tot ist tot«, war die schnelle Antwort. »Man sollte meinen, die Leute hätten soviel Vernunft, ihre Wertsachen an einem solchen Tage daheim zu lassen. Aber sieh Dir nur die Taschen der Frauen an, sie sind noch nicht einmal richtig zugemacht, und vermutlich alles drin, was ein Haushalt von acht Personen besitzt.«

Die Blicke der Kinder flogen wie Schmetterlinge über das Treiben auf dem überfüllten Bahnhof. Eine weitere Gruppe von Frauen hatte dort Aufstellung genommen. Ihre Mitglieder führten einen Kreuzzug gegen Pornografie und Pop; insbesondere protestierten sie gegen den letzten Song des Idols mit dem Titel »Knie nieder, um zu lieben!« Gotteslästerung nannten sie es, und in zwei entgegengesetzten Punkten, die die von ihnen aufgestellten Gesetze nicht zuließen, verwahrten sie sich dagegen, so daß ihre Meinungen darüber auch noch gespalten waren.

»Bitte, sagen Sie mir«, sagte Coral flehend, »gibt es eine Band?«

»Mr. Carnaby ist seine eigene Band, und wenn mich nicht alles täuscht, ist er nicht gerade schüchtern mit dem Lautstärkepedal«, sagte jemand kichernd.

»Vielleicht bringt er sie im Zug mit sich«, vermutete ein anderer. »Gott weiß, warum er mit dem Zug kommt, nachdem er doch ein Auto hat, das sehenswerter ist als das von Elisabeth der Ersten.«

»Vielleicht hatte er Angst, er könnte dafür keinen Parkplatz finden«, vermutete Coral. »Dawn, erinnerst Du Dich an die Kammbläser- und Flöten-Band letzte Weihnachten, die die Engel im Himmel darstellen sollte, und Miss Temple fand sie unehrerbietig?«

»Jan finden wir hier bestimmt nie«, sagte Dawn. »Alles ist vollgepreßt wie in einer Sardinendose.«

»Aber sie müssen aus der gleichen Sperre kommen, so daß wir sie früher oder später sehen müssen.«

»Mr. Crook sagte 'laßt sie nicht aus den Augen'.« Sie bewegte sich einen Schritt weg, und schon packte sie Miss Peachems knochige Hand an der Schulter.

»Du bleibst hier«, sagte sie. »Bis andere erwachsene Leute auftauchen, fühle ich mich für Dich verantwortlich. Ich kann immer noch nicht verstehen, daß Eure Mutter Euch unbegleitet hierher kommen ließ.«

»Aber Jan ist doch hier ...« Jemand schob sie zur Seite und sagte: »Er wird in der Mitte des Wagens sein. Man soll nie vorn oder hinten einsteigen. Wenn ein Zusammenstoß erfolgt, ist es in der Mitte am sichersten.«

Der ganze Bahnhof schien mit Fotoapparaten gespickt. Die meisten der Jugendlichen besaßen bereits einen, und natürlich war die Presse recht ansehnlich vertreten.

»Sind Sie extra wegen Rafe Carnaby gekommen?« fragte Dawn Miss Peachem.

»Natürlich bleibe ich gern mit meinen alten Schülern in Verbindung, wenn ich dazu die Gelegenheit habe. Ich erinnere mich auch nach vielen Jahren noch genau an sie.«

»Bestimmt erinnert er sich auch an Sie«, schmeichelte Coral. »Mr. Crook ist auch im Zug.«

»Crook — Gauner? Das sagst Du besser nicht der Polizei«, spaßte ein Nebenstehender.

»Ach, die Polizei kennt Mr. Crook, er sagte es uns.«

Ein Sturm von Gelächter brach aus. »Wunderlich, was für Namen manche Leute haben«, meinte einer. »Man denkt, sie würden sie wechseln.«

»Erinnert Ihr Euch an den Krämer in Framley Cross, Schund war sein Name. Er versuchte sein Möglichstes. Schrieb S.C. Hund in großen Buchstaben auf sein Firmenschild, und hoffte, zumindest von allen neu Hinzugekommenen Mr. Hund genannt zu werden.«

»Hallo, der Zug ist aufgerufen«, rief jemand. »Versucht wenigstens, ohne gebrochene Rippen davonzukommen. Laßt erst den Mob vorbei, dann können wir in Ruhe einsteigen. Wenn ich damit gerechnet hätte, daß man um dieses Jüngelchen so einen Klimbim macht, hätte ich meine Verabredung auf morgen verschoben.«

»Bleibt genau hier stehen, wenn der Zug eintrifft«, befahl Miss Peachem. »Ihr solltet wirklich nicht ohne einen Erwachsenen hier sein.«

»Wir haben Jan, wenn die Menge sich verliert, finden wir sie, und dann hat sie auch Mr. Crook gefunden. Wir werden es schon richtig machen, danke sehr.«

Leidenschaftlich sagte jemand neben ihnen: »Er hat so eine wunderbare Stimme. Die würde sicherlich den ganzen Bahnsteig füllen.«

»Oder ihn leeren, je nach Geschmack.«

Und nun konnte man endlich den Zug sehen, der langsam näher kam.

»Schade, daß er keine Dampflokomotive hat«, meinten die Kinder. »Dann könnte man ihn schnaufen hören.«

Jetzt zwängten sich alle, die auf das Erscheinen ihres Idols gewartet hatten, noch näher zusammen, ein massives Knäuel von Menschen. Die Jugendlichen hielten ihre Rasseln in Bereitschaft. Im Wind blähte sich ein rot-goldenes Banner mit der Inschrift: *Willkommen in Waterlow Cross.* Die Polizei hielt sich bereit, und die Taschendiebe warteten auf ihre Gelegenheiten. Die Kinder vervollkommneten das allgemeine Durcheinander.

»Da ist sie«, rief Dawn. »Da, ganz abseits der Menge. Ob wir sie erreichen können?«

»Wir würden nicht durchkommen. Bestimmt hat er ihr geraten, nicht in der Menge verloren zu gehen.«

Jan stand unmittelbar an der Bahnsteigkante und machte keinerlei Anstrengungen, als erste beim Held des Tages zu sein. Natürlich hatte sie seine Platten, einige wenigstens, welcher Jugendliche hatte sie nicht. Aber sie erwartete nicht, heute viel von ihm zu sehen. Er sollte ziemlich klein sein, so daß die Menge ihn verdecken würde. Sie war verwundert, wieviele ältere Frauen auf ihn warteten, aber man sagte ja, daß er alle Altersstufen entzückte. Sogar Hugh Wheeler war gekommen, obwohl er zu dieser Zeit eigentlich bei Mr. Pringle arbeiten sollte.

»Ob Daddy wohl überrascht ist, wenn er erfährt, daß wir bei Rafe Carnabys Ankunft dabei waren? Der Zug hält, sieh, ob Du Mr. Crook erblickst, Dawn, falls er uns nicht gleich sieht.«

»Er wird nicht nach uns ausschauen. Er will schließlich Jan sehen.«

»Er wollte, daß wir sie im Auge behalten, und das machen wir doch.«

Ihre Schwester nickte. »Richtig, während alle andern Rafe Carnaby im Auge behalten.«

Vielleicht — aber vielleicht doch nicht alle ... Außerhalb der Menge bewegte sich geschmeidig wie eine Schlange ein jüngerer Mann, wand sich durch die Gruppen, um das andere Ende des Bahnsteigs zu erreichen, an dem Jan wartete. Die

Autogrammjäger hielten Papier und Feder bereit, die Kameras wurden hochgehalten, die Teenager waren auf dem Sprung, Beifall zu klatschen, die Gegnerinnen von Pornografie und Pop, ihren Protest zum Ausdruck zu bringen. Einer aus dem Gefolge des Meisters entriegelte die Wagentür des noch rollenden Zuges und hielt sie pflichtgemäß geöffnet für den magischen Moment, in dem sich der Held der Stunde seinen Sklaven zeigen würde.

Und dann geschah es.

Ein greller Schrei erschütterte die Luft durch den ganzen Bahnsteig.

»Jan, paß auf!«, gellte eine Kinderstimme.

Und wie ein Echo eine zweite Stimme: »Er will Dich ...«

Köpfe, die sich atemlos auf Mr. Carnabys Erscheinen konzentriert hatten, wandten sich um. Die Kameras schwenkten ab, Stimmen steigerten sich zum Geschrei. Die Augen von den Blitzlichtern halb geblendet versuchten die zwei kleinen Mädchen, der Obhut von Miss Peachem und einem uniformierten Dienstmann zu entkommen.

»Aber es ist Jan«, erklang ihr leidenschaftlicher Protest.

»Er wollte sie unter den Zug stoßen.«

Hier spielte sich ein kleines Drama ab. Vom Lebensalltag aus betrachtet, war es etwas verschwenderisch, daß die Butter an einem Tage so dick aufs Brot geschmiert wurde und man für den Rest der Woche nur trocken Brot erwarten konnte. Miss Peachems Stimme ertönte voller Zorn:

»Wie benehmt Ihr Euch denn. Hat niemand Euch beigebracht, wie man sich in der Öffentlichkeit beträgt?«

»Er wollte sie unter den Zug stoßen!«

Diese unglaublichen Worte wurden überall auf dem Bahnsteig wiederholt.

Im Abteil des heimkehrenden Helden war alles für den großen Auftritt bereit. Der ehemalige Cyril Ponsonby war aufgestanden, eine kleine gedrungene Gestalt mit einem Anzug, der kaum weniger als hundert Pfund gekostet haben konnte.

Dazu die modischsten Schuhe, die Waterlow Cross je gesehen hatte, ein Hemd, das jeder Beschreibung spottete, und einen auffallend prunkvoll-protzigen Ring. Von all dem abgesehen, war an seiner Erscheinung nichts Ungewöhnliches. Wenn der Zug anhielt, würde die Abteiltür ganz aufgehen, und er sollte oberhalb der Menge stehen bleiben, um den Fotografen ihre Schnappschüsse zu ermöglichen. Danach würde er sich seinen Weg durch die ihn anbetende und unter Umständen vielleicht hysterisch werdende Menge bis zu dem Punkt bahnen, wo ihn der bereitstehende Wagen erwartete. Der Gemeinderat stand ebenfalls dort, jedenfalls all jene, die man als Abordnung hingesandt hatte.

Und dann mußte das passieren! Die Aufmerksamkeit, die ihm gegolten hätte, wurde durch ein halb verrücktes Mädchen abgelenkt. Natürlich hatte er weder die Kinder noch Jan bemerkt. Er brauchte nur eine Sekunde, um sich zu besinnen, und im Showgeschäft muß man blitzartig reagieren. Der Zug war kaum zum Stand gekommen, als er auf den Bahnsteig sprang, seine Arme ausbreitete und zu singen begann:

Knie nieder, um zu lieben ...

Bob hatte in einer Beziehung recht gehabt, er hatte eine großartige Stimme, niemand hätte seinen Besitzer tadeln dürfen, daß er das Angebot, einen kleinen Brotladen zu besitzen, gegen die Karriere, die er mit ihr gemacht hatte, verwarf. Die Teenager hörten mit offenem Mund auf zu rasseln, und die Anti-Pornografie-Gruppe vergaß ihren Protest. Die einzigen Leute, die unzugänglich blieben, waren die beiden schreienden Kinder und das ungleiche Paar, das an der Stelle stand, wo die Lokomotive angehalten hatte. Jan, die den Zug von ihrem sehr günstigen Standpunkt näher kommen sah, so wie man es ihr am Telefon angeraten hatte, war durch das wahnsinnige kindliche Geschrei vollständig außer Fassung geraten. Sie hatte keine Zeit gehabt, zu überlegen, wie sie dahin gekommen sein könnten, obwohl sie sie sicher im Manor Haus zurückgelassen hatte, und mehr instinktiv als verstandesmäßig machte sie einen Schritt von der Bahnsteigkante weg. Der Arm, der ihr den gefährlichen Stoß, der sie unter die Räder bringen sollte, versetzen wollte, traf sie an der Schulter, so daß sie schwankte, aber vom Zug weg, aus der Gefahr hinausstolpernd. Sie war so in Gedanken über Crooks Kommen versunken gewesen, daß die fieberhaften Vorbereitungen für die Ankunft des 'Jungen von hier, der seinen Weg gemacht hat, jawohl' ihr kaum bewußt geworden waren.

Aber nun ging der Rummel erst richtig los, die Rasseln wurden in Bewegung gesetzt, die Gegner buhten, Beifallsgeschrei ertönte. Die Meute drängte vorwärts, um ihres Idols Arm ergreifen zu können. Und dann fielen die Wagentüren zu. Der Bahnhof von Waterlow Cross war einfach nur noch einer auf dem Fahrplan. Alles war so schnell gegangen, daß der Lokführer nicht einmal bemerkt hatte, daß er beinah Zeuge eines Mordes geworden wäre.

Der Lärm frenetischen Beifalls klang von allüberall, tönte in Jans Kopf wie das Summen eines Bienenkorbes. Bis zu ihrer Ankunft auf dem Bahnhof hatte sie nicht wahrgenommen, daß dieser Tag der Triumph von Rafe Carnaby werden sollte. All ihre Gedanken waren um Mr. Crook gekreist, der diese Reise zu einem unbekannten Zweck unternahm. Jetzt erinnerte sie sich der Kinder und fuhr herum.

»Dawn, Coral!«

»Wir kommen, sobald wir können, aber es sind zu viele Leute dazwischen«, antworteten ihr die treuen jugendlichen Stimmen.

Dann sprach eine ziemlich unbewegte Stimme zu ihr: »Du hast keine Angst, was? Wenn Dir so leicht schwindelig wird, warum stellst Du Dich dann so nah an die Bahnsteigkante?«

Sie konnte wieder sprechen. »Jemand stieß mich. Ich wartete auf Mr. Crook. Er sagte ...«

»Du meinst, er ist hier?«

»Er wollte mit dem Zug kommen, mit diesem Zug.« Sie sah sich um, als könne sie seine Gestalt aus den Wolken herbeizaubern.

»Sagte er Dir das persönlich?« Die Stimme klang ungeduldiger.

»Es war eine Botschaft, ich sollte ihn treffen.«

»Und Du fielst darauf rein? Wenn Crook Dich hier haben wollte, hätte er es Dir selbst gesagt. Und zittere nicht weiter so wie Espenlaub. Das ist ja direkt ansteckend.«

Sie schien ihn zum ersten Mal anzusehen. »Hugh! Hugh Wheeler. Was machst Du denn hier?«

»Falls Du es wissen willst, ich versuche für die nächste Demo ein paar Leute aufzutreiben. Sie sind wahrscheinlich vom Bahnhof abgedrängt worden, falls jemand überhaupt seine Aufmerksamkeit von diesem Carnaby abwenden konnte. Kamst Du etwa seinetwegen?«

»Ich habe Dir doch schon gesagt, ich kam wegen Mr. Crook.«

»Hast Du. Und er ist nicht aufgekreuzt. — Ach Du meine Güte!«

Die ungeduldigen Kinder hatten sich endlich von ihren Wächtern befreien können und brachen wie ein winziger Sturmblock durch das Gedränge. Miss Peachem hatte schließlich ihrem Alter Rechnung zollen müssen. Der Lärm und das Gedränge waren zuviel für sie gewesen, so daß sie sich dankbar auf eine Bank außerhalb des Bahnhofs geleiten lassen mußte. Die Bank war von einer Körperschaft freundlicherweise für die älteren Mitbürger aufgestellt worden. Eine warmherzige Frau setzte sich neben sie und hielt ihre Hand.

Ein Polizist hatte ihr versprochen, daß er sich um die kleinen Mädchen kümmern wollte. Er glaubte, der ganze Trubel sei ihnen zu Kopf gestiegen. Aber immerhin hatten sie Crook erwähnt. An ihn erinnerte er sich im Zusammenhang mit Mrs. Browns Ermordung und hoffte, ein derartiger Zusammenhang hierzu möchte nur ein Produkt der kindlichen Fantasie sein, ebenso wie die lächerliche Beschuldigung eines Mordversuchs. Jedenfalls war Crook niemand, den man hätte übersehen können, und da es kein Zeichen von ihm gab, war er anscheinend nicht da.

Der Popstar, der erkannt hatte, woher der Wind wehte und wußte, daß Kinder und Tiere die Schau stehlen, hatte gütigst gedankt, war in das wartende Auto gestiegen und unter dem noch weiterhin anhaltenden hysterischen Applaus der Jugendlichen davongefahren. Gleichzeitig war der Chor der Anti-Pornografie-Gruppe verstummt. Es gab mehr Anlässe, die man mißbilligen konnte, und für die man eine kräftige Lunge brauchte.

Die Kinder hatten Jan erreicht und hielten ihre Hände fest. »Wir dachten schon, Du könntest uns nicht hören, Jan, er wollte Dich von der Bahnsteigkante stoßen.«

»Ihr müßt mit dem, was Ihr vorbringt, vorsichtig sein. Warum sollte irgend jemand der jungen Dame etwas antun wollen?« meinte der Polizist.

Obwohl, wie er dachte, so etwas durchaus schon geschehen war. In der Zeitung hatte eine Schauergeschichte gestanden, die von einem jungen Ausländer handelte, der seine frisch angetraute Frau mit einer fantastischen Summe versichern ließ, die zusätzlich noch verdoppelt werden konnte, falls der Tod durch einen Unfall eintrat. Er führte sie aus und stieß sie unterwegs von einer Klippe, um schnellstens an das Geld zu kommen. Aber das war sicher kein vergleichbarer Fall. Dies hier mußte ein Zufall gewesen sein. Sonderbar war nur, daß der Teil des Bahnsteigs keineswegs überfüllt gewesen war.

»Danach müßten Sie ihn fragen.«

»Und Ihr meint, er würde es erklären?«

»Er würde bestimmt behaupten, er wisse von garnichts, davon bin ich überzeugt.«

Ein vorbeigehender Journalist hatte sich zu der Gruppe gesellt und hoffte, falls möglich, etwas Unrat aufzusammeln. Er erkannte Hugh sofort, der war überall dabei, wo etwas Ungewöhnliches vor sich ging. »Mr. Wheeler, machen Sie eine Aussage für uns?«

»Aber das ist doch nicht der, der Jan stoßen wollte«, schrien die Kinder, und Dawn fügte hinzu: »Das ist doch Jans Freund. Er nimmt uns zur nächsten Demo auf seinem Karren mit. Da wird für die Alten demonstriert. 'Alles, was anfängt, muß irgendwann enden'.«

»Und wir sind der Anfang«, stimmte Coral mit ein. »Der alten Dame könnte das Ende bevorstehen, was geschah mit ihr?«

»Ich hoffe, sie sah Rafe Carnaby, jedenfalls kam sie seinet- und nicht unseretwegen.«

»Erzählt, was Ihr saht, als Ihr auf Rafe Carnaby gewartet habt«, versuchte der Journalist sie zu überreden.

»Nicht auf Carnaby, auf Mr. Crook! Warum ist er nicht hier, Jan?«

»Warum sollte er? Nur weil irgendwer behauptet hat, er werde herkommen, muß es noch lange nicht stimmen«, mischte sich Hugh ein. »Er selbst hat nichts dergleichen gesagt, ist Euch das nicht aufgefallen?«

»Du meinst, es war eine List?« rief Dawn aus. »Eine *Falle*?«

Der Polizist bemerkte, wie ihm die Geschichte entglitt. »Du mußt vorsichtig sein mit dem, was Du sagst, es ist eine ernste Beschuldigung, Du brauchst Beweise.«

»Wir haben es gesehen, nicht, Coral?«

»Wir sahen nicht, wer er war. Jan stand allein, und natürlich waren die vielen Leute da. Wir hatten überall hingesehen, und plötzlich bewegte sich jemand, und wir sahen sie ...«

»Und dann war dieser Mann plötzlich da und holte aus und wollte sie genau vor den Zug schubsen, wirklich, das wollte er.«

»Jemand stieß mich«, bestätigte Jan. »Ich wunderte mich — solche Menschenmassen — und dann tauchten auf einmal die Kinder auf. Ich habe nicht gesehen, wer es war. Und dann sagte Mr. Wheeler zu mir, ich dürfe nicht so nah an der Bahnsteigkante stehen, wenn ich nicht schwindelfrei wäre. Aber das bin ich doch, und hier sollte ich mich aufstellen, hatte mir Mr. Crook bestellen lassen. Und jetzt ist er gar nicht hier.«

»Sie sind doch die junge Dame, die Mrs. Brown fand«, wollte der Journalist wissen, der sofort einen Zusammenhang zwischen den beiden Vorfällen zu finden hoffte.

»Ich weiß nichts davon, wie ihr das passiert ist. Dawn, Coral, weiß Eure Mutter, daß Ihr hier seid?« Ihr fiel etwas anderes ein. »Wieso glaubtet Ihr, ich wäre am Bahnhof?«

»Du bist mit dem Rad davongefahren und wir mit dem Bus. Mr. Crook hatte uns doch geraten ...«

»Am besten rufst Du gleich an und verhinderst, daß sie die Teiche nach Euch absuchen«, schlug Hugh vor.

»Wir haben ihr gesagt, wir gingen ins Dorf, nur nicht in welches.«

»Sie wird sich Sorgen machen.«

»Mutter macht sich nie Sorgen. Und immerhin wollte Mr. Crook doch, daß wir Dich im Auge behalten.«

»Und es ist gut, daß wir das gemacht haben. Wenn Coral ihn nicht gesehen hätte ...«

Der Polizist war deutlich an der Grenze seines Fassungsvermögens, nun wandte er sich an den Pressemann. »Sie dürfen diese Geschichte auf keinen Fall drucken. Es ist auch gar nichts geschehen. Ein kleines Mädchen sah jemanden ausrutschen und denkt, die Dame könnte gestoßen worden sein.«

»Aber sie wurde gestoßen, ich sah ihn doch.« Coral bestand auf ihrer Aussage.

»Siehst Du ihn noch irgendwo hier?« fragte der Reporter schamlos.

»Sie sollten es besser wissen, als die Kinder zu befragen«, rief empört der Polizist, der wirklich überfordert war. »Die junge Dame war doch viel zu weit weg.«

»Coral sieht alles«, sagte Dawn, »sie hat sogar das Nest des Fliegenschnäppers entdeckt, nicht einmal Daddy hatte es bemerkt.«

Coral stand in Gedanken versunken da.

»Streng Dich nicht an«, meinte Hugh. »Er sah gewiß wie jeder andere auch aus.«

Ein Träger erschien. »Mr. Wheeler, es ist eine Sendung für Sie gekommen.«

»Ich komme und hole sie, und dann muß ich zu Mr. Pringle zurück. Der Mann ist mit einer Uhr anstelle eines Herzens geboren, außer, was seine Pflanzen anbetrifft. Mach's gut, Jan, paß auf Dich auf und überlaß die Kinder nicht sich selbst«, fügte er leiser hinzu.

»Wir rufen Eure Mutter an«, entschied Jan. »Wir können sowieso nichts weiter aussagen.«

Aber Coral rührte sich nicht vom Fleck. »Warte, ich muß nachdenken«, sagte sie, »dieser Mann ...«

»Du wirst hier jetzt keine Geschichten erfinden«, fiel der Polizist rasch ein.

»Schwarz«, sagte Coral.

Dawns Augen weiteten sich. »Nein, warte, ich glaube nicht ...«

»Schwarzes Haar und schwarze ...«, sie strich sich über ihre eigenen schmalen Wangen. »Backenbüschel?«

»Koteletten«, ergänzte Dawn kenntnisreich.

»Höchstens zehntausend Kerle entsprechen dieser Beschreibung, besonders in einer solchen Ansammlung«, sagte der Reporter, der sich bereits zum gehen wandte. Der Polizist hatte recht, es lag kein Sinn darin, hier Zeit zu verschwenden. Auf das Wort eines sechsjährigen Mädchens hin würde man nicht mal einen Hund hängen.

PC Dick schaute finster drein. Es war eine verrückte Geschichte, und bei Kindern konnte man nie sicher sein. Ihre Aussagen mußte man wie Salzstreuer benutzen. Mit Erfindungskraft ausgestattet konnten sie voller Inbrunst an ihre eigene Geschichte glauben, entgegen aller widersprechenden Einsicht. Aber wenn es auch unwahrscheinlich war, unmöglich war es nicht. Was ihm wirklich Schwierigkeiten bereitete, war die Erwähnung von Crook. Das Mädchen war bei ihrer Erzählung niemals davon abgewichen, aber wenn er am Bahnhof gewesen wäre, würden alle ihn bereits entdeckt haben. In solch einer Menge würde ein Mädchen, das nicht total verrückt war — obwohl man bei Ausländern nie ganz sicher sein konnte —, ihren Standort an der Bahnsteigkante aufgegeben haben, denn die Ankunft der Lokomotive und der folgenden Wagen könnte jedem Schwindel verursachen. Mrs. Brown war erwähnt worden, aber das könnte zufällig sein. Aber für einen Schurken, der jemanden aus dem Wege wünschte, konnte das schon eine ideale Situation sein, der überfüllte Bahnsteig, die vermehrte Spannung, als der Zug heranrollte, die atemlose Erwartung, alle Augen (natürlich auch ihre) auf den Teil des Zuges gerichtet, wo man den Star vermutete. Was für eine günstige Gelegenheit für einen lässigen Burschen, durchzuschlüpfen und mit einer geschickten Bewegung das Mädchen zu Fall zu bringen. Die Kriminalgeschichte vermeldet eine Menge solcher Begebenheiten, viele natürlich als Unfall verbürgt. Die Nähe der Lokomotive konnte sie leicht schwindlig gemacht haben. War es Glück oder Instinkt oder das Echo von des Kindes Schrei, das sie diesen Schritt rückwärts machen ließ, wie ein Tier, das von der Natur auf Selbsterhaltung bedacht ist? Zu seiner Überraschung entdeckte er bei sich, daß er ernsthafte Überlegungen aus der Erzählung des Mädchens gezogen hatte.

»Wer es auch gewesen sein könnte, er ist jetzt nicht hier«, sagte er zu Jan. »Sie sollten lieber die Mutter der kleinen Mädchen anrufen. Sie werden nämlich so schnell nicht von hier wegkommen, die Straßen sind zu überfüllt.«

»Wir könnten in einem Polizeiwagen nach Haus fahren«, schlug Dawn vor. »Wir sind auch schon einmal mit Mr. Crooks Rolls-Royce gefahren ...«

»Ich vermute, Eure Mutter kommt selbst, um Euch abzuholen«, sagte Jan.

»Ein Polizeiauto wäre interessanter.«

»Diese Person, die zu Ihnen sagte, Mr. Crook werde in diesem Zug sein — Sie haben wohl nicht zufällig eine Ahnung, wer das war?« fragte PC Dick, an Jan gewandt.

»Ich dachte, es müsse Mr. Parsons sein, sein Partner. Er sagte, es wäre dringend, und ich sollte niemandem verraten, wohin ich ginge. Ich dachte, vielleicht kommt er mit dem Zug, weil er einen Anschlag fürchtet, wenn er Auto fährt. Ich war überzeugt, er hatte etwas herausgefunden. Aber Ihr hättet überhaupt nicht hier sein sollen«, sagte sie zu den Kindern.

»Wir benutzten nur unseren Grips, Daddy sagt auch immer, wir sollten das tun. Wir wären auch per Anhalter gefahren, aber der Bus kam eher. Natürlich wußten wir nicht genau, wohin Du fährst, aber wir glaubten nicht, daß der Treffpunkt eine Hütte im Wald sein sollte. Wir gehen oft dorthin«, erklärte sie PC Dick, um es ihm verständlich zu machen. »Aber Mr. Crooks Wagen hätte den Weg nicht befahren können.«

Zum zweiten Mal an diesem Tag wurden sie durch einen Schrei von Coral unterbrochen. »Da, da, guckt doch, er geht durch die Sperre. Ach, jetzt habe ich ihn wieder verloren, da sind einfach zuviele Leute.«

Nun, wo der Wagen mit dem berühmten Gast fortgefahren war, strömte auch die Menge vom Bahnsteig. Nur wenige von ihnen hatten das für sie auch unerhebliche kleine Drama auf dem letzten Stück des Bahnsteigs wahrgenommen. Die Menge schob sich zum Parkplatz, stellte sich an der Bushaltestelle auf, drängelte sich auf der Straße aneinander vorbei.

»Kaum Aussicht, ihn jetzt herauszufischen«, murmelte der Constabler. »Die einzige Möglichkeit wäre, er würde auf dem Parkplatz festsitzen.« Ein Kerl wie der sollte bestimmt nicht zu Fuß gekommen sein.

Seine Uniform half ihm weniger dabei, durch die Menge vorzudringen, als er angenommen hatte, und ohne die Kinder war es ohnehin zwecklos voranzukommen, denn nur Coral hatte ihn gesehen. Er bezweifelte auch, daß seine Vorgesetzten ihren Worten glauben würden. Immerhin konnte sich dies hier doch als Mordversuch herausstellen, und mysteriöse Morde hatten sie in letzter Zeit genügend gehabt. Und ein Kerl stößt doch nicht zum Spaß ein Mädchen von der Plattform, nicht, wenn er alle Tassen im Schrank hat. Wenn sie jedoch gestolpert war und er ihr nur helfen wollte, warum war er dann so eilig durchgebrannt? Bescheidenheit ist eine Zier, aber man kann sie auch übertreiben, und obwohl Jan nicht von hinreißender Schönheit war, gehörte sie doch zu denjenigen, die einen zweiten Blick verdienten.

Sie kämpften sich bis zum Parkplatz durch, der voll von ungeduldigen Fahrern war, die auf eine Möglichkeit abzufahren warteten. Aber noch hatten die Fußgänger ihren

Rückweg nicht beendet und versperrten den Autofahrern den Ausgang. Coral wanderte vollkommen gelassen um jeden Wagen und betrachtete die Fahrer von allen Seiten. »Er ist nicht hier«, sagte sie, »vielleicht wartet er auf den Bus.«

Aber da war er natürlich auch nicht.

»Sie müssen unbedingt die Mutter der Kinder anrufen«, mahnte der Polizist zum wiederholten Male. »Die Kinder können bei mir bleiben.« Er wußte, wer die Kinder waren, jedermann kannte die Banks-Sprößlinge.

Der Telefonautomat am Bahnhof war glücklicherweise nicht besetzt.

Dawns Überzeugung, daß ihre Mutter sich nie beunruhigte, war weit gefehlt. Sie neigte normalerweise nicht dazu, überängstlich zu sein, was ihre Kinder anbetraf, aber jetzt war sie dem Wahnsinn nahe. Sie hatte mit jedem telefoniert, der sie möglicherweise gesehen haben konnte, und von allen Seiten verneinende Antworten erhalten. Das überzeugte sie davon, daß Jan, dieses tückische Geschöpf, den Kindern den Ort ihres Rendezvous mit diesem widerlichen Mr. Crook verraten und die Kinder sich auf eigene Faust dahin begeben hatten.

»Den Kindern solche Sachen in den Kopf zu setzen«, dachte sie verzweifelt. »Jan sollte auf sie aufpassen, nicht sie auf Jan.«

Wenn sie nicht zurück sein sollten, bis Roy ankam, würde er glatt durch die Decke gehen. In Gedanken stellte sie sich vor, wie sie sich Hals über Kopf in dies Abenteuer stürzten, fremde Wagen anhielten; und selbst für eine relativ so gleichgültige Mutter war diese Vorstellung erschreckend. Als das Telefon läutete, warf sie sich in Windeseile drauf. Als sie Jans beruhigende Stimme hörte, klang ihre eigene wie gebrochenes Glas, so plötzlich ließ ihre Anspannung nach. »Woher rufst Du an, was machst Du da?«

»Ich wollte Mr. Crook treffen, aber er kam nicht.«

»Natürlich nicht, er ist auf dem Weg von London nach hier. Aber die Kinder ...«

»Sie sagten, sie hätten ihren Grips benutzt. Die Polizei kann alles erklären«, fügte sie verzweifelt hinzu.

»Was hat die Polizei damit zu tun?«

»Sie war auf dem Bahnhof, es gab einen Vorfall ...«

»Ich sehe nicht ein, was das mit Dawn und Coral zu tun hat.«

»Das werden Sie«, versprach Jan. »Ich muß zurück. Der Polizist paßt auf die Kinder auf. Es sind hier zuviele Leute, dieser Popstar ...«

»Ich weiß wirklich nicht, warum Du an einem solchen Tag dahin gehen mußtest.« Sie hatte einen Lichtblick. »Darum seid Ihr alle da, um den Popstar zu sehen?«

»Ich wollte Mr. Crook treffen. Die Kinder folgten mir — im Bus. Eine alte Dame nahm sie mit zum Bahnhof.« Dawn hatte sich zu dieser Darstellung bereit gefunden.

»Am besten, Du wartest, bis ich da bin und sie hole. Du kannst mit Deinem Fahrrad zurückkommen.«

Als sie den Hörer auflegte, war sie fest entschlossen, wenn Jans Vertragszeit zu Ende war, nie wieder ein Au-pair-Mädchen ins Haus zu nehmen.

14

Der Mann, der für Mrs. Browns Tod verantwortlich war, quetschte sich durch den Bahnhofsausgang und wurde von der Menge mitgerissen, die nun Richtung Waterlow Cross strömte und ihrem Idol zu seinem Hotel folgte, wo sie außerhalb seines Fensters ihr Lager aufschlug, mit Fahnen winkte und die Rasseln ertönen ließ, um ihn damit auf den Balkon zu locken. Terry Woods lief mit den anderen. Er war natürlich mit dem Wagen gekommen, aber der Eingang zum Parkplatz war durch die Fußgänger undurchdringlich versperrt gewesen, die dieses eine Mal den Autofahrern überlegen waren. Es schien unwahrscheinlich, daß jemand mit gesundem Menschenverstand einem wahnsinnigen Kind Glauben schenken und daß man ihn selbst auf dessen Beschreibung wiedererkennen würde. Aber es konnte nicht schaden, in der nächsten Stunde einen genügend großen Abstand zwischen sich und die Polizei zu legen. Dann konnte er sich zurückschlängeln, um seinen Wagen zu holen.

Er war beinahe gelähmt vor Wut, weil sein so kunstvoll erdachter, lückenloser, narrensicherer Plan zusammengebrochen war. Er gehörte zu denen, die Crook als Sicherheitsbrigade bezeichnete. Er konnte nicht auf gut Glück ein Verbrechen begehen und danach davongehen und abwarten. Er mußte zurückkommen, seine Nase hineinstecken, um zu sehen, ob er alles bedacht hatte und jeder Anhaltspunkt getilgt war. Manchmal stand er in Lokalen und hörte den Ortsansässigen zu, um eine Bemerkung, die seine Geschichte betraf, aufzufangen. Amateure machen es immer so, auf den Standpunkt hatte sich Crook gestellt. Nicht so die Profis, deswegen sind sie auch Profis.

Er hatte sich für sich und ebenfalls für Bernie, seinen Partner, vergewissert, daß er nichts dem Zufall überlassen hatte. Sowieso drehte er keine wirklich großen Dinger, 'überlaß die den wirklich schweren Jungs'. Er suchte sich nur die kleinen Häuser aus, die einen schnellen und vernünftigen Ertrag versprachen, und machte dabei seine Hausaufgaben gründlich. Als seine Wahl auf das Manor Haus fiel, suchte er nach jemandem, der sich dort auskannte, denn er wollte nicht ohne die Sicherheit, wirklich auf ein leeres Haus zu treffen, irgendwo einbrechen. Da war also Jan, die offensichtlich wie zugeschnitten für diesen Job war. Sie war jung, Ausländerin, keine Familie, unverdächtig. Ein 'heute hier und morgen da'-Mädchen. Und es war leicht, mit ihr umzugehen, obwohl er eigentlich nie Schwierigkeiten mit Mädchen gehabt hatte, sie fielen ihm einfach in die Hände. Er machte Treffen mit ihr aus, führte sie etwas herum und sprach mit ihr. Vor allem aber ließ er sie erzählen. Man konnte wirklich nicht sagen, daß sie ihren Mund hielt, sie war so entgegenkommend, wie man es sich nur wünschen konnte. Er erfuhr schnell etwas von Kays

Battersea-Emaillen und Roys Pokalen. Er erfuhr auch, wie sich das Leben im Haus abspielte und wer dort wohnte: Mr. und Mrs. Banks, die beiden Kinder, die Haushälterin. Die Kinder waren zwar eine Last, aber doch weniger, als es ein Hund gewesen wäre. Kinder schliefen fest, und er plante keinen Raubzug bei Tage.

Er hänselte sie wegen ihrer Stellung.

»Ist es schön, als Sklave im Ausland zu leben?«

Jan war von Natur aus eher ernst, und ihre Erfahrungen hatten mit Humor oder Sarkasmus nichts zu tun. »Ich bin keine Sklavin, ich bin ein Au-pair-Mädchen.«

»Ist das nicht dasselbe? Oder hast Du Freizeit?«

»Wenn Mr. und Mrs. Banks abends zu Haus sind, kann ich ausgehen, nur wenn sie fort sind, muß ich bei den Kindern bleiben. Mrs. Brown glaubt, die gingen sie nichts an.«

»Geht sie denn nie aus?«

»Sie geht donnerstags zum Bingo und sonnabends zum Chorsingen. Manchmal kriegt sie auch Besuch, sie hat ein Wohnzimmer.«

Es wird immer besser und besser, hatte er gedacht. »Wie wärs, wenn ich mal käme, wenn alle aus sind, um Dich zu unterhalten«, schlug er vor.

Jan versteifte sich sofort. »Das würde Mrs. Banks nicht gern sehen.«

»Ach komm, was sollte sie von mir halten, sollte ich ihr Silber klauen?« Er lachte, er fand seinen Ausspruch fabelhaft.

Aber Jan stimmte nicht in das Gelächter mit ein. »Mrs. Banks denkt, wenn ich mich unterhalte, höre ich nicht, daß die Kinder nach mir rufen.«

»Sie kommt mir wie eine richtige alte Hexe vor. Aber Du brauchst es ihr doch nicht zu sagen.«

Als sie unzugänglich blieb, ärgerte es ihn, aber er zeigte es ihr nicht. Es hatte so leicht ausgesehen. Und nun zerbrachen seine Pläne an der Sturheit des Mädchens. Er war schon halb entschlossen, den Belagerungszustand aufzugeben, als er auf eine völlig unerwartete Glückssträhne traf. Bei einem Einkauf in Buzzard Major hörte er eine Kundin an der nächsten Kasse sagen: »Senden Sie es mir bitte zu, an Mrs. Brown, Manor Haus in Buzzard Minor.«

Es war die Adresse und nicht der Name, die ihn aufmerksam werden ließ, aber als er sich ihr zuwandte und ihr Gesicht vollständig erblickte, starrte er sie voller Verwunderung an. Er erkannte sie sofort, selbst nach sechs Jahren. Sie war nur etwas älter, aber sonst unverändert. Es war leicht, sie auf der Straße abzufangen und sich in Erinnerung zu bringen. Sie sah ihn total verständnislos an, aber das war nicht verwunderlich, er war ein Neuling beim Argus gewesen, sie konnte von seinem Vorhandensein nichts gewußt haben. »Harrogate«, half er ihr. »Vor sechs Jahren im Amtsgericht.«

Sie wechselte die Farbe, ihr blasses Gesicht tönte sich langsam safrangelb. »Was wollen Sie?« fragte sie.

So begannen die Treffen im 'Pumpkin and Pie'. Sie glaubte, er wolle sie nur erpressen, kleine Summen, denn sie hatte sich in den sechs Jahren nicht viel zurückgelegt. Doch um so mehr schätzte er das Gefühl der Macht, die er über sie ausüben konnte. Es war keine Eile geboten. Bernie war sowieso noch nicht verfügbar, sie arbeiteten nicht immer zusammen. Und sie hatte ihre Stellung sechs Jahre lang innegehabt und wollte sie nicht aufs Spiel setzen. Wenn die Wahrheit bekannt wurde, mußte sie die Gegend verlassen, in der sie heimisch geworden war.

Er brauchte nur die Gelegenheit abzuwarten, um eine Einladung von ihr für einen Abendbesuch zu erhalten. Und wenn sie schon überrascht über das unerwartete Wiedersehen war, um soviel mehr mußte sie es sein, als er dann mit einem Freund zusammen bei ihr auftauchte, anstatt mit ihr allein den Abend zu verbringen.

Die Chance bot sich an dem Augustwochenende, als die Banks verreist waren, die Kinder bei einer Tante. Beiläufig hatte er es eingerichtet, Jan zu treffen.

»Was machst Du am langen Wochenende im August?«

Jan hatte noch keine Pläne, sie konnte sich Hugh zur Demo

anschließen, danach hatten sie immer so etwas wie eine kleine Party. Da die Kinder wegfuhren, hatte sie viel Zeit, Mrs. Brown kümmerte sich um das Haus.

»Trauen sie Dir nicht?« stichelte er, und sie meinte: »Mrs. Brown traut niemandem.«

»Keinen Freund?« fragte er. »Ich weiß, Du hast keine Familie, warum kommst Du nicht mit mir nach Griechenland, falls Du Deine eigenen Fahrtkosten aufbringen kannst, versteht sich. Meine Eltern leben dort, sie würden sich freuen, wenn Du kommst, sie haben eine Menge von Dir gehört. Also wie steht es damit?«

»Machst Du einen Scherz?«

»Kein Scherz, bestimmt nicht«, versprach er ihr.

Sie zögerte noch immer. »Mrs. Banks ...«

»Du brauchst ihr doch nicht zu erzählen, wohin Du fährst. Sag zum Beispiel, Du würdest ein anderes Au-pair-Mädchen besuchen, warum sollte sie Dir das nicht abnehmen?«

Zusammen erfanden sie die Geschichte von der Freundin in Eastbourne. Sie hatten sogar eine Telefonnummer dafür, aber Kay hatte nicht danach gefragt.

»Ich bin froh, daß Du irgendwo hingehen kannst«, sagte sie und kümmerte sich nicht weiter darum.

Terry nahm Jans Ersparnisse ohne Zögern an sich, genau wie die Erpressungssummen, die er von Mrs. Brown erhielt. Er war stolz darauf, nie die Spur eines Gewissens gehabt zu haben, Null Komma Null Periode, wie er es für sich ausdrückte.

So also war es, wunderbar geplant, und die alte Hexe spielte ihm noch in die Hände, indem sie ihn für den Donnerstagabend einlud. Er sollte sie im Manor Haus besuchen.

»Alle werden außer Haus sein, das Ehepaar in Amsterdam, die Kinder bei der Tante, ich gehe wie gewöhnlich zum Bingo, werde aber früh zurück sein.«

»Ich hielt das Tor offen, und sie spazierte mir direkt hinein«, prahlte er Bernie gegenüber. »Mußte nicht einmal um eine Einladung bitten.«

(Es wäre ihm niemals eingefallen, daß sie vielleicht die Last, die er für sie darstellte, los werden wollte, daß sie gar eigene Pläne verfolgen könnte, um ihn ins Verderben zu stürzen, und dabei ebenso umsichtig und beharrlich vorging, wie er sein Vorhaben eingefädelt hatte. In Wirklichkeit wollte sie sogar noch weiter gehen als er. Ihr Tod war kein Teil des Planes gewesen, und wenn sie sich vernünftig benommen hätte — die Sachen waren sowieso alle versichert —, würde sie immer noch das Angesicht der Erde verdunkeln.)

Aber es war nicht so gelaufen, wie er geplant hatte. Sie öffnete die Tür, dünn und spitz wie eine Stopfnadel, trug ihre auffallende Kette und die Handtasche am Arm. Als sie diese beiden verdächtigen Gestalten erblickte, der eine mit einem Strumpf über den Kopf gezogen, um unerkannt zu bleiben, hatte sie, anstatt sie hereinzubitten, um sich geschlagen wie eine Wildkatze. Er hatte sich die Koteletten wachsen lassen müssen, um die häßlichen roten Kratzer zu verdecken, die sie auf seinen Wangenknochen hinterlassen hatte. Da sah er buchstäblich rot vor Wut, so daß er sie heftig unter das Kinn schlug. Sie fiel wie ein Sack Mehl auf das Treppengeländer.

»Sieh Dich vor«, hatte Bernie gesagt. »Du willst die alte Hexe doch nicht umbringen.«

»Quatsch«, entgegnete er. »Sie ist bloß ohnmächtig. Wo ist der Strick und das Pflaster, ich will es auf nichts ankommen lassen.«

Nur so, wie es sich ereignet hatte, war beides nicht mehr notwendig gewesen ...

Weder der eine noch der andere hatte den Tag als glücklich empfunden. Sie waren nur gekommen, um die Wertsachen zu holen, und das taten sie auch. Zuerst ließen sie Mrs. Brown an der Treppe liegen, währed Bernie das Wohnzimmer leer räumte und er selbst Roys silberne Preise einsammelte. Dann, als sie gehen wollten, hörten sie Geräusche, die sie nicht mit einberechnet hatten. Jemand hatte das Gartentor geöffnet, und seine Schritte waren auf dem Weg hörbar. Wie angefroren standen sie da. Terry vermutete, daß es Jan war. Er hatte nicht erwartet, daß sie, als sie erfahren mußte, daß sie hinters Licht geführt worden war, so wenig Verstand bewies, noch in der Nacht ins Manor Haus zurückzukehren. Gerade als wollte sie etwas tun, was er nicht einberechnet hatte. Er hatte gedacht, sie nähme vielleicht ein Zimmer, schliefe erregt ein, würde sich irgendeinen Job suchen, in Kaffeehäusern Teller waschen zum Beispiel, es gab eine Menge von Möglichkeiten. Sie konnte sich auch einen Mann auflesen, obwohl sie in der Beziehung eher ein Eisberg war. Und nun war sie hier und läutete, um eingelassen zu werden. Gott sei Dank schien sie keinen Schlüssel zu haben. Kurze Zeit danach hörte man die Schritte ums Haus herumlaufen, und nun wurde an der hinteren Tür geläutet.

»Sie wird nicht weggehen, sie weiß nicht wohin«, sagte Terry zu seinem Partner. »Das Haus sieht doch vollständig dunkel aus, sie wird warten, bis die alte Hexe heimkommt.«

»Wir müssen raus«, war Bernies Antwort.

»Sie kann uns sehen, egal ob wir den hinteren oder den vorderen Ausgang benutzen!«

»Aber nicht an der Terrassentür. Es ist dunkel und regnet auch noch, man kann von keinem der anderen Ausgänge aus dorthinsehen.«

Bevor sie gingen, zogen sie ihr Opfer in die Besenkammer. Ein Keller wäre besser gewesen, doch anscheinend gab es keinen. Sie hatten ihre Wagen an der Seite geparkt, wo sie am wenigsten von zufälligen Zeugen, gegen die man sich nie ganz wappnen kann, bemerkt werden konnten. Sie nahmen die Beute und stahlen sich durch die Terrassentür davon. Sie entdeckten zwar, daß man sie von außen nicht schließen konnte, aber die schweren Vorhänge würden das verdecken, und sowieso würde niemand vor dem nächsten Morgen etwas bemerken. Als sie über den Rasen liefen, vernahmen sie wieder das Klingeln an der Vordertür. Aber bis es aufhörte, hatten sie ihre Beute bereits in den Kofferräumen ihrer Wagen verstaut. Sie reisten getrennt. Bernie hatte einen Nachtflug nach Amsterdam gebucht, wo er einen möglichen Interessenten für die Emaillen kannte, Terry wollte sich mit Josh Lang in Verbindung setzen, um an möglichst viel Bargeld zu kommen und dann das Wochenende in Brighton zu verbringen.

Bevor die Wagen über die Gemeindestraße gerollt waren, hatte Hugh Wheeler die Belagerung des dunklen Hauses aufgegeben und fuhr mit seinem Roller zum Huntsman. Und Jan war noch nicht lange aus dem Zug gestiegen.

Terry erlitt einen weiteren Schock auf dem Heimweg, als ein verrückter Rollerfahrer, der haste was kannste was um eine gefährliche Kurve geschossen kam, beinahe in seinen Wagen reinfuhr. Er hielt nicht an, um seine Hilfe anzubieten, er konnte zwar noch sehen, daß der Fahrer oder die Fahrerin gestürzt war, konnte sich aber nicht ernstlich verletzt haben, war gleich wieder auf den Beinen. Sah wie ein Mädchen aus, aber man konnte sowas nie mit Sicherheit feststellen. Er nahm die Kurve halsbrecherisch, ehe man sich vielleicht seine Nummer merken oder ihm sonstwie zu nahe kommen konnte.

Auf dem restlichen Weg begegnete er niemandem mehr. Keiner war auf der Treppe, als er das Bündel in sein Zimmer brachte. Als er die Tür zugeschlossen hatte, überprüfte er seinen Anteil. Er war umfangreicher, als er vorhergesehen hatte, sehr gute Silbersachen, nicht der gewöhnliche Plunder, den man normalerweise auf den Ankleidetischen der Frauen vorfindet.

Josh würde ihn natürlich betrügen, aber selbst wenn.

»Richtig fette Beute«, sagte er laut.

Ein wahres Wort, aber Fettflecken sind schwer zu entfernen ...

In Brighton beruhigten sich seine Nerven. Er las sich ohne Schwierigkeiten ein flottes Mädchen auf, und falls in der Zeitung etwas von einer alten Schlampe stand, die tot in der Besenkammer aufgefunden wurde, warum sollte jemand da eine Verbindung zu ihm herstellen? In den Freitagszeitungen hatte nichts gestanden, also hatten sie sie nicht gefunden, ebenso am Sonnabend. Wenn Bernie etwas Vernunft bewies, blieb er weg, bis die Wolken sich verzogen hatten. Er fand die Lage nicht erfreulich. Diebstahl und Einbruch waren eine Sache, aber bisher war er nie an einer schweren Körperverletzung beteiligt gewesen, von Mord ganz zu schweigen. Nicht daß es gerecht gewesen wäre, es Mord zu nennen, und selbst die Gerichte müßten auf Totschlag plädieren. Sie hatten keinerlei Waffen bei sich gehabt. Selbstmord würde ein gerechteres Urteil sein. Sie mußten sie bald finden. Man würde Milchflaschen und Zeitungen bemerken, die nicht reingenommen worden waren. In der Zwischenzeit schien die Sonne von Brighton für ihn, und wenn er zurückkehrte, warteten ein halbes Hundert von Haushalten darauf, bestohlen zu werden, und das trotz aller polizeilichen Warnungen. Manchmal dachte er, eigentlich war es geradezu peinlich, das Geld an sich zu nehmen, es ging einfach zu leicht.

In der Sonntagszeitung las er über Mrs. Brown. Sie war also von diesem neugierigen Milchmann vorzeitig aufgefunden worden. Man vermutete falsches Spiel. Wie dumm konnte man sein? Wie konnte sich das alte Mädchen selbst in den Besenschrank einschließen? Er hatte plötzlich kurz die Wahnvorstellung, ihren Kopf aus der Tür herauskommen zu sehen, wobei sie irgendeinen zimperlichen Spruch machte, aber das konnte sie ja wohl nicht, sicher nicht. Schließlich hatte er die Besenkammer abgeschlossen, ehe er ging. In den nächsten Tagen versuchte er, sich den Anschein von nonchalanter Gelassenheit zu geben. Aber innerlich strebte er nach Sicherheit, genau wie Crook vermutete. Er mußte unbedingt wissen, ob es neue Entwicklungen gab, er wollte in die Nachbarschaft zurück, in der er sich nicht auffallend von anderen jungen Männern unterschied, um dort herumzuschnüffeln. Er hatte erfahren, daß Mrs. Farmer vom 'Pumpkin and Pie' bei der Polizei gewesen war und ihre Version von der toten Frau und ihrem jüngeren Partner preisgegeben hatte. Eine verstohlene Angelegenheit, sicherlich, aber mehr war nicht herausgekommen. An Mrs. Gale dachte er überhaupt nicht mehr.

Dort hatte er sich als Robinson vorgestellt, und er und Mrs. Brown waren dort niemals zusammen gesehen worden. Frauen ihrer Art sahen sich die Kunden sowieso nicht so genau an, das war in der Branche Ehrensache und, soweit man annehmen konnte, auch Tatsache. Nur um ganz sicher zu sein, hatte er sich zusätzlich zu den Koteletten die Haare lang wachsen lassen und im Nacken künstlich gekräuselt. Das mußte für einen Notfall, der aller Voraussicht nach nie eintraf, eine ausreichende Verkleidung sein.

Soweit es Jan betraf, war er sorglos. Er hatte es vermieden, sie an Plätze mitzunehmen, wo sie auch ihre Bekannten treffen konnte, und ihre Begegnungen hatten selten genug stattgefunden. Diese Mädchen verloren leicht den Kopf und gerieten ins Trudeln wie Anfänger auf der Eisbahn. Auch würde sie sicher nicht die Geschichte ihrer Verbindung mit ihm an die Öffentlichkeit bringen, kein Mädchen gibt gern zu, an der Nase herumgeführt worden zu sein.

So schien alles geklärt. Der Fall würde in den Polizeiberichten offen bleiben, unwahrscheinlich schien es, daß sie die Verantwortlichen je finden würden. Was machte ihn so sicher? Frage Crook, und er wird Dir bestätigen, daß Eitelkeit die meisten Verbrechen an den Tag bringt.

Seine Begegnung mit Mrs. Gale war für ihn ein fürchterlicher Schock. Die Koteletten hatten nichts genutzt, sie erkannte ihn sofort, nannte ihn bei seinem angegebenen Namen, Robinson, und er war so bestürzt gewesen, daß seine Ableugnung nicht sehr überzeugend geklungen hatte.

Sie hatte gelacht, wie er sich erinnerte, als sie in die Bar eintrat. Aber das würde sie nun nicht mehr können.

Wenn solche Frauen (gerade sie, Futterluke wie eine Rattenfalle) den Mund nicht hielten, konnte das für Leute wie ihn nur Verdruß bedeuten. Als sie über ihr ganzes dummes Gesicht grinsend verschwunden war, hatte er sorgenvoll auf der Straße gestanden. Die Bar war zu dieser Stunde nicht besonders besucht, es standen nur wenige Wagen auf dem Parkplatz, die gelegentlichen Gäste kamen zu Fuß. Ein Mann, der etwas Schwierigkeiten mit seinem Auto hatte, sollte nicht auffallen. Und was für ein alter Klapperkasten ihr gehörte. Niemand würde überrascht sein, wenn es einen Unfall gab und er in die Ewigkeit rollte. Sein Glück hielt an. Niemand kam in der kurzen Zeit vorüber, die er brauchte, um an den Bremsen herumzupfuschen, und er war auf und davon, ehe Mrs. Gale aufhörte, mit der liebenswürdigen Katie zu schwatzen. In den folgenden Tagen stand nichts davon in der Zeitung, nur in der örtlichen Wochenzeitung wurde davon berichtet, aber niemand vermutete falsches Spiel. Der Wagen war zu zertrümmert, um als Beweisstück herzuhalten. Er hatte seine Arbeit schnell und gründlich ausgeführt. Falls er sich zu einem ordentlichen Lebenswandel entschließen könnte, würde er sich gut zum Automechaniker eignen.

Er war erleichtert. Ein weiteres Hindernis aus dem Weg. Vor Josh Lang hatte er keine Angst. Der konnte es sich nicht leisten, ihn den Bach hinunter gehen zu lassen. So blieb nur Jan. Er hätte sich wegen dieses jungen Mädchens niemals beunruhigt, wenn nicht Arthur Crook wie ein Erdbeben auf der Bildfläche erschienen wäre. Und wenn man aufatmete, wenn er gekommen und wieder gegangen war, erschien er von neuem. Bernie war zurückgekommen, und sie hatten zusammen wieder einen erfolgreichen Bruch gemacht, ein leeres Haus, in das sie wie Aale rein und raus gegangen waren. Und danach hatte Lang ihm die Zähne gezeigt und ihm bedeutet, aus dem Geschäft draußen zu bleiben, denn er würde an keinem Handel, an dem Mord klebte, teilhaben wollen. Sicher würde er nicht zur Polizei gehen, denn er mußte seinen eigenen Namen rein halten, ein Schock aber war es allemal gewesen.

Die ganze Zeit, während er im Geiste nochmal die einzelnen Ereignisse durchgegangen war, hatte er sich die Straße in Waterlow Cross entlangtreiben lassen, ebenso langsam wie die Menge, die um ihn brandete. Ein voller Bus fuhr vorbei, und die Wagen konnten sich endlich von den Fußgängern frei machen. Bald würde es ungefährlich sein, zum Parkplatz zurückzukehren, wo außer den Pendlern nichts zurückblieb. Zu dieser Zeit mußte die Polizei und die Menge der Fahrer verschwunden sein, und niemand außer dem neugierigen Kind mit dem erhobenen Finger und der gellenden Stimme konnte ihn bemerkt haben. Wenn er es mit Jan zusammen hätte runterstoßen können, würde er nicht gezögert haben. Es war eine solch blendende Gelegenheit gewesen, er konnte immer noch nicht recht begreifen, warum es schiefgegangen war.

Er befand sich nun in ziemlicher Entfernung vom Bahnhof und entdeckte an einer Straßenecke ein Café-Restaurant, wo warmer Lunch serviert wurde. Er ging hinein und setzte sich an einen Tisch im Hintergrund. Während er auf sein Steak wartete, bedachte er noch weiter das unglückliche Unternehmen des Vormittags. Es war ihm narrensicher vorgekommen. Der Bahnhof mußte gerammelt voll von Menschen beiderlei Geschlechts sein. Eine anonyme Botschaft, die er Jan zukommen ließ, hatte sie veranlaßt, unmittelbar an der Bahnsteigkante in der Nähe der Lokomotive zu warten, genau da, wo er sie haben wollte. Wenn der Zug eintraf, würden sich alle Augen ausschließlich auf die Mitte des Zuges richten, wo man den Held des Tages erwarten konnte. Sie würde wahrscheinlich nach Mr. Crook Ausschau halten, der unglaubwürdigerweise die Eisenbahn benutzen sollte. Es konnte nicht schwer sein, in der Menge, die sozusagen in einer Übersteigerung der Begeisterung fest zusammenklebte, eine kleine Bewegung auszuführen, wenn der Zug seine Fahrt verlangsamte, die Jan umfallen ließ. Bevor überhaupt jemand merkte, was geschehen war, konnte er längst über alle Berge sein, irgendein Gesicht in der Masse, scheinbar ebenso erschüttert wie alle andern. Und dann, es war für ihn noch immer ein Alptraum, dieser gellende Schrei des Kindes. Jan hatte wie der Blitz darauf reagiert, sich in die Richtung gedreht, aus der der Schrei gekommen war, so daß sein Arm nur ihre Schulter traf, und sie zwar stolperte, aber *weg* von der Bahnsteigkante und durch die Menge der Leute vor dem Fall bewahrt. Das blödsinnige

Kind schrie weiter und zog damit die Aufmerksamkeit selbst der in Anbetung versunkenen Menge auf sich. In dem folgenden Taumel war es für ihn ein leichtes, besonderer Beachtung zu entgehen. Er sah, wie ein Polizist versuchte, sich einen Weg durch die Menge zu bahnen, die sich windenden Kinder fest an der Hand, während Jan sich umgedreht hatte, um ihnen entgegenzugehen.

Er hatte ihr als sogenannter Abgesandter von Crook streng verboten, etwas über das Treffen zu verraten, aber sie hatte mit den Kindern darüber gesprochen, das war offensichtlich. »Traue keiner Frau«, dachte er, »sie können ihre Klappe nicht halten.« Eigentlich war er überrascht, daß sie diese Brut mit hineingezogen hatte, wenn sie nicht (ein zweiter Gedanke) alles für bare Münze genommen hatte. Sie folgte seinem zweiten Betrug ebenso ohne Zögern wie seinem ersten.

Und nun würde der übelwollende Crook erneut Nachforschungen anstellen. Zusätzlich zornig, daß sein Name mißbraucht worden war, und der Himmel mochte wissen, welche ungereimten Theorien er aus dem Ärmel schüttelte. In Anbetracht dieser verfehlten Unternehmung und Langs Zurückweisung wäre es sicher eine gute Idee, etwas Ferien zu machen, vielleicht in Übersee. Der aufgewirbelte Staub würde sich bald legen, so war das immer.

Er schob seinen Teller weg und rührte gedankenverloren in seinem Kaffee. Nun hatte sich die Menge verstreut, er würde den Hügel hinaufeilen, um sein Auto zu holen. Der Bahnhof müßte leer sein. Rafe Carnaby, um ihn bei seinem erfundenen Namen zu nennen, würde nicht wieder dahin zurückkehren. Er beabsichtigte, eine Tournee durch das ganze Land zu machen. Morgen würde eine andere Menge an einem andern Bahnhof stehen. Er hätte gern gewußt, ob dieser Bursche das kleine Drama überhaupt bemerkt hatte, das sich bei der Ankunft des Zuges abgespielt hatte.

Er zahlte und ging. Die Straße war jetzt ziemlich leer, auch von Polizei war nichts zu erblicken, keine lauernden Blaumützen weit und breit. Schnell lief er den Hügel hinauf und erregte weniger Aufmerksamkeit als eine summende Fliege.

Zuerst bemerkte er den Polizeiwagen nicht. Der war bescheiden in einer Ecke des Parkplatzes abgestellt. Erst als er seine Wagentür aufschloß, hörte er, wie eine andere zugeschlagen wurde und sah, wie ein Polizist sich ihm beharrlich näherte. Automatisch blickte er sich um, weil er nicht annahm, daß der auf ihn zukam, aber kein anderer war mehr auf dem Parkplatz.

Der Offizier kam näher. »Das ist Ihr Wagen, Sir?«

»Sieht so aus, ja.«

»Kann ich Ihre Zulassung sehen?«

Er erstarrte. »Wieso, zum Teufel?«

»Ich bitte darum, Sir.«

Nicht sehr bereitwillig zog er sie heraus und händigte sie dem Constabler aus, der darauf blickte, als wolle er sich Name und Adresse aufschreiben, bevor er sie zurückreichte.

»Schluß mit dem Spielchen?« fragte Terry.

Eine andere Wagentür schloß sich, und ein Mädchen bewegte sich auf ihn zu. Er versteifte sich. Der Offizier wartete, bis sie ihn erreicht hatte, und fragte dann: »Kennen Sie diesen Mann, Miss?«

Sie sagte leise, ungläubig: »Nikki! Aber Du konntest es doch nicht sein. Wie hätte ausgerechnet ich Dir schaden können?«

»Das ist wohl ein Mißverständnis«, meinte der mit Nikki Angesprochene betont harmlos. »Ich kenne dieses Mädchen nicht.«

Jan hob ihren Kopf. Die tiefe Röte, die zuerst ihr Gesicht überflutet hatte, wich einer fahlen Blässe. Als sie sprach, war ihre Stimme hart wie Stahl. »Du nahmst mein Geld«, sagte sie, »um damit einen Flug nach Griechenland zu bezahlen.«

»Mein liebes Mädchen«, erwiderte er, »ich war niemals in Griechenland.«

»Aber Du nahmst mein Geld, um einen Flugschein zu kaufen. Wir wollten am langen Augustwochenende fliegen.«

»Das Wochenende habe ich in Brighton verbracht, falls das für jemand von Interesse ist. Und ich betone, ich könnte es beweisen, wenn ich in Verlegenheit käme.«

Ihre Stimme blieb unverändert. »Aber Du nahmst mein Geld für einen Flug nach Griechenland.«

Er lachte brutal. »Und ich vermute, Sie haben dafür jede Menge Zeugen.«

»Ich erzählte es Mr. Crook. Am ersten Tag gleich.«

»Sie hätten es dem Mann im Mond erzählen können, aber es würde nichts beweisen.« Er wandte sich an den Constabler. »Wie Sie aus meinen Papieren ersehen konnten, ist mein Name nicht Nikki.«

»Das habe ich auch niemals angenommen, Sir«, erwiderte der Polizist kühl.

»Und worauf wollen Sie hinaus?«

»Wir wollen Sie bitten, uns zur Station zu begleiten.«

»Wollen Sie mich festnehmen? Weshalb?« Seine Augen blitzten zornig.

»Die junge Dame hat Sie identifiziert.«

Er wandte sich zu Jan. »Wovon reden Sie überhaupt? Damit kommen Sie doch nicht durch.«

»Warum wolltest Du mich in jener Nacht aus dem Weg haben?« fragte Jan, so wütend wie er.

»Bitte, wir wollen hier die Fragen stellen«, warf PC Dick ein.

Bevor er antworten konnte, ertönte eine Stimme, die er erst einmal vernommen und niemals wieder zu hören gehofft hatte. Laut und deutlich sagte sie: »Das ist er.«

Er sah auf, platzte fast vor Wut und konnte es nicht fassen. Ein zweiter Polizist näherte sich und hielt zwei kleine Mädchen an den Händen. Die jüngere von beiden, wirklich nur ein Zwerg, wiederholte mit der gleichen Bestimmtheit: »Das ist er, ich habe ihn gesehen. Er wollte Jan unter den Zug stoßen.«

»Ist das eine Kinderstunde?« fragte Nikki. »Soll ich das nächste Märchen erzählen?«

»Und ich sah ihn, als er den Bahnhof verließ«, fuhr diese unerbittliche Stimme fort.

Nikki wandte sich zu dem Polizisten. »Zufällig bin ich freischaffender Journalist. Ich begleite Rafe Carnabys Tournee. Ich konnte nicht zum Parkplatz gelangen, so bin ich etwas herumgelaufen und habe einen Lunch eingenommen, solange ich warten mußte. Die Leute werden sich an mich erinnern, denke ich.«

»Wir sahen ihn«, wiederholte Coral, richtete ihre riesigen blauen Augen auf ihn und starrte ihn an, bis er wegsehen mußte.

»Hat Euch niemand beigebracht, daß es unhöflich ist, jemanden so anzugaffen?«, bellte er wütend.

»Lieber Gott!« rief der zweite Polizist aus. »Was ist das?«

Ein großer gelber Rolls-Royce alter Bauart schob sich den Hügel herauf.

»Es ist Mr. Crook«, rief Dawn, und sie und ihre Schwester sausten los in seine Richtung.

Jan schoß hinterher wie der Blitz. »Wartet, bis er hält«, rief sie ihnen nach.

»Mr. Crook fährt uns doch nicht um!«

Als der Wagen hielt, stieg Kay aus. »Was macht Ihr hier«, fiel sie über die beiden her. »Ihr sagtet mir, Ihr würdet ins Dorf gehen.«

»Wir sagten nicht, in welches Dorf.«

»Hat Jan Euch etwa gesagt ...«

»Jan sagte uns überhaupt nichts. Wir nutzten unseren Grips, wie Mr. Crook uns geraten hatte.«

»Und mehr, als ich das von meiner Klientin sagen möchte«, bemerkte Crook. »Wer hat Dir denn den Floh ins Ohr gesetzt, ich würde mit einem Disk-Jockey zusammen im Zug kommen?«

Die Kinder versuchten sofort, ihren Liebling zu verteidigen. »Wir dachten, Sie fürchteten vielleicht einen Hinterhalt und im Zug würden Sie sicher sein.« Crook rümpfte die Nase. »Einen ganzen Zug kann man doch nicht angreifen.«

»Ihr würdet staunen, was es alles schon gegeben hat.« Und zu Jan gewandt fügte er hinzu: »Selbst wenn ich wirklich nicht mit dem Auto kam, wo sollte der Sinn drin liegen, mich ausgerechnet am Bahnhof zu treffen? Du wolltest mich doch wohl kaum auf dem Gepäckträger Deines Rades transportieren.«

Jetzt erst schien er Nikki zu bemerken. »Ein Freund von Euch?«

»Das ist der, der Jan unter den Zug stoßen wollte«, korrigierte Dawn schockiert. »Coral hat es gesehen.«

»Ich glaube, wir sind uns noch nicht vorgestellt worden«, murmelte Crook.

»Das ist Nikki«, sagte Jan matt.

Mr. Crook schoß einen Blick auf ihn. »Nr. 28?«

Nikki antwortete heftig: »Ich weiß überhaupt nicht, wovon Sie sprechen.«

»Frau Noah könnte uns da helfen, aber ach, sie ist nicht mehr unter den Lebenden. Wenn Sie meine Klientin jetzt entbehren könnten ...« wandte er sich höflich an den Polizisten.

»Miss van Damm kommt mit uns zur Wache.«

»Das ist doch alles nichts als ein Haufen närrisches Zeug«, sagte Nikki.

»Er nahm mein Geld«, beharrte Jan.

»Siehst Du? Du solltest immer eine Quittung verlangen«, murmelte Crook.

»Wir gehen mit«, drängte Coral. »Wir können Aussagen machen.«

»Die Anklage lautet, Geld unter falschen Voraussetzungen angenommen zu haben, nicht versuchter Mord«, erklärte PC Dick.

»Wir sahen ihn.«

»Was ist mit meinem Wagen?« fragte Nikki.

»Wir werden ihn mitnehmen, geben Sie dem Constabler die Schlüssel.«

Er versuchte zu widersprechen, aber es war verlorene Mühe.

Crook hätte ihm das vorhersagen können. In Fällen wie diesem hat die Polizei immer recht.

»Ich fahre Euch alle zurück«, bot Crook verbindlich der Banksfamilie an. »Dann komme ich zurück zur Wache und hole meine Klientin ab. Und achte auf Deine Schritte, Jan, ein Täubchen zwischen lauter Schlangen ist meist nicht das, was es zu sein vorgibt, sonst wäre es nicht, wo es ist.«

15

Jan stand verloren da, als der große gelbe Wagen langsam hinter der Kurve verschwand. Jetzt fühlte sie sich mutterseelenallein, selbst Hugh hatte sie verlassen. Als sie zu der Stelle hinübersah, an der Nikki stand, konnte sie ihr früheres Gefühl der Verliebtheit überhaupt nicht mehr begreifen. Er machte noch den gleichen Eindruck, äußerlich jedenfalls, Stimme und Bewegungen die gleichen, aber welche Dummheit, zu glauben, er böte nur den geringsten Schutz. Und sie hatte ihm alles geglaubt. Vor allem, daß er sie nach Griechenland mitnehmen wollte, um sie seinen Eltern vorzustellen. Dabei hatte er sie die ganze Zeit auf einen Irrweg gelotst. Sie erwartete nicht, daß sie ihr Geld wiederbekommen würde. Auch zweifelte sie nicht an der Wahrheit dessen, was die Kinder beobachtet hatten, nämlich, daß er sie umbringen wollte. Bloß wußte sie immer noch nicht, aus welchem Grund.

»Warum?« hatte sie ihn gefragt. »Was konnte ich Dir antun?«

Nikki sprach. »Ich habe das Recht, mit meinem Anwalt zu sprechen«, sagte er.

»Sie können ihn von der Polizeistation aus jederzeit anrufen, Sir.«

»Nicht daß ich mich beschweren will«, sagte er. »Die Lage ist unmöglich. Sie haben so wenig Beweismaterial, das würde gerade für ein Vorkriegs-Dreipennystück reichen.«

»Warum sollte ich Mr. Crook erzählen, daß Du mein Geld genommen hast, wenn es nicht der Fall war?« fragte ihn Jan.

»Wenn Sie bitte einsteigen wollen, Miss, können wir das alles auf der Wache feststellen. Wir wollen nur eine Aussage«, erklärte der Polizist. Seine Stimme klang ziemlich förmlich und trocken, aber sein Verhalten insgesamt wirkte sorgenvoll, er wußte, daß es hier um sehr viel mehr ging. Dies war jedoch nicht der Augenblick für Erklärungen.

Tatsache war, daß die Polizei nicht sehr glücklich angesichts dieser Sachlage war. Wenn Crook nicht aufgetaucht wäre, hätten sie möglicherweise die ganze Angelegenheit fallen lassen. Jeder Neuling konnte sehen, daß das Mädchen keinerlei Beweise für ihre Behauptungen beibringen konnte, obwohl sie unwahrscheinlich genug klangen, um wahr zu sein. Außerdem hatte sie angegeben, Crook die ganze Geschichte noch am selben Tag, als sie sich ereignet hatte, erzählt zu haben und der hatte es nicht bestritten. Dazu kam ihre erstaunliche Bemerkung 'Warum wolltest Du mich in jener Nacht aus dem Weg haben?'. Jedenfalls war es am gescheitesten, beide auf der Wache zu haben und abzuwarten, wie höhere Instanzen alles beurteilten. Crook hatte versprochen, in jedem Fall dabei zu sein.

Der Sergeant auf der Wache betrachtete die Ankommenden zweifelnd. »Wolltest Du es darauf ankommen lassen?« fragte er PC Dick.

»Das Mädchen bestand darauf, eine Anzeige zu machen.«

»Sie kann nicht annehmen, damit durchzukommen.«

»Aber Mr. Crook mischt mit, Sergeant!«

»Ich dachte, er hätte die Kurve gekratzt«, schimpfte der Sergeant.

»Er kam mit seinem gelben Ungeheuer dazwischengerollt, und er kommt hierher, um seiner Klientin beizustehen. Anscheinend hat sie ihn an dem Tag getroffen, auf den sie sich bezieht, sie war um ihr Geld betrogen worden und berichtete ihm alles.«

»Das ist genau das, was bloß Crook passieren kann«, meinte der Sergeant.

»Dazu kommt noch der Ausspruch des Mädchens.«

»Das hast Du wohl vergessen, mir zu berichten.«

»Sie fragte diesen Burschen, Nikki nannte sie ihn, aber das ist nicht der Name, der in seinen Papieren steht: 'Warum wolltest Du mich in der Augustnacht aus dem Weg haben?' Und Crook warf etwas über eine Mrs. Noah und Nr. 28 ein.«

»Hast Du eine Vorstellung, was er damit meinte?«

»Eins will ich Ihnen sagen, Sergeant, ich habe das Gefühl, dieser Nikki ist schuldig.«

Der Sergeant dachte nach. »Wie hieß diese Frau, die mit ihrer Aussage zu uns kam, daß Mrs. Brown öfter einen jüngeren Mann in ihrer Bar getroffen hat? Doch nicht Mrs. Noah, soweit ich mich erinnere.«

»Sie können Crook fragen, sobald er auftaucht.«

»Ob es wohl dieselbe sein sollte«, grübelte der Sergeant.

»Er ist und bleibt ein primitiver Heckenschütze«, meinte PC Dick.

»Die haben auch ihre großen Stunden. Es war ein Bogenschütze, der in einem Baum saß und König Agag in die Spalte seines Harnischs traf, und ein anderer verhinderte die Invasion von dem Normannen William dem Zweiten, indem er ihm den Pfeil ins Auge schoß. Falls es eine Möglichkeit gibt, daß diese Frau den Kerl eindeutig identifizieren kann — und sie wird es bestimmt sorgfältig machen, diese Frauen, die eine berufliche Verbindung zum öffentlichen Leben haben, sind immer vorsichtig mit so etwas —, würde es für uns eine große Hilfe bedeuten. Schließlich können wir den Kerl nicht ohne Anklage hier behalten, und selbst Crook kann nicht annehmen, daß die Aussage des Mädchens, ohne daß sie durch Beweise belegt wird, genügt. Was das Kind anbetrifft, wie alt ist es, sagst Du?«

»Sechs! Der Verteidiger braucht der Jury nur zu sagen: Ich versichere Ihnen, meine Damen und Herren, daß die junge Dame ausrutschte, und mein Klient machte unwillkürlich eine Bewegung, um zu verhindern, daß sie fiel, und alle werden ihn nach dem Grundsatz 'in dubio pro reo' freisprechen, falls es danach überhaupt noch Zweifel geben sollte. Was mir merkwürdig vorkommt«, fügte er nachdenklich hinzu, »wenn er wirklich Rafe Carnabys Tournee begleitet hat, warum folgte er ihm dann nicht ins Hotel und hielt sich nicht überhaupt in seiner Nähe auf?«

Elsie Farmer wusch die Teetassen ab und machte alles fertig, den Ausschank eröffnen zu können, als die Türglocke läutete.

»Laß es klingeln, wir haben noch nicht geöffnet«, riet Fred ihr. »Wir haben ebensoviel Recht auf Freizeit wie alle anderen.«

Aber Elsie war eine Frau, die wußte, daß man diese Art von Klingeln nicht dem Schicksal überlassen konnte. Ein Läuten an der Tür, ein Telefonanruf, sogar eine Kurve auf der Straße, deren Richtung man falsch beurteilt hatte, alles das konnte Deinen Lebensweg verändern.

»Wer wünscht sich denn schon eine Änderung«, hatte Fred gefragt.

Elsie aber war sich bewußt, daß Männer nicht dem unternehmungslustigen Geschlecht angehören, und daher ging sie zur Tür und stand einem Polizisten gegenüber, so daß sie wünschte, sie hätte auf Freds Ratschlag gehört. Man sollte meinen, auch ein Polizist hätte soviel Verstand, sich so kurz vor der Öffnungszeit fernzuhalten.

»Sind Sie sicher, daß Sie hier richtig sind?« fragte sie ihn schroff und hoffte, Fred würde sich raushalten. Der mißtraute den Uniformierten nämlich in jedem Fall: 'Zugelassene Spitzel!'

»Mrs. Farmer?« fragte der Bobby. »Wir würden Sie bitten, zur Wache zu kommen. Sie können uns bei einer Personenerkennung helfen. Wir haben jemanden, der vielleicht Ihre Bar besucht hat ...«

»Ich kann nicht jeden kennen, der bei uns einkehrt«, verwahrte sich Elsie.

»Wenn Sie ihn nicht erkennen, brauchen Sie das nur zu sagen. Niemand soll unaufrichtig sein. Es dauert nicht lange, ich habe einen Wagen.«

»Ich muß es Fred sagen«, meinte Elsie unentschlossen. »Er

wird nicht sehr erfreut sein. Natürlich kennt er die Vorschriften, daß jeder verpflichtet ist, der Polizei zu helfen, aber er fühlt sich davon nicht betroffen.«

Fred schäumte. »Sie müssen natürlich auch ausgerechnet zur Öffnungszeit kommen, nicht wahr?«

»Wir schließen niemals«, versicherte ihm der Polizist feierlich.

»Und wer soll der Kerl sein?«

»Wir hoffen, daß Ihre Frau uns das sagen kann.«

Kein Zweifel, die Polizei kann die Leute schon manchmal verrückt machen.

Auf der Wache standen mehrere jüngere Männer in einer Reihe. Nicht, daß sie irgendwie besonders ungewöhnlich ausgesehen hätten, mit Ausnahme von einem, der sich wie Robin Hood gekleidet hatte, haselnußbraune Joppe, grüne Weste, grüne Schuhe mit roten Laschen und Schnürriemen. Elsie dachte bei seinem Anblick, schon allein dafür habe sich die Fahrt gelohnt.

»Stellen Sie sich auf, wo sie wollen«, hatte man Nikki aufgefordert. Er glaubte, alle Augen wären auf ihn gerichtet. So sieht die britische Gerechtigkeit aus! Elsie lief langsam an der Reihe entlang, prüfte jedes Gesicht, ließ sich durch nichts verführen. Am Ende der Reihe wandte sie sich um. Ziemlich dreist, von ihr zu verlangen, sie sollte sich an jeden erinnern, der mal im 'Pumpkin and Pie' eingekehrt war. Aber doch ... Sie zweifelte zwar, und in Fällen wie diesen mußte man seiner Sache ganz sicher sein. Einer der Männer hob die Hand und kratzte sich am Kinn. Elsie wanderte die Reihe zurück und berührte seine Schulter.

»Sind Sie sicher?« wollte der Polizist wissen. Er schaute etwas zweifelnd drein. Die Polizei wurde von der Presse nicht immer so günstig beurteilt, wie sie es sich wünschte. Er hatte es nicht gern, wenn er Dinge später bereuen mußte. Es gab schon genug Reue in seinem Privatleben.

»Ich bin ganz sicher«, sagte Elsie, während die anderen

Männer entlassen wurden und hinausgingen. Nikki war außer sich vor Wut und schimpfte wie ein Rohrspatz.

»Er hat sich mehr Haare im Gesicht wachsen lassen als zu der Zeit, wo er sich mit Mrs. Brown zu treffen pflegte. Aber dieser Ring ist absolut unverwechselbar, das gab den Ausschlag. Ich habe ihn schon damals Ihren Beamten gegenüber erwähnt, weil er mir so aufgefallen war.«

Als sich die Polizei, mit einem Durchsuchungsbefehl bewaffnet, daran machte, Nikkis Unterkunft zu durchstöbern, fanden sie ganz hinten in einer Schublade etwas aufschlußreiches. Triumphierend beförderten sie ein Paar schwarze Nylonstrümpfe ans Tageslicht, noch in Cellophan verpackt.

»Tragen das etwa die Männer von heute?« fragten sie ihn, und sie glaubten ihm nicht, als er versicherte, er hätte immer ein Reservepaar für die jeweilige Freundin im Haus. Nylons bekämen immer so schnell Laufmaschen.

»Ihre Freundin muß dicke Beine haben«, gaben sie ihm zu verstehen. »Sie wird sich nicht geschmeichelt fühlen, wenn Sie ihr die größte Nummer kaufen, die es auf dem Markt gibt.« Und dazu aufgefordert konnte er das Mädchen leider nicht beibringen.

Crook und Hugh Wheeler saßen zusammen in der Bar 'Come and Get It' und tranken Bier.

»Man sollte wirklich meinen, er hätte mehr Verstand, als mit einem so auffallenden Ring rumzulaufen«, sagte Hugh verächtlich.

»Das ist die Eitelkeit«, dozierte Crook. »Das reißt sie alle rein, früher oder später. Erinnern Sie sich an den Kerl, der alle seine Frauen im Bad ertränkte? Kam bei der ersten durch und glaubte, er könne endlos so weiter machen. Und im vorigen Jahrhundert gab es einen Fall, wo ein Bursche seine ihm standesamtlich angetraute Frau erschoß, als sie in ihrem Ponywagen ausfuhr, und sie im Burggraben versenkte. Gab an, sie hätte ihn verlassen, niemand war sonderlich erstaunt, sie war etwas älter und sehr viel vornehmer als er. Man erzählte sich, sie hatte das Geld und war es leid, zu teilen. Er hatte sie nicht kirchlich heiraten können, da er in Wirklichkeit schon verheiratet war. Tja, es wäre gutgegangen, wenn ihm sein Erfolg nicht zu Kopf gestiegen wäre. Das macht die Kerle sorglos. Die Bank beanstandete ein oder zweimal die Unterschrift, aber er erklärte, er hätte sich die Hand verletzt, und übte sich darin mehr als vorher. Aber er war ein zügelloser Kerl, sehr hinter den Mädchen im Dorf her, und bald bemerkte man, daß sie mit Sachen herausgeputzt waren, die seiner Frau gehört hatten, kostbaren Kleidungsstücken, die sie niemals hergegeben oder zurückgelassen hätte. So grub man und fand. Der Fall wurde als Burggrabenmord bekannt.«

Er sah zur Seite auf seinen Begleiter, aber offensichtlich hatte Hugh noch nie davon gehört.

»Die Kinder sind überzeugt davon, daß der Kerl versuchte, Jan vor den Zug zu stoßen«, bemerkte er.

»Wundert mich kein bißchen«, entgegnete Crook. »Aber deswegen wird er nicht angeklagt werden, ebensowenig wie er sich dafür, daß er unser Schätzchen um ihr sauer Erspartes gebracht hat, wird verantworten müssen. Die Polizei ist wie die Mühlen Gottes, sie mahlen langsam, aber sie mahlen mächtig fein. Eigentlich kann es sich nur noch um Minuten handeln, bis sie Beweise haben, daß der bewußte Ring aus einem Einbruch stammt, sie werden Versicherungsakten darüber beibringen. Damit nageln sie Master Nikki erstmal fest, und während er versucht, sich da herauszulügen, flechten sie in aller Ruhe an seinem Strick. Ja«, fügte er nachdenklich hinzu, »sie werden wohl seine Spur bis Harrogate zurück verfolgen, wo er der Dame Brown begegnet sein mag. Oder sein Kumpel verliert den Kopf und singt, das passiert oft, wenn eine Leiche im Spiel ist, kriegen sie kalte Füße. Egal, ob es eine Möglichkeit gibt, auf Totschlag zu plädieren, sie werden die beiden irgendwie drankriegen, es ist nur eine Frage der Zeit.«

Hughs Gesicht blieb steinern. Er konnte sich bis zur Erschöpfung für Unterprivilegierte einsetzen, für Heimatlose,

Alkoholiker und Alte, aber er hatte nicht die Spur Mitleid für Nikki und seinen Kumpan. Crook fragte sich, ob man die Todesstrafe wieder einführen würde, wenn Hugh aus moralischen Gründen einen derartigen Protest organisieren würde.

Aber Hughs Gedanken waren gar nicht bei Nikki. »Diese Mrs. Banks«, brach es aus ihm heraus, »ist eine verblüffende Frau. Ich glaube, wenn ihre Kinder nicht wären, hätte sie Jan glatt vor die Tür gesetzt. Die Presse hat das Mädchen ja übel abgeurteilt. Aber die beiden würden einen so feurigen Aufstand inszenieren, daß sie es nicht wagt.«

»Es würde nicht das Ende der Welt bedeuten, wenn sie es täte«, meinte Crook gelassen. »Ein Mädchen wie Jan ist nicht dafür geschaffen, die nächsten zehn Jahre als Kindermädchen in fremden Haushalten zu verbringen. Sie wird sich etwas Besseres einfallen lassen.«

»Aber sie hat keine Familie«, protestierte Hugh.

»Nur die ganze Welt. Ich würde jederzeit auf sie wetten, mein Lieber. So, wie sie ihren Kopf hoch trägt, habe ich keine Sorge. Auch der richtige Mister wird irgendwann aufkreuzen, falls er nicht bereits da ist, ohne daß wir es bemerkt haben. Schätzchen gehört nicht zu denjenigen, die in einem einsamen Bett sterben.«

Er fing den Blick des Barmanns auf und gab ihm ein Zeichen, beide Gläser nachzufüllen.

Ariadne spinnt den Faden noch

Fette Beute — ein klassischer Krimi?

Das Vorhaben, Bausteine für eine feministische Kriminalliteratur zusammenzutragen, läßt uns zurückgehen bis in die Jahrhundertwende und vorauseilen in die Diskussion mit Autorinnen über noch ungeschriebene Romane heute. Dabei hat Literatur, geschrieben von Frauen, eine eigene Zeitrechnung. Deutlich unterschieden sind Texte *vor der neuen Frauenbewegung* und solche, die in den neuen kulturellen Selbstverständlichkeiten der achtziger Jahre verfaßt sind. Es gibt vermutlich keinen Lesbenkrimi vor der Frauenbewegung. In unserer Reihe aber lieben die Heldinnen jedes zweiten Krimis Frauen und stellen in dieser Weise Normalität in Frage, sie sind kulturrevolutionär.

Bei soviel Radikalität braucht es neue Vergewisserung, wenn wir den Spuren rückwärts folgen. Warum veröffentlichen wir zum Beispiel Anthony Gilbert (Lucy Malleson)? Ihre Romane sind Zeitzeugen fast unseres ganzen Jahrhunderts. Leicht erkennbar ist die Tadition englischer Kriminalliteratur. Schreibt sie anders als z.B. Edgar Wallace? Vieles Lesen von Krimis schärft den detektivischen Blick. Wenden wir ihn auf die Schreibweise selbst an, entdecken wir den weiblichen Blick in den Details. Da ist nicht nur eine Verschiebung in der Wahl der Heldinnen und Helden — mehr Frauen sind aktiv am Geschehen beteiligt, Männer sind weniger vollkommen, selbst Kinder werden als ernstzunehmende Personen einbezogen — auch der Standpunkt, von dem Gilbert schreibt, erlaubt die Sicht auf menschlichen Alltag. Da steht z.B. eine Mutter mit vier Kindern in einer Warteschlange. Fettige Finger fassen alles Mögliche an, Milch wird verschüttet, die Mutter ist müde, die Kinder quengeln — in diesem Durcheinander geschieht das erste Verbrechen. Anders als in Kriminalromanen, die von Männern geschrieben wurden, sind oft auch die Personenbeschreibungen, sind Hervorhebungen und Weglassungen. So findet man bei Gilbert keine Beschreibungen von Make-up, Busenweite und Taillenformat ihrer Frauengestalten, dafür aber zumeist Bewegungen, Sprechweisen, Gesten. Ihre Frauen sind bemerkenswert unerschrocken, wenngleich sie in den sozialen Verhältnissen nicht durchgehend handlungsfähig bleiben. Sie verstricken sich in den sozialen Milieus, die darum aufs Sorgfältigste geschildert werden. Das Versprechen, daß Sozialstudien zum Rohstoff von Gilberts Romanen gehören, mag sich für einen Krimi abschreckend anhören, schließlich lesen wir ihn hauptsächlich zum Vergnügen und nicht anstelle eines Sachbuchs. Aber ist diese Entgegensetzung — Information und Kritik oder Vergnügen — nicht eine falsche, gehört es nicht auch zur Kunst einer Autorin von Kriminalromanen, das Leben so darzustellen, daß wir es besser verstehen und es vergnüglich ist, aufrechter zu gehen?

... Auch hier hoffen wir auf die Mitarbeit unserer Leserinnen. Wie weit sollen wir die Geschichte der weiblichen Kriminalliteratur zurückverfolgen? Welche Autorinnen und Bücher sollen wir in unser Programm aufnehmen?

Wir wollen die Anzahl der pro Jahr veröffentlichten Krimis jedes Jahr um zwei steigern (also 1990 sechs, 1991 acht, 1992 zehn Romane herausbringen). Von Anthony Gilbert haben wir insgesamt drei Bücher vorgesehen.

Frigga Haug